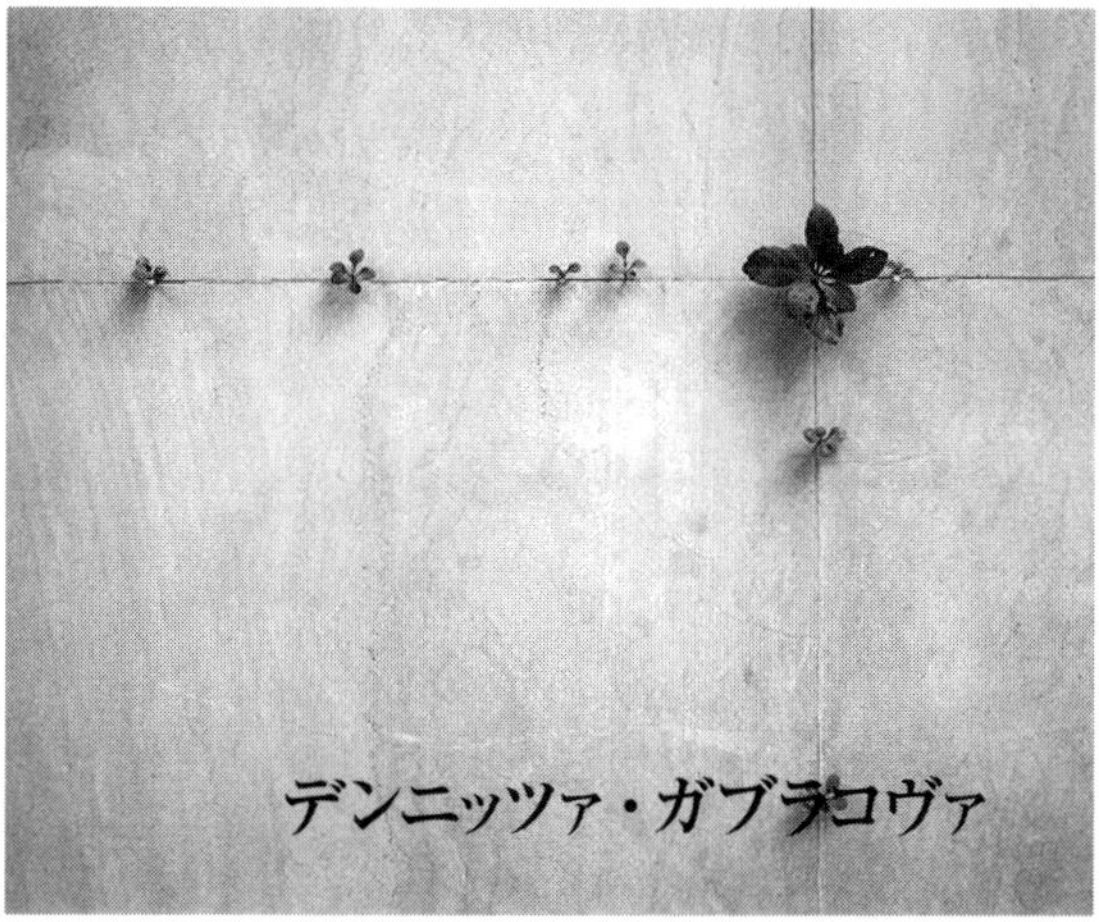

雑草の夢

近代日本における「故郷」と「希望」

世織書房

はじめに

「雑草」という言葉は、定義を逃れるものを表そうとしている。植物学的に見ても、「必ずしも特定の植物を指すものではない」、「その場によって区別すべきものである」と位置付けられている[1]。「雑草」と「野草」の間の区別も決して明確ではない。「雑草と野草は、人とのかかわりの度において区別される」[2]と考えられるように、この二種類の「草」の間の相違は質的なものではないようだ。人間との関係で、「雑草」の生態に「撹乱的」「人里的」「耕作的」な様態を分類することができるが、そのどの様態も人間との接触以前の植生（「原植生」）の崩壊（部分的破壊、持続的破壊、作物の生産）を意味している[3]。このように、「雑草」の位置は常に、自然環境に働きかける人間の活動、つまり文明との関係で決まるものである。「人の作用が介入」することとの関わりで、「野草」と「雑草」の「綱引き」という極めて動的な関係が発生し、「タンポポでいえば、帰化種のセイヨウタンポポは雑草的であり、在来のタンポポは野草的である」[4]とか、「自然の大草原という野草型のタルホムギから、路傍にみられる人里植物型、耕地にみられる雑草型と、時と所により別な姿で登場してくる」[5]といった微妙な用語法が用いられている。

このような植物学的な考察は又、文学を論じることを可能にする、広範囲にわたる「雑草」の比喩的な含意を備えているると述べるテリー・イーグルトンに倣って、筆者も同様の立場に立つことにする。「哲学者たちの物言いにならうなら、『文学』も『雑草』も存在論的用語ではなくて、むしろ機能的用語である点で同じ」である(6)。つまり、「文学」や「雑草」を考える際には、「文学」とか「雑草」というかたちで特定できる実態があるわけではなく、ただ私たちとそれとの関わり方をそう呼んでいるにすぎない(7)。

日本の近代で最も著名な在野の植物研究者、牧野富太郎の研究姿勢には、植物との直接的な関わりから、人間への関心を見出すことができる。牧野は植物研究を大学の象牙の塔から開放し、広く社会に浸透させようとした人であり、植物採集という「お金はかからない」活動を東京植物同好会などを通して、多くの日本人と分かち合おうとした人であった。牧野のこのような「お金はかからない」草の根的な民衆主義には、近代日本を貫く「雑草」への趣を見出すことができる。牧野にとって、「雑草」こそが、彼の植物研究に表れる大自然への好奇心と、人間社会に対する倫理を端的に結び付ける言葉である。「人びとは、道ばたの草や野原の草をつまらぬ雑草といって見向きもしないけれども、雑草といえどもこれを知ればおもしろく感ずるようになります」。

このように深まっていく自然に対する知識の裏には、極めて倫理的な姿勢がある。「むかしから、植物を愛する人には悪人はいないといいます」と言うように、牧野にとって植物的な緑化は常に「心の緑化」である。牧野が「雑草」を通して知る大自然を、常に近代文明との関係で捉えていたことは、日本近代文学を貫く「雑草」の文学的表現を考える上で重要である。「今日の機械文明は人間を大自然から引きはなしてしまいました。その結果人間の心がすさんでしまったのです。植物を友とし、大自然をあいてにすれば、こうしたすさんだ気持ちもいやされるのはたしかです」。牧野は殺風景な刑務所で絶望のどん底にあった受刑者が、「一本の草をみているうちに、未来に対する明るい期待と、希望をいだくようになった」(8)ことを、「雑草」が与えうる力の象徴的な例としてあげている。この殺風景な刑務所を比喩的に捉えた場合、それを近代の機械文明に喩えることができる。古代ギリシャ神話に、神から火を盗んで、それを人間に与えたプロメテウスの話がある。人間の文明の発端となる火を奪われた神は、プロメテウスを直接罰したと同時に、文明の発展とともに人類の間に蔓延する悪の詰められた「パンドラの箱」を地上に送ったと言う。病や戦争などという悪が「パンドラの箱」から外へ流れ出た後に、箱の底に残っていたのは唯一「希望」であった。この「希望」の存在に極めて近いものが、牧野の「雑草」の描写の中にあるのではないだろうか。

本書は「雑草」という切り口で日本近代文学を語ろうとする。「雑草」というテーマは、単なる主題を越え、テーマそれ自体が文学史を語りなおすにたる能動的な働きかけをなしうるからである。「雑草」というテーマに産出されるイメージ群（生命力と抑圧、不毛、亀裂、傷口を覆い隠す様）が、テーマ自体を産出し続ける、比較文学研究のテーマ研究の中でも特殊な位置を占めると筆者は確信する。

その際、定義しにくい「雑草／野草」を文学史の中で発見するためには、作品そのものに現れる「雑草／野草」に対する明確な関心を頼りにする他ない。そして、「雑草」の説明に見られるような、人間との関わり方の問題を視野に入れると、「雑草」に関心を示している諸作品間の関係性や、異なる作家間の関係性に目を向け、「雑草」を扱った作品と外部環境としての歴史的なコンテクストとの関わり方を意識することにする。さらに、人間との関わり方という植物研究の見解を拡大解釈すれば、そこに人間が自らの環境を改善しようとすることに伴う文明の問題と、その文明化された環境と隣接する自然との間の動的な関係を見出すことができる。「雑草」は、このようにして、文明と自然の接触、絡み合い、衝突の中に捉える、「原植生」の破壊や「撹乱」という世界の激変、都市化、震災、戦争と関連づけることが可能になる。

「雑草」の生息環境と性質から、自然界における生態系の中に生じる様々な関係性の網の目を、「雑草」を扱った作品の内容に当てはめ、作品そのものの生成や様態にも反映させられるのではないか。近代という時期がもたらす幾つもの激しい撹乱に沿って、「雑草」に想像を馳せた作品の間に、「雑草」の生い茂る勢いや生き延びる生命力をなぞるような、複雑な関係性が張り巡らされているのであれば、本書自体が、本書の対象となっている作品群との動的な関わりの中に成立するはずである。

＊

まず、中国の近代作家魯迅の散文詩的作品集『野草』（一九二四〜二六年）、その作品のタイトルにインスピレーションを与えたと考えられる与謝野晶子の詩「雑草」（一九一八年発表、中国語訳「野草」）、さらに魯迅『野草』に直接影響を受けた大庭みな子のエッセイ集『野草の夢』（一九七六年）という三作品によって、本書が対象とする作品群の大まかな枠が切り取られる。中国人作家による作品『野草』を出発点にするのは、日中比較文学研究の試みを意味するというより、周辺からの眼差し、すなわち日本の近代化に対する鳥瞰的な眼差しを強調するためであり、「雑草」のイメージが日本の民衆の土着的な文脈に限定されるものではないことに留意しておきたいからである。さらに、魯迅の『野草』では、本書で展開する重要な用語や概念となる「夢」と「覚醒」、古い世界が破壊された後の荒野に生える「雑草」「希望」「故郷」「子供」に対し、抽象度の高い、極めて優れた文学的表現が与えられているからである。

本書は、与謝野晶子の「雑草」を糸口にした作品群、北原白秋の作品群及び白秋が携わった雑誌『屋上庭園』と『日光』、前田夕暮の『緑草心理』、関連する評論や相馬御風の『雑草苑』などを取り上げる。さらに、「草」の表象を描いた第二次世界大戦後の作品、太宰治『パンドラの匣』、福永武彦『草の花』、野呂邦暢『草のつるぎ』と、「雑草」や「野草」が作品の構成原理と不可欠だと考えられる大庭みな子の作品群、『浦島草』、『ふなくい虫』、『花と虫の記憶』、及び魯迅『野草』の影を留める『野草の夢』を取り上げ、「悪夢」からの生還と希望の表象を見ていく。

さらに、「雑草」の問題系に入ってくる「子供」、「故郷」、「帰属感」、「共同体」の問題をより立体的に論じるために、文学の領域を離れた、空間の詩学として、「子供」の「園」としての幼稚園の構築と、「日本」の首都にとっての抽象的な「故郷」である「武蔵野」の文化的意義を検証する。

＊

本書は、「雑草」のイメージの系譜に内在する生命力を前提に、「雑草」の文学的表現自体が示唆する方法に導かれ、構成された。与謝野晶子の詩作と社会評論の中から自己産出される「雑草」のイメージが、魯迅の『野草』にまで「生い広がり」、魯迅の『野草』が戦後日本の大庭みな子の『野草の夢』の文学的空間にまで「生き延びている」ことは、端的に「雑草」の植物学的性格を反映している。一方、「雑草」（もしくは「草」）を用いた文学的表現に、個々の作品の中で言及された作家達に注目することも、本書が取る方法論である。従って、本書が扱う「雑草」というキーワードによって選別された作品の研究を表すと同時に、与謝野晶子の評論の一断章にある「雑草は第一その名からして私には研究科目である」[9]という言葉とも深く共鳴することになる。植物の名前を調べるということは、人間が「雑草」に目を向け、「雑草」と対話の関係を結ぶことでもあるが、「雑草の名」という表現は自己言及的に「雑草」という名、いわば「名前がない」という名が与えられる興味深い創造的行為でもある。

本書の第一部、第二部、第三部で論じる、文明と自然の接触、混合、衝突（東京という近代都市空間の中の雑草園の自然、文明を破壊する地震という自然、原爆の文明的発明と世界の自然の破壊）を通して、それぞれの歴史的なコンテクストを視野に入れ、比較文学研究のもう一つの課題、文学の社会的文脈の研究に近づくことにもなる。本書の観点からは、それは「雑草」が占める空間への注目として捉えられる。その点、歴史的時間の経過を、ガラス張りのパサージュ（夢の空間）という空間概念で論じたヴァルター・ベンヤミンの議論[10]、E・ブロッホの『希望の原理』[11]に現れる希望の空間から、大いに示唆を得た。幼稚園と武蔵野の議論は、完全に文学の周縁に位置していると言える。しかし、この場合においても、「雑草」を扱った文学の作品群には、文学の領域を逸脱する要素が潜在していることを指摘できるので、その社会的文脈への視点も、作品それ自体に内在しているものとして捉えられる。

最後に、「雑草」のイメージの内容のレベルに属する、緑や自然、生命と宇宙の神秘などへの想像的連想、さらに本書を構成する上での幼児回帰の母性的神話や女性作家与謝野晶子と大庭みな子の関係性の捉え方は、文学研究における「緑色批評」（ecocriticism, green studies）と接点を持っている。自己が存在しうる場所としてのニッチ（生態的場所）、複数の関係性の間に居場所を求める自己など、作品の内容から見えてくる諸モチーフは、緑色評論と照らし合わせることが可能である。

しかし、エコクリティシズムが行為そのものに含まれる行動的な倫理や反資本主義的政治的なメッセージを含むのに対して、本書の関心は「雑草」の文学的分布における曖昧な政治性に向けられている。そのために、G・ベイトソンの『精神の生態学』のような研究、つまりエコロジーを具体的な自然環境の生態系としてのみならず、近代の精神と関わらせようとする研究の方が、本書の性質に近い。ベイトソン自身が、近代と共に蔓延していった「悪性の観念」[12]に「雑草」のような生態系を見出していることは、近代との関係の中で新しい知識を模索しようとする姿勢の表れであると認めることができる。「雑草」が用いられたベイトソンの表現を出発点に、F・ガタリは『三つのエコロジー』を書き、その中で、個人の精神と社会と地球の自然環境を同心円的に重なるモデルを提供しているのである。本書の第一部で論じる「内面」の世界、第二部で論じる共同体と「日本」、そして第三部で論じる「世界」という空間は、「雑草」と親近性のある「故郷」のイメージを含めているので、ガタリのモデルに近い入れ子構造をなしているとも言える。後にガタリは、J・ドゥルーズとの共著で「リゾーム」という概念を取り入れたが、その「リゾーム」のイメージに「雑草」的な性質と機能を認めることもできる。「リゾーム」はさらに、現代の知の体系に抵抗しようとする働きかけをも含んでいるので、論や分析の展開の仕方に対する重要な示唆を含んでいる。「リゾーム」にあるような、地下に埋もれている根茎の網の目という植物学的イメージには、従来の知の体系をなしていた「木《ツリー》」の構造への対案の試みも意図されている。生命のイメージとも大きく関わっているこの概念は、生命の定義として提案された「オートポイエーシス」とも関わる[13]。

本書は「雑草」というテーマ自体に含まれる自己言及的な在り方を重視し、このテーマに込められた生命を描き出そうとしている。作品の分析を通して浮き彫りになる「故郷」への願望にこそ、エコロジーの語源に潜む「家」の存在を確認できるからである。そして、J・＝F・リオタールは、エコロジーの中の「オイコス」＝家を、あらゆる精神に刻み込まれている根源的な何かとの関係性と結び付け、その奥に潜む「子供」に注目する[14]。

本書に入る前に、序章という形で、魯迅の『野草』と「野草」に焦点を当てたい。密閉された鉄の部屋の中で眠る国民（『吶喊』序文）、目覚めたものの狂気の中の訴え、「子供を救え」（『狂人日記』）といった文学的イメージの創造者魯迅の場合にこそ、生と死、記憶と忘却、夢と覚醒、内面と共同体の間に開いた亀裂（虚無）を埋め込むものとしての「希望」が明確に前景化され、過去と未来の間に開いた巨大な断絶に、「野草」が最も悲劇的かつ最も不屈の形で、しかも想像可能な唯一実感できるものとして姿を現しているからである(15)。「希望」という屈折した心理は、本書を貫くモチーフになると同時に、「野草」が文学作品そのものに自らが担う意味を浸透させているのである。

本書は大きく三部に分かれている。各部分は、通常「近代」の中で一種の亀裂を意識させながら現れる概念を、大まかな枠組みとして背景に置いている。近代的な内面的主体と、近代的国民に制限と自由を与える国家、そこに埋め込まれる「故郷」と、特に第二次世界大戦の「亀裂」によって生じた、近代的主体と国家を超えた「世界」の概念である。

第一部に収める「温室の中の雑草園」では、主体の内面的な風景の最も純粋な形とされる詩を例に取る。北原白秋の詩的な活動は、様々なレベルにおいて興味深い。白秋による内面という一種の無人地帯、もしくは「夢」の開拓が「雑草」のイメージと交差してくるのは、詩「雑草園」においてである。「霊の雑草園」と白秋が歌うように、この「雑草園」は他でもなく、内面的な空間を把握し、作り出すためのイメージである。「雑草園」は『屋上庭園』という、白秋等が編集した雑誌に埋め込まれ、『屋上庭園』に関わる活発な詩的活動は、都市空間の「雑草園」、小石川植物園の中に埋め込まれているのである。そのような自己言及的入れ子型の内面の探求は、それ以上開けることのできない不透明な核（「種子」）、内面的空間の最小単位に辿りつく。その動きは、白秋が『思ひ出』という詩集で扱っている記憶の喚起という詩法によって、自己の内面的空間の奥底に埋め込まれている「故郷」（柳川）と「子供」に到達し、さらに「外」（共同体への帰属感、自然という共同的故郷）に向かっていく。

第一部が内面への覚醒、そして内面という「夢」への探求を辿るのであれば、第二部の中心である「雑草の季節――大自然の雑草園」は、こうした閉ざされた内面が外の世界（自然）と関係を結ぼうとする欲望がもたらす、「自然」への目覚めを確認することになる。第二部では、晶子の「心鏡燈語」と題された社会評論から、「性欲」、「政治欲」、そして詩人としての「製作欲」が、お互いを貫いていることを明らかにする。そのような欲望の「突発」は覚醒である。「けれど、女は今気が附く時が来た。過去の固定と永久の沈滞とから目を覚して、生命の動力を男と一緒に活用する時が来た」[16]。晶子に見られる「性欲」、「政治欲」、そしてそれらを総括させる詩人としての「製作欲」の相互内包的な入れ子構造は、抑圧と噴出の具象化である「雑草」を、性（内面）や政治（共同体）を超えた「希望」に近い情緒を託すべき対象として捉えなおすきっかけとなる。

晶子が「雑草」の生い茂るに任せた庭に向ける眼差しは、日本近代文学史の「園」から抜け落ちている、「雑草」のような、注目されることのない北原白秋の散文を照らし出す。白秋の散文「雑草の季節」が、震災の翌年の夏を描いたものであることは、そのことを暗示している。閉ざされた夢から覚醒する心理は、既に『雀の生活』に見られる。震災後の開放感に対する白秋の喜びは、生命への喜びであると共に、閉ざされた内面的な空間の意図的な崩壊でもある。その想像力の延長線にあり、その頂点をなすのは前田夕暮（『緑草心理』）による「雑草」の文学的イメージの提示である。『緑草心理』に載せられた夕暮の肖像を白秋が描いたという事実が示す二人の関係、そしてそれに類似した「雑草の美」を歌った相馬御風と「雑草」を描いた日本画家郷倉千靭の関係を、この第二部で見ることによって、「雑草」への共有された関心が、いかに他者と自然との関係を築く時に機能しているかを考える。さらに生命主義、民主主義、また色々な意味で覚醒状態として捉えられる戦間期の思想は、ますます高まる「故郷」という国家への（無）意識によって「目覚めているのだという夢」[17]に繋がっている。

以上素描した「雑草の季節」の時期は、子供の発見として位置づけられ、児童文学が盛んになる時期と重なっている。晶子も白秋も子供を相手に作品を書いているが、ここで問題となるのは夢と覚醒の複雑な関係と、回帰不可能な「故郷」を表す「子供」という比喩である。相馬御風の『雑草苑』などの分析は、こうした視点を裏付けていると同時に、「雑草」のイメージを不毛な「希望」として相対化している。

第三部「不屈の草」の中では第二次世界大戦後を扱う。「不屈の草」はカミュの「地獄のプロメテウス」からの引用で、プロメテウスの神話が子供の救済の「希望」の形で再現される時期をさす。魯迅から影響が明らかな太宰治の「希望」、さらに太宰が「パンドラの匣」を玉手箱と結び付けたことを通して、大庭みな子の『浦島草』に繋がる想像力を辿るため、太宰治の『パンドラの匣』の分析を行なう。夢の中の夢という入れ子に日本の戦争体験を込めたのは福永武彦の『草の花』である。『草の花』では、病と死といった絶望が、生き延びた女性とその娘に投影される夢、希望と対立する。その他、野呂邦暢の『草のつるぎ』に描かれた国家と土の間、さらに戦時中と戦後の間に、動く「草」としての自衛隊員の訓練のイメージを考える。太宰と福永の作品は結核治療のためのサナトリウムが舞台であるから、彼らの作品は死と深い関係にある生の体験の、空間的な次元での文学的構築として解釈できる。野呂の作品では、死の限りなき接近が、自衛隊の駐屯地によって空間的に再現されていると言える。いずれの場合にも、病や戦場訓練という体験を通して、自己の輪郭が「共同体」の中に溶解し、その共同体を通しての生命の意味づけや「故郷」との関わりの問題が描き込まれている。他者と「故郷」の関係に対する模索は、大庭みな子の作品群では、さらに深められ、世代や国籍や性差を問わず、生命によって結ばれている複数の人間同士の流動的総体のイメージに発展していく。太宰、福永、そして野呂の作品からは、「草」のイメージによってもたらされた、物語の自己言及性を見ることもできる（日記形式、手帳形式）。

最後に、大庭みな子のエッセイ、詩、小説を例にとって、「雑草」や「草」のイメージの戦後を論じていく。過去に埋もれた悪夢に対する、共有された無言の記憶としての「草」は、『浦島草』の原型である『ふなくい虫』の中で、無理やりに抑圧された生命、「雑草」としての胎児のイメージに遡る。『ふなくい虫』では、「故郷」に繋がる「雑草」は、地球とも解釈できる抽象的な空間、「温室」とのコントラストで際立つ。『花と虫の記憶』に見られる、故郷と自然に憧れる都会的な現代人の孤独、現代女性の自由と孤独と「野草」のイメージを関連づけていく。「雑」なジャンルである随筆集『野草の夢』を通して、魯迅の『野草』の存在の意味と文学表現の奥に潜む生命の種子に辿り着いたところで本書を締めくくる。以上三部の大きな流れの間に、さらに幼稚園と武蔵野について、二つの考察を挟むことにする。それは「雑草」を「園」として統御するメカニズムを対象にした考察となる。

「雑草」は文学的、社会的、政治的言説の間の隙間《ニッチ》を思いがけない形で潜り抜け、多数の詩人や作家の表現の中に姿を現し、見えないところに複雑な関係性の網の目を織りなしている。与謝野晶子の詩「雑草」は魯迅の散文詩集『野草』と繋がり、魯迅の『野草』は大庭みな子の『野草の夢』と結び付く。その経路の意外さは「雑草」のイメージの伝達の特徴であり、文学的営みの核心をなす、自らを裏切ってしまう表現や、表現できないものの表現への「不屈」の努力のイメージでもある。

雑草の夢

目次

はじめに……i

第二部　生い茂る

第三部　生き延びる

＊引用は原則原本に倣い、新字・新仮名遣いを用いている。

雑 草 の 夢

序章

摘み取れない希望……………魯迅の『野草』(1)

文明の発展を象徴するプロメテウスと「パンドラの箱」という神話的要素は、「火」と「希望」の形で、魯迅という作家の文学的営みを突き動かしている。火が光であり、覚醒であり、古い世界に閉じ込められている状況としての夢を破壊するものであるのに対して、希望は光であり、覚醒でありながらも、破壊の後に残された廃墟と荒地の上で、人間と世界の間の関係を修復するものである。「火」は、それを知った人類の身の上に降りかかる、「パンドラの箱」から流出した多くの災いの原因になったのに対して、箱の底に残された「希望」は、それらの災いへの抵抗として、「火」の中に残される不屈な精神に縋り、「火」の原理を再現しているのである。

火の盗難と閉じられた「箱」から外に出た多くの災いは、火を所有することによる人間の文明発展という、技術革新を中心とした進歩の光明の歴史と、人殺しの精度と大量化を高めていく戦争の残酷さの拡大の歴史に重ね合わされる。箱の底に残った、もしくは箱の縁と蓋の間に挟まれた「希望」は、暗闇の中の光として、「火」を再現しているとも言える。このような神話的な構造の中に、一つの根源的な入れ子構造を認めなければならない。

自然の暗闇と意識の炎、睡眠と覚醒、その覚醒の結果訪れる悪夢、悪夢の中の目覚めの閃き。言い換えれば、箱の底の「希望」は夢と覚醒の間の乖離を相対化させ、仮のものにし、一時的なものにし、その乖離を縫い合わせようとしている。「希望」は夢と覚醒の乖離に広がる無人地帯、荒地を往復している。そのような隙間《ニッチ》の空間が、本書のテーマである「雑草」の地盤を作り、「雑草」の成長を養っている。

野草は根ばりが浅く、花も葉もきれいではない。それでも、露を吸い、水を吸い、古い死者の血と肉を吸って、それぞれに自分の生存をかちとっている。その生存とても、いずれは踏みつけられたり刈りとられたりして、あげくに死滅と腐朽にいたるのだが。（略）わたしはこの一束の野草を、光と闇、生と死、過去と未来のさかいにおいて、友と敵、人と獣、愛する者と愛さない者の前にささげて証とする(2)。

夢は、睡眠状態の世界から隔離されているような「夢」と、希望と共に未来へ投影されている「夢」という二重の意味を含んでいるので、睡眠状態と覚醒状態の間の境目が明確ではない。覚醒状態は「目覚めているのだという夢を見る」(3)に転じることがある。

この序章では、「希望」の原理を、批評家でもあり作家でもある魯迅を通して考えてみたい。この考察の目的は、魯迅の『野草』という作品に表れている「野草」の文学的イメージを、「希望」の原理に動かされているものとして、『野草』に先立つ文学的、批評的表現と関連づけながら、把握することである。社会心理学者E・フロムは『希望の革命』の中で、定義になじまない希望の心理は「日光を希望」する植物の感覚と緩く結ばれているとしている(4)。

さらに、魯迅の作品では、覚醒、希望、故郷、子供が、有機的に「野草」のイメージと繋がっていることを明らかにしたい。内容のレベルで反映された世界観と同時に、魯迅の場合には自らの世界観を表現する行為自体が、このような世界観の表明にもなっている。文学作品自体は目覚めた者の声であり、微かな希望そのものである。その希望に縋りついている状態は、「口髭が生えた」中年の男には「故郷」という最も居心地のよい存在空間が、幼年期以降、もはや手に入れることができないというような、皮肉な不可能性そのものとして立ち表れる。「人生でもっとも苦しいのは、夢が醒めて行くべき路のないことです」(5)と魯迅は述べているが、その「行くべき路のない」という意味での、塞がった路こそが希望であり、「故郷」という曖昧な到着点を持っている。「故郷」のイメージから抽出される、取り残された、取り戻すことのできない幼年期は、希望と共に「子供」に投影されている。故に、中国近代文学の最初の作品「狂人日記」は、「救救孩子」(「せめて子供を」)(6)という言葉によって締めくくられながらも、未定に残されている。『野草』所収の「行人」という劇にあるような「道とはいえない」路が作品集をモチーフとして貫いていると言えるし、「夢が醒めた後」という(自己)破壊的な体験に伴う「行くべき路のない」ような空虚感、路や足場の不在の上にこそ、「野草」というイメージが成り立っていると言える。

「野草」という、果てしない荒地の中に漂う孤独な存在の表現は、魯迅の小説のタイトルにもなっている「孤独者」(7)の中の孤独者同士の共同体と同じように、魯迅文学のみならず、諸々の「草」を扱った作品と繋がっている。

懋庸宛の書簡(一九三四年五月二二日)(8)の中で魯迅はスペインの作家ピオ・バローハへの高い評価を表している。魯迅は、笠井鎮夫による日本語訳の『バスク牧歌調』(一九二四年)と『革命家の手記』に言及している他、英語版で見たことのある*Weed*[雑草]という作品の存在にふれている。バローハの『雑草』の存在を知っただけなのか、実際に読んだのかは確認できないが、魯迅が英語の〝weed〟という言葉の意味を理解していたのであれば、「野草」に現れるイメージを密かに刺激した言葉の一つとして捉えられるのである。秋吉収の調査(9)で明らかになっている、与謝野晶子の詩「雑草」の中国語訳(「野草」)が魯迅の『野草』に与えた刺激の可能性と共に、以上のようなバローハの作品への認識を考え合わせると、「野草」のイメージはより広く分布していると想像できる。この「野草」が分布している領域の中にこそ、文学表現そのものが抱えている「希望」の複雑で屈折した心理を求めるべきである(10)。

バローハの小説『雑草』（*Mala Hierba*）は一九〇六年の作品で、スペインのマドリッドの貧困層の放浪者《ボヘミアン》の生活を描いたものである。ごく緩やかな焦点化が主人公である若者マヌエルになされている程度で、筋のまとまりがない作品だと言わなければならない。しかし、多数の人物が登場しては瞬く間に退場し、忘れられた頃に再び登場するというような、物語の混沌とした構造自体が驚くほどの巧みさで、マドリッドの貧困層の放浪者《ボヘミアン》という、一つの塊とでも言えるような状態を反映している。いうまでもなく、タイトル中の「雑草」は、社会から排除されつつも生き延びている者達の比喩として理解すべきである。さらに、バローハの作品では、スペインの帝国的な次元が、キューバやフィリピンの記述によって呼び起こされ、国内の警察国家的な抑圧と一体化し、文字通りにマドリッドの周辺や下層にまで響きわたっているのである。労働に対する両義的な態度や、人類に対する虐待が呼び起こす絶望感から、小説の最後に無政府主義的な色合いが浮上する。そこで、皮肉なことにヘスス（Jesus）と命名された登場人物が、主人公マヌエルとマドリッド郊外の庭園に座り、非現実的なまでに美しい夕空と田舎の景色を前に、未来のユートピア世界を語ることで、小説が締めくくられているのである。

小説の前半で、マヌエルは、ある一人の夫人が、以前付き合った男から金銭を詐取するために、その男との間にできた息子を装い、その夫人とマドリッド周辺にある田舎家に引っ越すことになる。すると、それ以前は働くことに対する強い抵抗感を示していたマヌエルが、突然一生懸命に庭の「雑草」の抜き取りにかかる。その時点までの彼の精気のなさからすると奇跡的な行動であるが、おそらくそれは田舎の「土」が持つ故郷的な温もりに促されたのではないかと解釈できる。しかし、彼が一生懸命に耕した庭は実を結ばず、詐欺を狙った取引の上に成り立つマヌエルの擬似家族と同様に、彼の行動が無意味であったことを示すごとく、再び庭は「雑草」に覆われるのである。このマドリッド近辺の田舎でのエピソードは、マヌエルの徒労を通して、小説中に浸透している裏切られた希望を凝縮した形で現している。E・フロムの『希望の革命』の中にある、待つことと希望することの近似に対する懐疑的態度は、スペイン語の動詞 esperar の例に端的に現れているということ(11)を、思い出さずにはいられない。「待つこと、それはいかにもスペイン的だね」という「待つこと」に対するコメントが、バローハの『雑草』の中でもなされている。もちろん、その言葉の裏には「希望すること」が潜んでいるのである。

いつも無関心なマヌエルが、小説の最後には憎しみを隠さず、世界の終末論的なヴィジョンを語り始める。マヌエルが怒りに満ちて世界の消滅を描写しているのに対して、ヘススは曖昧な理想に満ちた世界の夢を語り始める。小説の結末におけるこのユートピア的な夢は、二人がスペイン帝国の影が漂う軍事国家の首都マドリッドの外にいること、そして夜の闇に包まれていることで、暗闇の中の光という「パンドラの箱」の希望を想起させている。ヘススは一人の無職の貧困層に属する者に過ぎないので、彼の口からはメシア的な言葉は期待できないし、二人の位置は社会の外、文明の外にあり、それは文字通り闇の中である以上、未来のユートピア的な夢は、まったくの虚無の中に漂うことになる。そのようなイメージの中にこそ、小説の中心的モチーフとしての「雑草」を読み取るべきなのである。英語が得意ではなかった魯迅が、この小説を読んでいないのだとしたら、バローハの日本語訳の作品にも現れるスペインのバスク地方を中心に成り立つ愛国主義と、それを相対化させるような未来の不確かな夢＝ユートピアから、『雑草』のタイトルに注がれる意味を感じ取っていたのであろう。このような「雑草」のモチーフは、「希望」のモチーフそのものなのである(12)。

「摩羅詩力説」（一九〇七年）の中には、早い段階での魯迅のある種の文学論が含まれているが、「反抗を決して行動を起こし、かくて世人に疎まれた」(13)詩人として、バイロンからマジャルのペテョフィまでが取り上げられている。ペテョフィの「希望」という詩は、『野草』所収の小品「希望」の中核をなしているので、「摩羅詩力説」から『野草』へ繋がる地下水脈を考えることは可能であり、必要であると言える。「摩羅詩力説」で取り上げられている詩人の特徴は、疎外された孤独者であったということである。なかには直接お互いを意識した者もいるが、このような孤独者同士の関係性を生み出しているのは、進化論的な邁進と未来への理想、プロメテウスの火を原型とした前進という方向性である。「摩羅詩力説」ではシェリーの詩『縛を解かれたプロメテウス』が紹介されているが、シェリーの創作では、神話の最後に、プロメテウスが恋心を覚える「エイシア姫」が登場している。このエイシア姫の女性像は「理想」のアレゴリーと解釈される。この解釈はプロメテウス神話にある、箱に残った「希望」を想起させる。

このような「希望」の水脈は、魯迅がロシア出身の盲目詩人ワシリー・エロシェンコから借りた「砂漠」のイメージの裏にも流れている。「ロシア歌劇団のために」（『熱風』）の中で、魯迅はエロシェンコにふれるだけではなく、「砂漠に対する反抗の歌」(14)を発する劇団の上に、自分の「声」を重ねているのである。エロシェンコの存在自体が「希望」のイメージと深く関連していると言える。藤井省三(15)の研究では、世界語の教育に携わったエロシェンコの肖像画に、類似点まで指摘されているほどである。さらに、W・ワッツの「希望」の描き方と、エロシェンコを考えると、世界語＝エスペラント＝希望という広義の「希望」の文脈への開放への意志も確認できるだろう。さらに、エロシェンコの特殊な表現媒体であった童話の中では、シェリーの詩の解釈で見た「理想」に対し、「草」のイメージが関連づけられている。それは端的な形で童話「理草花」（『種蒔く人』一九二二年二月）の中で見ることができる。童話のジャンル自体が「子供」という相手を想定していることも重要であり、「せめて子供を」という希望のイメージ群に属しているのである。

魯迅の「無題」（『熱風』）という作品の中では、北京の群衆の体験と人間同士の不信感が描かれているが、それは一種の砂漠としての北京の描き方でもある。「無題」の初出に見られるエロシェンコに対する記述は、「無題」という作品と「ロシア歌劇団のために」という作品の繋がりによって、砂漠としての北京の感覚を作り出している。「無題」という作品の最後で、「私」は外国のお菓子を食べながらトルストイを読み、人類の「希望」に包まれるのを覚える。このように「砂漠」と「希望」とが対比させられている設定は、『野草』における最後の小品「一覚」の内容と強く響き合うところがある。『野草』に砂漠の中のオアシスや、トルストイの小説のインスピレーションとなった野薊《アザミ》のイメージが現れることは、以上のような「希望」を、植物の生命の表象を通して、「野草」のイメージへ繋げようとする試みだとも考えられる。さらに、野薊に触発されたトルストイの『ハジ・ムラート』の邦訳者相馬御風も、

「雑草」の美を歌った作家の一人であることを想い起こしておこう。

以上のような「希望」のイメージが、覚醒の原因であり結果である以上、それを「夢」と「目覚め」の複雑な絡み合いの中で捉える必要がある。それは、『野草』において「夢」や「目覚め」が文学的な時空間の重要な要素であるからだ。そもそも、「希望」には覚醒の原動力が含まれている。しかし、それは睡眠や夢からの脱出に向けられていると同時に、覚醒状態が新しい夢に過ぎないのではないかという不安にも向けられているのである。

夢

たくさんの夢が黄昏に立ち騒ぐ。
前の夢がその前の夢を押しやると、あとの夢が前の夢を駆りたてる。
遠ざかる前の夢は黒くて墨のようだ、いまあるあとの夢は墨の色と同じ黒、
遠ざかるものも、いまあるものも言いたげだ、
「ごらん、私のすてきな色を」
色はいいかもしれぬが、暗くてわからぬ、それにわからないのだ、誰の声やら。
暗くてわからぬ、ほてる体で頭も痛い。
来てくれ来てくれ、あざやかな夢。(16)

愛の神

キューピッドが一人、翼を広げて空中に、

矢をつがえ、弓をひきしぼり、
どうしたはずみか、ひょうと私の胸に矢がつきささる。
「キューピッドさん、めくらめっぽうでも礼を言うよ。
でも教えてくれないか、いったい誰を愛したらよいのか」
キューピッドはあわてて、首を横にふり、
「おや、
お前にはまだ人を思う心があるのに、そんなこと
を言い出すなんて。
お前が誰を愛すればよいのか、わたしがどうし
て知っていよう。
とにかく矢は放たれたのだ。
誰かを愛するのなら、命がけで愛しなさい、
誰をも愛さないのなら、命がけで勝手に死ぬが
いい」(17)

実験作のようにも読めるこれらの詩は、アレゴリーの精神に満たされている。ここでは、アレゴリカルな表現の皮肉と滑稽を駆使しながら、夢から夢への移行の際に生じた疎隔、ずれの中の暗闇の自覚が描かれている。そのような表現しがたいものの表現に達するために、魯迅には極めて珍しく、表現手段としての近代詩の形式の可能性と皮肉な不可能性が探られているのである。特に、「愛の神」という詩の系譜の中に、『野草』に含まれていて、他の『野草』の小品に比べて異質である「失恋」というパロディーを位置づけることも可能である。これまで魯迅の近代詩は、十

分に注目されてこなかったようだが、それは残念である。この何篇かの詩は、魯迅文学の原形として、より真剣な考察に値する。同じ規模の表現的な試みは、夏目漱石の英語の詩にも見られる。

Silence

………

I look back and I look forward,
I stand on tiptoe on this planet
Forever pendent, and tremble――
A sigh for Silence that is gone
A tear for Silence that is to come. Oh, my life!（1903）[18]

この詩に見られる漱石の「静寂」は、魯迅がよく使う「寂寞」や「暗闇」に類似しているのみならず、一種の隙間やずれに宙ずりになっている感覚に極めて近い。魯迅の「夢」の中には、頭痛と体の火照りという形の、理性とは無縁の、身体を充たす感覚しかない。しかし、逆に言えば、虚無の体験には極めて物理的に実感できる核心があると言える。それは、「夢が醒めた後」にどの路を取ろうが、「生きるのをやめること」[19]という選択肢がないことと関係している。無に対する有である生の最低限の表れは、このように詩「夢」の中に既に見られる。この生命の感覚は、他でもなく生命（漱石のOh, my life!）の最も痛烈な比喩である「野草」のイメージに流れ込み、「野草」のイメージを条件づけている。

「希望」は魯迅の詩「夢」の「来てくれ来てくれ、あざやかな夢」という末行に対応していると言える。そして、

「愛の神」の中の（不在の）愛の対象への願望に、再び現れている。その「愛情」を前近代中国の、恋愛のない結婚制度の文脈で読むことは可能だが（しかも、『野草』全体を旧結婚制度の中の性抑圧として読む解釈もありうるが）、シェリーの『縛の解かれたプロメテウス』の中のエイシア姫＝理想への愛情の延長線として解釈すべきである。魯迅は「愛の神」の詩を、内部から皮肉によって自己崩壊させているのである。それはアレゴリーの表現による、キューピッド像の中の「愛情」の擬人化によってもたらされた効果である。先の詩の滑稽さを自己正当化しているかのような魯迅の次の発言から、そのような詩的な存在（夢、愛、希望）が「目覚め」の突出であることが分かる。

愛情よ！　哀れにも私は、お前がなんであるかを知らない。
詩の良し悪し、意味の深い浅いは、今は問うまい。ただ、これは血の蒸気であり、目醒めた人の真実の声だ（『熱風』「四〇」）[20]。

「詩の良し悪し、意味の深い浅い」という部分は、『野草』の「題辞」に見られる『野草』に対して否定的でありながら肯定的でもある、矛盾した態度に対応している。さらに、「野草」が生え、朽ちる古い世界と、そこに埋まっている死者の血から養分を得ていることは、「血の蒸気」としての「詩」を強く連想させている。目覚めた人の「真実の声」は、このように、非常に不安定で期待を裏切るような惨めな形で現れているのである。このような「真実の声」は、夢と夢の間の、目覚めの隙間を彷徨う、「夢」という詩の主体が発する「色はいいかもしれぬが、暗くてわからぬ、それにわからないのだ、誰の声やら」という誰のものだか分らない声である。もちろん、この声は「来てくれ来てくれ、あざやかな夢」の言葉にも重なっている。そのような夢、愛、希望の屈折した精神は「時と人間」[21]という詩の中では、将来を信じる人と「なんのこと？」と聞く人の声の中に再確認できる。擬人化された「時」は、最後の人に何も返事をしないのだ。覚醒したものの、夢（悪夢）の殻を突き破って、表に出たあとの戸惑い、無力感は、「雑草」を自分の活動の中心にしている与謝野晶子にも感覚として共有されている。

いつしかと二つ葉萌えぬ心の芽きたなきもののあくたの中に
自分は此頃になつて初めて真の自己を知ると云ふことが出来だした。この木が完全に発育しないでは自分の生まれたことも無意味になる。まだ漸く白いもやしのやうなものから双葉が出来たばかりであるが、自分はこれを祝ふのに多くの言葉を費して惜まないものである。よくこんな芽を出してくれた、穢い、醜い、凡庸なものの集合に過ぎなかつた過去の自分の心から(22)。

魯迅の「彼らの花園」(23)という詩では、「海外の珍しい花」や「美しい草」(24)とそれらの「新しい主義」の移植の際に起こる「変色」(25)が、子供の視点から詩的に構築されている。「時」の擬人化と異なる形で、ここでは一つの空間的な構造（アレゴリカルな風景）が提示されているのである。「我々の思想と他の国の人の思想とが、あきらかにまた幾重もの鉄の壁でへだてられていること」を「聖武」(26)で指摘している魯迅は、以上の詩の中では、このように隔てられた所にある「花園」の空間を詩的に創造している。この花園は「あざやかな夢」であるが、実は、『吶喊』の自序にある、鉄の壁に閉ざされた者の覚醒への希望でもある。いうまでもなく、そのような「花園」の夢は、既にふれた「砂漠」のイメージに対立するものとして描かれているが、「砂漠」と「花園」の間の隙間には、「草」しか生えないのだ。

「愛の神」のキューピッドが射る矢は、新しく時を刻み始める時計の針であり、進化の矢でもある。進化の道に開いている「深淵」を塞ぐのは、目覚めた者の死（の墓）しかない(27)。このような「深淵」のイメージは、進歩主義的でユートピア的理想主義に見えるが、『野草』の中で深められていく墓のイメージと深淵や虚無のイメージの中に、その根本的な不安の意味の表現が見出されるのである。そのような死と腐朽の上にこそ「野草」が生えていると、

『野草』の「題辞」では語られているのである。

これまでふれてきた数編の新体詩が書かれた同じ時期に、「狂人日記」という短篇小説も発表されている。「狂人日記」の中では「被害妄想狂」を煩った者の悲劇が描かれているが、作品の最後に、希望の声、目覚めたものの声、「子供を救え」(「せめて子供を」)が書きとめられている。「小さき者へ」の解説の中で、有島武郎を「一個の覚醒者」[28]と位置づけている魯迅は、このように「覚醒」を、「子供」の表象と深く関連づけていると言える。この「覚醒」と「子供」の深い関係が、決して直接的な関係ではないのは、そこに不確実性そのものである「希望」の心理が絡んでくるからである。

さらに、「狂人日記」を冒頭に置く作品集『吶喊』の自序では、密閉の空間としての睡眠と目覚めのアレゴリーが描かれている。窒息の危険を意識せずに眠り続けている国民の間に生きる、目覚めた者の役割の無意味さを説く魯迅に対して、魯迅に物を書くように促す旧友は、鉄の壁を壊す「希望」を指摘している。自序の中で魯迅は、「希望」の存在を否定できない、その論理的な矛盾の上に、自分の文学を位置づけているのである。「希望とは将来にかかるものであり、ないにちがいないという私の証明で、あり得るという彼の意見をときふせることはできない」[29]。このような「希望」の心理は『野草』の中にも投影されているのであり、「希望」の物質的なイメージとしての「野草」と繋がっている。つまり、『野草』所収の小品「希望」の中では、「希望」は「雑草」のように抜き取るべきものとして体験、表現される。野草/雑草のように抜き取りきれない希望の感覚は、詩的表現のレベルで作品の中に生き延びる作品(魯迅の『野草』の中のペテョフィの詩「希望」)という入れ子構造の中に表現されている。

「希望」は魯迅におけるその心理的な起源において、近代文明への期待と不安と深く結び付いているのである。魯迅は最も早い時期の論文から「進化の矢」に対する関心を示している。「愛の神」のキューピッドが突き刺した矢も同類のものであるし、「摩羅詩力説」の中で見たように、その「進化の矢」の原動力にはプロメテウス的な「火」が含まれている。このような火の光に対する感覚が、最も具体的で物質的な形で現れているのは「ラジウムについて」

のような初期論文であろう。実は、魯迅の『野草』を、自作の『野草の夢』において再生させた大庭みな子は、あるエッセイ(30)で、人類が火を奪ったことと原爆の発明を結び付けている。大庭の考察には、科学の進歩に含まれる悲劇が強調されている。もちろん、ラジウムなどの放射性物質の発見は、原爆の発明と繋がるのだが、魯迅の文章の中では、ラジウムが太陽の火の系譜を受け継ぐものとして、古いものに取ってかわる新しいもの、一種の目覚めとしても捉えられている。それは、魯迅と同様に、「雑草」を(女性の)覚醒、性欲、政治欲、製作欲の突出として位置づけている与謝野晶子の「欧米の女権運動とキユリイ婦人のラヂウムの発見」(31)に対する感激に通じている。

昔の学者は、「宇宙空間には太陽以外ほとんど何もないだろう」といい、幾世紀ものあいだ、誰もがこの説に従っていた。疑念を懐く人は、ずっとあらわれなかったのである。ところが、ふとしたことから、不思議な元素が発見され、それ自体が光を発して、煌々と世界に姿をあらわした。新世紀の曙光を輝かし、古い学者の迷夢を破ることになったのである(32)。

この一九〇三年の論文の中では、ラジウムの出現は「古い学者の迷夢」からの覚醒としてのみならず、「朽ちたる果実」である古いものが落ちるところに開く「新しき花弁」のイメージを通して描かれている。このような描写から、『野草』に見られる、朽ちた古い人生とそこから芽生える何かへの「希望」を予感できる。『野草』の中では、その新しく芽生えたものは「野草」に過ぎず、「野草」自体が短命で、地下から噴火しそうな火にその存在を脅かされている。しかし、新しく光るものの短命さは、既に「ラジウムについて」の終わりに仄めかされている。ラジウム発見者キュリー夫人が、一九世紀のレントゲンというX線の発見者に「脱帽して謝意を表さねばならない」というところに、「摩羅詩力説」に描かれた反抗的な詩人の鎖、古い知識を疑った学者の鎖を想起するのは間違いではない。だが、それと同時に、キュリー夫人の発見もまた古いものになり、置き換えられることになることまでが、仄めかされているのではないかとも思われる。
「ラジウムについて」のような科学的な論考の中に、『野草』に現れる詩的イメージの根を探すことによって、魯迅における中国の近代化に対する意識の根深さに改めて気付かされる。実は、「ラジウムについて」と同じ一九〇三年に、魯迅はもう一本の論文「中国地質論」を書いているのである。その中で、魯迅は外国による中国の調査に対し、彼らの支配欲を危惧しながら、地質という最も具体的で物質的な形での中国に関する知識の必要性を呼びかけている。様々な地質層の中で、魯迅は中国が石炭を含んでいる層に恵まれていると説明している。そして、この中国の近代化と発展に携わることのできる資源に、大きな希望と大きな不安を見出している。この論文において、魯迅の文学に見られる「希望」の最も早い用例の一つを認めることができると共に、「パンドラの箱」という表現が、その時期から既に、プロメテウスの火との関係性を持っていたことを証明しているのである。石炭を、魯迅は「この枯死した植物の霊の力」[33]と呼んでいるが、それには腐朽の運命に遭う「野草」のイメージへの遠い連想を見ることさえできる。

わが中国本部には広範囲に分布し、この層のない地方はどこにもなく、石炭産出量を合計すると、ヨーロッパをはるかにしのいでいるので（略）これはまことに万禍を包蔵するパンドラ Pandora の箱の底にひそむ希望であり、これを手にいれれば、日に日に光明燦然たる前途に近づくことができるが、これを失えば、憂慮と窮苦のすえに死に至るであろう。わが国民は選択をあやまらぬようにしよう[34]。

魯迅の執筆活動の原点にあるこのような論文には、中国に対する「希望」が窺われる。この母国に対する「希望」は、魯迅の「故郷」のイメージに重層化していくのである。E・ブロッホの『希望の原理』では、「希望」は「すべての人間の幼年期を照らしだすものであるとともに、また誰も行ったことのないところ」[35]、すなわち「故郷」という概念と強く結ばれているが、魯迅の文脈においても同じような関係が見られる。『吶喊』に収められた「故郷」

という作品は「希望」を中心的なモチーフとしているからである。

　幼年期の幼馴染、閏土は語り手「私」の思い出の中、そして実際の里帰りの場面に、重要な登場人物として現れている。閏土の名前を母親から聞いた瞬間、「私」がその時まで思い浮かべようとしてもできなかった「故郷」が、目の前に浮かび上がるのである。閏土の存在は、このように「故郷」の記憶を蘇らせるものとしてあるのだが、思い出の中でさえ一種の「希望」の象徴でもある。幼い時の主人公「私」は、閏土に再会するために年末を待ち遠しく感じていたと回想される。さらに、海辺という広い空間にいる閏土の存在と、「中庭の高い壁に仕切られた四角い空しか見ていない」「私」の対立は、『吶喊』自序に現れた鉄の部屋と「希望」をさえ想起させているのである。しかし、閏土との二〇年振りの再会では「私」は超えがたい隔たりを感じ、思い出の中でキラキラ輝いている閏土は、苦しい生活のせいで潤いを失っているのである。それは、緑の砂地、藍色の空と金色の月という、鮮やかな原色の故郷の風景が夢であるかのように褪せてしまう、一種の新たな覚醒の体験でもある。

　そして、過去に閏土との友情によって、「私」を閉ざしていた中庭の高い壁にできた隙間の思い出自体が、高い壁に囲まれていく。「私はただ周囲に目に見えない高い壁があるような気がした。それが私をまわりから隔てて孤独にし、私の気をふさがせている」(36)とは言うものの、この二番目の鉄の部屋を思わせる「高い壁」も、「私」の無関心を保つことはできない。「私は閏土とかくも隔たったところまで来てしまったが、つぎの世代はまだ一つだ」(37)。「狂人日記」の終わりにある「子供を救え」という訴えと共に、「故郷」のこのような終わり方は、「希望」を蘇らせる。子供の世代に象徴される「希望」は、「私」を囲い込む高い壁を壊す可能性をも示す。


希望ということに思い及ぶと、ふと恐ろしくなった。閏土が香炉と燭台を欲しがったとき、私は彼は相変わらずの偶像崇拝だ、どんな時にも忘れないのだから、とひそかに彼を笑ったものだった。しかし、現在の私のいわゆる希望なるものも、私自身の手製の偶像なのではあるまいか。ただ彼の願望はすぐ手近にあり、私の願望ははるか彼方にあるだけのことだ。

朦朧としたなかで、眼の前に海岸一面の緑の砂地がひろがった。その上の深い藍色の空には金色の円い月がかかっている。私は思った、希望とは元来あるとも言えない、ないとも言えない。それはちょうど地上の道のようなものだ。じつは地上にはもともと道はない、歩く人が多ければ道もできるのだ(38)。


この引用から見えてくるのは、「希望」と共に浮かび上がる「故郷」の風景である。「故郷」は過去に置かれているのではなく、まだできてはいない道の到着点として位置づけられている。このような、まだできてはいない道は、具体的なイメージ及び抽象的なモチーフとして、『野草』のちょうど真ん中（「行人」）を通っている。魯迅自身との明らかな類似において成り立っているこのアレゴリー劇の主人公は（「道とはいえない」）細い道を歩いている。道の途中で翁と女の子に出合い、その老年期と若さの代表者と話を交わすが、その話で明らかになっているのは、行人の存在が前へ進むこと以外に意味づけようがないことである。彼が傷ついた足から血を流しても前へ進まなければならないのは、彼に呼びかけてくる声が聞こえてくるからである。その声こそが「希望」であるのは、すぐに分かる。

道の先には墓場しかないと老人は主張しているが、女の子はそこに野百合と野薔薇があることを強調している。野百合も野薔薇も「野草」であり、行人はそれらの存在を女の子の言葉から思い出すかのように微笑んでいるのである。しかし、子供には野草しか見えないのに対し、行人はそこがやはり墓場であることを認めている。女の子から貰う包帯用の布は、足の傷を覆うには小さ過ぎて役に立たない。翁はその布を墓場で捨てるようにと薦めるが、結局、女の子を喜ばそうとして、それを野百合か野薔薇に掛けることを決める。前方から呼びかける声、女の子、野薔薇と野百合、女の子の布は、一つのイメージの連鎖を作り出し、女の子の無意味な贈り物である布という、傷を覆い隠そうとする「希望」の比喩に集約されている。

このような、世代のずれの中で一瞬だけ閃く「野草」（野百合、野薔薇）、つまり「希望」の幻想は、翁から行人を通して孫へという軸を作り出している。若い世代へ投影される「希望」は、語り手、そして、その語り手における「希望」と、若い世代との関係が語られている『野草』所収の「希望」という小品の中で、さらに実感できる。自分を夜の暗闇から守ろうとした語り手は、「希望」の盾を使ったが、「希望」の後ろには同じ暗闇しかないことを知る。

当時の若者の不活発に対して書かれたであろう「希望」は、語り手の中の火としての「希望」が消えた後で、彼が目を向けようとした若者への視線の移動の中で語られている。この錯綜した視線は、その存在が疑われるほど静かな若者にぶつかることで、語り手自身の上に跳ね返ってくる。若者の不在が「希望」を失わせているが、「希望」の反対である絶望の実感までもなくさせているのである。若者の不在は、既に若さを失った自分自身の存在を際立たせるコントラストの欠如を意味している。「絶望が虚妄であるのは、希望とまったく同様だ」(38)。虚妄は光と闇の間を占めており、『野草』の「題辞」から分るように、そこにこそ「野草」が生えているのである。

ここで、『吶喊』自序を思い出させるような、「希望」の否定に現れる論理的な矛盾を見出すことができる。希望の不在を証明できないことから、希望の不在がもたらす絶望の不在へと論理が錯綜し、結局のところ光でもなく闇でもない、虚妄の中にいるためにも、「希望」が必要とされることになる。「希望」という小品の末尾に一九二五年一月一日という日付が付されている。新年を迎えながらこのような暗い考察をすることはいかにも絶望的ではあるが、この作品を書く行為自体には「希望」の原理が流れ込んでいるのである。そして、魯迅文学の中心でもあり、『野草』全体の性質を表す、興味深い入れ子の構造の最も端的な例をこの小品に見ることができる。

『吶喊』自序で見た、書くこと自体と「希望」との皮肉な関連という大きな枠組みの中の『野草』の位置、『野草』の中の「希望」、そしてさらに入れ子構造を示唆している「希望」の中のペテョフィの詩「希望」の引用。実は、一月一日はこの散文詩的小品に登場しているハンガリー人のペテョフィの誕生日でもある(40)。

「希望」は、ペテョフィの詩の中では、人の若さを費消する娼婦の形に擬人化されているが、魯迅の小品「希望」の中では、ペテョフィの詩「希望」そのものがアレゴリーになっている。製作された詩は希望を形にしたものであり、詩の運命そのものが希望の原理を具象化しているのである。二六歳で命を落としたペテョフィの運命は、個人の運命として嘆くべきものであるが、彼の命の三倍の年数にわたる彼の詩の生命、そしてその詩の中の（否定された）「希望」こそが、皮肉で哀しい。絶望の中の「希望」の中の絶望の中の「希望」という入れ子構造は、このようにペテョフィの詩の引用によって強調されているが、その構造の中に『野草』そのものを位置づけなければならない。そのためにも、『野草』の「題辞」では、散文詩的な作品集である『野草』そのものが、雑草的な植物である「野草」の形と自己言及的に反響させられ、「希望」の否定を思わせるかのように、散文詩そのものの速やかな腐朽が祈られているのである。魯迅は『野草』所収の「死後」の中で、自分の鼻の上に止まった蝿に対し、自分は批評家に研究されるべき偉い人間ではないと警告している。しかし、魯迅の作品の中でも、最も卑下されたはずの、名前のない草の意味で「野草」と名付けられた作品集『野草』は、ペテョフィの「希望」と同じように、竹内好を始め、太宰治や大庭みな子という作家から「希望」に満ちた眼差しを向けられることになる。

一九三一年の英訳の自序の中で、魯迅は、『野草』に現れる曖昧で抽象的な表現の背景にふれながら、作品集自体を、荒れ果てた地獄の縁に生えた、小さな花だと意味づけている。『野草』の作品を読むと、変化への「希望」を孕んでいた「よい地獄」（激変の時期）も失われることになる以上、地獄の縁に咲いた小さい花は野草と同様に地下から噴出する火に飲み込まれることになるのだと分かる。『野草』所収の「失われたよい地獄」の中では、曼陀羅の花として、それらの花が現れているのである。地獄の火によって肥沃な土壌が失われたために、「題辞」の中の「野草」と同じように、これらの花は惨めである。

「失われたよい地獄」の中の死者の魂は、それらの花を見ながら一種の目覚めの体験をしている。魂たちは目覚めると同時に人間の世界を思い出すことになり、地獄を非難する悲鳴を発する。その悲鳴は「吶喊」と同じように、虚無の中に響き、悪魔に取って代わった人間が、地獄の再秩序化に励むことですべてが終わる。新たに強められた火の中で希望を表している小さな花が燃えてしまう。それと同時に、『野草』所収の「失われたよい地獄」の中の惨めな花のイメージによって、『野草』の「題辞」との呼応の中に、詩集『野草』自体が入れ子関係に置かれていることになる。しかしながら、この「野草」の腐朽（への願い）は、存在しないものが朽ちることもできないので、「野草」の存在の証拠になり、つまり「野草」の存在を否定ではなく、肯定してしまう。

『野草』からは、『吶喊』で見た、子供のイメージも消えてはいない。それは、魯迅と彼の弟周作人との間の不和がもたらした、幼年期への郷愁が背景になっているかもしれないが、子供に投影された「希望」は、「行人」の女の子のアレゴリー以外にも現れている。それは、自分の幼年期を扱ったノスタルジックな作品、「雪」と「凧」である。これらの作品は「故郷」の水脈に繋がっていると言える。「希望」は記憶と絡み合い、過去に投げかけられることによって自らの達成不可能性にぶつかる。しかし、興味深いことに「雪」という散文詩的小品の中には、雪の下に冷たい「雑草」が潜んでいるという描写が挿入されている(41)。「雪」では、「故郷」と幼年期の輝かしい雪と、眼前の精気のない幻の雪が対比されることで、「故郷」と同じように遠くに隔たった「希望」が強調されているとも言える。しかし、この散文詩の中の雪のイメージは、単なる過去と現在との比較対象のためにあるのではなく、一種の記憶と思い出の比喩としても機能しているのである。思い出の層である雪の下に潜む「雑草」には、過ぎ去った幼年期という過去の時空間においてとはいえ、上へ、前へと進む潜在力、つまり何重にもなっている屈折と入れ子の中の「希望」を認めることができる。

このような絶えず奥へ遠ざかってゆく「希望」である「故郷」の風景は、「凧」の中にも見られる。そこでは、子供の時、弟が隠れて作っていた凧を、「意気地のない子どもの遊び道具」(42)として壊してしまったことの思い出と罪悪感が語られている。これは幼年期の思い出、さらにもっと具体的に、空を彷徨う凧という哀れさと虚しさの比喩を通して、「希望」の心理を描いたものである。

「児童問題をあつかった一冊の外国の本」の中から、語り手である兄は玩具が「児童の天使」であることを知って、今さらながら自分の犯した過ちに気付く。「わたしの心はたちまち鉛の塊に変わったかのように、重くなって落ちこんでいった」[43]と、語り手は、その時の精神状態を描いている。弟に凧を渡し、一緒に遊んで上げることは一つの償いの方法であるが、二人とも口髭を生やした大人となった今となっては、このような「故郷」への道は塞がれてしまっている。二つ目の方法は謝罪であるが、弟はその過去の場面をまったく覚えていない。つまり、「故郷」は既に忘却の層の下に追いやられている。「まったく忘れてしまい恨んでもないとすれば、許すも許さないもありはしない。恨んでもいないのに許すとしたら、うそをつくことになろう」[44]。

この上わたしは何を求めることができようか。わたしの心は重くなるばかりであった。
今も、故郷の春はこの異郷の大空にただよっている。それは、過ぎ去って久しい子どものころの追憶と、それにまつわるとらえどころのない悲哀とを、わたしによびさました。わたしはやはり厳しい冬の寒気のなかに身をかくした方がいいのだろう。——だが、四方をつつむのは疑いもなく厳しい冬であり、わたしは凍てつく寒気にさらされているのだ[45]。

「わたしはただ一人、遠くへ行く。おまえもいなければ、別の影もいない暗闇のなかへ」[46]という、「影の告別」からの声を思い出すような、脱出を求める態度である。しかし、厳冬の寒気の中へ逃げることは不可能であり、無意味である。既に厳冬の中にいる「わたし」にとって、蓋うことのできない故郷の春の空が、視界から消えないからである。つまり、その故郷の光景が見えないような位置、居場所、主体の立場はないのである。「わたしの心は落ちこんだすえに断ちきれることなく、どこまでも重くなって落ちていくだけであった」という言葉は、完全な忘却と絶望のような、底のない感情を見せている。それは「希望」という作品そのものの構造であり、「希望」という心理の構造である。「希望」の最後に、暗夜に立ち向かうことを決心した語り手は、自分の前に「ついにほんとうの暗夜さえもありはしない」ことに行き着いてしまう。厳冬、暗夜という世界の暗色が濃くなればなるほど、小さく、しかしくっきり見える「希望」の光景は、『野草』所収の「美しい物語」では最も純粋な形で描かれている。

近くで爆竹の音がしきりに響き、身のまわりにはたばこの煙が立ちこめる。暗くて深い夜である。（略）わたしはこの一篇の美しい物語を、心底から愛している。砕けた影がまだあるうちに、それを呼びもどして完成させ、書きとどめておかなければならない。わたしは本をほうりだし、体を起こして手を伸ばし、筆を取る――だが、砕けた影はあとかたもなく、暗いランプの灯が見えるばかりで、わたしも小船のなかにいるのではなかった。だが、わたしはこの一篇の美しい物語を見たことだけは、いつまでも覚えているだろう。暗くて深い夜に……(47)

このような、忘却の暗闇の中から辛うじて姿を見せる夢こそは、目覚めへの希望であり、その希望は、否定されながらも文学作品の原動力になる。既に、睡眠の鉄の部屋の関連でふれた『吶喊』の「自序」は、このような忘れきれない、抑圧しきれないものへの自己弁護的な記述から始まる。

若いころには、私も数多くの夢を見たものだった。やがて大半は忘れてしまったが、自分でも、べつに惜しいとも思わない。思い出というのは、人を楽しませもするが、ときには、それは寂寞を覚えさせることにもなる。精神の糸で、すでに過ぎ去った寂寞の時をつなぎとめておいたところで、なんの意味があろう。私はむしろ忘れ切れぬことが苦しい。その忘れきれぬ一部分が、いまになって『吶喊』のもとになったのである(48)。

記憶と忘却、夢と覚醒の鬩ぎ合いは、「希望」に貫かれ、「野草」が生える不安定な地盤を作り上げながら、死の縁に小さく咲く野草と共に生命を包み込んでいる。『野草』所収の「死後」では、墓の中の語り手は、眼の前に操りひろげられた「たくさんの夢」のせいで、死に切れなくなる。このような心理構造は『野草』の最後の作品「一覚」

（まどろみではなく、「目覚め」と解釈したい）を導き出している。語り手は、北京爆撃の飛行機の音に「『死』の襲来」を覚えると同時に、「『生』の存在」を再発見している。その「生」の感触は、窓の外の若葉と春の花の描写を通して、青年作家の原稿の中の「鮮血のしたたる粗暴」な「人間」の魂から伝わってくる。『浅草《せんそう》』という雑誌を学生に手渡された記憶は、なぜか野薊がトルストイに小説を書く刺激を与えた逸話と重複する。

だが草木は、乾ききった砂漠のただなかで、懸命に根をはりめぐらし、深い地中にある泉の水を吸いあげて緑の茂みを形づくる。それは言うまでもなく自分の「生」のためである。しかし、疲れてのどのかわいた旅人は、それに出会うと、しばらく休息をする場所がみつかったと思って心がなごむ。それは感動に値することであるとともに、また悲しむべきことでもある(49)。

『野草』の語り手が、冒頭の「秋夜」に始まった自分の孤独の「長い夢」に閉じ籠った状態から、青年作家の原稿を通して、外界、「人間世界」に目覚める。その目覚めの動機になっているのは、以上の引用で見るような蜃気楼に過ぎないような希望、そして希望の極小の核である「生」なのだ。しかし、このような自分と世界の関係の復元は、感動的であると同時に悲しいものである。「題辞」では、「野草」は「光と闇、生と死、過去と未来のさかい」に置かれていると分かるが、結局のところ、「野草」のイメージで表現を試みた「希望」の心理は、自分の産物である「野草」のイメージの頼りのなさを意識していることになる。草は、「希望」を与えるためではなく、自らの生命のために、闇と死に抵抗しているのだが、草に向けられた眼差しは、そこに「希望」を見続けなければならない。この「一覚」の中でより鮮やかに希望の雑草性（野草性）が描かれている。それはトルストイの小説の記述によって、作品そのものの在り方と形の中に「雑草」の雑草性として、入れ子的に反映されている。

これから続く本書の第一部、第二部、第三部は、魯迅のプロメテウスの火と「パンドラの箱」に見られる近代文明への期待と不安、さらに文明と自然の接触や衝突を背景に持っている。第一部での近代文明の都市化は内面的空間の考察の比喩である「雑草園」の背景であり、第二部の「雑草の季節」は関東大震災による文明の表象であった東京の破壊と繋がり、第三部は文明の進歩によって皮肉にも人類が自分自身の存在を脅かしたという危機的状態を背景に持っている。そして、第一部、第二部、第三部を貫いて、共同体への通路としての「故郷」的なイメージへの追求を見ることになる。「ラジウムについて」や「中国地質論」という論文を執筆したころの魯迅は、日本留学を通して近代文明と積極的に接触することになる。『吶喊』の「自序」では魯迅は自分の文学の基底にある「希望」についてふれているのだが、その中で日本留学の体験をも振り返っているのである。医学を学びに来日した魯迅は、中国の精神的な健康の重要性に気付き、文学運動に力を注ぐことになる。魯迅は、『野草』にも見られる、自分の文学に対する皮肉に満ちた態度を、何よりも、プロメテウス的な火という近代化への自分自身の希望にも向けているのである。「ラジウムについて」から三〇年後に、魯迅は恨みに満ちた口調で、同じ「火」を描き続けているのである。それは、具体的な形で日本の軍事力からもたらされた破壊によって、日本留学時期に抱いた希望の裏切りを見せる。

プロメテウスは火を盗んで人類にあたえ、天界の規律を破った罪により地獄におとされた。だが、木のきりをもんで火をおこした燧人氏は、神聖な私有財産を破壊せず——当時は樹木は公共のもので所有者はいなかった——窃盗罪にもとわれなかったようである。しかし、燧人氏も忘れらて、いまでは中国人は火神菩薩は祀っても燧人氏は祀らない。

灯火をともすのはあまりにも平凡だ。むかしからいままで灯火をともして有名になった名士はきいたことがない。(略)放火はそうではない。(略)現代のヒトラーは生きた証人だ。どうして、お祀りしお供え物をしないでいられよう。まして、現今は進化の時代であるから、火神菩薩も代々、かまどを跨ぐ。(略)

かすかな黄色い光線が障子窓に映じて、なんと豪華なことか。ならん。そのように灯火をつけてはならん。光明がほしいというのであれば、そんなふうに石油を「浪費」するのを禁止しなければならない。石油は野良へかついでいって、ポンプにいれ、ワッショワッショと噴出させるべきだ……大火事が発生して、数十里も延焼、稲穂、樹木、家屋――とりわけ、わらぶきの小屋――は、あっというまに灰になってしまいあがる。それでも不足だとばかり、焼夷弾、硫黄弾が飛行機から投下され、上海の一二八の大火のように数日間、昼となく夜となく燃える。こうであってこそ、偉大な光明である(50)。

このような恨みと皮肉に満ちた誇張にこそ、忘れきれない「夢」への無理やりな抑圧を見ることができる。文明に含まれている、生命を脅かす危険の要素は、様々な形で本書で取り上げる文学作品の背景をなしている。さらに、期待と不安の中で、想像されている理想像には、「希望」と共に、「子供」と「故郷」が浮上してくるのをこれから見ることになる。「野草」というイメージは生い広がる近代精神を示唆していると同時に、日本の近代文学と根強く繋がっている文学作品そのものの在り方を指し示しているのである。

『希望の原理』の中で、E・ブロッホが「希望」の議論の出発点にしているのは、幼年期の記憶である。ブロッホは幼年期の隠れ家のような空間における幻想を、「希望」という志向の基底に置いているのである。「自分自身の生活は高々とのこぎり壁で護られ、ふちどられていた。しかし、眺望のためにはいつでもそこに登ることできた。このせまい場所と美しい異郷との結びつきは後々までも消えることがない。すなわち、願望の国は、この年頃から、一つの島なのだというべきだろう」(51)。この幼年期の記憶を生かす「希望」の原理には、異郷という言葉で表されている願望の世界が、その世界への願望が芽生えた空間である「故郷」と深く結び付いていることが分かる。

魯迅が「故郷」で語っている、高い壁に囲まれた幼年期の庭の記憶をここで想起できるし、『朝花夕拾』では、幼年期における楽園であった、雑草が生い茂った故郷の庭である「百草園」(52)の記憶をも呼び起すことができる。続く第一章では、まさしくこのような故郷と幼年期へと導く、閉ざされた空間を、北原白秋の例を通して見ることにする。そして、ブロッホが「希望」の基底に置いているような、「願っている遠方」は「ときには、未知の国々について語ってくれる郵便切手であることもある」[53]のだ。白秋の故郷には、雑草が生い茂った庭の思い出と共に、このような郵便切手の代りに、幼年期の記憶に焼きついている「骨牌の女王」[54]を見出すことができる。

第一部

割り込む

第1章

温室の中の「雑草園」と「故郷」……………北原白秋における内面的空間の構築

「雑草」のイメージについて考えるためには、「雑草」が現れている空間、「雑草」に覆われている空間に目を向けなければならない。本章では、近代の都市空間こそが「雑草」の背景をなしていることを明らかにしつつ、近代文明の物質的な表現である都市空間の中に、「自然」がどのように入り込んでいるかを「雑草」の表象を通して検討していくことにする。「雑草」が現れる空間としては、「植物園」に代表される空間、すなわち近代都市空間に「自然」を切り取り、囲い込んだ空間に、特に注目すべきであるというのが本章の主張である。

この「植物園」は、本章の議論の対象である北原白秋の詩の分析を通じ、「雑草園」として捉えなくてはならないことが、明らかになるであろう。「雑草」という日本語には、明治期の用法を見る限り、様々な植物という意味と、人間にとって邪魔な草という異なる意味が指摘できる。この二つの意味には、多種多様な植物を分類し、植物園の空間に配列するという人工的で「文明」的な側面と、人間の制御を逸脱する「自然」的な側面を、共に認めることができる。本章では、この両義性を積極的に位置づけようとする。「植物園」、「温室」、「花壇」という、都市空間の中の切り取られ、囲い込まれた「自然」の中では、人工的な側面と自然の生命力の側面とが、両義的に共存しているからである。本章の議論の展開の中で、この「自然」の側面は、やがて「故郷」と結び付いてゆくであろう。

本書の中心となる第二部では、「自然」との共生や共同体への模索が「雑草」のイメージを通して考察されているが、そのような共同体への帰属の願望は、文明の表象である帝都東京の都市空間が、関東大震災によって破壊されたことによって、一層切実なものとなった。このような破壊の体験を通過した後の、共同体への目覚めの心理を捉えるためには、まず、共同体の背後にあって、「植物園」や「温室」として造形される「夢」の次元、すなわち個人の内面性の考察が必要となる。

北原白秋は、関東大震災後の原始的な自然回帰の世界を描いた前田夕暮の『緑草心理』を評して「雑草園」という言葉を用いているが、そのような白秋の表現が生まれた事情を探れば、都会の中に孤立している、切り取られ、囲い込まれた「自然」の表象に遡ることができる。人工的な近代都市の住民は、失われた「自然」に対する感受性を、都市の中の僅かな緑の空間によって、刺激されるのである。それは、都会の中の自分自身の孤独を、孤立した緑の空間の有様を通して確かめることに繋がり、その緑の空間の上にこそ、都市住民は内面の夢の次元を投影しようとするようになるのである。このような感受性は、大都会の環境によってこそもたらされたものと言えるが、都市住民の夢の次元は、大都会の対極にある「故郷」の次元にも繋がっている。

北原白秋に焦点を当てることが重要なのは、彼の詩の中で、『東京景物詩』や『思ひ出』(1)においては、都会文明の誘惑、そして幼年期と故郷への郷愁が同時期に現れているからである。白秋の「雑草園」は、小石川植物園のような都会の中の空間をさす一方で、雑草が生い茂った故郷の家の庭の表象でもある。さらに、白秋の前期の詩に属している詩集『邪宗門』(2)における、キリスト教的な幻想に見られる異国情緒を考え合わせると、「雑草園」のイメージの裏に、聖書にあるような失われた楽園をさえ見出すことができる。玉城徹の研究(3)は、白秋の前期詩作活動や、それを取り巻く詩的な雰囲気における、都会趣味と故郷への郷愁の同時出現をよく捉えていると言える。「絵画と詩」、

「地方色の問題」や「都会と郷土」の中で、玉城は『方寸』誌などに現れる、都会趣味と故郷に対する思いの間の鬩ぎ合いと共存にふれている。都会の人工的な環境と自然豊かな「故郷」の幻想は、北原白秋の詩に見られるような、自己の内なる世界を描き出した内面性と深く関わっている。

本章では「雑草園」が内面的空間の構築の場の表象として理解できることを明らかにしたい。「雑草園」たる「植物園」の中の、植物の栽培環境の人工性を強調するなら、「温室」を「雑草園」を抽象化した比喩として解釈できる。「温室」の比喩を通して、植物が繁殖と腐朽を繰り返すように常に生成変化している、内面的情緒や官能が蠢く空間である、閉鎖された濃密な内面的空間の特徴を捉えてゆくことにする。さらに、「温室」の比喩が閉ざされた箱の比喩にまで発展することを明らかにし、秘密としての内面の表象に繋がっていることを分析する。内面の奥への洞察の構造は「植物園」「温室」「花壇」「植木鉢」という縮小するイメージの連鎖の中で、入れ子になっている箱として見ることができる。北原白秋の場合、この入れ子構造の最も奥に潜むのが、彼の詩に現れる種子のイメージである。種子は、内面の洞察への一種の限界を示しているのである。その入れ子構造の中に、例えば雑誌『屋上庭園』という「植物園」的な比喩の上に成り立つ詩作の空間を媒介とする、詩作という言語実践の過程そのものが反映させられていることを提示したい。

空間的に入れ子として捉えることができる、この詩的内面を洞察する過程で、空間的な次元が「思い出」という時間的な次元と繋がっていることも、極めて重要な特徴として浮かび上がるであろう。内面の底に埋もれた、空間的次元としての「故郷」(『思ひ出』所収「わが生ひ立ち」では「柩」として表象される)は、内面的空間の奥を占める幼年期という時間的次元を掘り起こすこととの関係で、位置づけなければならなくなる。つまり、近代都市空間の中の内面性の詩的な構築は、「故郷」と幼年期、「子供」の表象を導いているのである。「雑草」のイメージは、人工的な都市空間の環境と、記憶の中の「故郷」を結び付けているのである。

「故郷」と結び付けられた「雑草」のイメージは、内面的空間の奥へ奥へと、複数の入れ子構造の中に囲い込まれていく。従って「故郷」を見出そうとすることは、その瞬間「故郷」をより奥へと追いやることに他ならない。従って近づこうとすることが、少しずつ、より遠ざかることとなり、この連鎖が果てしもなく続いていく。従って「雑草」のイメージは、自己の帰属空間としての「故郷」を手に入れることの不可能性の上に成り立っているので、魯迅の「野草」のイメージと無関係ではない。

ここに共同体への模索を認めることができる。つまり、自分の中の幼年期の記憶は、最も深くて細やかな内面的洞察を通過して、より抽象的な意味での「子供」の方向へ、つまり中から外へ、夢から覚醒へ、内面から共同体へ、拡散していく過程を認めることができる。そのために、白秋は、回顧的に非個人的な共同性を表現している童謡というジャンルを試みる中で、自分の想像の根源を、詩集『思ひ出』の中に見出しているのである。本書で述べる幼稚園についての考察は、都会の中で内面を詩的に映し出すものとして機能する「雑草園」の空間から、第二部で論じる、自然回帰と幼児回帰を通しての、共同体と「故郷」への願望としての「雑草」へとイメージが変化する、その移行の相に関わるものである(4)。

1　日本の文学的空間に組み立てられる「温室」

東京小石川植物園の案内書としては、最も早い時期に出版されたものとして、山田野梅の『植物園往来』(一九二七年)をあげることができる(5)。この庶民的な書物の中でも、東京の市民にとって、植物園の空間がどれだけ美的かつ精神的な意味を持っていたかを垣間見ることができる。

明けても暮れても、目まぐるしく、電車が狂奔し、自動車が狂奔し、自転車が狂奔する都会。その狂奔の間を、ごろ〳〵と、荷車がきしり、荷馬車がきしり、おわいやの牛車がきしる都会。その雑踏雑音を抜けつくゞりつ、命からぐ〜生活する人間の集団―大東京の市民。たゞさへ狭い往来に、広告のペンキを塗られた電柱が並木をなし、電線が蜘蛛のすを張る東洋の大都会とやらに住んで、黄色く濁つた空気ばかり呼吸してゐると、たまには清新な野山の景趣にでも触れて、ほッと一息つきたくもなる(6)。

案内書の著者山田は、植物園を描く自分自身のことを「先天的擬似神経衰弱患者で、慢性胃腸病者」と診断しているのだが、そこに精神と身体双方を蝕む都会文明の中の病と、「自然」への幻想の欲望を見ることができる。案内書では、隔離された場所、自然への都会的な憧憬、大都会東京の真中の夢の空間としての「植物園」などのイメージを、通俗的な形で提示することによって、「植物園」の空間の詩学を日常の中に浸透させようとしている。

このような夢の空間としての「植物園」は、騒がしい大都会の文明という他者なしには存在しえない。案内書の著者山田は、野生が次第に東京郊外から消えてしまったことによって、そこに集まっていた画家や写真家が、東京の真中にある植物園に集まるようになったと語っている(7)。山田の何気ない感想は、「植物園」が逆説的に形成された空間であることを示している。つまり、本来周辺にあるはずの自然が、都会の中に囲い込まれるほどに縮小され、都市の外側と内側が反転するのである。

「植物園」による野生の幻想は、人工的に作られているとはいえ、完全に人工的とは言えない。結局のところ、「植物園」の植物界は「自然」として実感できるものである。しかし、「植物園」の植物の生態系は「自然」の中では決して起こらないような、凝縮した形を取っている。植物は自然界ではあり得ないような密度で詰め込まれ、通常は互いに接触しない植物が組み合わされながらも、一種のエコシステムとしての閉ざされた世界を作り上げている。非常に濃密で豊潤な植物の世界は、世界中から移植された植物のコラージュであり、植物園の核心をなしている「温室」の中に、その世界はさらに凝縮されていると言える。

「植物園」の人工性をさらに突き詰めた形である「温室」は、大都会中のオアシスであると同時に、空間の詩学の中では重要な比喩にもなる。「温室」は、自生していた大地から根こぎにされたものが、閉ざされた空間の内部に配置されたものを意味している。生を人工的に囲い込む「温室」の透明な壁は、私的／詩的内面空間を限るものとしての比喩のレベルを越えて、近代文明の公の領域の構造にまで及んでいるのである(8)。

近代日本の場合、「温室」がとても豊かな比喩として浮かび上がるのは、西洋において数世紀にわたって蓄積されてきた意味を、凝縮した形で背負わされているからであろう。さらにそこには、明治特有の、西洋が持つ異国情緒の新しい意味の層も加わっている。近代メトロポリスとしての東京の発展、キリスト教文化の吸収、日清日露戦争で得られた新領土に対する意識の高まりがあったのと同じ歴史的時期に、「温室」という語彙そのものが使われるようになる(9)。同じ時期に、将軍の所有物であった小石川の薬草園は、「目まぐるしい所属替え」を経て、近代の自然科学の始まりの中心となった東京帝国大学の理学部の管理下に移ることになる(10)。小石川植物園の中の最初の温室の建築は一八九六年に始まり、一九一一年に完成する(11)。この期間は、鉄とガラスの具体的な構築物の使用期間を現しているものの、明らかなように、比喩としての「温室」の空間的構造は、明治日本の「文明開化」と「富国強兵」の歴史的な次元と重なっている。

この特殊な歴史的な時点においては、失われた楽園を慕うキリスト教のみではなく、植物の分類などに見られる近代科学体系や、鉄とガラスを取り入れた近代都市環境が、「温室」に含まれる意味生成力を同時に活性化させている。「温室」は抽象的な概念（自然の管理と所有、近代的主体やその内面性）と、物としての都会的構築物（公園、植物園、他の「夢の家」(12)）としての意味とを同時に持っている。日本近代の文壇が、「温室」に刺激され、「温室」から詩的な主題を汲み上げようとしていることを考える際には、以上の複雑な背景を念頭に入れるべきである(13)。

「植物園」はその根源においては、ジョン・プレストが注目しているように、一種の書物であり、自然界に関する百科事典的な知識の参考書である(14)。しかし、百科事典のような書物ばかりではなく、文学作品という書物と「植物園」や「温室」の間の密接な関係も指摘できるだろう。「温室」は、近代都市空間に物としての姿を見せながら、その都市空間の人工性とその構造を表し、近代文学の表現を条件づける内面そのものの造形の比喩ともなる(15)。

文学を通して、日本の近代文化に組み込まれた「温室」に、どれだけ多くの意味が集中していたかを、端的に見ることができる。例えば、『明星』という雑誌には、文字通りの意味においても、また広い意味においても、西洋からの(文化的)翻訳と主体的な内面の表現が、「温室」のイメージに表れている事例を見ることができ、「温室」というイメージの振幅の広さを端的に理解することができる。従って、「温室」は、それ自体として西洋の近代植民地主義や帝国主義のステイタス・シンボルとして、日本の都市空間に導入されたばかりでなく、その言語的表現が、そうした西洋の文化的翻訳を凝縮する装置としても機能していたことが分かる。

「温室」は、一九〇七年に同時に発表された、二篇の邦訳文学作品の中に見ることができる。この年に、秋庭俊彦(一八八五～一九六五年)がギィ・ド・モーパッサンの短編「温室」を雑誌『明星』(一九〇七年九月)に訳し、上田敏がモリース・メーテルリンクの「温室」と題される連作の翻訳の一部を含む論文を『哲学雑誌』の一一月号に載せているのである。西洋の詩を日本に紹介することにおいては第一人者であった上田敏は、メーテルリンクの翻訳と共に「象徴」という概念について論じている。この未完の論文で、上田は、「象徴」がボードレール的な万物応照に近いものであり、恣意的なメタファーと違って、それぞれの事物に内在する関係に基づいていると説明している。

このような上田の説明の重要性は、メーテルリンクの詩に現れる内面の象徴としての「温室」によって、さらに強調されている。一方、『明星』という雑誌は、世紀末の詩の導入と作成、及び伝統的な短歌の革新の運動の中心にあり、既に一九〇五年の七月号には、エピグラムとしてマラルメの象徴詩宣伝の一部を載せている。雑誌自体の文学的関心が、ロマン主義及び象徴の観念に向けられているのは確かである。

モーパッサンの翻訳者秋庭俊彦については、情報が乏しいといわなければならない。しかし、限られた情報から「温室」に焦点を当てると、非常に意味深長な人間の像が結ばれてくるのである。彼は『明星』を中心とする新詩社同人であったが、二〇年代にチェホフの文学に強く惹かれ、『チェホフ全集』(16)の編集に携わった。しかし、二〇年代後半には、文壇から身を引き、「温室」における植物栽培と俳句作成に専念したという(17)。

秋庭が訳したモーパッサンの短編「温室」では、ナント市の夫婦レアボーが、精気のない乾ききった夫婦関係を、自分達の所有地内の「温室」の中の下女の密会を目撃することで、活性化させている。この密会の目撃という事件には、エロチックな覗き見的な意味合いが含まれているが、それらが物語のユーモア溢れる語り口によって和らげられている。「温室」は地方ブルジョアのステイタス・シンボルとして位置づけられ、その意味が文字通りの下層である下女の秘密の行為をも、視界の中に囲い込む支配の関係にまで拡大している。プライヴァシーを奪われた下女は、中年夫婦の特権的な眼差しによって対象化され、植物界の中に生息する原初的な自然の状態に還元されている。

このように階級的権力と自然を支配する能力の関係は、エロチックな欲求に応じるように構成されている。「温室」は文学的比喩のレベルに止まらず、社会文化的及び物質的な存在として、多くの詩人達が詩を創作する行為そのものの中に浸透しているのである。モーパッサンの「温室」は家庭的な事件を中心に語られているが、その事件を通して、異なるものに向けられた帝国主義的及び植民地主義的な国家の所有欲が、家庭的な文脈の中に和らげられ、さらに中年夫婦の唐突な親密性に仄めかされた、プライヴェートな空間の最も奥にまで持ち込まれているのである。語りの構造によって内面、つまり「温室」が、個別的な身体と精神を持つ下女とエロチックな欲望を媒介に、夫婦の間の秘密の中に閉ざされることになる。

帝国主義というマクロのレベルの領域から始まり、国家内のブルジョア階級の近代的な所有を通して、「温室」の透明な壁は、同心円状に個人の内面的空間を囲い込んでゆくのである。その透明な輪郭の構造は西洋と近代化する日本の間の境目を、この翻訳に象徴されるように、越えようとしている。「温室」を外界から隔てる透明なガラスの屋根や壁は、西洋からの文化や技術を翻訳行為を媒介に移入し、まったく異質な物事をあたかも西洋と日本の間で等価であるように装い続けてきた。翻訳行為そのものを透明化させ、なかったことにしようとする欲望を象徴している。

モーパッサンの「温室」の翻訳は、外国の文学に現れる社会風習や景物を日本に紹介するに止まらず、隠された空間に込められる内面性の詩的イメージをも、日本の文学者に伝えていたとも言える。「温室」の翻訳者秋庭自身による「温室」の比喩の詩的な解釈が、『明星』の同じ号に載っている。詩のタイトルは「おくつき」(18)であるが、内面へ沈潜するかのようなその後半の部分は「おもひで」と題されている。

おもひで

しづくする葡萄の葉かげ、
夕日のうるむ古庭
ああ胸にふとこそうかべ、
まがれつと、髪のかかりば。
さてはまた心躍りし
しづかなるその足音も。
昨のかげ、—あはれ花室
荒れはてて扉も朽ちぬ。
おもかげのしめらし匂ふ
花さうび影だにもなし、
いたづらに、のうぜんはれん
おもひでの蔓ぞもとほる。

秋庭の詩は、思い出としての「温室」(「花室」)を作り出し、それを文字通りに「おくつき」という詩の中に埋め込んでいる。このように、死とその物質的な具象としての墓、その中に埋められている柩、そして土から生える植物が、デカダン的なムードを醸し出している。「まがれつと」と「のうぜんはれん」という植物名は、片方はアルファベットを、もう一方は漢字を平仮名に変換して書かれたことで異化されているだけではなく、植物それ自体の物質的な印象を文字の形から伝えるようにもなっている。つまり、秋庭は、詩の中身においてだけではなく、紙面の上においても、形のない思い出を植物の形によって視覚化しているのである。

「おくつき」と題された秋庭の詩の構成によって、墓あるいは柩としての「思い出」それ自体を、荒れ果てた「温室」と対になるイメージとして解釈できる。「温室」は墓(「おくつき」)の中に置かれることによって、植物が溢れ出るような入れ子を作り上げ、身体を囲む箱としての棺のイメージが「温室」の輪郭に重ね合わせられる。つまり「温室」の目に見えない壁も身体を囲い込んでいると言うことができる。このような埋葬された自我の空間は「おもいで」と名付けられ、朽ちた扉の廃れた「温室」に形作られた、箱型の内的な空間として、内面性の感覚を示している。情熱や他の内的な情緒を象徴している、消えた花の影は、詩の最後において、「雑草」的な蔓の滑らかな広がりに置き換えられている。這う蔓は、換喩的に想像の断片と壊れた「温室」の破片を縫い合わせる。「思い出」は、過去の古びた出来事であり、その出来事をめぐる記憶は、出来事の現場の生々しさを失い、あたかも腐蝕が進行するように何度も造形されてきたために、既に腐敗した形で組み立てられる。

与謝野晶子は、『読売新聞』の一九一五年三月の二一日号に、秋庭の詩の中の温室の詩的構築の試みを連想させるような作品を発表している。

温室(19)

広き庭の片隅に
物古りたる温室あり、
そこ、かしこ、硝子《がらす》に亀裂《ひび》入り、
塵と蜘蛛の絲に埋れぬ。

棚の上の鉢の花は皆
何をも分かず枯れたれど、
一鉢の麝香撫子のみ
はかなげに花小く咲きぬ。

去年《こぞ》までは花皆が
おのが香と温気とに
呼吸ぐるしきまでに酔ひつゝ、
額重《ぬかおも》く汗ばみしを、

今、温室は荒れたり、
何処《いづこ》よりか入りけん、
憎げなる虻一つ

昼の光に唸るのみ。

晶子の詩の中では、秋庭の詩と同じように、「温室」は思い出と失われたものの比喩として立ち現れている。詩の空間的な構成は、秋庭のそれと同じく、記憶の二重性を現している。廃れた「温室」と生き残った小さな花は、過去から執拗に蔓のように這い上がる記憶を表しているが、第三連の中では、官能的で鮮やかな記憶の層が、現在の廃墟の下から掘り出されている。挑発的であり官能的な歌集『みだれ髪』で知られている晶子のこの詩においても、エロチシズムの名残が感じられる。

秋庭の「まがれつと」が、女性の髪に絡まっていること自体が、晶子の『みだれ髪』を想起させもする。息苦しい陶酔と汗が、消え失せた植物に付随しているが、それらの感覚は、同時に手にふれることのできない、詩的な内面性の身体的な体験を表しているのである。生き延びた小さな花は、秋庭の詩の「のうぜんはれん」と同じように、消え失せた豊潤な植物から湧き出る「おもひで」の換喩であり、模糊たる内面それ自体の換喩でもある。

秋庭と晶子の詩の中では、思い出す行為が、生え広がり腐朽する植物のイメージと相まって、詩人の深層の内面的な空間を新たな詩的表現に結実させるための比喩となる。「温室」そのものに、詩の中で描かれているように、廃れて、罅が入っていることは、過剰に晒された、過敏で壊れやすい詩的精神の内面的な空間のヴィジョンを現す。ガラスのように壊れやすい詩的精神の傷つきやすさは、詩的な内面性を外界の耐えざる眼差しの前に晒しながらも、同時にそれを閉ざす機能をも果たしている。

内面的空間の最も奥にある部分、詩的内面性の核心、つまり時間的に言えば、廃頽以前の温室（秋庭の「花そうび」、晶子の「去年までは花皆……」）は決して直接現れることはない。従って、記憶が辿る、行きつ戻りつしながらも、うねっていく道筋を思い起こさせる換喩的な要素（「のうぜんはれん」、「撫子」）を通してしか接近できない。しかしながら、「温室」は、近代詩人を、外的な空間としても魅了し続けているのである。

都会の中に置かれながら、生い茂る植物で溢れかえるガラス張りの構造物の出現は、近代的な現象であり、これまで見た詩の製作を刺激する物質的な都市風景でもある。私と公の間の緊張、内と外、主観的内面と外界としての歴史的な現実の間の相互浸透において、詩人は「温室」に内面性を投影する。このような詩の中では、詩人が文字通り、植物の溢れるガラス張りの空間を彷徨いながら、自己の輪郭がガラスのように透明になり、「温室」が内面の空間へ溶解していくのである。

2　北原白秋における詩的内面性の構築──『屋上庭園』と「雑草園」

「温室」の比喩の複雑さを考察するためには、北原白秋が一つの優れた例になる。白秋は、感覚が濃密に込められた空間の系譜の確立に、詩的想像力を注いだ日本の近代詩人であるからだ。このような空間の系譜は「温室」から派生している、室内庭園や、都市の鳥瞰図を見せる屋上庭園や露台にまで縮小された空間に及んでいる。

一九〇九年に、白秋は、木下杢太郎や長田秀雄と共に、雑誌『屋上庭園』を創刊している。雑誌の名前は白秋の発案とされている[20]。『屋上庭園』、特にその第一号（一九〇九年一〇月）の「温室」に通じるイメージを核として生成された、複数の囲い込まれた植物的空間のイメージ群が、幾重にも積み重なることで創り出された表現の強度は、白秋自身の詩にある、閉ざされた空間の中に生まれる感覚の濃密性に対応していると言える。限られたスペースでの「温室」の詩的追求は、文字通り、雑誌の構成そのものに反映されている。

木下杢太郎の劇「温室」が、第一号のページ数の半分に及んでいることは、雑誌の構成が「温室」という想像的空間と密接に繋がっていることを示している。雑誌の冒頭を飾る白秋の「雑草園」[21]という詩は『屋上庭園』への序曲であり、官能、病、廃頽とデカダンという基調音を奏でている。『屋上庭園』と題された雑誌の形で、「温室」の比喩が書物全体に行き渡り、物質的に再現される。冒頭の詩「雑草園」によってそのことがさらに強調されている。

白秋の「雑草園」を「雑草」の生い茂った園として解釈した場合、この詩も、既に見てきた、廃れた園のイメージの系譜に属することになる。一方では、「雑草」という概念には、様々な草、多くの種類の植物という意味も含まれている。日本語において、「雑草」の意味が英語の weed として定着するまでしばらく揺れていたことは、一九一〇年の『雑草学』(22)という本から知ることができる。しかし、weed＝望ましくない草の意味が強くなったにも拘わらず、様々な草という意味は依然として残り、例えば一九四三年の『雑草園の造り方』(23)の中では、「雑草園」の一つの定義として「植物園」が示されることになるのである。

『屋上庭園』の雰囲気は、都会趣味であると一般的に認められているので、白秋の詩を考える際には、都市空間における「雑草園」の系譜、公園、庭園、露台、なにより「植物園」そのものなどに注目すべきである。秋庭俊彦の詩ではまだ明確に現れていなかった、外界としての都市の現実の影と、空間的に閉ざされた居心地の悪い／居心地のよい庭園のコントラストが、白秋の詩の中では重要なモチーフとなる。植物の物質的な特徴がさらに強調され、秋庭の「のうぜんはれん」の生命力と繁殖力が、「雑草」に内在する性質として再確認されることになる。

雑草園

悩ましき黄の妄想の光線と、生物の冷き愁と、――
霊の雑草園の白日はかぎりなく傷ましきかな。
たとふればマラリヤの病室にふりそそがれし
香水と消毒剤と、……窓の外なる蜜蜂の巣と、……
そのなかに絶えず恐るる弊私的里《ヒステリー》の看護婦の眼と、
霖雨後の黄なる光を浴びて蒸す四時過ぎの歎に似たり。

見よ、かかる日の真昼にして
気遣はしげに点りたる瓦斯の火の病める瞳よ。

かくてまた踏み入りがたき雑草の最も淫れしあるものは
肥満りたる頸輪をはづす主婦の腋臭の如く蒸し暑く、
悲しき茎のひと花のぺんぺん草に縋りたる、
薬瓶さげつつ休息む雑種児の公園の眼をおもはしむ。
また、緩やかに夢見るごときあるものは、
午後二時ごろのCaféにVerlaineのあるごとく、
ことににくきは日光が等閑になずりつけたる
思ひもかけぬ、物かげの新しき土の色調。

またある草は白猫の柔毛の感じ忘れがたく、
いとふくよかに温臭き残香の中に吐息しつ。
石鹸の泡に似て小さく、簇り青むある花は
ひと日浴みし肺病の女の肌を忍ぶごとく、
妾洋めける雁来紅は
吸ひさしの巻煙草めきちらぼひてしみらに薫ゆる
朝顔の萎みてちりし日かげをば見て見ぬごとし。

見よ、かかる日の真昼にして
気遣はしげに瞬ける瓦斯の火の病める瞳よ。

あるものは葱の畑より忍びきし下男のごとく、
またあるものは轢かれむとして助かりし公証人の女房が
甘蔗のなかに青ざめて佇むごとき匂しつ。
ことに正しきあるものはかかる真昼を
饐え白らみたる鳥屋の外に交接へる鶏をうち目守る。

噫、かかるもろもろの匂のなかにありて
薬草の香はひとしほに傷ましきかな、
哀れ、そは三十路女の面もちのなにとなく淋しきごとく、
活動写真の小屋にありて悲しき銀笛の音の消ゆるに似たり。

見よ、かかる日の真昼にして
気遣はしげに黄ばみゆく瓦斯の火の病める瞳よ。

あはれ、また、
知らぬ間に懶きやからはびこりぬ。

ここにこそ恐怖はひそめ。かくてただ盲人の親は寝そべり、
刷刀持てる白痴児は匍匐ひながら、
こぼれたる牛乳の上を、毛氈を、近づき来る思あり。
またその傍に、なにとも知れぬ匂して、
詮すべもなく降りゆく、さあれ楽しくおもしろき
やぶれかかりし風船の籠に身を置くこころあり。
あるは、また、かげの湿地に精液のにほひを放つ草もあり。

見よ、かかる日の真昼にして
気遣しげに青ざめし瓦斯の火の病める瞳よ。

悩ましき黄の妄想の光線と、生物の冷き愁と、
霊の雑草園の白日の声もなきかがやかしさを、
終に見よ揺り轟かし、黒煙たたきつけつつ、
汽車過ぎゆきぬ、そのあとの長き寂寞……。

(『東京景物詩』所収は「時をおき、揺り轟かし、黒煙たたきつけつつ、汽車飛び過ぎぬ、かくてまたなにごともなし……。」)

この象徴詩風の詩は、具体的で視覚的な事物と、「愁い」「哀れ」「恐怖」などといった抽象的な感覚との結合がもたらす、詩的効果自体がめざされたものであると言えるかもしれない(24)。先述のメーテルリンクの「温室」を論じ

た上田敏は、象徴詩の中心的な特徴が、論理的に繋がっていない詩的な材料を重ねることで、内面の気持ちを伝えるところにあると力説する。白秋のこの詩に現れるいくつかのイメージは、一見メーテルリンクの「温室」中のイメージ（病院、看護婦）の模倣に見えるが、「雑草園」では確実に新しいものが生成されていると思われる。

「雑草園」の美学は、それを囲んでいる都市空間（「瓦斯の火」＝ガス灯、汽車）から離れて把握することはできない。「瓦斯の火」はリフレーンとして繰り返し現れ、複数の箇所に点されている都会のガス灯を連想させる。汽車は詩の最後に一回しか現れないのだが、その出現が非常に強い印象をもたらし、詩全体に拮抗する重みを持っている。その汽車のイメージとのコントラストで際立っている「寂寞」や「なにごともなし」という言葉で表現される、周囲からの断絶感や孤立感が、詩全体にわたる「雑草園」そのものを覆っている。

さらに、絶えず逃れようとする気持ちや、内面的状態を掴もうとして生まれた連想の上に、この詩が成り立っているとはいえ、「温室」の一種である「雑草園」は、内面を囲い込む入れ物として機能しているのである。詩の中で「雑草園」が霊の比喩と明記されることで、外部と内面の緊密な関係が、詩的表現としても強調されている。「霊」と「雑草園」の結び付きは、単なるアナロジーを超えている。「温室」は記号の内容と記号の形式に分けることのできないほど、その内と外が有機的に繋がっている。一方、「温室」は詩の物質的な対象でありながら、精神的な主体としての詩的な自己でもある。他方、詩の語り手が自分を「温室」の中に想像しながら、同時に「温室」を自分の中に含み込んでいる、入れ子的な状態である。

詩に現れる、ガス灯と解釈できる「瓦斯の火」は、断片化されたイメージを貫き、「雑草園」を外部から囲い込む近代都市空間を想起させる。その断片的なイメージの中では、植物と「雑草」こそが実感できる存在である。ぺんぺん草や小さな青い花や鶏頭（雁来紅）、朝顔などの草が、様々な不条理なヴィジョンとの絡み合いの中で、霊の「雑草園」に導入されている。植物は有機物であると同時に、身体の感覚と幻想を有機的に繋げてもいるイメージでもある。植物は、同時に「思ひもかけぬ、物かげの新しき土の色調」の表現に見られる、肉体的な土のエロチシズムに根を下ろしながら、狂気に犯された精神の幻想や幻覚から養分を取っている。

物質と精神の間に分裂が起こっているのではなく、幻覚に身を置く主観性こそが、自らの内面の発見を分裂として体験し、自らを閉ざしながら、外部から閉ざされた空間に囲い込まれていく。内部に閉ざされる感覚は、ガス灯と昼間の太陽の関連によって強調されている。中へ閉ざされた空間はガス灯によって、闇の中の断続的な灯の連なりという点線によって縁取られ、ガス灯が太陽の熱を倍増し、内面の有機物的な息苦しさを増している(25)。

ガス灯は、「瓦斯の火」として表現されることによって、点々と点る人工照明から、近代都市の地下に埋もれた、火のように燃え広がる、根のようなガス管の網の目にまで繋がっている。それは、同時に都会における、プロメテウスの火のような、文明の象徴でもある。「雑草園」が書かれた直後に、帝都におけるガス事業の勃興期が訪れ、東京の主要な地区にガスのパイプ網が張り巡らされるようになり、東京のガス事業者の供給設備は一応の完備を見るに至る(26)。「瓦斯の火」は都市の夜の瞬きであると同時に、日常の家庭の台所といった小空間にまで辿りついた、近代都市文明の浸透の現れである、ガスの炎までを含めているのである。

一九〇八年の白秋の詩では、別の温室（「色冴えぬ室」）の中心に、燃える「瓦斯焜炉」が置かれ、焜炉が詩的空間の構築の原動力にされているのである（「秋のをはり」(27)）。「雑草園」の製作と同じ年に、白秋は『女子文壇』に「新橋」(28)と題される、東京到着の衝撃を回顧するエッセイを載せているが、この文章においてこそ「瓦斯の火」がどれだけ都会体験において重要であるかが実感できる。

「東京の随所には敗残した、時代の遺骸の側に青い瓦斯の火が点り、強い色彩と三味線とに哀弱した神経が鉄橋と西洋料理との陰影に僅かに休息を求めてゐる。」「瓦斯の火」は「旧都会と新市街の不可思議な対照」を浮かび上がらせる舞台照明であり、衰退を照らし出し、都市における様々な対立関係の分裂と衝突からくる摩擦の結果として燃え上がっているのである。それのみならず、ガスは他の燃焼性物質と共に、内面を「魔睡」させ、夢の状態に陥れる役割を果たしている。

「都会が有する魔睡剤は煤煙である、コルタアである、石油である、瓦斯である、生々しいペンキの臭気と濃厚なる脂肪の蒸しつぐるしい溜息とである」。「雑草園」の中の夢の内面的空間もこのように作り出されている。しかし、さらに深層のレベルにおいては、「雑草園」の植物性のイメージと廃頽の気分から伝わる腐朽の感覚によって、この「瓦斯の火」を、何億年にもわたって地球の中で腐朽し続けている植物からの天然ガスのような、遠い吐息としても読むことができる。

「悩ましき黄の妄想の光線と生物の冷き愁と」という「雑草園」という詩を冒頭と末尾において縁取る表現は、「妄想」と「生物」といった幻想的な次元と物質的な次元の相互内包を見せている。光線は妄想からくるものであれ、人工的な「瓦斯の火」からくるものであれ、主に「雑草」である生物から、同時に生物への情緒的な反応を引き起こしている。その情緒的な反応、「冷き愁い」は、光に対する反応としての光合成のように、「雑草」の生命と呼吸を表し、「雑草」の周りに立ち篭める空気に染み渡っている。そのような濃厚な空気は少しずつ視覚を濁らせ、詩的主体に吸い取られる息と共に嗅覚を募らせている。嗅覚に刺激された表現としては、例えば「またある草は……生臭き残香の中に吐息しつ」、「石鹸の泡」、「巻煙草めきちらぼひて」、「あるものは……ごとき匂しつ」、「かかるもろもろの匂のなかにありて／薬草の香」などが見られる。

「瓦斯の火」の「病める瞳」は点り、瞬き、黄ばみ、青ざめる。「瓦斯の火」への呼びかけのリフレーンは、外からの眼差しに対する意識を思わせるが、それは「雑草園」の中に現れる複数のイメージの断片を一つの視野に収めることができない、空間の重層性の現れでもある。第一連目と第二連目では、看護婦の眼と雑種児の眼が現れることで、点る「瓦斯の火」はその瞳に反射させられている。しかし、看護婦のヒステリーや雑種児の疲労（薬瓶と休息）は、その眼の焦点を暈し、「瓦斯の火」の病める瞳を強調させるだけなのである。

「雑草園」において、重層する空間の奥へ奥へと突き進もうとする詩的主体の運動の中で、その身体的な体験の感覚は、詩的空間の圧力が高まるにつれてどろどろとして濃くなっていく。それは「雑草園」の空間の奥行きと深さと繋がっている。皮膚の感覚や匂いの描写が濃くなるにつれて、「瓦斯の火」の瞳は、「雑草園」の混沌とした内容を映すことができなくなる。そして、本当の恐怖を潜めている「盲目の親」と白痴児の描写に至ると、火の瞳でさえ視力を失う。

「かげの湿地に精液のにほひを放つ草」という表現は「雑草園」における嗅覚という感覚の焦点化を示すものであり、「雑草園」の最も深い、奥に沈んでいく蔭の部分の表現でもある。「瓦斯の火」の瞳の視線は、「雑草園」の奥底にたどり着けないためか、たどり着いてしまったが故に屈折したためか、衰弱と恐怖と衝撃で「青ざめて」しまう。この視力の喪失に、「雑草園」そのものの、閉ざされた内面的空間としての計り知れない奥行きが示されている。

閉ざされた空間の感覚は、例えば病室や映画館の形に再現されてもいる。さらに閉ざされた空間の感覚から伝わる閉塞感は、蜂の巣や鳥小屋、さらに脇の下という、より細かい描写の部分によって強調されている。詩の最後に現れる汽車のイメージは「温室」を破壊するものとして機能しながらも、近代文明の衝撃の中で造形される内面的空間の閉鎖性を強調してもいる。白秋にとっての初めての東京到着を綴った「新橋」というエッセイを再び参照すると、「雑草園」にあるような、黒煙を吐く汽車のイメージに、「都会が有する麻酔剤」が認められるのと同時に、白秋を乗せた汽車が大都会の幻影に衝突することの余響までを、「雑草園」において感じ取ることができるのである。

温室の構築の研究で知られているS・コッペルカム[29]が温室を「人工楽園」と呼んでいることは、ベンヤミンの研究の中で、いわば主人公として扱われているシャルル・ボードレールへの強い連想を喚起する。ベンヤミンは温室の一種である室内庭園を、療養泉、アーケド型のパサージュや万国博覧会と同じ系統に位置づけている[30]。水晶宮が王室付属の園芸家によって設計されていることにベンヤミンは注目し[31]、そこにはガラスの家（水晶）と権力の表象（宮殿）が、世界を再現、再構築する帝国主義的な権力の動き方と繋がっていることが明らかに見えてくる。

それと同時に、都会の「人工楽園」の美意識は都会の群集を囲い込み、都会群衆の集団的想像力が、ベンヤミンの言う「集団の夢の家」の中に、物質的な空間の形を取ることが明らかにされていく。「集団の夢の家」[32]とは公（群衆）と隠されたもの（夢）を結び付ける撞着語法であり、公的なプライヴァシーの次元の物質的な構築、その延長線での内面の構築を内包している。外側からの働きかけによるプライヴァシー構築の幻想を認めた上で、その直接的な表象、及び対象の一つである「温室」に改めて注目してみる必要がある。

デカダンの詩は本質的に都会的であり、文明以前には成立しえたエデンの神話的なヴィジョンの不可能性を暴きつつ、それを突き崩そうとする欲望を内在させているが、白秋などの新しい詩は、楽園の廃頽を嘆きながらも、神秘的な異国情緒としての楽園の登場に、同時に新鮮さを見出している。世紀末のデカダンな想像力の中では、西洋から輸入された都市風景は、新しくて進歩的であるにも拘わらず、そこにデカダン的ノスタルジックな視線が注がれていることになる。詩的表現によってその物質的な印象の新鮮さと、古びたもの、朽ちたもののイメージを組み合わせることによって、「人工楽園」と同時に、人工的なデカダン、人工的なイノセンスという複数の対義結合を連続的に想起させるのである。

『パサージュ論』の中でヴァルター・ベンヤミンは、屋根のある部屋の中の噴水は必ず幻想を作り出している、と述べている(33)。エデンの中心にあった命の泉が、不思議な形で室内に移植され、近代的な物質的な文脈に接続されている。ベンヤミンは、この屋根のある室内に囲い込まれた噴水を、一つの重要な比喩として提示している。そこでは野外、しかも地下、を思わせる景色が室内に囲い込まれ、「人工楽園」としての隔離された空間が築き上げられている。さらに、神話に根を下ろしているこの技術的な装置、噴水によって、周りの空間は内面的空間、夢の空間に変わってくる。詩集『邪宗門』の詩の中で、白秋は、ベンヤミンの考察に極めて近いヴィジョンを描いている。しかも、『邪宗門』は近世日本に持ち込まれた、エデンを含めた、キリスト教のエキゾチックなヴィジョンに魅了された詩集である。「室内庭園」(34)という詩から分かるように、キリスト教のエデンの園は、一旦すべてが根こぎにされた上で、新しい日本という極東の都会的文化的文脈に移植され、詩的主体の内面として囲い込まれているのである。

室内庭園

晩春の室の内、
暮れなやみ、暮れなやみ、噴水の水はしたたる……
そのもとにあまりりす赤くほのめき、
やはらかにちらぼへるヘリオトロオブ。
わかき日のなまめきのそのほめき静こころなし。

尽きせざる噴水よ……
黄なる実の熟るる草、奇異の香木、
その空にはるかなる硝子の青み、
外光のそのなごり、鳴ける鶯、
わかき日の薄暮のそのしらべ静こころなし。

いま、黒き天鵝絨の
にほひ、ゆめ、その感触……噴水に縺れたゆたひ、
うち湿る革の函、饐ゆる褐色
その空に暮れもかかる空気の吐息……
わかき日のその夢の香の腐蝕静こころなし。

三階の隅か、さは
腐れたる黄金の縁の中、自鳴鐘の刻み……
ものなべて悩ましさ、盲ひし少女の
あたたかに匂ふかき感覚のゆめ、
わかき日のその靄に音は響く、静こころなし。

晩春の室の内、
暮れなやみ、暮れなやみ、噴水の水はしたたる……
そのもとにあまりりす赤くほのめき、
甘く、またちらぼひぬ、ヘリオトロオブ。
わかき日は暮るれども夢はなほ静こころなし。

「雑草園」のイメージの原型の一種としても解釈できる「室内庭園」の中には、「雑草」の性格がまだ十分に現れているとは言えない。「室内庭園」の中の植物は、エキゾチックなアマリリス、ヘリオトロープ、黄の実、香木などであり、文明の中に移植された早期の楽園としての温室建築の描写に当てはまる。植物の芳しさと黄色い実のイメージは、ヨーロッパにおける初期の植物園の構造、すなわち模倣され再現された楽園の姿を思わせる(35)。

「室内庭園」の中心にある噴水は、豊潤な植物を潤す内的な空間における泉でもある。そこからは、既に失われてしまった、人工的に作り上げられたイノセンスと「わかき日」へのノスタルジアも湧き出ているのである。このような不可視の深層から沸き出てくる泉こそが、内面の最も奥にある核を想像させ、その隠れている核は見ることも描写することもできないので、常にそして既に失われたものとして演出されなければならない。

「室内庭園」における詩人の感覚は自由に解放されてはいるが、その自由は箱としての「室内庭園」の室の内部に限られている。外側との境目は透明なガラスの屋根と壁であり、それらは室の内部における感覚の密度の達成に必要不可欠である。同時に、その透明な、しかし密封性の高い屋根と壁は、感覚を囲む眼に見えない牢獄にもなっている。閉塞感のモチーフ自体は内面の構築にとって不可欠であるが、それがさらに小さな箱、皮の箱と時計という小道具の表象を通じて、微妙な工夫が施されていると言える。

湿った、腐食した、廃れた複数の閉ざされたミクロ・スペースは、完全に外から隔離されているわけではないが、詩人の内面の一部として囲い込まれることによってしか意味をなさない。それらは内面的空間に取り入れられると同時に、内面的空間を自己言及的に意識させる詩的装置なのだ。

箱の延長線上に登場する、閉塞空間の内側への閉じ篭りを表す次の比喩は、眠る少女の身体である。一人の女性として花開く直前にある少女の眠る身体のジェンダー化は、性器である花や、生命が湧き出る、そして生命が宿る入れ物としての、箱のような女性の身体を通して、柔らかなエロチシズムを内包している。このように、少女は「室内庭園」の身体感覚的エッセンスを表象し、内面の夢という形で、自らの想像力の中に吸い込まれる庭園のイメージそのものを「ゆめ」見るのである。この少女の描き方が視覚的に表象されているのは、雑誌『屋上庭園』第一号のおもて表紙の上である。黒田清輝の《野辺》という絵である。その意味では、『屋上庭園』という詩的空間自体が、少女の夢の中に比喩的に置かれているとも言える（図1）。

また、少女の視力の喪失は、外部に対する視力による空間的支配からの逸脱への重要な条件であり、嗅覚、触覚と聴覚の共感覚的飽和状態と繋がっている。眠りながら、しかも目覚めたとしても、失明の中に夢を「見ている」少女は、同時に詩的主体（詩の語り手）の感覚の対象でもある。従って、詩の語り手と少女との間で共有されることが可能な、視覚以外の感覚によって、共感覚的に新しい色鮮やかなヴィジョン（夢）が入れ子的に埋め込まれているメカニズムを暗に示している。つまり、詩的主体は夢を見る少女を夢見ているのである。眠る少女のイメージは、「室内庭園」の中に現れる皮の箱という、入れ子型の構造の反復でもある。彼女の内なる失明（視覚以外の感覚によってのみ空間を把握すること）は、皮の箱の中の暗い闇そのものとしての見えざる中心なのである。

『邪宗門』の中には、「室内庭園」という詩と構成上類似していると解釈できる、「噴水の印象」や「蜜の室」(36)が含まれている。その中では、「苑の奥」という内部の空間の深みと「噴水」のイメージがさらに強調されている。この二つの詩には視力を失った女性が感覚的に描かれている。「蜜の室」では、百合の蜜が靄のように篭っている温室の中に、噴水の代わりに、鼓動する温室の心臓部に「ひそかに点る豆らんぷ」が置かれている。そのランプが「色赤きいんくの罎のかたち」であることは、詩の終わりに現れる身体の中を巡る、インクのように濃い赤い液体としての「血」と、明らかに関連づけられている。赤い炎が揺らめいているガラスの容器は、「室内庭園」の皮の箱よりも明確に、「曇り硝子」によって外から隔離された温室のミニチュアとして造形されている。

もちろん、「雑草園」を視野に入れると、この「豆ランプ」の中に「瓦斯の火」の影を見出すことも可能であるし、「血のごともらんぷは消ゆる」ことは、「雑草園」の中に重層化された視覚障害の奥に広がる見えざる闇を想起させる。微かな「生命の脈」を捉えるガラスの器は、「玻璃罎」(37)という詩の中で、隠れキリシタンの「うすぐらき窖」の中の蝋燭を思わせるように並べら

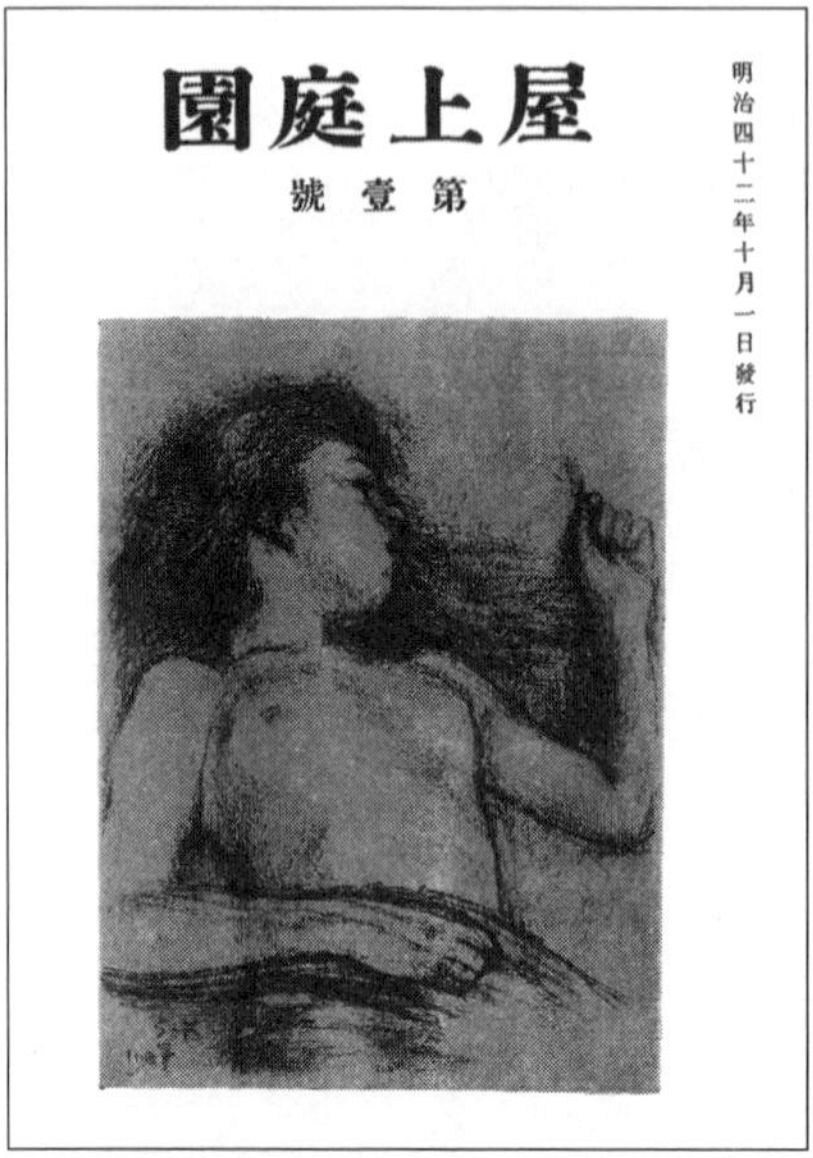

図１　『屋上庭園』第１号、表紙

「表紙は黒田清輝に依頼して、第一号にはその『野辺』と云ふ作品の下絵で、仰向けに寝た裸婦が左手に野花を摘んで眺めているデッサンを印刷することになつた。彼等三人［白秋、長田秀雄、木下杢太郎］は『スバル』の同人として常に森鴎外に親しみ、鴎外を千駄木のメエトルとし、洋画壇で白馬会の主宰者清輝をメエトルと称してゐた。その最も尊敬するメエトルの作品を表紙にしたわけである」（野田宇太郎「解題」『屋上庭園』復刻版、冬至書房、昭和36年）。

れている。「玻璃罎」の「夢いろ」は同時に「赤き火の色」でもあり、ガラスの器の中に込められた内面の「夢」と「生命」の次元を思わせる。いうまでもなく、「室内庭園」の「わかき日の夢」にこそ、これまで見てきたイメージの系譜が受け継がれているのである(38)。

わかき日の夢(39)

水透ける玻璃のうつはに、
果のひとつみづけるごとく、
わが夢は燃えてひそみぬ。
ひややかに、きよく、かなしく。

内面を包み込む透明な「玻璃」。ガラスの容器の奥から浮かび上がっているのは「夢」である。それを発見するためには内面に向けた集中的な凝視が必要となる。「果のひとつ」は孤独の中に潜んでいる内面の中核の表象である。その「夢」の次元は水の中に置かれた炎のように、微かにしか把握できないものである。「ひややか」なガラスに包まれることで外界から遮断され、「きよく」透明な水に浸る内面の奥の「夢」は、孤立と孤独の濃厚な比喩として、尽きることのない詩的情緒、「かなし」みの泉となっている。

このような内面の奥の、点りながら消える核心は、詩の中に作り上げられた内面の空間と緊密に結び付き、「温室」から「うつは」までという形でその振幅を変えながら、お互いに流れ込んでいる閉ざされた空間のイメージの、波状的な連鎖を作り出すのである。「蜜の室」の豆ランプの「血」と、赤いインクとの比較の中には、血の滲み出るような詩作に関する、自己言及的な記述を見出すことができる。温室が詩の生成する場であったことは、それが、具体的で物質的な詩の生産の場である、印刷室と重ねられていることからも窺える。「鉛の室」(40)は、活字や機械や紙が乱舞している、腐蝕した、湿った、饐えた、「噎」っぽい「温室」の空間の化身である。この「鉛の室」の中に零れた赤いインクは、詩という血の滲むような行為の象徴である。

内面への探求は、同時に、外部の空間的体験と響き合っている。都市空間の中に身を潜めるための箱型の入れ物は、外部でありながら、無定形な内部にとっての、それを構成する鋳型を提供する、内部としての外部（人工的空間の中の自然）である。複製されていく「温室」の中の「温室」、「夢」の空間の中心にある「夢」という詩的な内面の探求の入れ子構造は、反対に、都市空間の中で実際に体験できる「温室」に至るまでの外側への拡大を意味してもいる。空間のイメージであると同時に、この入れ子構造は詩作それ自体についての自己言及性の表現でもある。つまり、この入れ子構造は詩が生成する空間の比喩と重なり合う、詩の物質的スペースを暗示し、雑誌『屋上庭園』自体に及んでいる。さらに、詩が作製される物質的な空間という意味で、東京という都市空間における「雑草園」、例えば小石川植物園をも呼び起こしている。白秋による小石川植物園の実際の訪問を素材にした、散文詩の一種である「植物園小品」(41)という作品の存在は、このような実際の都市空間との関わりを裏付けている。

「植物園小品」の書かれたのが、『屋上庭園』発刊の翌年の一九一〇年であることは興味深い。『屋上庭園』には「雑草園」という詩が載せられていたが、「植物園小品」の発表時期の時間的な近接は、雑誌の外にある「雑草園」的空間（小石川）を暗示してもいる。「植物園小品」の中には、白秋の詩に現れるイメージを、散文に書き改めたような性格のものがあり、「雑草園」や「室内庭園」のモチーフの間の共通性も認めることができる。

この散文詩的なテクストは、純粋な詩的想像力と、物質的な都市空間の詩学の間に位置している表現として位置づけることができる。最初の小品「春の暗示」(42)は、花壇の幾何学的な構成の全体図から始まり、植物園の断片の連続的な描写に移っていく。「幾何学的なる配列のつつましさよ」と詩人が感嘆し、「温室」に通じるような、人の手による人工性が浮き彫りになっている、水の出ない、錆びた噴水の円い台に、水が静かに零れている。

植物の間に何人かの西洋人が描かれることによって（他の作品においては中国の女子留学生も登場するが）、西洋趣味や異国趣味の雰囲気が醸し出されていく。そして、二人の若い画家が現れる。詩人は蜜柑の皮を剥いている。何人かの女性が現れた後で、遠くにある都市の音が、植物園の中まで響き渡ってくる。街の騒音、豆腐屋のラッパ、汽車の笛、鉄板の音。西洋風の近代的な設備をさす「W．C．」(43)の立札さえ、美的対象にされている。別の立札の上に白い文字で「園内の草は自生といへども摘み取るべからず」との注意書きがある。若い画家が、手元のキャンヴァスの古い生物画の上に、新しい木の軒の「White and Blue」を描いている。「Tobaccos」と書いてあるキオスクのところで煙草に火をつけた「植物園小品」の語り手、庭園遊歩者は、ブルー・ストッキングズのグループを眺めながら、煙草の煙を空の方へ噴出す時に、聾唖学校の晩餐のベルが響いてくるのに耳を傾ける。植物園のクローズアップと遠くを取り巻く都市の気配を、交互に重ね描く庭園遊歩者は、黄昏の都市を覗き込む門番が立っている出口の方へ近付く。

散文詩には詩のリズムが備わっていないが、ここでは詩人の内面的な声に一貫性を与えるために、描写の配置を通してのリズム感が生み出されている。蜜柑を剥く「私」の反復の他に、画家の登場で強調される、文字通りの絵画的な植物園の草花の世界と、植物園の体験を貫いている外の都市の音が交替していることで一種のリズム感がもたらされている。庭園の静寂と都市の騒がしさのコントラストは、この小品全体を貫き、植物園と都市の接点である出口の場面で締めくくられている。そこは植物園の、「温室」のガラスの壁を思わせるような臨界が意識される場所でもある。

小品を統合させるもう一つの表現手段は換喩であり、それが庭園遊歩者が目にする断片を繋ぎ合わせているのである。聾唖学校のベルがなった直後、新聞の包みを持った紳士が登場する。包みの淡い青の描写の後に、都市の騒音が意識される。小品の最後の方で、柑子類のための貯蔵庫、四〇歳の女性の淡い青の包み、蜜柑が入っていた木の箱、青に包まれた弁当箱が次々と表れ、遊歩者の前進にも拘わらず、濃密な閉じ篭りの感覚を作り出し、その感覚が植物園の限界、その出口で頂点に達している。このような箱型のものの出現が偶然ではないのは、それらの多くを結び付ける青という色から推測できる。庭園遊歩者が「蜜柑函」の「空虚なる函」の中の木材の匂いを感じる鋭敏な嗅覚は、彼が遊歩以外に行なうもう一つの動作、蜜柑の皮を剥く動作に繋がっている。

ここでは遊歩という詩的行為が、明らかに意識的に演出されていると同時に、厳密な観察を通して、植物園内の札や、あらゆる種類の詳細が詩の材料として吟味され、記録されている。身体のすべての感覚を植物園の隅々に集中させることで、庭園遊歩者は、色や匂いや触感を繊細に感じ取りながら、常に新鮮な比較を通して、新しい比喩の領域を開拓している。「春の暗示」では「老緑色の足もとの小さき園標」が、庭園遊歩者の集中力によって、必然的に視界の焦点に入ってくる。「老緑色の足もとの小さき園標は日にそのさみしき半面を当てる」。つまり、「このおくの下に庭あり」、「園内の草は自生といへども摘み取るべからず」、「W. C.」、「Tobaccos」などの立札は、小品の詩的空間における、植物園の空間からの文字通りの引用であり、「植物園小品」中に多く片仮名で表記されている植物名は、物理的な植物園の空間と、紙の上の作品の間の接点となる。珍しい植物名から神秘的な響きを引き出すこの手法は、他の「植物園小品」の中でさらに深められていく。

「温室観覧」(44)では、最も厳密な具体性が、最も詩的な抽象性と不可分に隣り合っている。「日曜日。温室観覧券は紫」。そう書き留めた上で、さらに植物の名が羅列される、「温室本館。／ここは病気の宣教師が月夜の病院の硝戸を敲く気持。／アルバビロウ、ヘゴ、バナナ、マルハチ、タコノキ、シュロチク、トラフオアナナス、クロトン、ココスオレラセト、ココラオレラセトム、シラタマモクレン、タカワラビ、etc.」。さらに、正確に行動を書きとめる日記形式には、庭園遊歩者の植物園に対する慎重な態度も反映されている。自分が植物園を観察しているという自己言及的な記述も「植物園小品」の一部であり、この記述があることで、「植物園小品」というテクストも自己言及的に入れ子構造になる。「此処で植物配置図面を取る。約一時間。／同じく一々の植物に就いて色彩描写一時間」。

「植物園小品」は、ユニークな詩的体験の証言である。「植物園小品」への序言(45)の中では、白秋自身がそれらの小品の形成に対して、驚きを仄めかしている。彼は、その小品が、小石川での散歩の間に作ったメモや写生からでき上がったことを振り返っている。『屋上庭園』を発行しながら、「気狂のやうに詩作したり」、同人と議論し酒を飲んだりするという生活の中の憩いを求めて、小石川植物園へ赴いていた、と白秋は言う。「（略）草や木の一枚一枚の葉や、種々な花の色彩を写したり、温室植物の配置図を丹念に取つて見たり、咲いた花、まだ咲かぬ花の名まで一々にノートに書き留めたものだつた」(46)。

以上のような記録を、文学作品に変形させることで「詩のような妙なもの」が生まれるという結果になったのである。白秋は序文の締めくくりで「あれはたゞ植物園の季節の言葉として見ていたゞき度い。ノートは正しい」(47)と述べている。この黒い皮ノートも、『屋上庭園』同様に、一つの閉ざされた「雑草園」である。「植物園小品」の乱雑な断片に「雑草園」という詩の中の抽象的なヴィジョンの物質的な原像を見ることもできる。

例えば聾唖学校は、実際に道を挟んだところに存在したので、白秋は、頻繁に植物園の植物の陰に、眼の見えない人達を眺めていたのである。ある小品では、彼は盲目の少女の瞳に魅了され、他の小品では「盲目同士が夫婦になつた話」を小耳に挟んでいる。彼は病院の雰囲気を感じさせる女性と出会い、「雑草園」で植物の青臭さを連想させる、わきの下の強く匂う女性に出会う。白秋は、植物の中にヒステリーや狂気を感じ取る。それは感覚や植物の過剰な凝縮力に対する、当然な反応であろう。なにより重要なのは、白秋が「雑草園」の冷たい生命の悲しみを想起させる、植物の不可解な性質にうっとりとさせられていることである。

日は光れども夏ではなし、暑いと云つても硝子の中。風は吹いても地の下から吹いてくる風。タコノキの青い長葉はサラリンサラサラと鳴りてそよぐが、冷たい植物の心はいつまでもやはり冷たい。（略）誰もゐないと思つたらタコノキの葉の向うの蔭に一人ゐる。面は色のさみしい、青みを帯びた乳色のやはらかな盲目の子、まだ十五六になるかならず、それが見えぬ眼をしばだたいて白い点字の本をつまさぐつてゐる様子。

（略）

温室を出る。（略）振りかへると、日の暮れ間ぢかくなつたのに、リラシヤラララサラと、タコノキの長い細

葉が鳴りそよいでいる。硝子屋根の温室の中で、いつまでもいつまでも……(48)

官能的な花やエキゾチックな植物は、白秋の詩における盲目の少女やモーパッサンの描いた下女と同じように、「温室」の透明なガラスによって外からの公の眼差しに晒されているが、「冷たい植物の心」はいつまでも見えざるものであり、内面的空間の中に新しく囲い込まれた不透明な内面空間でもある。「温室」の中で人工的に作り上げられているタコノキの生息環境の限界、幻想の物質的な骨組み（温度維持、換気）が見抜かれていると同時に、ガラスの器の中の「わかき日の夢」のような「温室」の中のタコノキは、庭園遊歩者が夢の空間を離れた後でも、閉ざされたまま、彼の内面的空間の中の不透明な核をなし続けている。

白秋の短歌集『桐の花』(49)に付された散文詩的な序文（「桐の花とカステラ」、「感覚の小函」）の中にも、「植物園小品」を思わせるような、小石川植物園への言及がある。文字通りの意味において、植物園は白秋の短歌の生成する場でもあったのである。『桐の花とカステラ』の序文の終りには、「このいつもの詩のやうになつたEssey《ママ》」(50)が、初夏の黄昏に植物園の中で書かれたとある。『感覚の小函』の中には、さらに驚くべき描写が見られる。

> いつの日か懐かしいと思つて小窓に据ゑて置いた勿忘草も、青い金剛石花も、空色のロベリアももうみんな枯れてしまつて、小石川の植物園に新たに茴香の花の咲く時節が来た。（略）なつかしい、然し何となく寂しいやるせない夏、夏は丁度白い服をきたヒステリーの看護婦の夕方の露台に出て吹き鳴らすはるもにかのやうに何時も私に新しい哀傷のたねを蒔かしめる。
>
> 敬虔な私のいまの心持は軽薄なワイルドの美くしい波斯模様の色合から薄明りの中に翅ばたく白い羽虫の煙のやうなロウデンバツハの神経に移つてゆく(51)。

ここには、直ちに「雑草園」の「雑草」や腐朽のモチーフを確認できる。このモチーフは、病的なヒステリーと都市と、咲き乱れる植物園の植物を融合させている。小石川植物園の植物は、窓際の枯れた花を力強く置き換えているが、同時に不安や悲しみをもたらしている。咲き始めた植物園の花が「哀傷のたね」を結ぶのは、植物園という閉ざされた空間の中の、植物自身の孤独と孤立が想起させられているからである。植物園はこのように、夏の「ふた月あまり」という「独居」の孤立された状態そのものを意味する。

「燃え狂つた煩悩の花壇」から聞こえる微かな虫の声に聞き入る詩人は、モダンな東京と距離を置き、「おしろいの匂と酒と友人とに離れてからもう既に久しい時」を過ごしている。「ロウデンバツハの神経」に移っていく詩人の心持に込められる、ロダンバッハという象徴詩人の唱えた、沈黙とガラスに包まれたかのような詩的主体の在り様(52)への思いが、「温室」に空間化された形で小石川に運び込まれ、同時に詩人の想像力がロダンバッハへと「羽ばたいていくのである。

「感覚の小函」における詩人は、花壇の植物との集中的な絡み合いの中で、「微かな夏と心との感覚」を掴みとろうとし、「自分の命」と共に「小さな白金の函」に閉ざそうとしている。白金の函は内面の詩的な比喩でありながら、小石川の「雑草園」と霊の「雑草園」の間に形成される、詩作の空間そのもののアレゴリーでもある。夏の季節の生命力は心と重なって、感覚の「命」、「命」の感覚という詩作の原動力や内面の奥を、函に閉じ込めるイメージを通して表現しようとしたのである。

「室内庭園」の「温室」の、不可思議な核になっている「うち湿る革の函」は、閉ざされたミクロ・スペースの極端な表れとして、植物園の印象などが書き込まれた白秋の「黒い皮ノート」の化身としても捉えることができる。このノートは『植物園小品』が生成された空間である。「黒い皮ノート」の模写とメモの中は、特にプライヴェートな性格はないのであるが、そこに説明しがたい内面の詩的空間としての感覚がしまい込まれているのである(図2)。

「ノートは正しい」。「植物園小品」という詩的表現に対して、その詩的表現の真髄を抽象した「黒い皮ノート」への関わりは、詩的模索による内面の最終的な謎を解くことの限界と不可能性と繋がっている。内面の「温室」の芯である「植物の冷たい心」を透視する方法を探すノートは、まとまりのない雑記でしかない。ノートには植物名のリストや、模写や写生しか残されていない。しかし、黒い表紙の間に、内面の秘密の空間としての植物園が隠されている。入れ子型の内面的空間に対する洞察は、到着点のない模索であり、一番奥の箱の中にもさらに不透明な箱が入っていることを暗示している。

横木徳久が正しく指摘しているように、前田愛の「内部空間／外部空間の対構造」という二分法は、「内部空間」

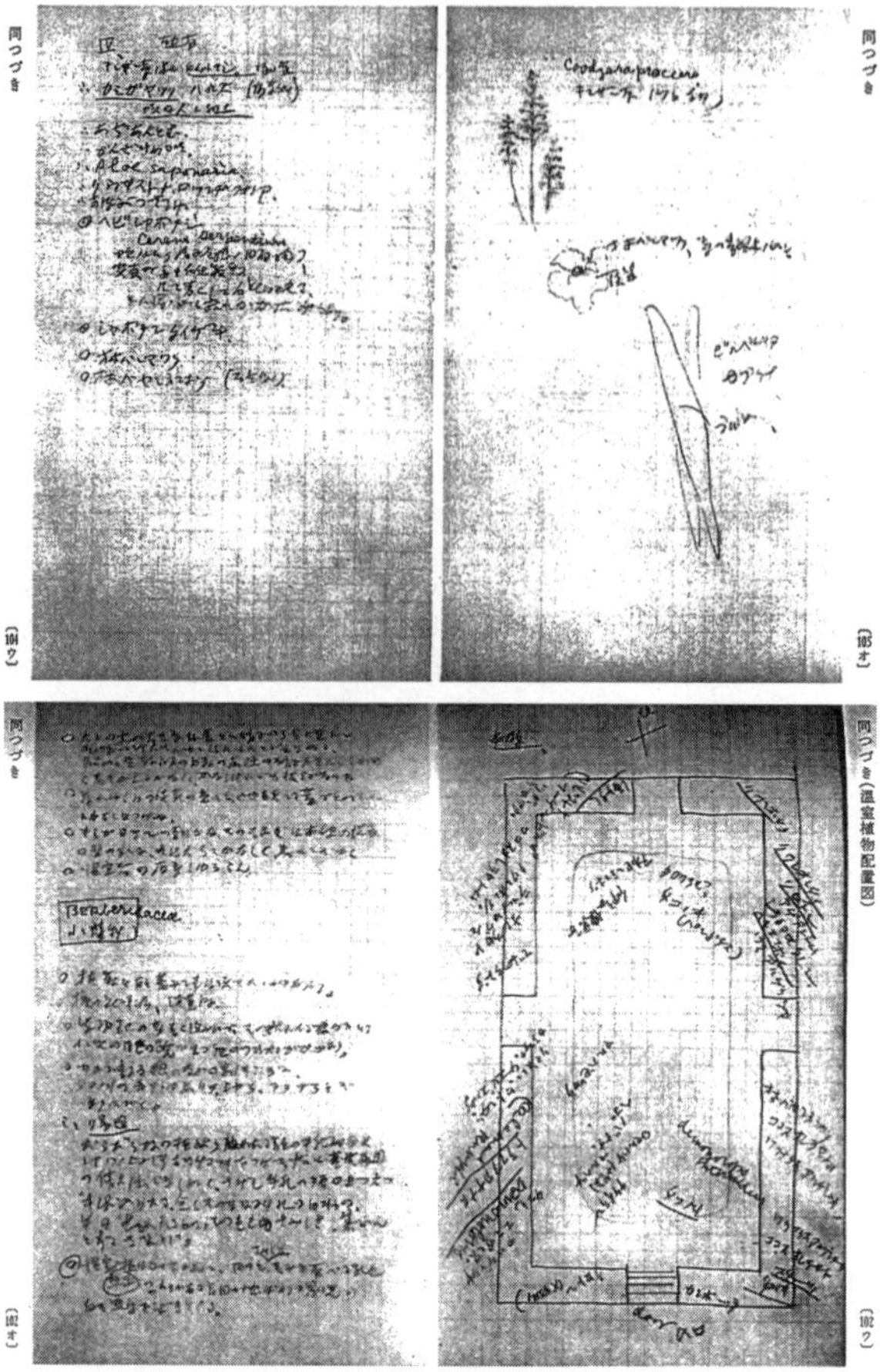

図2　黒い皮ノート

「『植物園小品』は私が牛込の新小川町に居た頃の黒い皮ノートから、探し出したものである」(「白秋小品」「自序」『白秋全集』第15巻、6頁)。「縦一七・〇センチ、横一〇・七センチの黒い皮表紙の手帳。かなり使いこんだと見え、黒い皮がはがれ、茶の下地が周りに見える。(略) 見返しの右上方には、縦五・九センチ、横四・五センチの精巧な意匠の蔵書票 [『邪宗門』の見返しのカットに用いたものと同じ] を貼付。その下に鉛筆で薄く『牛込新小川町三十四』『北原白秋』と書かれている。(略) 右開きで使用されているが、(略)、植物園関係のところは (略) 逆開きで使用。大部分が鉛筆書きで、前半は縦書き、後半は横書き。一部は黒インク、わずか一ページほど赤インク」(『白秋全集』第14巻、437～8頁)。

と「〈都市空間〉」の「対構造」に表れている[53]。横木は、「内部空間」は外部である都市空間との対関係の中で閉塞していくことを、鋭く見抜いている。しかし、「私の身体を拡張することで同一化された空間」は、前田が言う家や部屋ばかりではない。都市空間や近代文明に対して、その「外」に属する自然としての、植物が漲る空間をも捉えなおさねばならない。「温室」のような空間の中に、前田もふれている内面を囲い込む「牢獄」の壁を見抜くことも容易である。そして、成田龍一が実証しているように[54]、都会の空間こそが「故郷」の発見の背景にあるために、都市空間を外部として構成される詩的内面性の「内部空間」の中に、都市の外に残された故郷が姿を潜めていることが明らかになる。

3　内面の奥に広がる「故郷」と幼年期

大正時代の白秋の活動は、児童文学雑誌『赤い鳥』での仕事をはじめ、童謡などの製作に代表されている。横木徳久は、陶酔をもたらす「童謡という病」という診断を下すことで、白秋の詩的道程を捉えている。横木はそこに自意識の「形骸化」、つまり自意識の麻痺状態を見、童謡から愛国詩への「抵抗」なき「移行」のメカニズムの必然性を明らかにしている[55]。しかし、民間伝承を連想させる、共同体の原始的な記憶を思わせる白秋の童謡は、非常に内面的な詩的表現に遡るものなのである。『東京景物詩』や『邪宗門』と類似した、感覚に溢れる詩的空間を構成するために、近代都市空間や神秘的な幻想の代わりに、『思ひ出』という詩集の中での幼年期の記憶が詩的内面の奥に置かれている。童心の心理と神経が綴られた『思ひ出』という詩集を大正一二年に再版するに当って、白秋自身、自分の童謡製作の萌芽としてこの詩集を位置づけている。

私の童謡製作は寧ろ本質への還元であるかも知れぬ。従つてこの『思ひ出』は感覚点彩の新体以上に、今日の私には意義深き詩集であるとも云へる。また再び飜読して、私の童謡に反して声言せらるるある種の童謡詩人の矜持とする所謂高貴の幻想なるものも、全く同種同材として既にこの集に含められてあつたことも微笑されるのである。肉親の母以前の母を慕ひ、この世の外の薄明にさだかならぬ追憶の所縁を持ち、未生以前若くは未知の世界に対する幼い思念、或は現当《ママ》の夕暮に、かくれんぼの遊びに、囚はれてはまたほのかな物の花を覗き見するごときものである(56)。

河村政敏は、白秋がまだ『思ひ出』においては、「幼年の言葉」で「幼年の心理を、幼年の感覚を」意識的に歌ってはいないと述べている(57)。けれども、著名な児童雑誌『赤い鳥』の創刊以前に、白秋の詩に「童謡」の萌芽が存在していたことそれ自体が重要なのである。「雑草園」という詩の中の「瓦斯の火」は、間違いなく都会の中の植物園のような空間を表現しているが、実はそこには白秋の破産した実家の廃れた中庭が、基底的なイメージとして横たわっているのである。「雑草」の生い茂る思い出の庭は、幼年回帰願望に隠蔽された心の傷跡を垣間見せている(58)。『思ひ出』における内面的空間への詩的洞察は、内面の奥行きを創り出すと共に、自分の中の子供の次元への世界を切り開いている。その点、横木が指摘する通り、白秋の詩が作成された閉ざされた空間（東京の下宿の二葉館の土蔵）は、「薄暗い〈牢獄〉的空間」として、「故郷柳川へと通じるタイムトンネル」として理解できる(59)。しかし、この近代都市東京の中の、タイムスリップした空間としての土蔵の中に、思い出の「故郷柳川」が詩的に再現されているに止まらず、思いでの中でさえ、土蔵の中における幽閉という、閉ざされた空間の表象が現れてくるのである。東京の下宿の土蔵の中で想起される、記憶の中の故郷における土蔵の中、といった形で、室内庭園の中の「函」と同類の、入れ子構造の輪郭が浮かび上がってくる。そもそも、「思い出」という、内面の奥へと掘り下げる手法自体は、空間的な次元として箱、「函」を必要としている。

過ぎし日は鍼医の手函、
天鵝絨の紫の函、
柔かに手を触れて、なつかしく、
パッチリと閉めた函、舶来の函。（「函」より）(60)

このような函は、おそらく「室内庭園」の「うち湿る革の函」の中にも見出せるのであろう。最も重要なのは、このような入れ子状の箱の構造が、室内庭園や植物園といった内面的な空間の性質をも、同時に現していることである。植物園の縮小版である、都会の中の花壇の場合には、その箱としての切り取り方がより明確になっている。「花壇」や「植木鉢」の中に、詩の語り手は、植物園の場合とは違って、物理的に入ることはできないのだが、その空間の内部に想像的に参入することによって、一種の詩的遊歩を行なうことは十分に可能である。

赤い花、小さい花、石竹と釣鐘草。
かなしくよるべなき無智……

瓦斯の点いた
勧工場のはいりくち、
明るい硝子棚、紗の日被、
夏は朝から悩ましいのに
花が咲いた……あはれな石竹と釣鐘草。

わかい葉柳の並木路、撒水した煉瓦道、
そのなかの小さな人工花壇、
（疲れた瞳の避難所）
その方二尺のかなしい区劃に、（略）（「銀座花壇」）(61)

「雑草園」と比べると、銀座という近代都市空間との対立の中にでき上がる箱型のミクロ・スペースが、一層鮮やかに表現されていると言える。注意しなければならないのは、このミクロ・スペースのさらに奥に、生命を保ち続けている様々な草＝「雑草」が位置づけられている点である。人工的環境においても割り込む隙間を見付け、生き延びようとする「雑草」の、生命力の篭った存在が強く意識されている点である。そのような人工的に作られた枠の中と言えども、生きているもの、「雑草」は、その閉ざされたスペースのさらに奥、すなわち内面へと導く記憶の換喩となっているのである。そのような「あわれな」花に対して行われる詩の語り手の感情移入には、都市型植物園の縮小版である「花壇」よりも、さらに小さな世界へ、すなわちその入れ子構造になっている内面への遊歩の、奥行きを求め続ける欲望が現れている。

泪芙藍

罅入りし珈琲碗に
泪芙藍のくさを植ゑたり。
その花ひとつひらけば
あはれや呼吸ののをののく。

昨日を憎むこころの陰影にも、時に顫えて
ほのかにさくや、さふらん(62)。

パンの会などの都会趣味、カフェー通いを思わせるような容器としての「罅入りし珈琲碗」は、過ぎた日である「昨日」に対して「憎むこころ」を包み込み、現在において囲い込まれる記憶の輪郭を、同時に作り上げてもいる。「罅」が入ったために本来の目的では使えなくなった「珈琲碗」は、傷ついた心に対応している。その外側から眺められる、内側の心の罅から、秋庭の言う「思い出の蔓」として植物が這い上がり、記憶の道筋を、植物の姿によってなぞっているのである。

「銀座の花壇」に現れた石竹と釣鐘草は、両方とも、記憶と絡み合った草である。それらは内面の空間の奥へと続く道の、道端に咲く「雑草」に喩えられる換喩であり、その記憶の「雑草的」な執拗さの表現でもある。内面の感覚的な空間としての「温室」は、一種の気分を包み込んでいる容器であるが、その気分が広がる内面的空間自体も箱のように抉じ開けられ、その奥が求められているのである。そのような気分の解剖の過程が「悲みの奥」(63)で語られている。

白く悲しく、数あまた
釣鐘の花咲きにけり。
緑こまかき神経の
悲しみの径、園の奥、
金の光にわけ入れば
アスパラガスの葉のかげに

涙はしじにふりそそぎ、
小鳥来鳴かず、君見えず、
空も盲ひし真昼時、
白く悲しく、数あまた
釣鐘の花咲きにけり。

内面の「園の奥」に分け入る「径」は、その園の細部でもあり、「園の奥」に通じる「径」であるからこそ、園そのものを包み込む「釣鐘の花」に吸い込まれていくのである。この入れ子構造は、詩の形式においては、「釣鐘の花」の記述が詩の表現を前と後で囲い込む枠を作り、詩の内容を文字通り囲んでいることによって実現されている。内部と外部が入れ子逆入れ子の関係に置かれている。歩みを進めていく「径」それ自体が、「悲しみ」を生じさせる「神経」細胞の刺激の伝播回路のように表象されている。「釣鐘の花」が「悲しみ」という内面的な気分の奥にあるなら、同じ「銀座花壇」にあった石竹は、幼年期に遡る、悲しみよりもっと複雑な感情に関わっている。

わが悩ましき昼寝の夢よりさめたるとき、
ふくらなる或る女の両手は
弾機のごとも慌てたる熱き力もて
かき抱き、光れる縁側へと連れゆきぬ。
花ありき、赤き小さき花、石竹の花。

無邪気なる放尿……

幼児は静こころなく凝視めつつあり。
赤き赤き石竹の花は痛きまでその瞳にうつり、
何ものか、背後にて擽ゆし、絵草紙の古ぼけし手触にや。
（略）
柔かき乳房もて頭を圧され、
幼児は怪しげなる何物を感じたり。
（略）
その汗の臭の強さ、くるしさ、せつなさ、
（略）

『思ひ出』に収められた「石竹の思ひ出」(64)は、幼年期の昼の光の中の記憶に溶け込む、官能的な体験の目撃者である石竹の花と絡み合っている。「昼寝の夢」から目覚めた記憶は、常に身近にある目立たないもの、「雑草」としての石竹の記憶との関わりにおいて換喩的な機能を示しているのである。この草は、「思ひ出」の中身を外に取り出すために現れていると同時に、「思ひ出」そのものの生成のメカニズムの比喩にもなっている。乳母に後ろから抱えられた子供の頃の記憶からは、力強い手、柔らかい乳房に対する触覚、汗の匂いに対する嗅覚しか想起されない。女性の身体との接触と同時に、性の芽生えに関わっている「絵草紙」（春画と解釈できる）も、そこに描かれている視覚的映像よりも、擽るような感触として記憶されている。

この悩ましい、苦しい、切ない感覚は、放尿のために宙に抱えられた状態と相俟って、真昼の夢の中に入れ子のように埋め込まれた、理解や描写が不可能な体験の眩暈と方向感覚の喪失からもたらされている。性的な刺激を与えている他者の手に身を任せた受動性と、激しく対立する形で、石竹への「凝視」が描かれている。「花ありき、赤き小さき花、石竹の花」という焦点の定め方には、「怪しい」体験に耐えようとする努力と共に、その全体像を認識することのできない幼児としての体験の、最も深層の意味がある。この詩的表現における「凝視」の中でこそ思い出されるはずである花の中に、凝縮されている記憶の意味の深層を捉えようとする心的過程をも認めることができる(65)。

「石竹の思ひ出」の女性の汗の臭いは、「雑草園」にも現れているので、「雑草園」の中に閉じ込められた「子供」にも注目しなければならない。具体的には「雑種児」であるが、これは、例えば「おかる勘平」(66)という官能的な詩に現れる「温室のなかの孤児」というイメージの系譜を受け継いだものであることは間違いない。

「おかる勘平」という詩は、勘平という恋人に死なれたおかるの悲しみを描いたものである。しかし、「色と匂と音楽と。／勘平なんかどうでもいい」と詩の最後にあるように、号泣の中の深い官能が物語的な中身より重視されている。性的な記憶からくる官能に溺れるおかるを表象するためには、「温室のなかの孤児《みなしご》」という比喩が用いられているのである。「おかるは温室のなかの孤児のやうに、／いろんな官能の記憶にそそのかされて、／楽しい自身の愉楽に耽つてゐる」。

このイメージから明らかに分かるように、身体的感覚に満たされた内面的空間の構成には、記憶というモチーフと「子供」の感覚が同時に組み込まれている。この「温室」という閉ざされた空間が可能にする、感覚的で官能的な濃密さを強調するために、強い匂いの描写を通して、噎せるような空気の感覚が再現されているのである。このような閉ざされた空間に篭っている匂いとして、「石竹の思ひ出」にあった汗の匂いや、「雑草園」の中に現れる「葱畑」から伝わる葱の匂いも喚起することができる。

「雑草園」に現れている「葱畑」は、葱の強い匂いのイメージを通して、内面的な感覚や官能を生み出す空間として、例えば「種蒔き」(67)という詩の中の、閉ざされた生命の表象との関連で確認できる。この詩は、「権兵衛が種まきゃ烏がほじくる」という、徒労を表すフォルクロア的な慣用句がモチーフになった、民間伝承の表現を模倣した詩である。権兵衛という醜男が「かなしみの種、性の種、黒稗の種」を葱畑の中で蒔いていることが描かれている。

閉ざされた小空間の感覚は、「種子」というイメージの中にさらに凝縮されている。「種子」が小さな箱として比喩的にかつ感覚的に捉えられていることは、「黒い鴉の嘴に種のつぶれてなげく音」が「銀の懐中時計を閉める音」と関連づけられているところからも分かる。「種子」こそが、内面的空間と重なる「植物園」、「温室」、「花壇」、「鉢」という一連の入れ子の奥にある最も小さな核であることが分かる。

「種子」の中には、悲しみという情緒、官能と、文字通りの植物の生命が凝縮されている。鴉に啄ばまれるにも拘わらず、種を蒔き続ける権兵衛の徒労の姿にも、「雑草」のように、生命に対して諦めきれない「希望」の心理を見出すことができる(68)。「種蒔き」のモチーフの一つである、種を啄ばむ鴉の嘴の音、種が潰れる音には、最も小さい箱である種の中までもが抉り出されることへの痛みを伝える形で、内面の最も奥に潜む生命への関わりを認めることができる。

「緑の種子」(69)の中では、種子は明らかに「感覚の粋」、「霊魂の粋」、「「時」の秒」、「淫慾の芽の潜伏所」、「色の粋」として、すなわち、入れ子状の箱の最も小さな核として位置づけられている。詩の中に表現を求める内面の「雑草園」の最も凝縮されたエッセンス、「粋」として表現されている。「消え去り難き幽霊の／芥子の緑に泣くごとく、／裏切りしたる歓会の醒めて哀しきわが心」という数行では、「温室」に象徴されている内面的な空間の夢の、一つの限界に気付かされることになる。

「温室」という人工楽園から生じる眩暈と陶酔は、ボードレールが「人工楽園」に込めている麻薬体験の意味と表裏の関係になっている。白秋は「種子」を「阿片の精」と呼ぶことで、夢の内面的空間の中核にふれている。内面的な空間の夢を予感させる種は不透明であり、その中に「見えざる悲劇」を抱えているのである。それと同時に、種子は「鉢」、「花壇」、「温室」、「雑草園」という一連の入れ子の最も奥にあるので、「種子」に集中する想像力には、生命と深く結び付いている、閉ざされた避難所、「潜伏所」を求める心理の頂点を見出すことができる(70)。

白秋が「種子」の初出において、自分の名前ではなく、「ランボオ」と記していることは、異国情緒溢れる近代的内面の詩的空間に魅了されたことを告白すると同時に、その空間の人工性を現しているのではないだろうか。しかし、この空間に人工的な面が強いのに、その奥に位置づけられている核心は極めて生命に近いものとして想像されている。このような閉ざされた空間の最小の核を思わせる「種子」のイメージは、生命のイメージと相俟って、幼年期の記憶の空間的な描き方を、同じく最小の核として捉えることのできる、胎児のイメージとも結び付けてゆくのである。

「種子」というイメージの中に、内面的な空間の入れ子構造の、端的な表現を見出したが、幼年期という抽象的な内面的空間にも、一つの閉ざされた具体的な空間が埋め込まれていることを忘れてはならない。そもそも、「故郷」柳川は「わが生ひたち」の中で「柩」として描かれているのだが、ここでもう一つの、さらに小さい箱についてふれておきたい。それは横木も着眼している「監獄」のイメージである。既に引用した白秋の大正二年の、『思ひ出』再版への序文の中では、「囚はれてはまたほのかな物の花を覗き見する」ことと、未生以前の世界などへと導かれる体験との関係が見られる。

「監獄」の比喩は「囚はれて」は逃れる、「ほのかな」感覚を不十分ながら囲い込む試みを表している。それは、「温室」のような内面的に閉ざされた空間のヴァリエーションである。また「監獄」の比喩は、秋庭や晶子の詩に見られたような、破壊され廃頽した構築物とも結び付き、その崩れた壁の間には、恐怖と痛みの過去の体験がまだ漂っている。「鶏頭」(71)と題された詩では、「鶏頭」は柩が埋められている墓の上に咲いている。鶏頭という草が廃頽した「監獄」の装飾になっていることは興味深い。さらに鶏頭(雁来紅)が「雑草園」を彩っていることをも忘れてはならない。

監獄のあと(72)

廃れたる監獄に

鶏頭さけり、
夕日の照ればかなしげに
頸を顫はす。
（略）

ある日、血は鶏頭の
半開の花にちり、
毛の黄なる病犬の
ひとり光ぬ。
（略）

廃れたる監獄に
鶏頭さけり、
夕日のてればかなしげに
頸を顫はす。

「鶏頭」という花の名前に、「頸を顫はす」というリフレーンが付けられることで、植物であることから抜け出すような、生々しい鳥類的な肉感性が作り出されている。また、友人の自殺を歌った「たんぽぽ」(73)の中では、血を吸ったたんぽぽが中心的なモチーフであることを想起するなら、上の詩の「鶏頭」も、埋もれた記憶を地下から地上に引きずり出す役割を果たしていると言える。人間の生を外から閉ざし破壊してしまうような、抽象的な空間としての監獄の中の、さらにその奥に、幼年期における物質的な監獄の体験も嵌め込まれている。幼時に閉じ込められた生家の倉は、同時に思い出という手法によって紡ぎ出される、想像が溢れ出る倉でもある。

囚人(74)

かの日こそかなしかりしか。
いとけなき罪を得し児は
穀倉にひと日鎖されて、
涙のみ手にこすりゐつ。

ほの青きみ空の光、
野に顫ふ夕べとなれば、
街の児がさやぎもやみて
新星のほのめくみぎり。

げにもまたほのかなりしか。
窓のもと、格子にすがり、
すすり泣き、ふとも見いでし
つゆくさのるりいろの花。

「囚人」としての子供の体験は、最後に一本の花に焦点化されることになる(75)。「囚はれてはまたほのかな物の花を覗き見する」という、『思ひ出』を振り返る際の白秋の言葉は、あたかもこの詩における「るりいろの花」に向けられているかのようである。

第一連では、子供は手で涙を擦りながら、自分の閉塞状態に浸っている。第二連では、自分の孤独感を深めていた街の中の子供の遊び声が止んでいくことに注目し、空と星を見つつ、夜の暗さによって世界の中に一人取り残されている孤独感と心細さを覚える。しかし、第三連では、子供が慕っている広い野の一部として、濃さを増している夕暮れの色から浮かび上がる「るりいろの花」が、「ふと」現れるのである。

格子に縋っているのは子供であるが、露草も格子に縋っていると解釈できる。それればかりではなく、露草こそが子供が縋ろうとしている「雑草」なのである。閉ざされた空間に隣接している「雑草」は、閉塞感と一体になっている孤独感が最も深まった時に、つまり飽和点に達した時に見出されるので、閉ざされた内面的空間の奥と結び付いている。しかし、幼児の孤独な体験の内部に浸潤するこの閉ざされた倉の中の感覚の飽和点は、一種の臨界点に達することによって「外」に繋がっているのである。

閉ざされた内面的空間の奥へと沈むにつれて結局外へと導かれる内面の詮索は、「温室のなかの孤児」から、まだ生まれていない、子供になる以前の体験へと直接繋がっている。「幽閉」(76)という詩は、監獄の比喩に属する、最も小さな単位の空間、つまり子宮の中で生きていた胎内の記憶の空間性を捉えたものである。この胎内の壁には、「雑草」の根のように、母親の血管が張り巡らされていたはずである。それこそが胎児にとっての外でもあったのである。

胎内の感覚を表すために、「色濁るぐらすの戸」という表現が用いられているところに、「温室」の比喩との強い連続性を確認できる。「雑草園」その他の内面的空間と、このような内の内まで分け入ることによって外に至るような空間の詩的構築は、時間軸に沿った詩的表現の発展ではなく、白秋という詩人の詩的想像力によって描かれる同心円として捉え続けてこそ意味がある。

幽閉

色濁るぐらすの戸もて
封じたる、白日の日のさすひと間、
そのなかに蝋のあかりのすすりなき。

いましがた、蓋閉したる風琴の忍びのうめき。
そがうへに瞳盲ひたる嬰児ぞ戯れあそぶ。
あはれ、さは赤裸なる、盲ひなる、ひとり笑みつつ、
声たてて小さく愛しき生の臍をまさぐりぬ。

物病ましさのかぎりなる室のといきに、
をりをりは忍び入るらむ戯けたる街衢の囃子、
あはれ、また、嬰児笑ふ。

ことことと、ひそかなる母のおとなひ
幾度となく戸を押せど、はては敲けど、
色濁る扉はあかず。
室の内暑く悒鬱く、またさらに嬰児笑ふ。

かくて、はた、硝子のなかのすすりなき
蝋のあかりの夜を待たず尽きなむ時よ。
あはれ、また母の愁の恐怖とならむそのみぎり。

あはれ、子はひたに聴き入る、
珍らなるいとも可笑しきちやるめらの外の一節。

「幽閉」というタイトルからも伝わるように、この胎内の空間的な感覚は、「温室」の比喩の上に成り立っているだけでなく、「囚人」の中に現れた牢獄のような空間とも結び付いている。閉鎖性の感覚は、「蓋閉したる風琴」、「室のといき」、「室の内暑く悒鬱く」や「硝子のなかのすすりなき」という描写によって、さらに濃厚になっている。しかし、「すすりなき」、「物病ましさ」、「悒鬱」さ、「母の愁の恐怖」などという頽廃的な母性のイメージとのコントラストで、この「温室のなかの孤児」の感覚を表現するために、「戯れあそぶ」、「笑みつつ」、「小さく愛しき生の臍」という無邪気で無垢なイメージが用いられている。最後の一連「あはれ、子はひたに聴き入る、／珍らなるいとも可笑しきちやるめらの外の一節」は、「囚人」の「ふとも見いでし、／つゆくさのるりいろの花」と対応し、閉ざされた感覚の臨界点と、そこから「外」へ向かっていく想像力を表している。

非常に強い廃頽の感覚を帯びている「我子の声」(77)という詩においても、「追懐の色とにほひ」によって構成される内面の詩的空間の奥に「子の夢」、つまり幼児と極めて近いイメージが置かれている。「子の夢」という表現には、「わかき日の夢」を連想させるが、より生々しいイメージを認めることができる。その「夢」のさらに奥に「埋もれたる」「子」自体は、ここで「はかりしれざる」内面的空間の不透明な核である。

我子の声

われはきく、生まれざる、はかりしれざる
子の声を、泣き訴ふ赤きさけびを。
いづこにかわれはきく、見えわかぬかかる恐怖を。

（略）

はた旅の夕まぐれ、栄えのこる雲の湿に、
前世の亡き妻が墓の辺の赤埴おもひ、
かくてまた我はきく追憶《おもひで》の色とにほひに、
埋もれたる、はかりしれざる子の夢を、胎の叫を。

（略）

「子の夢」の感覚から「夢」の部分を追い払い、自分自身の幼児回帰とも繋がる、実感できる「子」に目覚めるためには、内面的空間の閉塞感が、一種の飽和点、頂点、限界に達するほど深い洞察を経ねばならない。大正三年から大正六年の間に、姦通事件のために白秋は都落ちし、都会的な環境から物理的に離れることになる(78)。小笠原父島という日本の辺境にある空間で、青い海にしか囲まれていない、植物園のガラスを必要としない、タコノキのような熱帯の植物に満ちた自然の楽園を白秋は見出す。そのことは、ここに引いた詩の中の「嬰児」を、幽閉から解放することになる。小笠原を思い出す白秋は、そこで「嬰児の心に還」(79)えったと言う。「小笠原小品」の中で、島の遊び友達である女の子は、白秋を Tonka John という幼児名で呼んでいる(80)。本書の第二部でより詳しく取り上げる、このような、内面の夢からの覚醒の体験には、一種の飽和点や臨界点の通過を認めることができる。

而も世の神秘が病的な幻惑感にあると思ふは間違である。邪宗門時代の自分を観ると、自分の霊魂は絶えず自分の不可思議な官能と神経からこづき廻はされ通しであつた。怪美な一種の自己催眠が自分の意志を全然クロロホルムの陶酔に陥らせたのだ。(略)後悔は為ないが深く恥ぢるところがある。霊魂の目覚め! あゝ、私の麻睡が極端に徹した時、私の両手に鉄錠の響が幽かに鳴つた。三崎での一年間は又蒼天と蒼海とが私を自由にし私を擁護してくれた。そればかりで無い、絶海の孤島小笠原の半ケ年は私を愈真純な嬰児の心に還らしめ、のろ〳〵の正覚坊と信天翁とは私をして愈大愚の道づれにし、睿智の慈悲光を又私の瞳に植ゑつけた。葛飾のたつた一羽の雀でさへ畏くもその雀に私自身の全体を観せてくれ、透覚さしてくれた(81)。

「その難有さは私をして思はず雀に掌を合はさした」という言葉が続いている、以上の引用文に表れる白秋の幼児回帰の心理については、『雀の生活』を取り上げた第二部で、より詳細に論じることにする。都会趣味や記憶の中の童心を取り扱った詩で見た、悩ましい、苦しい、饐えた空間は、突然開かれた「麗らかな」ものに一変する。そこで、「感覚の小函」で見た「白金の函」、つまり感覚の溢れ出る内面性を閉じ込める小空間にとっては、神秘的な中身よりも、その光を放つ表面が重要になる。『白金之独楽』(大正三年)では、主体の内面的空間は、さらにその奥を詮索できるものから、自分の中身を外へ発信しながら絶えず廻る「独楽」になる。

こうした遠心的な拡散の状態は、合わせ鏡や「真と影」、目覚めと夢の間の往復運動のイメージによって、内面を超越した空間の中へ溶け込んでいく。「肖像」(82)という詩では、詩的主体は、自分の影を鏡の中に置きながらも、すぐに飛び去ってしまう。飛翔への願望は、落下の体験の記憶から生み出されたものであり、白秋の描く「麗らかな」

世界は内面性におけるトラウマを覆い隠している。

「雑草園」で見た汽車やその煙は、『白金之独楽』(83)では、光り輝く無機的なものに変わる。「麗ラカヤ、人間ガ／唯ヒトリ裸トゾナル。／麗ラカヤ／室ノ中、タエテ音コソナカリツルカモ」(84)という数行の中では、「嬰児」回帰や子宮回帰の空間的な体験が描かれている。この詩が「四足ノ真似」で終わっているのも以上のことを裏付けている。飯島耕一も『白金之独楽』の詩を評して、「ここには『邪宗門』や『思ひ出』の燦爛たるたそがれの白秋はもういない」、「まひるの日の光のなかに白秋は赤児のようにまる裸」な様子にふれているとしている(85)。

ここで現れる「室」は、「ヘヤ」と発音されるべきであり、『邪宗門』の詩などで見た「室」＝むろ＝花室＝温室の延長線にあるとはいえ、次元を異にしている。「温室」の描写にあった植物の有機物的な存在は、ここで「光」という概念に抽象化されているのである。この表現は、「光」を吸い取る植物の「冷たい心」を覗こうとした詩的主体と、無関係ではない。生命は、「種子」の閉ざされたイメージを貫いて、「光カガヤク円キモノ」(「生命」(86))に投影されていると言える。有機物的な植物的生命の追求は、さらに深くなり、錬金術の一種とでも呼べる「光」の方法に向けられていく。

「紅ヲ金ニ、黒ヲ銀ニ、／世界一面ニ白金／ラヂウムノ地雷ヲ爆発セタマエ、亜免」(「白金交換」(87))や「紅輝ケバ、金トナリ。／黒極マレバ、銀トナリ。／内心ノラヂウムノ独楽／光リツムレバ白金昇天」(「究竟」(88))のような詩的表現から、プロメテウス的な火と太陽の征服の表象である「ラヂウム」の発見を通して、超越性への、やはりまだ観念になり切っていない、物質的な追求が見られる。

この『白金之独楽』に見られる詩的言語の錬金術は、最も端的な形で幼児、「赤子」の表象の変化に現れていると言える。その変化は閉ざされた内面的空間から、果てしない「海」という開かれた空間的感覚の変化を背景にしている。同時に、「海」は、閉ざされた母親の胎内の羊水でもある。

凪[89]

麗ラカヤ、
限リナクウツクシキ海ノ面ヲ、
安ラカニ赤子輝キ匍ヒユケリ。

ソノ赤子声コソ立テネ、
燦爛トシテ、遠ク遠ク。

麗ラカヤ水平線、
赤子終ニ
真白キ金トナル。

光輝ノ深サヤ。

「蔦」[90]という『白金之独楽』所収の詩では、「光輝ノ深サヤ、／苦シサヤ、我」という表現が見られるので、水平線の彼方に遠ざかる「赤子」のイメージに、内面の主体、「我」の自意識の有様が重なっていると言える。この「赤子」は「我子の声」の「泣き訴ふ赤き叫び」という病的なイメージとは無縁の、「ソノ赤子声コソ立テネ」という存在である。

この「赤子」は胎内の闇の中ではなく、光の世界にいる。この光の感覚の中から、大正期以降に見られる白秋の詩学と美学を予感できる。再生のイメージと共に、あたかも草が生長するために不可欠な太陽光のような勢いで、白秋の詩に幼児回帰と自然回帰が光のモチーフとして流れ込んでくるのである。「墓場は輝く、何かを感ず。／墓場は銀光燦爛たり。（略）／草は光り、跳ねあがる、／一心の弾機《ばね》」（「墓」(91)）。既に『白金之独楽』の詩「人」(92)では「遠キ地平ノ金ノ星」として、鍬を担いだ人間の姿が登場していることから、この「墓」が収められている『畑の祭』(93)の、非都会的な詩的風景を導き出すことができる。タイトルから察せられるように、日本的色彩に染まっている『水墨集』(94)では、幼児回帰とその幼児回帰の共同体を想像させる、自分の「外」の子供が明確に表現されている。

ある宵の童心(95)

松風を松風と気がついた時、
わたしは甜瓜をしやぶつてゐた。
おとなしい里の蛙よ、
月の萌黄よ、
わたしは幼いわたしに還つてゐた。
お母さん、お母さん。

我子に(96)

おお、我子よ、
おまへを思ふと光になる、

おまへのためには夜露にならう。
（略）
いよいよまことの心になる。（略）
父は幸福だ。

「ある宵の童心」では「松風」や「蛙」という日本回帰の表象と共に、『思ひ出』とは異なる「明るい」幼児回帰が描かれている。その心理は自分の中の子供ではなく、自分の外にいる子供への眼差しの移動と平行している。『邪宗門』の「我子の声」では「我子」は生まれていない赤ん坊であり、しかもその赤ん坊が前世の妻の胎内にいることは、詩の主体が内面の奥に置かれていることを意味している。

それとは異なり、『水墨集』の「我子」は「父の幸福」である、「外」にいる子供である。しかし、小笠原訪問以降の日本回帰、自然回帰、幼児回帰によってもたらされる平和で「麗かな」詩的世界は、前期の白秋との断絶としてではなく、前期の作品の上に重ねられたものとして理解されるべきである。横木は、白秋の麗かな思想の中に「空虚」の性質を見出し、民衆や樹木によって「空虚な内面を充満させたいという白秋の悲願」の表現を『畑の祭』に感じ取っている(97)。

内面的な空間は、野外（第二部の「雑草の季節」で見る郊外）に裏がえされることになる。都市空間の体験で得られた夢の内面的空間は光のイメージの強調を通して、覚醒した後の開かれた空間に変わる。白秋の黒い皮ノートに見られた植物観察の姿勢が、新たに発揮される形で、日常性と芸術性、個人的な内面と共同体の相互浸透を裏付けている。「私は（略）庭を見下しながら芸術自由教育の算術の問題ばかり考へてゐる。」（「芙蓉の季節」(98)）

子供の共同体は、大人の共同体を理想化して、想像するために貢献しているので、横木の指摘の通り、白秋の幼年期への郷愁が愛国主義の詩へ流れるのは当然である。共同体の感覚のもたらす陶酔の中では、童話と神話も紙一重である(99)。しかし、白秋の場合、童謡製作を通して獲得している(「日本」という)抽象的な「故郷」の奥に、閉ざされた箱の中の、内面的空間が残っていたのである。

大正期以降の自然回帰や幼児回帰という開かれた外の世界は、「たんぽぽ」に覆われた自殺した友人の傷口と同じような、大きな傷口を覆い隠している。白秋は「大き亜細亜」(100)を礼賛していると同時に、やはり切実に「故郷」を求め続けている。「故郷やそのかの子ら、／皆老いて遠きに、／何ぞ寄る童ごころ」(一九四一年)(101)。決して辿り着くことのできない「故郷」への道には、草と子供のイメージが残っているが、その中には引き裂かれた精神が宿っている。「草の香は／道を彎める。／風景は／絶えず流れる。(略)／草の香は／はずみ、闌《ふ》けてる／子供らは／子供らと来る。／濃緑だ、／空は高まる。／おそろしく／美しくなる。」(「草の香」(102))

小石川植物園は明るく陽気な空間として、後期の白秋の詩の中に現れている。子と父が「池畔の撮影」(103)に登場している。この詩では「植物園内の風景とカメラの『レンズ』と関係づけられて詠われている」と松下浩幸(104)は分析しているが、ここにはもはや日本の風景の認識の近代化が反映されているのではない。「映れよ、／蛙のこゑも、／黄に、緑に、／うつつなきレンズや」。写真には「子は父の／おもざし、／なにか求めて、／安らけき笑ひや」が納まるので、それは風景よりも記念撮影という行為を通して、記憶と思い出の関係を主題化している。

写真という近代的な技術装置を通して掴もうとしている懐かしさには、一種の亀裂が走っている。その亀裂は「屋上庭園」の空間が再構築されていることの中により明確に見られる。「屋上庭園」は空とすれすれの高さまで聳え、さらなる都市空間の発展の拡大を誇張的に見せている。鳥瞰的に眺められる都市の雑踏と屋上庭園の落ち着いた雰囲気は対立しているように見えるし、「俺」の古風な遠眼鏡はアナクロニズムとしてその差異を強調しているかのように見える。「屋上庭園」という言葉は、雑誌『屋上庭園』に収斂される詩作の幼年期という記憶と同時に、その雑誌の冒頭にある「雑草園」と、その裏にある内面的空間への願望を呼び起こしている。それこそが、内面的空間から生えあがる「雑草」としての、「失われた童心」への願望である。

十月の都会風景(105)

十月、
大都会東京の午後一時二時、
日光がばかに白かつた、立体的で。
市民は高層なビルヂングの近景を、
いつもの通り右往左往してゐた、豆のやうに、
紅や青や紫や、パラソルの花、花、花、
自動車は疾駆した、旋廻した、昆虫の騒乱。

俺は空想した。ああ、この瞬間。
カーキ色の飛行船が爆発した、空の遥かで。
ぷすとただ光つて消えた点、—人、人、人。

十月、
誇張すると天を摩す屋上庭園の酒卓で
俺は古風の遠眼鏡を引伸ばしながら、
いつか失くした童心を探索してゐる。

この章では、都市空間の中に「雑草園」という形で、切り取られ、囲い込まれた空間に注目し、「温室」という閉ざされた空間を、詩的内面の構築と関連づけた。これらの「雑草園」は内面的空間に宿る詩的主体の在りようを反映していると同時に、詩的表現が生成する場としても理解することができる。実際の都市空間における「雑草園」、植物園や花壇と、詩的な内面の空間が一種の入れ子関係にあると同時に、「雑草園」のような内面を表現した詩と、それが載る媒体、雑誌『屋上庭園』までもが入れ子関係をなしていることも明らかにした。「雑草」が近代文明に忍び込む姿を、これら入れ子状の内面的空間の中に見ることができる。

近代都市の中で、「雑草」の間に憩いと避難を求める心理の中に、近代都市空間の中に割り込む、「自然」と「故郷」に対する思い自体を、「雑草」に喩えることもできる。白秋の詩の分析を通じて、「雑草園」に象徴される夢のような内面的空間は、縮小するイメージの連鎖の中で、生命の最小の入れ物である「種子」までを、入れ子の関係に構造化していることが分かった。

白秋の詩的表現の分析から明らかになったように、この内面的空間に、幼年期の記憶が加わっている。幼児の表象を通して、「種子」に見られるような内面のミクロ空間は、胎内の空間とも結び付いていることを示すことができる。「種子」や生まれる以前の胎児のイメージは、内面的な空間における詩的洞察の一種の頂点、飽和点、臨界を示すものとして位置づけられ、それらのイメージから、主体的内面を打ち消そうとする、共同体や自然回帰へ開かれる、目覚めの心理が産出される。しかし、健やかな幼児回帰は、自然との共生や共同体への帰属感の中で、「故郷」に安住するかのように見えるが、その奥に「故郷」と「童心」が、決して手に入れることのできないものへの願望として、不毛な希望として、完全には姿を消さないのである。

第2章

子供の「園」の「雑草園」

『読売新聞』一九二六年六月一五日の朝刊の宗教欄に、賀川豊彦の連載「暗中隻語」の五八回目が掲載される。その日のテーマは「雑草園」である。

友人が、私の為に雑草園を造つて呉れた。水葉に似た『ギシ〳〵草』や桐の花に似た、薄紫の花を無数に持つ『拾二一電』霞の際にみえる『のみの襖』太陽の色そのまゝの、狐の牡丹、彼れ此れ、混ぜて六〇余種も植ゑて呉れた。

折箱の蓋をいくつかに切つて、その上に筆太く一々草の名を記して呉れた。私の驚いたことは、今迄私の気付かなかつた、雑草の中に無数に美しい草花がある。金蘭や銀蘭の優雅な姿は云はないまでも、ルビーを散填した様な『ねぢれ花』の姿は西洋の王様の持つ錫杖にも似雀の鉄砲は英国の近衛兵の冠る帽子にも似通つて居る。近頃カナダから来て、日本全国を征服して居ると云ふ『姫昔よもぎ』の勢ひの良い事よ。私は雑草の一つ〳〵の生命を考へて見て、そこにも宇宙の神秘の宿つて居るのを見た。

熱心なキリスト教徒であり、社会運動家でもあった賀川豊彦が、この断章で述べている「雑草園」は、小さな植物園に他ならない。後に詳しく述べるが、「雑草園」を造ってくれた友人とは植物学者であり、植物園の管理や大日本園芸会の運営に携わっていた、岩本熊吉のことである。二重括弧で表されている植物名は、専門家が札に記した通りをそのままを引用したものである。正確な命名によって、「一つ〳〵」の「雑草」は、驚きと共に言葉として発見され、様々な形で想像力を喚起させ、自分の存在を主張し始める。

ルビー、西洋の王様の錫杖、英国の近衛兵の帽子などといった、鮮やかさだけではなく、高貴で貴族的なものの想起は、もちろん、凡庸なものをあえて顕揚するために使われているのである。王や近衛兵の比喩は、裏返しの形で権力と支配力を想起させ、カナダの「雑草」が日本全国を「征服」したという、男性的軍事的行動の比喩と連動している。「雑草」の征服力は、不可能に近い条件の中で、奇跡的に保たれる生命そのものの比喩である。

生命には色々な単位があるが、自分の生命を抑圧され脅かされながらも生き延びる「雑草」の、通常気付かれない姿には、最も小さい生命が宿り、同時に最も大きなもの、宇宙の神秘も宿るのである。このように最も小さな生命と最も大きな生命が、「雑草」において共存しているからこそ、「雑草園」の空間は、自然や宇宙のモデルとして把握できるのである。

北原白秋の「雑草園」の下敷きになっている植物園がモデルとするエデンの園は、熱心なキリスト教徒に、記憶の中の物語とイメージを再生可能なものにする。エデンの園の命の泉を、自然から切り取られた都会や室内の人工的な環境に求めるのではなく、宇宙に開かれる「自然」の中に捜し求めることが、白秋の場合に見た閉ざされた内面的空間と内面とは異なる表現を生み出しているのである。『白金之独楽』以降の詩集に白秋が見出す「生命」、「神」や自分の閉ざされた内面を超越した「童心」などは、賀川のこの断章と時期的に重なっているので、日本の社会的精神風土に、ある共通性が潜んでいたことに気付かされる。白秋が作った一連の童謡には「朝の幼稚園」というタイトルがついているものもあり、明らかに、都市遊歩者の人工楽園、植物園と異なるもう一つの「園」が、社会文化的に浮上していることに気付かされるのである(1)。白秋の「雑草園」の中で、ぺんぺん草と鶏頭という「雑草」の裏に登場した「雑種児《あいのこ》」と「妾洋《らしゃめん》」の存在は、実は幼稚園の出現に潜んでいる現象なのである(2)。

賀川豊彦がキリスト教徒だったことは、彼が一人の教育者であり、主に児童に眼を注いだことを意味している。児童の発見の背景には、白秋の作品で見た内面の奥への旅と同時に、キリスト教の信仰がある。神の創った自然と宇宙の不思議が「植物園」の構想に取り込まれていることは、宗教と文明の進歩を表す科学との密接な関係を示唆しているのである。児童は、もちろん、その自然の延長線上に発見され、自然そのものとの有機的な関係の中で捉えられている。自然そのものが一つの大きな「雑草園」である以上、賀川が喜んでいる小さい「雑草園」も、あくまでも一種の入れ子の関係に、その存在意義を得ているのである。「雑草」は宇宙の一部であり、宇宙は「雑草」の中にあるという反転の構造は、賀川のキリスト教教育者としての姿勢にも現れている。子供を教育することは子供から学ぶことであり、「雑草」を育てるのは「雑草」に養われることである。

「雑草園」は大自然そのものとして、そして大自然のミニチュアとして、児童との直接的な隣接性を持つ。「雑草園」は、他でもなく、児童を教育するための教材なのである。聖書に基づいた考え方では世界が一冊の本であるのと同じように、自然は児童の教育の優れた教材である。児童が洞察力や感覚に関して計り知れない潜在力を持っていることを前提に、その洞察力や感覚を引き出すための動機づけを、幼稚園で与えなければならないのである。そこに「雑草」が賀川の児童教育論のキーワードとして現れるのである。

　興味を湧かせ、観察力を培養すれば、洞察力があるから、興味と注意力でひつぱり出せばよい。雑草の鉢一つ、興味、洞察力を与へればわかる。ア《マ》ルサスローレンス《マ》の子供が、ドイツ語とフランス語とを小さい時から覚えるやうに、雑草も子供に教へればわかる(3)。

つまり賀川豊彦は、国語と一緒に「雑草」の名前を教えることを、自然とのコミュニケーションを切り開く、一種のバイリンガル教育として考えようとしているのである。「雑草」の名前や、賀川の「自然教案」にある花の進化図と植物の進化表は、教育的立場から子供の洞察力を発達させるのみでなく、より深い思想のレベルで、子供を自然と結び付ける。教材としての自然の縮小版が「雑草園」である。「雑草園」の興味深い二重性は、白秋の「霊の雑草園」が、内面と身体の置かれた外的空間を融合させたように、具体的で物質的な次元と精神的な次元を同時に抱え込んでいることにある。「雑草園」の具体的で物質的な表れは、畑という人工的世界、森その他の自然界であり、その精神的な次元は、その裏に潜むエデンの園である。ドミトリー・リハチョーフの研究においても、庭園の精神的な空間は、人間が最も深く切実に求めている、エデンの園への願望と結び付けられている(4)。

アメリカの精神病院は、みな大きな畑を持つたり、森を持つたりしてゐる。不良少年でも自然生活をすれば、しまひに治つてしまふ。況んや子供が都会に於て変成したのは、自然を与へないからで、無神論は都会に発生し、村には無神論者は出て来ない。反宗教運動は都会人の運動である。(略)自然によつてフレーベル氏の精神を教へたい。幼稚園が世界に出来たのは、フレーベル氏のが創めであつた。それは子供に自然を教へたいと思つて創められたものである(5)。

明治四年の横浜での幼稚園建設の試みは長く続かなかったため、正式な意味での日本初の幼稚園は、明治九年、東京女子師範学校付属として建設された公立幼稚園であった。そこで行なわれた保育の内容は、フレーベルの「恩物教材」を主に取り入れたものであって、翻訳された説話、特に『イソップ物語』などを含んでいた。一方、その裏にあるフレーベルの宗教色の強い教育哲学は、一切配慮されていなかったのである。明治一九年から建設され始めたキリスト教幼稚園と共に、幼稚園は制度として日本に普及し始めたが、それと同時に、賀川の時代に至って、幼稚園の教育は思想として形を整えたのである(6)。この思想の空間的な次元は正しく「園」そのものである。

我々はフレーベル氏の神の精神をもう一度復興して（私はこれを新フレベール主義といつてゐる）――つまりもう一度、フレーベルが苦心した自然恩物を我々の幼稚園に取返さうとしてゐるのである。幼稚園といふのは彼が考へるやうに、自然教案のある世界である。それで「園」といふ。ナースリー・スクールでは、自然は消失してゐる。然し、現今の大部分の幼稚園は、園の資格はない。それは保育学校である。私はもう一度、この「園」の部分を取返したいと思ふ。勿論それが一坪の園であつてもいゝ、兎に角キンダーガーデンの「ガーデン」の部分を取返したい(7)。

賀川は「ガーデン」を字義通りに解することで、幼稚園のアレゴリー的な次元を前景化していると言える。幼稚園の中の文字通りの「園」を主張していると同時に、保育のための教材である「恩物」の中に、天からの「恩」恵を読み取っているのである。日本の幼児教育の最初の専門家倉橋惣三は、フレーベルが深い思想を込めた「恩物」という言葉に敬意を払いつつも、それらは「要するに幼稚園の玩具」に過ぎないと解説している。倉橋は「恩物」という教材の名前に、過剰な抽象性と象徴性を見たために、この言葉を用いることを薦めない。しかし、恩物、つまり天恵という点において、「自然」以上のものはないということについては、キリスト教幼稚園の賀川と、公立幼稚園の倉橋の見解は一致しているのである。

大正中期は、フレーベルの恩物教育が批判される時期に当り、賀川の「新フレーベル主義」も倉橋の素朴主義も、その文脈の中に位置づけられる。当時、フレーベル批判は世界的な拡がりを持っていたと思われるが、日本においてそれは、受動的に輸入された幼稚園というシステムへの反発として解釈できる。津守真によれば、この時期は「恩物の幼稚園から幼稚の幼稚園へ」、つまり人工的な設備から子供自身への関心移行があった時期と定義できる。津守が紹介している『幼児教育』雑誌の資料には、幼稚園に対する希望として「自然園の設備」が指摘されている大正八年のアンケート回答も含まれている。人工的な教材道具や玩具から、幼児自体へ関心を移すことは、「自然」を発見することに他ならない。

大正一五年以降、「観察」という項目も保育カリキュラムに加わるが、そこにこそ「雑草」や「雑草園」への本格的な注目が指摘できる。第一次世界大戦や、国民主義色が濃くなる国家を背景に、イデオロギー的、あるいは経済的な理由も十分に考えられるが、「雑草」こそ、優れた教材になり、「雑草園」のイメージこそが幼稚園に擬せられていたことは確実である。津守が紹介している、昭和二年の『幼児の教育』紙上に掲載されたコントは、その教育の一面を顕著に見せている(8)。

先生一「今日の観察に何を見せましょう。」
〃二「さあねえ」
〃三「困って仕舞うね。何一つ買うったって予算もないんですもの」
〃四「ほんとに、何もできはしない」

XXXXXXX

子供一「こんな草がはえてるよ」
〃二「小さな花が咲いているわ」
〃三「葉も面白い格好だねえ」
〃四「葉を抜いてみようよ。面白い根だなあ」

みんな「面白いなあ。面白いなあ。」

このコントでは、子供の自然な好奇心が教育の原動力にあるというメッセージが発信されている。それだけではなく、自然の教育の潜在力と対照的な、教員達の教育の無力さが明示されている。「雑草園」である大自然への道を切り開いているのは、幼稚園の中に偶然に生えた一本の「雑草」である。賀川が主張している「一坪の園」の意義は、極端に縮小された形で、大正期の幼稚園教育の思想の中に象徴的に現れる一本の「雑草」によっても担われているのであろう。

一本の「雑草」、一坪の園、幼稚園、「雑草園」の延長線上に、賀川はエデンの園を置いている。エデンの園は、聖書の創世記に収められた記述として、子供に自然を教える第一歩として大いに役に立つ。しかし、それはあくまでも自然を教えることの入り口であり、「アダムとエバ」の生活と童心の感覚との間の類似性を仲立ちに、全人類が失った、かつて地球上全体に広がっていたエデンの園が浮き彫りにされていく。

子供は裸体でゐても恥かしがらない。そしていろんな物に名前を付ける。アダムとエバはいろんな物に名をつけた。子供は雁が好きである。当然、自然の生活が子供にはのぞましい(9)。

このような「パラダイス式教育」(10)を実施している幼稚園は、地上の「園」として、都会、もしくは文明への抵抗として捉えられているのである。賀川の理解では、エデンの園の喪失というのは、人間の文明の進歩によってもたらされた自然破壊に他ならない。旧約聖書のエデンの園は事実を伝えたものであり、孔子の時の中国も森林地帯だったと、賀川は言う。白秋が「屋上庭園」から望遠鏡で、都会の群衆の中に自分が失った童心を探し求めていたように、「いくら人間が顕微鏡をのぞいて、自然をさがしたところで、キリストのみた自然、アダム、エバのみた自然とはちがつてゐる」[11]という賀川の言葉は、失われた自然を追い求める声として響く。

賀川の攻撃の的は、何より都会文明である。都会が作り出す群集心理は、関東大震災において多くの犠牲を生み出した。人口密度の高い都会文明こそが、多くの犠牲の原因であったと賀川は述べている。次章で詳しく論じる、白秋の作品世界の中に描かれた大震災後の「雑草の季節」と同じように重要なのは、震災と幼稚園の対立である。多くの幼稚園を破壊した地震は、児童保護や児童愛護の心に訴え、保育施設の救済金という具体的な社会の動きを通して、まるで失われたエデンの園のように、「幼稚園」の必要性が大人達にも痛感されることになる[12]。お茶の水の幼稚園の焼け跡を描いた倉橋のエッセイにはその痛切な喪失感が描かれている。

私は、先ず事務室の位置に立って見た。それから廊下を通り抜けて、遊戯室にはいった。その右手の玩具室にもはいった。それから組の室を一つひとつ通って見た。山の組へ、海の組へ、川の組へ、池の組へ、林の組へ、ただ気ぜわしそうに通って見た。そして、私の見たものは、ただ「無」であった。ほんとうに「無」であった。何もない「無」であった。（略）そして、今度は、すぐ玩具室の方へ行って、灰の中をつついて見た。何か淋しい記念になるものでもと思ったのである。しかし、そんなものは、どう探しても見つからなかった。ほんとうに何もなかった。ただ僅かに見出し得たものは、幾つかの陶器製の白い人形の首だけであった。私は、ぞっとするような気持ちでそれを拾いとろうともしなかった[13]。

倉橋は不幸中の幸いに、地震の当日は夏休みのために子供がまだ集まっていなかったことを考えている。幼稚園の焼け跡を眼の前にして感じる虚無と絶望感は、先に述べたように、幼稚園という空間に最初から込められた希望の原理をも生かしているのである。倉橋は、「雑草」のイメージを直接大震災と結び付けてはいないが、彼の著作『幼稚園雑草』のタイトルから直ぐに分かるように、「雑草」の存在を、幼稚園思想を貫く中心軸として捉えているのである。

大震災ほど悲惨な状況ではないが、毎年夏休みのために子供を一時的に亡くしてしまう幼稚園にこそ、倉橋は幼稚園の原理たる「雑草園」を見出している。『幼稚園雑草』の中には「夏やすみ後」というエッセイが含まれている。その中では「雑草主義遊園」という、大正時代における幼稚園のエッセンスを表した概念が現れている。このエッセイにおいて、複数のレベルで意味を成す概念として登場している。短期間とはいえ、子供の不在を覆い隠す「雑草」は、同時に幼稚園の中にいつも噴出している自然の原理を象徴している。その原理の中では、強制のない穏やかさと同時に、自然の処女地を思わせるような無垢さも強調されている。

夏やすみが残して行ってくれた雑草が園いっぱいに蔓延っている。お山の上にも、砂場のまわりにも、花壇の後ろにも、人跡まれなる大原野の眺め茫々と茂っている。おいしば、めいしば、あれちのぎく、おおばこ、とぼしがら、のびえ、かたばみ、むらさきかたばみ、その間をこおろぎが飛ぶ、ばったが飛ぶ、ここ暫くは雑草主義遊園の理想の時(14)。

倉橋はこのエッセイにおいて、都会的な人工環境のアスファルトの下で泣いているであろう「雑草」を想像し(15)、「子供禁制」と墨書の看板の架けられた和風の茶園から取り除かれた草を考えることで、文明や文化以前に雑草園の起源を認めていると言える。賀川が薦めていた「雑草」の名前への注目は、ここでは子供からではなく、子供の教育者から寄せられているのである。幼児特有の洞察力と記憶力を思わせるような「雑草」の名前の羅列が、倉橋のエッセイにも見られる。「雑草」の名を一つ一つ口にすることは、あたかもそこにいる、子供達の名を呼んでいるかのようでもあり、また倉橋自身が子供に代わっていることの象徴でもある。しかし、生い茂る「雑草」の景色の描写に現れている喜びの基調は、子供が戻ってくることの楽しみによってもたらされているのであり、子供が「雑草」に抱く喜びへの期待からくるのでもある。

　とにかく子供は大喜びである。当分は別に玩具も何もいらない。草と一しょになって遊んでよいのである。(略)この雑草こそ、自由自在の玩具である。恩物である(16)。

　フレーベル主義幼稚園を基礎づける教育法が強調する恩物としての教材道具本来の精神は、このように「雑草」の中に認められている。大正時代に見られた、恩物の幼稚園から幼稚の幼稚園へという幼稚園思想の変化も、「雑草」の発見に関ると言える。

　倉橋も、賀川と同様に、都会や文明の暗い影を意識しているからこそ、「雑草園」に近代の子供の癒しを見出しているのである。当然ながら、「雑草園」の性質を併せ持っている、子供を囲む空間としての幼稚園は、大人の眼差しが求めているものでもある。そのため、賀川の場合も、倉橋の場合も、書き手の大人が幼稚園に思いを馳せることによって、自分の中の子供を復活させ、そこに感情を注ぎ込むような文章を試みることになる。次章でより詳しく見ることにする与謝野晶子、北原白秋、前田夕暮、相馬御風の「雑草」をめぐる作品群で見られる文学的形式の自由さ、つまり「雑草園」のような、不揃いだが生き生きとした「雑」のジャンルの原型を、文学者ではない賀川や倉橋のエッセイの中に見出すことができるのである。

　先述したように、それらの作品には一種の自然回帰志向が表れているが、それは明らかに都会における機械文明の抑圧への反応として把握すべきである。そして、前章で北原白秋の詩の中で追求してきた内面的な空間の構成(それも文明の精神的な次元の一つであるが)への反応も見出せるのである。自然に近かった祖先などへの回帰の機会を、老人のみではなく、未開人と同じ精神を持っている幼児に与える僅かなものは「雑草」である。

可愛そうな都会の子供たちは、この雑草を特別の賜物のように喜んでいる。自分たちの生活に必然の世界としていくらも自然が与えていてくれる野も知らず、山も知らず、そこで遊んだ先祖たちの幸福も知らず、たまたまの夏やすみを利用して、自然が辛うじて与えてくれたこの雑草に、渇けるものが水を得たように喜んでいる。そして年に一度ずつのこの雑草に、真におもしろいい《ママ》遊園の楽しさを享けている。年に一度でも、この雑草のある幼稚園は幸いな幼稚園である。一日でも多くこの雑草を刈らずに置いて下さる先生は感謝すべき先生である(17)。

『幼稚園雑草』に現れているこのような雑草礼賛は、公立の制度として幼稚園教育に携わる第一人者である、倉橋の思想の核心を表していると言っても過言ではない。夏休み明けの幼稚園の雑草と子供の再会が、彼にとって一種の重要な儀式であったことは、例えば雑誌『幼児の教育』の扉に二年連続(昭和九年九月号と翌昭和一〇年の八・九月号)で掲載されている「雑草」と題された挨拶から直ぐに分かることであろう。昭和九年というのが本書の第二部の後半で扱う「武蔵野雑草界」の創立の年であることは、日本の文化的風土に全面的に「雑草」が浸透したことを想像させるのである。

昭和九年の文章は「夏休みが済んで集まつて来る子ども達のために、せめてもの用意は庭の雑草だ」という台詞で始まる。雑草は「大きなおぢさん」から子供への贈物とされているが、その「大きなおぢさん」は、子供の立場からの幼稚園の先生であると同時に、大自然の創造主のようにも読める。特にキリスト教と繋がっているわけではない倉橋の幼稚園思想の中の、やはり賀川に近い「神」の存在を考えさせる箇所である。「君達が喜んで呉れさへすれば、雑草だつて本望だし、それを下さつた大きなおぢさんも御満足といふ訳さ」。

翌年の扉に載る挨拶文は見間違えるほど似ている。「休暇あけの幼稚園の庭が、また雑草園になつている。子どもを迎えるにも何も格別の準備のない中で、こればかりは大した準備だ」。この三番目のエッセイでは、子供の園における「雑草」のデリケートな位置が強く意識されていると言える。「雑草」を残すことは、突発的な行為ではなく、精密な度合いを測った教育的な心遣いである。幼稚園の掃除や片付けが行き過ぎるのもよくないし、「余りの乱雑不秩序」も好ましくない。「要はその中庸である」。このような何気ない断章の中でさえ、「雑草」には倉橋の幼児教育論がぎっしりと詰まっているのである。社会生活に必要な規則正しさと規律を導入すると同時に、そういうところから逸脱する想像力の空間を確保することである。その考え方は倉橋の理解する「園」にも生かされていることは極めて興味深い。

> 庭も刈るべき芝と整うべき枝とには充分手が入れなければならぬ。そうした上で、伸びるがままに伸びさせ、茂るがままに茂らされている雑草園こそ、教養の間に漏れ出ている天真の素朴さのようなものである。子どもたちの心に、何より自然ならくを与えずにはいないであろう。

この短い考察の中で、あらゆるレベルにおいて「雑草園」が一つのアレゴリカルな風景として捉えられているのは明らかであろう。幼稚園の潜在的な姿としての「雑草園」の理解は既にふれた通りだが、共同体を作り出す教育の場のアレゴリーを、ここで充分に見ることができる。教養の間に一種の隙間的な空間を適度に残すことが、幼稚園の教育者である教員の仕事の、重要なポイントとして理解されているのである。これは近代教育の様々なレベルを貫いているメカニズムとして理解できると同時に、共同性を築き上げる上での一つのモデルとしても考えられる。

ただ、幼稚園という近代教育の最も基礎的なレベルでは、「雑草」の要因が比較的に単純で字義通りに機能していると推測できる。面白いことに、「雑草園」は園長が自分自身の顔を映す鏡でもあると言うことである。児童同士の共同体、児童と自然界の間に結ばれる共同体へ繋がる道は、やはり「雑草」に象徴される「教養の間に漏れ」ているものに沿っているのである。園長の顔を映し出す「雑草園」の「雑草」の部分は、やはり彼自身の子供との親密さでもあり、彼の中の子供の部分であり、彼の中の想像力の噴出でもある。そのために真面目そうな先生でさえ、「なあに、バッタがゐたつてハ、、、、」と子供と同じ「素朴」な面を見せることもできるのだ。

より広い意味では、このような自由な想像力は、エッセイのような、遊びのある教育論を可能にしている。ここにこそ文学的想像力の素朴さを、同じ大正の文化的風土の特徴として認めることができる。倉橋の場合は、『幼稚園雑草』というタイトルがこのような想像力に溢れた自由な考察の性質を反映している。堅い形式から逃れた些細な考察が、「雑草」として深い意味を持っている。しかも、このような表現形式のレベルにおいて、「雑草」と教育のアレゴリーを改めて確認できるのである。

題して幼稚園雑草という。実にその通り雑草である。花としても飾るに足らず、果実としても滋味あるものではない。ただ雑草も枯れて後、土地の肥料になることのあるものだということを聞いて、小さな望みとしているのである(18)。

初版の序で、枯れての後に園の肥料ともなることを希ったが、雑草のままでも新しいつぼみの中に加わらせてもらえることとは、ひたすら春のおかげである。ただ、小さいながらに、こんなところにも根がつづいていたことを、この春光を迎える心のひそかな喜びとする。旧根必ずしも古からず、活きている限り新しいことを認められれば幸いである(19)。

このような自作に対する謙虚な態度は、逆に「雑草」としての自作の書き方に、そして読者の読み方に、最大の自由を与えている。倉橋の想像力が最も端的に現れているのは『幼稚園雑草』に収められた「森の幼稚園」という作品である。未完稿の「森の幼稚園」はエッセイ風の幼稚園教育の考察であるが、明らかにフィクションの試みでもある。

森の幼稚園の森の先生という登場人物が中心となっているが、抽象的な名前からして、アレゴリー劇の主人公であるのは一目瞭然である。この森の先生は幼稚園創立者フレーベルの像と重なっているところがあるにはあるが、もちろん具体的な歴史上の人物の伝記ではなく、幼稚園創立の原理こそが重要なのである。

以前、大学の先生であった森の先生は、子供に尽くすため自然の多い郊外に引っ込んだと言う。以前は大学生に、今は子供達に、そして同僚や近所の人に慕われている森の先生は「深遠なる学殖と、崇高なる人格とが、世にもっとも小さい幼児たちのために、何の惜しげもなく傾注されている」[20]のである。このような理想的な園長と接触しているのは園芸家である「私」である。理想的な園長像を自分の外に投影する、倉橋のこのような語り口は、極めて興味深いアレゴリーの手法を見せている。倉橋が「私」の口を借りて、「教育学や保育学を専門に学んだ」ことのない園芸家の立場に身を置くのである。園芸家の語り手を持ち出すことによって、幼稚園の原理に潜む「園」の要素を、文字通りの形で引き出すことができる。いうまでもなく、このような手法も、園の中の園という一種の入れ子構造に他ならない。

「ねえ君、温室のように無理強いに咲かすのでもないし、といって勿論、野原のように野生のまま放任して置くのでもなし、自然に生長して、自然に咲くべきものに、適当な培養を与えるのが君の仕事でしょう。——つまり幼稚園なんだねえ」[21]

賀川が訴えたように、幼稚園の根本的な原理は、そこに「園」を取り戻す努力にあるのである。倉橋の「雑草」をめぐる断章で見た、自然と培養の工夫もここでより純粋な形で現れている。賀川の園を取り戻す努力はエデンの園を思わせていたが、教育のレベルに話を移すと、それは「百余年前に」フレーベルが自分の企画を命名した時の「古い感動」を、「絶えず新しく胸に湛え」[22]ることになる。「これだ、これだ、幼稚園だ」。

殊に私にとっては、先生のこの語が、他の人よりも一層よくわかると思うのです。私はこうやって先生と土いじりを始めると、必ずあの時の事を思い出します。私が始めて先生をこの幼稚園にお訪ねした時でした。いろいろのお話の中に植物培養の要諦は、約めて言えばどういう点にあるかというような問が出ました。私は何の気もなく、

「そうですね、いわば自然の手伝いです」

と答えました。すると先生は急にその大きな手で私の肩を抱くようにして、

「そうです」(略)「我々のしている仕事もやはり同じです」(23)

「自然」という媒介項を通じての植物と子供の融合は、教育者と、園芸家の土で汚れた手の握手に象徴されているのである。そして、この「森の幼稚園」の語り手は、その外の枠にある『幼稚園雑草』の謙虚な語り手の声と重なって、姿を消すような素振りを見せる。

私ですか。私自身のことなど申上げる必要もないことです。しかし私がここの職員の一人であるということは、この幼稚園の一つの特色をお話するに、都合のよいことであるかも知れません(24)。

このような謙虚な語り手のことを、森の先生は次のように紹介している。「花田君には、ガーデン主義の具体的方面の主任をお頼みしてあります」。幼稚園で使われた最も古い教材である『イソップ物語』を思わせる寓話としての性格が、倉橋の表現に染み込んでいるのである。「園」の字義通りの存在感、園長を園丁に置き換える手法は、幼稚園の社会的で精神的な空間と、その物質的な空間を融合させる効果を狙っているのである。そのような想像力を可能

にしているのは、組織の中に忍び込む自然として把握されている「雑草」の原理のおかげでもある。「雑草」の延長線上に存在している「日光」と「うるおい」という、植物界を支える光と水のイメージも、子供のあり方に重ね合わせられているのである。

日光を慕う「雑草」のように、幼児の精神が上の方へ延びようとしている。この上への動きは、幼児にとって「外へ、外へ」の衝動とも重なっている。幼稚園は「園」として空間的に囲い込まれているのだが、その理想は都会文明の外にある自然を内側に確保することである。「あの可愛い頬、あの房々した垂髪、遊戯、玩具、童話、唱歌」(25)に溢れる「夢の家」は、国家の将来へ投影された夢としても、詩的に把握されている。倉橋が言うには、第一次世界戦争がもたらした精神的な緊張に対抗できるのは、幼稚園の世界である。「嗚呼、今や国家大切の時なり。国家のために、実に国家のために、子らと共に美しく歌い、高く笑い、我を忘れて楽しく遊ばんかな」(26)。

このような、国家にとっての緊張の時期や、既にふれた関東大震災が、幼稚園の無垢の象徴的空間に更なる輝きを与える。教育道具としての「雑草園」や、子供の空間に潜在している「雑草園」の原理も、歴史的社会的な文脈の危機感と同時に注目を浴びているのである。先に引用した、賀川豊彦が友人から貰った贈物としての「雑草園」のエピソードだが、その友人はリンネ植物園管理職の岩本熊吉の可能性が高い。昭和一五年という戦時体制の只中に、岩本は『雑草園の造り方』という研究書をまとめ、自序において、この企てと賀川豊彦の活動との強い関連性を明らかにしている。

私は、従来、それ［学校教材園―引用者］に就て参考となるやうな事、感じたる所などを書き記して置いたのであつたが、賀川先生が中小学校幼稚園等の為め、此の際雑草の書物を書いたらばどを《ママ》かとの言に従つて、出来上つたるものが本書である(27)。

倉橋の文章で見た、幼稚園の「園」を文字通りに再現する方針であるが、岩本の場合にはさらに問題意識が先鋭化されている。それは、こうした「雑草園」の、広義の意味での歴史的な必然性と考えられる。「大自然を根本とせざるべからざる事が、今日の時代に於て特に必要なるを深く感ずる」(28)ことは、岩本の作品の歴史的文脈への関与の証拠である。

今日雑草に就て各方面より観察したる専門の書物が無い、然も雑草に対する智識の要求漸やく大なる時代に当りて、本書の如きが、幾分其の要求を充たし、今後に於ける大著述の端緒となるを得ば私の本懐である。是れ不遜を顧みず敢て世に問ふ所以である(29)。

このような厳かな筆法は、形式上のものではなく、歴史的とも言える一種の使命感の表現でもあろう。この文から、「雑草」に時代の文脈の中で焦点が当てられているのみではなく、「雑草」が「各方面」からの注目を糾合した、一種の思想の要として把握されていることが分かる。「路傍の雑草」という、注目の対象にならないことを特徴とする「雑草」は、このような過剰な注目を浴びることによって、「世への問い」という一種の発信の場にもなっているのである。なお、「雑草」の「趣味」、「実利」、「妙理」を知ることは人生の楽しみと神への感謝へと繋がるものとされる。

岩本の著書は植物図版のような部分を含んでいて、その前に数編の考察がなされている。まず、「雑草とは何ぞ」の中で、雑草は人間の修養の契機となることが指摘されている。つまり、雑草が人間の耕作地へ侵入しているのではなく、土着の「雑草」に対して人間の方が侵略者であるという、岩本が提示している認識は、大変興味深いものである。ここから、岩本が植物の植生を一種の人間世界の鏡として位置づけていることが分かる。「雑草」の定義から見て、人間こそが、自分の身を「雑草」の上に重ねてみる必要があるという姿勢が仄めかされているのである。

そのやや抽象的な人間と雑草の位置交換は、雑草に向けられた感情移入と物理的な関わりを象徴しているとも言える。「雑草の研究法」では、聞くこと、読むこと、見ること、実験することという方法が提示されているが、中でも見ることと実験することが、このような「雑草」との物理的な関わりのレベルを明らかにしている。教師の説明を聞き、聞き漏らしたところを読んで補うだけでは不十分であるがゆえに、実際の観察と実験が必要となる。具体的な存在として多様な「雑草」を観察できるような状態にするのは「雑草園」である。

雑草園には植物学園、実用園、風致園の三つがある。此の他に自然園と称するものも列することが出来るが、之は純然たる天然であるから茲では省くことゝする。

我らの智識を深くし、利益を増し、情操を養ひ、神を知るが為には必ずしも人工的に雑草園を作らねばならぬと云ふことは無い。即ち大自然は即ち大雑草園であると曰はれないことはないけれども、多数の雑草を一個所に集めて眼前に置くことは、深く雑草を研究する上に於て極めて便利である。況んや都会人の如く自然に接する機会の極めて少い処に在つては殊に必要である。故に田舎に於ても無論必要であるけれども、殊に都会の中小学校に於ては、土地が無ければ鉢植にても雑草園が出来るのであるから、此の鉢植雑草園を造つて、常に児童をして自然を観察せしむるの必要があるのである(30)。

「雑草園」には、四つのレベルが、その発展の順に共存していると言える。知識をもたらす植物学園、利益をもたらす実用園、情操を養う風致園、そしてその三つを総括している神を知るための「大雑草園」である。知的、合理的、美的な側面は、「雑草園」に注がれる各方面からの関心に応えているのである。教科書に単なる物の名として現れた植物の実物を、「雑草園」に求めるべきであり、その「雑草園」の中にこそ、教育機関そのものが自分の姿を映し出すべき対象を認めるべきである、という主張だ。

さらに鉢植えという極めて小規模のものも、緊張の篭った大自然の換喩であることは、北原白秋の詩的なミクロスペースと同様に思われる。白秋の場合の「雑草園」は、詩的（私的）表現として、主に内面の奥へと広がる次元を持っていたのに対して、公立教育機関の一要素であるこれらの「雑草園」は外部に広がるのである。ラテン名と和名の書かれた札に象徴的に見られるように、賀川が示唆した世界共通の「雑草」の学名と和名の並列でさえ、このような空間的な拡がりを見せるのである。

名札の付けられた校庭の片隅の鉢植えから、大自然の「雑草園」への飛躍が唐突に感じられるなら、岩本の次のような方法論上の問題意識を考慮に入れるべきである。つまり、「雑草園」は一歩一歩自然に近付くものでなければならないので、草本の次に喬木、さらには潅木を移植することが、「植物園」に繋がる前段階として考えられているのである。教育機関の空間は「雑草園」を中心に、「植物園」、「大自然」という同心円として想像されているのである。

岩本は、「雑草」が隠し持っている神の神秘を描写するために詩を引用し、日本文化の自然感覚を例証する和歌や俳句を引きながら、「雑草」の精神的な効果を明らかにしている。しかし、精神を養う実践の中に、身体を養う物質的な食料の問題も、透けて見える。倉橋が言っていた、第一次世界大戦による日本社会の緊張感は、三〇年代には何倍にも増していたはずである。というのは、倉橋が大人達の緊張感を抑えるために子供と一緒に声高く歌うことを欲求していた態度が、このような「雑草園」に求められる精神的な支えと類似していると考えられるからである。

しかし、岩本の場合、精神的な緊張は、日常的で現実的な危機感と無関係ではないと言える。「或は飢饉年とか、或は戦争とか、食料価格の騰貴又は不足の時には、之等を食用とするのであつて、如何なる草が食用になるかを予め知つて置いてもよいのである」(31)と、岩本はあくまでも多くの可能性の中の一つとしてふれているが、それは意外と大きなモチーフであり、雑草を求める緊張感に漲る主体の苦悶を仄めかしているのである。

そのことについては第二部で再びふれたいが、『雑草園の造り方』と同じ年に出版される『喰へる雑草』の存在や、国家の救済対策としての雑草食を描いた『雑草夫人』という書物が、岩本の関心と何らかの繋がりを持っていると思われる。空間構造で言うと、東京という現代文明に対立している、郊外としての武蔵野において「雑草」が注目されていることは、歴史という時間の中の文明の一つの表現である、世界戦争への対応も考えなければならないことを示している。

岩本の本は一九四三年の出版であるが、その中に、長い時間にわたって作成されたノートが収められていることは、既に述べた通りである。ちょうど一〇年前に、賀川豊彦も携わった一冊の本が現れたが、それはいうまでもなく『雑草園の造り方』の趣旨と深く関わるものである。『ムサシノに於ける雑草図譜』は、手帳のような薄くて小さい一冊であり、いかにも手作りの雰囲気を漂わせている書物である。岩本が説いていた雑草園とは、外の自然を教室に持ち込む方法であったが、『ムサシノに於ける雑草図譜』というポケットサイズの教科書は、教材を教室から外の自然へ持ち出す方法を示している。このような本が、既に教材として作成された雑草園と呼応していることは、改めて雑草を中軸に生成する、複数の入れ子の構造を明らかに表しているのである（図1）。

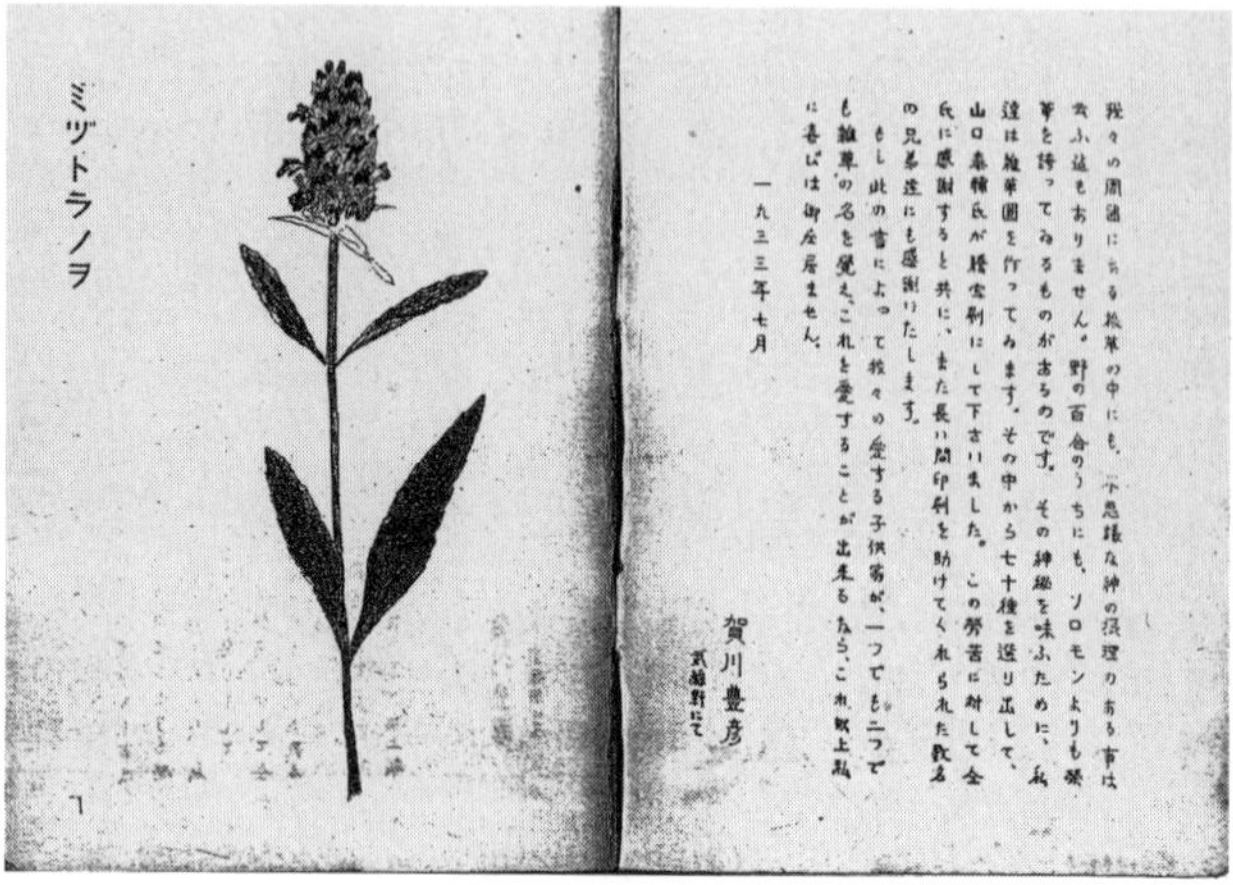

図1　『ムサシノに於ける雑草図譜』（愛の国工房、1933年）

「（前略）私は、高等小学校を卒業して、もうかれこれ四年にもなるんですのに、そこらあたりに落ちてゐる小石の名は勿論のこと、雑草の名さへ知らないんですの、こんな勉強はほんとに試験勉強つていふんでせうね、先生は、みんな知つていらつしやいますか？／さういひながら、気のきいたきみ子は、また立上つて、押入から湯呑茶碗を二つと、急須を取出してきて、松下にお茶をすゝめ、自分のにも茶を注いで、それを飲んだ。／『きみ子さん、僕は、その弊害を知つてゐるから、つとめて自分の周囲の鉱物、植物、動物を研究することに努力してゐるんですよ。去年の夏休みも、四国山脈を北から南に横断して、地質の研究に三週間も費したんです。その時雑草の研究も多少してきましたよ、趣味を持つてやれば、学問といふものは実にやさしいもんだね』」（「その流域」『賀川豊彦全集』キリスト新聞社、1962～4年、第18巻、10頁）。

我々の周囲にある雑草の中にも、不思議な神の摂理のある事は云ふ迠もありません。（略）その神秘を味ふために、私達は雑草園を作つてゐます。その中から七十種を選り出して、山口泰輔氏が謄写刷にして下さいました。（略）

もし此の書によつて我々の愛する子供等が、一つでも二つでも雑草の名を覚え、これを愛することが出来るなら、これ以上私に喜びは御座居ません[32]。

そもそも最初の「雑草」研究が小学校の教材であることは、教育機関の中と外の狭間に「雑草」を位置させているのである。坂庭清一郎は、小学校と師範学校の教師であり、近代において「雑草」の研究を専門に行なっていた最初の人物だと言える。一九〇七年に彼は『雑草』[33]という本を編み、当時の国定教科書から理科教育が漏れていたところを補おうとしたのである。理科の教科書が存在していなかった時期における、「児童指導用のハンドブック」という形での『雑草』の登場は、大変象徴的であろう。

つまり、文字通りにカリキュラムの隙間を占め、学校の物質的な枠組みである建物の外との関連性を、児童教育の中心的な問題として設定しているのである[34]。近代国家の権力の集中的な構造の現れの一つである教育制度に対する、一種の遠心力として、この「雑草」への興味が働いていると言ってもいいので、日本の国民的植物学者牧野富太郎の東京大学との距離の取りかたや、彼の庶民的な性格と深く関連していると考えられる。

『雑草園の造り方』に戻ると、「雑草」の周りに渦巻いている空間的入れ子が一層明らかであろう。児童と自然を近付けるための『雑草』（坂庭）という書物、後に教科書の中に現れる植物の具体的な指示対象としての雑草園（岩本）、雑草園から選び取った植物を図版にし、野外で簡単に持ち歩ける書物のサイズにした『ムサシ野における雑草図の譜』（賀川）。草の葉と紙のページが交互に重なり、自然と書物という異なる層の隙間を埋めているのは、「雑草」の存在である。岩本が注意しているように、聞くことと読むことだけでは「雑草」のすべてを知り尽くすことはできず、「雑草」の位置は、常に言説から漏れたところにあるのである。

このような入れ子の構造が、多くのレベルを巻き込んでいることは当然である。児童の集まる幼稚園や学校を、大きな雑草園である自然と結び付けるために、「雑草」が注目されているが、「雑草」への注目それ自体は、人間同士の関係性を反映した共同の作業でもある。賀川は『ムサシ野における雑草図の譜』の前書きの中で、多くの「同教兄弟」の協力を感謝している。このような小さい書物であるにも拘わらず、逆に多くの人々の理想と努力を具現化していることは不思議にも思える。しかし、小さな手帳の中に多くの人々の活動と経験とその記録が、複数の入れ子状態になって、一つに凝縮していることに、「雑草」が共同作業を人間に強いる在り方が象徴させられているのだ。

なぜなら、賀川自身も「雑草園」を友人から貰ったのであり、そこに予め一種の共同体の空間が潜在していたからだ。雑草の教授法には、子供を同じ場所に集めた幼稚園を始め、幼稚園の夢の空間を見守る大人の社会の共有された眼差しを通して、絶えざる共同体への模索を認めることができる。さらに、東京の近代的な空間、第一次世界大戦、関東大震災という文明とその破壊を意識させるものは、切断と隔離に対抗する共同体への「希望」を生み出しているのである。その共同体への「希望」は、大人同士の共同体を想像するために、幼稚園教育のような、大人にも可能な子供の共同体への参加の中で実験されていると言える。

さらに、その想像力の端的な現れは、文字通りの「雑草」との対話であろう。幼稚園の園長は児童から学ぶのであり、「雑草」から学ぶのである。そこで、幼稚園の雑草園が秘めている入れ子の構造は、幼稚園の枠組みを超えて、幼稚園の組織化の中に、大正時代から見られる社会文化風土の幼稚園化を読み取る一つの手立てになる。次章で扱う「雑草」をめぐる豊かな文学的想像力の中に、幼稚園の浸透を見ることも可能である。白秋、晶子、夕暮、御風といった、言葉の技術を操る、優れた文学者の表現の空間には、言葉が「雑草」に向けられ、「雑草」が言葉を映し出す相互運動が起こり、幼稚園の雑草教授法の「観察」という項目が、文学的な原動力になるのである。

「雑草」との対話が作り出す、詩的及び精神的な世界の興味深い例は、賀川豊彦の著作に見出すことができる。『雑草の戯曲』である。賀川は「雑草」の間に使い切れないほどの想像力の資源を発見するのみではなく、文字通り、

「雑草」と言葉を交わし、関係を結んでいくのである。「雑草」の言葉を聞き取ることは、「雑草」を描くための言葉の源であるが、賀川の場合、人間と「雑草」の間の関係性は友情として演出されている。しかし、「雑草」に友人を求める、「戯曲」的で、喜びに満ちた記述の裏には、巨大な孤独と、文明がもたらした切断や分裂の体験から呼び起こされた虚無以外に何かあるのだろうか。震災、病気[35]、そして戦争と食糧不足。こうした精神的な緊張と結び付くトラウマ的経験こそが、「雑草」と共に声高く歌うことで、耐えうる形で隠蔽されている。

> 雑草は私の先生であり、保姆である。いや、それどころではない。戦時中、私は彼等に養はれ、彼《ママ》のお蔭で、今日の生命をつないで来た。昔、予言者エリアは政府と民衆に捨てられた時、空の鳥が、天からパンを運んで、彼を養ふたと云ふが、私は小さい野道の「はこべ」と、「あかざ」と、「ぎしぎし」に、そして「クローバー」と「けんげ」に戦争中養はれて来た。野草が私を見捨てない間、私の生命は続くであらう。私は雑草の間によき友人をもつてゐる[36]。

賀川が「野草」に生命の根拠に近いものを見出そうとしている背景に、大きな「希望」の心理の働きを確認することができる。それは、本章で見てきた、彼が、「子供」と「子供」の「園」である「幼稚園」の中に込めている情熱の現れである。この「希望」は、彼の信仰と深く関わっているが、そこに、魯迅に極めて類似した表現を認めることができる。次章では、一種の「雑草の季節」を切り開いた関東大震災について論じることになるが、賀川の「希望」の一つの強力な表現は、関東大震災がもたらした破壊を前に発せられている。無辜の子供までを殺した地震によって、神を疑いたくなった時、賀川があえて、「馬鹿」になって神への愛を捨てなかったことが、『地球を墳墓として』の中で語られている。

賀川は、震災後の「バラックの蔭に泣く嬰児」に対して、神の責任を求めることができない絶望感に捕われている。

すべてを「不思議な夢見」として、「無」として否定しようとしている賀川の言葉は、強く、「児童問題をあつかった一冊の外国の本」から大きな衝撃を受けた魯迅の『野草』の世界を想起させている。例えば、「涯しなき否定の後に私は結局『私』と云ふものだけが『無』と『無』の間に吊り下げられて居ることを発見するのです」という表現や「夢から夢に彷徨するのが乞食の『無』です」(37)といった言い回しは、『野草』の散文詩「乞食」の中で、語り手が布施として「無」しか望んでいないことを思い起こさせる。魯迅の文学は、そのような「無」がもたらす無力感と絶望感から身を守るための「希望」を、重要なモチーフとしていた。賀川も震災の焼け野原の上に「再生」を見ているのである。

「腐つた建築物はみな去るが善い。新しい東京はトタン屋根の下から蘇るのだ」(38)。

第二部
生い茂る

第3章

「雑草の季節」……………大自然の雑草園

日本における大正時代は、アメリカの詩人ウオルト・ホイットマンの生誕百周年に対する受け止め方を中心に据えて解釈した場合、『草の葉』に歌われるような、人類と大地の精神、民衆主義と汎自然主義に対する特別な反応を、重要な特徴として持っていたと言える。日本における、ホイットマンの詩に現れる「草」のイメージの普及については、「草」の生い茂るような有機的な作用であったという比喩で表すことができる。しかし一方では、「草」のイメージをめぐっては、社会的な次元と宇宙論的な次元が大正期の日本文化の特質として有機的に結ばれていることに、特別な注意を払わねばならないだろう。

つまり、文明の発展と関連づけられる民主主義への想像力と、自然との融合への想像力は、共に「草」のイメージを媒介にした、大正期の都市文化の中での新しい共同体に対する模索に他ならない。「草」の想像力は社会的な領域や精神的な領域の一種の開拓と繋がっているので、外へ広がる遠心力のイメージを醸し出している。その「草」の想像力を背景にした場合、北原白秋の例を通してみた、内面の幻想的な夢の次元に対して、一種の共同体へ向かって自らを開く、あるいは新しく覚醒する時期を描いてみることができよう。

ヴァルター・ベンヤミンが述べているように、ある時代に覚醒の契機をもたらすのは「子供」であるという発想[1]を思い浮かべると、大正時代における「子供」の発見にこそ、このような「覚醒」の心理を読み解くことも可能になる。それは、幼稚園構築に投影される共同体への希望と、幼年期という精神的な故郷への郷愁を併せ持った動きである。この「草」に象徴される覚醒への想像力が、多くの言説に浸透していったことは、ホイットマンの生誕百周年の年に、日本の著名な植物学者牧野富太郎が『雑草の研究と其利用』[2]という書物を出版していることからも知れる。

例えば、民俗学者柳田國男の作品に『野草雑記』がある。昭和二年に、柳田は「山野のくぬぎ原に僅かな庭をもつ書斎」の中に引き篭もり、「雑草」の中に失ってしまった幼年期を見出しているのである。「久しく憶い出さなかった少年の日が蘇って来る」[3]ような庭の空間に、「野の草には友だちが多かった」[4]幼年期も「雑草」との親密性において蘇るのである。

雨でも降りつづいて五六日も出ずにいると、すぐに化物屋敷のようになって心までが荒びるので、近年は草取りが夏秋の日課になってしまった。人も草取りを日課にする年になると、もはや少年の日の情愛をもってこの物に対することができない。この変化は相応に寂しいものである[5]。

しかし、いつのまにか訪れたその変化がもたらす喪失感から、「雑草」への関心がそそられている。「僅かな面積に、もう三〇種に近い雑草が」[6]目の前に姿を現し、その一つひとつに名が付いていることが「不思議なくらいに私には感じられる」[7]のである。柳田が、「草の名と子供」(『野草雑記』所収)の関係を真摯に追究する問題意識には、「雑草」の存在に組み込まれた、人々に共有されているはずの、多くの失われてしまった事物に対する記憶の謎も関わっていると言える。その謎が解読されないまま残ってしまうところに、柳田の「私のすることにはいつもこんな失敗が多い」(8)という無力の告白が響いてくるのである。

新たなるものが未だ生まれず、古い心持はまず消えようとするこの淋しい過渡期に、ちょうど世に出て行く記録だということが、前から少しでもわかっていたならば、また若干の用意もあったであろうに、私はようやくこのごろになってそれに気付いたのである。(略)こんなに変わってしまうものなら、あの頃写真を撮るかスケッチをしてもらっておくか、自分で画を学んでもまだ間に合うくらいであったのに、何もしないで一〇年も経ってしまった。今頃どのようにその噂をしてみても、それが自分の感じていた通りに、描き出されるわけはないのであった。一度こういった記念の書を出そうと思い立って、それにいつまでも執われていなかったら、あるいはもう少し安らかな、人を楽しましめる雑記が出来たかも知れぬ。私のすることにはいつもこんな失敗が多い(9)。

「淋しい過渡期」という言葉で表される、知っていた世界が消えてしまうことの体験は、虚無の感覚を帯びている。このような虚無感を補うために、他でもなく「雑草」が利用されていることは、重要な意味を持っている。新しいものが生まれてくることの「記録」、もしくは消えていくものの「記念の書」を残そうという目論見は、『野草雑記』の構造を内容にはほとんど反映することなく、むしろその計画の失敗によってもたらされる空しさにこそ、「雑草」のような不毛な希望を見出すべきだろう。

以下この章では、日本の一九一〇年代後半から一九二〇年代後半という歴史区分の中で、「雑草」と「雑草」の現れる文学的表現が相互に結び合わされる形で、一種の共有された文学的空間を形成していたことを指摘していきたい。「覚醒」に伴う、魯迅の文学的表現を思い出させるような、世界が転覆するような激変は、近代文明の発展に含まれる、文明と自然の関係という問題を喚起する。そのため、植物学的に見ても、人間の人工的な環境と隣接し、自然界における「撹乱」を生息の基盤としている「雑草」が、激変、激動、過渡期を表す最も的確な表象となる。与謝野晶子、北原白秋、前田夕暮、相馬御風が、それぞれ「雑草」に想像力を注いだことは、異なる詩人に共有される社会的や詩的想像力の証である。

この章は、近代女性の覚醒を訴えた与謝野晶子の、文明と自然を統合しようとする、緊張感の篭った「雑草」のモチーフから出発している。晶子の例が興味深いのは、彼女において「雑草」が、詩と評論の双方に跨ることである(10)。この表現ジャンルにおける特徴は、詩的な内面の表現と、社会的意識を窺わせる共同体（女性、日本人、若者）への呼びかけが、お互いに結ばれているところにある。

基本的に進歩主義的な思想の持ち主である晶子の、改造しようとする世界にとって、「子供」が一つの重要な存在として浮かび上がっている。「子供」に対する感覚と、女性に対する、内面的、かつ共同体的な意識や、さらに生命を育む自然への敏感さは、晶子自身が女性、そして母親であったことと無関係ではないが、ここで彼女の女性性をより広い意味で捉えておく必要がある。

青木やよいが述べているように、女性の延長線上に、子供と病人その他の「マージナル・グループ」(11)を認めることができる。そのような「弱い」共同体は、しかし、E・フロムの『希望の革命』(12)に登場する「希望」の主体でもある。晶子は「心の故郷」(13)や素朴な自然（田園、田舎）などを、退行的な幻想として否定する進歩的な思想家であったことは間違いない。しかし、同時に「子供」に真の芸術家を認めていた態度、また「日本人」への強い意識から、全体的な活動を通して、一種の幼児回帰の傾向を見せ、国民としての帰属願望を「皇室に依存する日本の国民のために肉身の故郷であるのみならず心の故郷である」(14)存在に寄せている。

晶子の「雑草」のイメージは大正時代に生成しているが、そこに萌芽として含まれている問題意識を関東大震災後から昭和期にも繋げることができる。複雑な関係性の網の目に捕らわれた自我が、その自我が投影される共同体と「子供」の存在に結び付いている、この問題意識は、北原白秋、前田夕暮、相馬御風等の作品との結び付きの中で、大きな文明と自然の衝突である関東大震災という膨大な「攪乱」を経て、自然回帰、幼児回帰、抽象的な故郷「日本」回帰といった思潮に流れ込んでいくのである。

前田夕暮の『緑草心理』では、自己の内面性が完全に植物界に溶解してしまう中で「故郷」への願望が綴られているが、この作品は「雑草」を詠った覚醒の心理の一種の飽和点として、あるいは覚醒の新しい夢への膨張として考えることができる。そして、例えば幼稚園の構築と時期を同じくする、「雑草」が広く文学表現へ浸透している現象が、前田夕暮の作品の歴史的・文化的背景となる。その意味では、本章における「雑草」のイメージは、「生い茂る」ものとして比喩的に捉えることができる。その浸透性は作品の対象としてのみならず、「雑草」を取り上げる作品の形式自体と作品の生成状況にまで及んでいるのである。

1 内面と共同体の接点——与謝野晶子の「雑草」

与謝野晶子の豊かな活動を一言で表そうとすると、「雑草」的というイメージ以外に適した表現はないだろう。「雑草」は、与謝野晶子の言語表現（詩作や評論）の中に、一九一五年に現れて以来、少なくとも一九二九年まで執拗に用いられ続け、非常に象徴的な使われ方になっている。近代女性の覚醒は、女性の問題を超えて、近代における一種の象徴的な意味を持っているので（魯迅の近代に対する想像が「ノラ」に象徴されているのと同様に）、与謝野晶子の作品から生成される「雑草」は、より広く時代の象徴として見ることができる。

さらに、晶子における「雑草」の主題は、非常に内面的で情緒的な文脈と、社会評論における近代的な衝動や性欲、政治欲の「突発」が綴られた文脈に現れているのみならず、「製作欲」、つまり文学的な表現の原動力と深く関わっているのである。言い換えれば、「雑草」は絶えず前へ動こうとする、目覚めた精神の具体的な表象であると同時に、詩的世界における表現と社会的自己実現の欲望に漲る心理の表現、晶子の表現の豊かさの比喩でもある。

晶子の進歩的な精神には「希望」という言葉が当てはまる。それは生命と活力に結び付く「希望」として、「雑草」のイメージと接点を持っている。「希望は人の生きようとする力、即ち活力に根ざして居る。（略）生きようとする欲は飽迄も深く、強く、複雑なのを私は喜ぶ。」(15) それは晶子の活動を貫く一つの大きな原理でもあった。

創作ばかりで無く、人生には度度落胆したり、失望したりする事が誰れにもある。その時に誰れも煩悶する。その煩悶を通過すると、更に希望の道が開けて、煩悶しない以前よりも、自分に進境がある。結局、この煩悶もまた心の進歩のために栄養となるのである。わたしは皆さんが且つ煩悶し、且つ進歩せられる人人であることを祈つて置く(16)。

与謝野晶子は、一九一五年に初めて、雑草を歌った詩を『読売新聞』に載せる。二つの詩を含む「雑草二篇」は、二つの異なるレベルのイメージを捉えている。「庭の草」は、内面の記憶が、官能や身体的感覚と共に、庭へと投影されている詩である。しかし、二番目の詩の中には、意味のレベルにおいても形式のレベルにおいても、一種の開かれた民衆性が感じられる。内面の夢に沈むロマンチックな主体と、覚醒の中の凡庸性の同時的発見という事件が、この詩の中にはある。

（庭の草）(17)
庭いちめんこころよく
すくすく繁る雑草よ、
弥生の花に飽いた目は
ほれぼれとして其れに向く。

人の気づかぬ草ながら、
十三塔を高く立て
風の吹くたび舞うもある。
女らしくも手を伸ばし、
誰を追ふのか、抱くのか、
上目づかひに泣くもある。
五月のすゐの外光に
汗の香のする全身を
香炉としつつ焚くもある。
名をすら知らぬ草ながら、
葉の形見れば限りなし、
さかづきの形、とんぼ形、
のこぎりの形、楯の形、
ペン尖の形、針の形。
また葉の色も限りなし、
青梅の色、鶸茶色、
緑青の色、空の色、
それに裏葉の海の色。
青玉色に透きとほり、
地にへばりつく或る葉には

緑を帯びた仏蘭西の
牡蠣の薄身を思ひ出し、
なまあたたかい曇天に
細な砂の灰が降り、
南の風に草原が
のろい廻渦を立てる日は、
六坪ばかりの庭ながら
紅海沖が目に浮かぶ。

（夏草）(18)
庭に繁れる雑草も
見る人によりあはれなり、
心に上る雑念も
一一見れば捨てがたし。
あはれなり、捨てがたし、
捨てがたし、あはれなり。

第一の詩では、生い茂った庭の「雑草」を眺める主体が、「雑草」の姿に女性性を見出し、そこに身体的な共振をしていく中で、「名も知らぬ草」の一つひとつの個別性が知覚と感覚に結び付く過程を捉えている。「名も知らぬ草」の一つひとつに、複数の形や色調を見出す中で、主体は「雑草」に対し官能的な関わりを深めていき、眼前の庭の光景が、フランスから砂漠を通って「紅海の沖」へ行く過程という、世界地理的な規模における生態の記憶の広がりを、眼前に想起させている。「雑草」の生命性と共振し共感する身体が、それまでは存在しなかった外界の知覚と記憶の中の光景と融合し、想像力を活性化させ、内界であると同時に世界的広がりを持った旅程の記憶を引き出すのである。

第二の詩は反復を重視した短詩であり、「雑草」と「雑念」の言葉遊びを通して、内面の世界の些細な要素と「雑草」を結び付け、「一一見」ることの重要性を「あはれなり、捨てがたし／捨てがたし、あはれなり」という、順序を反転させた表現によって提示している。

『晶子歌話』の中で、「菁莪《しゃが》の花身を雑草として咲けど夏を染むなり薄紫に」という歌に解釈を加える際、「此歌には、地方の小さな商家の女として育つた作家の僻みと自負とが背景になつて居る」[19]と説明している。「卑しい」「雑草」から咲いた花も夏を飾るというイメージに、詩作そのものの比喩としての花と、晶子自身への自己言及的な姿勢を認めることができる。その文脈において、晶子における詩的な自己像を端的に表している「我は雑草」[20]（大正五年）という詩を読むことができる。この詩こそは、牧野富太郎主催の植物同好会にも参加した、植物学者である晶子の末の娘宇智子によって、母親のイメージに重ねられているのである[21]。

我は雑草

森の木蔭は日に遠く、
早く涼しくなるままに、
繊弱く低き下草は、
葉末の色の褪せ初めぬ。

われは雑草、しかれども
猶わが欲を煽らまし、
もろ手を述べて遠ざかる
夏の光を追ひなまし。

死なじ、飽くまでも生きんとて、
みづから恃むたましひは
かの大樹にもゆづらじな、
われは雑草、しかれども。

「か弱い」「低い」「色の褪せ」た「雑草」の姿は、それが抱えている夢の大きさと生命「欲」の力強さを強調している。ここに見られる、「しかれども」という逆説の表現には、「雑草」の抑圧された存在と「夏の光」を留めようとする欲望が交差している。そして、「雑草」を生い茂るがままにさせた「夏」という季節が過ぎ去っていくにも拘わらず、「生きんと」する願望が以前よりも増していることに、「雑草」の反発と抵抗と僻みの精神を認めることができる。「夏」も「欲」も、晶子の評論の中に繰り返し現れる、象徴的な言葉である。欲望の比喩としての「雑草」は、世界が激しく変わるという撹乱の中で、自分が存在する空間を奪い取ろうとする精神を表している。「われ」という形で、それはとても個人的で内面的な領域に現れているが、「夏」への言及には、季節に含まれる一種の通過性を感じ取ることができる。それは、「雑草」の生き延びる努力が、夏が過ぎているから不毛であるという情緒的な意味を超えて、抑圧されてきた女性の覚醒という、社会的意識の高揚の「季節」をも、背景にしていると言えるかもしれない。
また、詩や歌のみではなく、やがて評論の領域、当時の社会的歴史的文脈と深く関わる領域にまで、「雑草」は蔓を延ばしてゆく。雑誌『太陽』に掲載された晶子の「鏡心燈語」という「婦人界評論」は、いかにも意味ありげに「雑草」を扱った断章で締めくくられている[22]。

雑草が庭に殖えて行く。私は一方の庭だけを雑草に任せて抜き取らずにある。そして毎朝顔を洗ひながら目を遣つて居ると、雑草と云つて疎かにして居たものがいろいろの意味で心を惹く。人に知られた木や草花は新しい刺戟に乏しいが、雑草は第一その名からして私には研究課目である。私は雑草の持つて居る風情や姿態を歌つて一冊の集にしたいと思つて居る（一九一五年五月）[23]。

この断片を狭義の文脈に位置づけようとすると、この時代の歴史的社会的文脈との深い関わりが見えてくる。雑誌『太陽』初出時において、「雑草」は、一一篇の社会・文化批評を綴った断章の、締めくくりの位置に置かれていた。後に『人及び女として』や『与謝野晶子全集』に収める形では、この点が分からなくなるが、それでも評論集全体の中において、詩的かつ思想的中心を表現していると言える。

『人及び女として』に収められた際のタイトルに従って紹介すると以下の通りである。「処女と性欲」は「サロメ」劇の感想、「婦人と政治運動」は内務大臣の婦人選挙権禁止への反応、「夏が来た」は自然との対話、「創新の生活」は過去や永久から抜け出そうとする訴え、「欲求のまま」は「円満」な婦人像を打破する必要性、「婦人記者の社交倶楽部」は先頭を切るインテリ女性への期待、「製作の前後」（初出で二つに分かれている）は歌や詩を自ら製作する時の心理の描写、「『誠』と『真実』」は日本における個人と社会や国家との乖離への批判、「入澤常子氏」は婦人の国家への貢献の可能性、そして最後の「雑草」は文字通りに庭の「雑草」の話である。

すべての断章に共通するキーワードとして「自然」、「欲望」、「真実」、「過去」、「激変」、「工夫」や「突発」を指摘できる。「欲求」を抑えてきた「過去」の女性が、「真実」を求めて自分を取り巻く外界と身体の内にある「自然」に、

「工夫」を加えなければならないとするのが、女性社会評論家晶子の訴えである。「政治の欲求」、「性欲」、そして「製作欲」が互いを貫き、「自然」との妥協に堕せず「真実」の「調和」をめざし邁進している。そのような「激変」の中の「調和」は、「雑草」の生い茂った一方の庭に具現されている。「雑草」の生長を励ます「私」は、「雑草」の姿に女性の抑圧の歴史を見出すと同時に、製作欲に溢れる「欲望」をそれに結び付けている。

「毎朝顔を洗」う時は「雑草」の覚醒的発見の時間である。しかし、「鏡心燈語」のような評論で表現されている進歩的で開放的な精神、例えばキュリー婦人のラジウムの発見に象徴される、自然を征服していく女性の精神と、隣り合わせに「雑草」を扱った文章が現れている。この「雑草」は、近代女性の目覚めの感覚にも、「庭の草」にあったような「弥生の花」と対照的な「雑草」の儚さから受け継がれる、一種の儚い無力感を彷彿させてもいる。後の詩では、晶子は一種の詩的な「僻み」の極まりとして「雑草」を礼賛しているが、「雑草」に込められた希望の頼りなさをも思わせている。

雑草(24)

雑草こそは賢けれ、
野にも街にも人の踏む
路を残して青むなり。

雑草こそは正しけれ、
如何なる窪も平かに
円く埋めて青むなり。

雑草こそは情けあれ、
獣のひづめ、鳥の脚、
すべてを載せて青むなり。

雑草こそは尊けれ、
雨の降る日も、晴れし日も、
微笑みながら青むなり。

晶子の描く「雑草」は、「賢けれ」「正しけれ」「情けあれ」「尊けれ」と礼賛され、人間との関わり（道を譲る）から、大自然（晴れと雨）との関わりに至るまで一貫してその核心を失わないのであり、常に「青」く再生している。窪みを埋める「雑草」が人に道を譲るために横へ退く姿は、引き裂かれたり、くっついたりという運動のダイナミズムを表している。生き物を載せていること、そしてあらゆる天気に負けないことを通して、下へ踏まれる姿と上へ伸びる姿が表現されている。外側へ退き、内側へ進み、下へ抑えられ、上へ伸びる「雑草」の姿は、相反する力の縺れの中心にあり、各連の「青むなり」による同じ終わり方によって、圧迫の中に鼓動する緊張感も伝わってくる。

各連の始まり「雑草こそ……」において、蔑まれ、目立たず、卑しい「雑草」には、高い道徳的価値と結ばれるという一種の逆転による緊張感も備わっている。この詩には、「雑草」と一体化している晶子の姿の最も誇張的な表現を認めることができると同時に、晶子という個人の姿の輪郭を超え、「雑草」を詠う精神そのものの礼賛をも読みとることができる。この詩には、抑圧されながらも希望を持ち続ける存在への肯定的な眼差し、つまり一種の民主主義を見出すことも可能であるし、「雑草」を通してあらゆるところに浸透している「自然」の雄大さへの感覚、つまり一種の汎自然主義を見出すことも可能である。

しかし、ここに見られる、詩の表現上の緊張感は、自己言及的に「雑草」の姿と融合していく。詩自体が「雑草」の姿に含まれている「僻み」を表し、異なる文脈の提示を通して、「雑草」の広範な広がりを表現の運動そのものとして実現し、反復によって、次から次へと芽生える「雑草」の姿を文学の形式としても捉えている。

この詩において、晶子は、新しい詩的・社会的領域を開拓しようとする、「雑草」としての自己を突き動かす進歩的な衝動を表現していると言っても過言ではない。「雑草二編」と同様に、この詩のタイトルが「雑草」に改められたことに、詩自体にそれが扱っている対象である「雑草」の「雑草性」が体現されていることを読みとることができる。のみならず、この「雑草性」は、異なる文脈へ生い広がるものとしても理解できる。魯迅の弟周作人の訳「野草」の形で、この詩は中国に辿り着き、魯迅の『野草』と密かに繋がるわけなのだ。その詩的イメージの中には、近代的自我が拡大していくことに伴うある情緒が込められているが、近代化への欲望自体の構造も「雑草」的である。

「雑草は第一その名からして私には研究科目」であると晶子は書いている。しかし、後の晶子の随筆に見られるように、彼女にとって「研究」というのは特別な態度である。「研究と云ふこと」[25]の中では、「研究」という言葉を好んではいないと晶子は書いている。「愛しないで、感激しないで、溺れないで、一体とならないで、どうして芸術や人間が味解されませう」というのは、「芸術を研究する」、「人間を研究する」ことに対しての晶子の批判である。

しかし、一般的に理解される「研究」とは異なるようなものを、晶子は「雑草」の研究に見出していたのではないだろうか[26]。「雑草研究」の、通常注目を浴びない、意外な対象には、逆に、愛と感激と耽溺と一体感を認めることができる、晶子にとって理想的な研究の姿勢があったのではないだろうか。そのために、彼女の「歌を作る心理」の中にこそ、自己と一体化した「野草」が現れているのである。

私は人間に対しても、自然に対しても、物質に対しても、愛を感じる。即ち自己の内に所有して、自己と合体することを欲求する。この所有欲があるので一切の物が親しまれる。一本の野草の中にも自己が発見される。木の葉の落ちるのにも自己の凋落を感じ、薔薇の香るのにも自己の吐息を聞くのです[27]。

このような情緒に充たされた世界観は、「夏」という季節に象徴されているように、「特別な興奮」、「偉大な情熱と怖しい直覚」を反映させている（「夏よ」、「夏の力」[28]）。しかし、この緊張の漲る感覚の奥には、「雑草」に縋りつき、「雑草」に支えを求めることの哀れさと無力感も潜んでいる。それは一九二九年の誕生日のスピーチの中で晶子が、自分の詩作や社会貢献という全体的な活動を振り返りながら、「明日」を展望する際に、あえて「雑草の花」という表現に頼っているところにも現れている。「自分の微力が社会に役立つとか思ひませんけれども、丁度雑草が花を咲かせて過ぎて行くやうに、わたくしだけの成長に猶この後の努力を役立たせたいと思ひます。雑草の花をも憐れむ意味において、わたくしの明日を一層御指導して頂くやうに願ひ上げます」[29]。晶子の詩の中においては、「雑草」に対する憐れみは、常に進歩的な興奮の蔭にあったと言える。

「草の葉」はホイットマンに対するオマージュのように読めるが、そこに近代化への欲望と興奮に対する不安と模索を認めることができる。この詩の初出におけるタイトルは「雑草の歌」である[30]。この詩は、その紙面の上での形そのものによって、細長く伸びている草を模倣しているが、その上昇の動きに方向性が欠けていることから来る悲哀をも象っている。ただし、「雑草」のイメージに流れ込んでいる不毛感と同時に、最後の問いかけに見られるように、「雑草」の中に「希望」を探し続ける姿勢をも認めることができよう。

草の葉

草の上に

更に高く、
唯だ一もと、
二尺ばかり伸びて出た草。

かよわい、薄い、
細長い四五片の葉が
朝涼の中に垂れて描く
女らしい曲線。

優しい草よ、
はかなげな草よ、
全身に
青玉の質を持ちながら、
七月の初めに
もう秋を感じてゐる。

青い仄かな悲哀、
おお、草よ、
これがそなたのすべてか。

一九二九年のエッセイで晶子は、北原白秋の名前をあげ、「雑草」を描いた珍しい詩人として紹介している。エッセイのタイトル「雑木の花」からは、前年の白秋の詩「雑木」(31)も喚起される。白秋の詩「雑木」自体が、晶子の「雑草」の鏡像のような詩であることも、「雑草」という詩の「雑草」的伝達力のもう一つの裏付けである。白秋が「雑草」の美を描いたのは、「雑草の季節」という散文においてである。

さうして、花にも芽にも、みづみづしい元気が満ちてゐる。支那の歴史に精兵の勝ち誇つた事を叙する度に、「衆、鼓躁して城に入る」と云う句があるが、殊に雑草の芽の盛んに萌え出す勢ひは、さながら鼓躁して行進して来るのが感ぜられる。顧慮する所無しに進出する若い元気の美しさ、けなげさ、それを見ると、芝に交つた雑草も踏んだり抽いたりする気にはなれない。古くから「草堂」と云う漢語がある。草葺の意味であらうが、庭を雑草の生えるに任せた家の意味にも用ひられないであらうか。
自然を偏愛した万葉集以来の歌人も、雑草までを愛する歌を遺さなかつた。北原白秋さんの散文に雑草を讃美する一篇があるのは珍しいと云はねばならない。(略)雑草も捨て難いが、雑木にもまた可愛いものがある。(略)自分達も雑草であり雑木である。せめて雑木の花だけの為事でもして置きたいものである(一九二九・三・二九)(32)。

「雑木」と「雑草」を取り上げた白秋と晶子による詩二篇と散文二編は、様々な点でお互いを貫き合い、晶子と白秋の間に交わされた、「雑草」を仲立ちとした一種の濃密な対話の成立を物語っているのである。その他者を求める詩学を表した「雑草」には、閉ざされた内面に対する反応と、共同性への模索を認めることができる。そして、内面の夢のような次元から、外に広がる覚醒の感覚も現れ出る。他者に繋がっていくような、ある共同体を想像しようとする詩学は、子供の存在に影響を受けたものである。

『赤い鳥』の児童文学運動と時期が重なる、この「雑草」への関心は、詩作においても一種の新しい時期を切り開いていている。『赤い鳥』の活動を振り返る白秋は、「詩は立派に児童のものとなった」[33]と述べている。晶子が子供を天才や芸術家と呼んだこと[34]と酷似している態度である。第一部で見てきた、白秋の初期詩作に現れる罪悪感溢れる官能的内面からの脱出を、ここで再確認できるのである。児童に詩人の姿を近付けようとする、この新しい認識は、逆に詩人は児童であるということを仄めかしているのである。ここで、「霊の雑草園」は、「温室」から抜け出て、児童を通して、他者と自然との関係を復元しようとするのである。

先に、晶子の詩と共鳴している白秋の詩「雑木」にふれたが、その「雑木」という詩の第三連目に雀が登場していることは重要である。雀こそは、鳥の世界における「雑草」的な存在である。雀の凡庸性の中に神秘が発見されることが、「雑草」の発見がもたらす驚きに匹敵しているのは明らかであるが、白秋の作品にこそ、「雑草」と雀が、明るい日光に溢れる詩的で精神的な世界へ表れたことが書きとめられているのである。

2　児童への着目、自然への覚醒――北原白秋『雀の生活』から雑誌『日光』へ

一九一七年以降、白秋は『雀の生活』[35]という散文連作を書き始めるが、その中で、淫らな夢からの希望に満ちた覚醒の体験が、「雀」によって意味づけられている。飯島耕一はこの作品を高く評価しながら、『雀の生活』において白秋が「柳河というなつかしい故郷をもっていた人」だと感じとり、母との一体感などを見出している[36]。飯島は、白秋の晩年の文学的表現を視野に入れながら、『雀の生活』の世界が「なぜ、古神道となり、日本民族至上主義となり、国威発揚と愛国になったのか」と問いかけている[37]。一つの可能な回答は、『雀の生活』の中に既に「柳河というなつかしい故郷」ではなく、「日本」という抽象的な故郷が伏在していたということであるのかもしれない。それは都会文明に対峙する「自然」への願望がもたらしたもので、その要素として幼児回帰、農夫への共感、生命の

喜びを持つものである。「自然」や「日本」という抽象的な故郷は「雀」のような日常的で、凡庸な存在、忘れられたものの再発見と共に浮上する。

「雀」に向けられた想像力の延長線上に、白秋の描く「雑草」を位置づけなければならない。M・メーテルリンクの『蜜蜂の生活』(原作一九〇一年)を連想させる『雀の生活』には、メーテルリンクの詩に現れていた、「温室」という内面的なイメージから大自然の神秘へ移っていく想像力と同じものが息づいている。メーテルリンクの『蜜蜂の生活』に見られる、日常の中に観察される生命への驚異が、後に『花の知能』に現れる「雑草」への注目と繋がっていることは、白秋を論じる上で示唆的である。

白秋の『雀の生活』が、どのように、白秋の描いた「雑草の季節」へ繋がっていくかを明らかにしなければならない。メーテルリンクは、蜜蜂の描写を通して、人類の文明を相対化しようとする視点を獲得しているが、白秋においては、近代文明への反応はより痛切であり、近代文明に脅かされている直接的な感覚が非常に強く現れている。メーテルリンクと比べ、白秋の方が、自分の身の回りのより日常的な現実と個人的な思い出を、雀の観察の中に織り込んでいる。さらに、メーテルリンクの蜜蜂が自然の神秘への一つの回路を提供しているのに対して、白秋の場合には、雀の観察者の幼児回帰や日本回帰が、重要な特徴として指摘できる。

白秋の幼児回帰、日本回帰の幻想が深まるところに、飯島が危惧している状況があるのだとすれば、それは『雀の生活』に描かれている「覚醒」の感激が、そこに付随している「寂しさ」を取り払い、新しい「夢」に転じていたからなのではないだろうか。

確かに、白秋が描いている「雑草」の世界では、大自然という「故郷」への願望が、「日本」という要素よりも強い。しかし、子供との遊びに見られる、白秋の子供への眼差しには、共同体への帰属願望を認めることができる。さらに、『雀の生活』では、個人的な体験としての「覚醒」が共同体へ導かれている。個人的な危機に伴う覚醒は、「雑草」のイメージに注がれる、関東大震災後の覚醒の感覚と構造的に繋がっている。

『雀の生活』の世界は、夢、とりわけ悪夢から目覚め、自らの命に縋ろうとしている者の希望を描く。「罪のふかい大人になつても、目の覚め際のあの雀の声には、全く玉のやうな幼な心に還ります」(38)。雀一羽すら飛んでいなかった小笠原での体験がもたらした個人的なトラウマも、覚醒の心理が導入されることで、夢に転じられている。「私はよくこそ目が覚めたと思ひました。よくこそ生きてゐた、かういふ平和な人間の世界によくこそ今日も死なずにまた蘇つて来てくれたと、心から感謝しました」。白秋にとって、この幼児回帰と自然回帰は、もう一つの共同体、「日本」への回帰でもある。「私達日本人は、あのちゆちゆちゆちゆつちゆつと云ふ率直な雀の声でないとハツキリと目が覚めないから困ります」(39)。

「紅い大きな太陽の子」(40)である雀は、夜明けの象徴である太陽や都会の中の自然と結び付けられる。この新しい視覚によって、内面的空間の表象である「霊の雑草園」の意味も再解釈される。「匆忙な都会人の霊の避難所として、随所に植物園若くは遊歩道が必要である如く、都会の雀にも、これらの公園が彼等の一日中の遊び場所です」(41)。雀も、人間と同様、文明の犠牲者として理解され、文明に侵されていない、無垢な空間へ繋げられている。植物園は、怪しい妄想の空間から遊び場の一つになり、幼稚園でみた「雑草園」の役割を担い始める。興味深いことに、第一部で考察した「石竹の思ひ出」の性的な体験という、夢のような内面の奥に潜む記憶に対して、覚醒が、記憶の中にまで雀を登場させているのである。

私のまだ嬰児の頃でした。ある暑い真夏の赤い赤い夕焼方でした。さうした漁村の河口に近い、其処の干潟には青い蘆荻がいつぱいに茂つて、赤い蟹や琥珀色の小蟹が泡を噴いたり、鋏をあげたり、童話の中にでも匍ひ廻つてゐるやうに逃げたり、追つかけたりしてゐました。そよとの風も無い輝きです。明け放した家の内には、殆ど裸の男と女とが寝そべつてゐて、何か怪しな《ママ》彩色本を奪ひこをしては笑ひころげてゐました。何だか苦しいイヤな夕方でした。嬰児の私でもそれは感じました。すると何かの拍子にです。私の乳母が矢庭に私を擁へて縁側

> からシイ……シイコ、シイ……と私の跨を一杯に拡げて、鹹くさい庭の赤い石竹の方を向かせるのです。その妙な息づまつたやうな気持は忘れません。私はお尿をしながら、赤い石竹の花ばかりをただ凝つと見詰めてゐると、ふと何処やらで雀の声がしました。私は乳母の膨れきつた重い二つの乳房で、小さな頭をムカツクほど圧へつけられて、足をバタバタさしながら、ちゆつちゆと口真似をしました。と、うしろにゐた大勢の大人共が、いちどきに笑ひだして、ちゆつちゆと声を上げました。そして、クスクスと笑つた女もゐました。腹が立つてたまらなかつたけれど、私は凝とお尿をしてゐました。赤い石竹と雀、石竹は綺麗だつたし、雀はかわゆかつただけです。その外の事は、子供の私には何にもわからなかつたのです。それでよかつたのです。雀と私とは(42)。

「雀」は、幼年期の知覚感覚的記憶を新たに呼び覚ますことによって発見され、内面の奥に潜む幼年期という孤独の夢に対する目覚めの象徴となる。「雀と私とは」というような最小の共同体を作り上げているのである。「雀と子供はつきものです。大人も子供の心に還ると雀が恋しくなります」(43)。

第一部で取り上げた「種蒔き」という詩を思い起こそう。葱畑の中で、時計の箱が閉まるような音を立てて潰れる種は、『雀の生活』の中では雀の戦利品になる。鴉に気を付ける権兵衛の不注意を利用して、雀が「飽食」を極わめる。農夫の「隙を窺つて」いる雀の狡猾さは、「雑草」のそれによく似ている。農夫と雀の類似は都会趣味に対抗するイメージであると同時に、雀の「平俗な、がさつな土民」としてのイメージである。「大地を恋ひ慕ふ」ことも、雀の土着的精神の表れである。「雀はまた農村の宝です。命です」。「雀と百姓と、如何にもそれはよく似た生物です」(44)。この類似性は「土着の民衆」という共同体を強調する、白秋の作品に表れた民主主義・生命主義の表現でもある。

雀のイメージは、子供との親密さから、百姓との類似性を通して、「日本人」全体のイメージと近似する方向に向かっていく。幼時の思い出に登場する雀が描かれた『雀の生活』において、幼年期の舞台である「故郷」は、より広く日本全体に繋がっているのである。それは、幼稚園の議論で扱った「子供」の抽象化に見られる抽象的「故郷」とパラレルの関係にある。「物質文明の淫毒が」構成している「恐るべき近代の科学的犯罪」に対し、雀のイメージを経由して日本の都会に田舎が発見され、土着精神と「日本」が発見されるのである。「日本は明るい。日本の都会はまだ田舎くさい。近代的文明の表裏の懸隔といふやうなものも、まだ日本では浅薄なものです」(45)。「目の覚め際の嬰児」(46)に喩えられる、無邪気な日本の都会文明には、前近代的な「江戸の夢」が宿っている。つまり西洋からの影響がまだ色濃く現れていない時期が想起されている。

またこの雀の土著的で、他と同化し難い性情は、よく我が日本人のそれと酷似してゐます。日本の生を享けたものは、男にせよ、女にせよ、結局はまだ真のコスモポリタンにはなり得ません。自尊心が高く、愛国心が強い彼等は、たとへ異郷に肉をひさぎ、若くは殖民的成功を為し得たところで、念々、決してその祖国を忘れ得られるものではありません(47)。

「祖国」という「故郷」への意識は、民衆主義の寓話として、雀の社会の上に映し出されているのである。紋に描かれた雀を分析している白秋は、そこに「象徴芸術の真髄」を見出している。「雀」は「神聖な一個の母体」、「安心して相抱擁した夫婦」、「親子の愛」、「家族と家長」(48)というような多くの親密な関係の表象と解釈される。その「血縁」関係の象徴はさらに拡張され、「友愛、団結、社会全体」の象徴としても解釈される。自由、平等、友愛というフランス革命以来の民主主義の理想は雀の中にこそ見出されるのである。しかしその民衆主義は、近代以前の日本に投影され、「一民族の大家族団」(49)、あるいは「原始的」、「太古の人間、若くは蛮人の如」(50)き共同体として想像される。

その共同体は日本本土を緩やかに越え、「雪の深い北露西亜」(51)の下層民や、パリの「屋根裏に朽ち果てて了ふ凡庸の芸術家」(52)までをも包み込み、貧民と「無智な農民」(53)との親近感を通して、「地」にかじりついている「雑草」的な精神を浮かび上がらせている。もちろん、このような表現は国際的、「コスモポリタン」的な側面を意味しているのではなく、むしろ地、血、自然、生命を中心にした有機的な共同体を暗示している。『白金之独楽』でみた、「光り輝く」円いもの、「生命」は、雀の坊主頭に重なり、雀は聖なるもの、「命」そのものの象徴として抽象化されていくのである。

そこには真白い一本の路がありました。ひろいひろい野つ原の一本路でした。その路の上に円い環を成したものが居ました。雀だつたのです。多くの同じやうな雀が正しい間隔を以てただ一つの環を作つてゐるのでした。而かもその環の中心に一羽の神々しい雀が据わつてゐたのです。日は天心にかかつてそよとの風も無かつた。昼はふかかつた。その閴とした路上を雀が輪をつくり、その輪が静かに廻つてゐました。廻りながら少しづつ動き、動きながら廻り、中心の雀もろとも動き乍ら少しづつ光り光り、涯しもない一本の路を北へ北へと、その輪が歩行いて行きました。何処へゆくのか雀はただ黙つて廻つてゐたのでした(54)。

なぜ「石竹の思ひ出」に、雀という要素が加わったかについて考える時、白秋の都会趣味の詩で確認した思い出の手法の変化に気付かざるを得ない。その手法の変化とは大正期の民衆主義、生命主義、汎自然主義の詩学に現れる「雑草」のイメージを解釈する上で示唆的である。「忘れねばこそ思ひ出さずと云ふ事があります。雀の声、雀の姿は、昔から永世、人間が見馴れ聞き馴れてゐます。思ひ出しもしなければ忘れられるものでもありません」(55)。凡庸で、日常的で、土着的で、民衆的なものが、いつも隣にあったものとして「発見」されるときの目覚めの表現をめざす姿勢である。

「紅い太陽の子」、「拝日教徒」(56)の雀は、目覚めを連想させる太陽のイメージに満たされた、雑誌『日光』の美学を予告している。『雀の生活』の詩学は、関東大震災後に創刊された『日光』に非常に深く浸透していると言える。『雀の生活』では、雀の細やかな神経と大自然との調和を表すため、雀の地震予知能力があげられたのだが、文学史の観点から見れば、大震災がもたらす、「雑草の季節」のような文学的表現も、既に『雀の生活』執筆の時点で「雀」によって予感されていたと言える。

『日光』の象徴性は、その紙上に現れる白秋の「雑草の季節」や、後に『緑草心理』としてまとめられる前田夕暮の散文連作の存在と照らし合わせることで、初めて実感できる。雑誌のタイトルに用いられる「日光」における太陽の発見の中には、大自然や大地の発見も潜み、『雀の生活』で見たような土着精神も含まれている。白秋は、『日光』同人の名前の中に、大地を連想される漢字「原」、「田」などがあることに注目すると同時に、「日本人たること」を忘れたことを思い出す(57)。『日光』は「陰湿で」「古い古い古い古い」短歌を輝かしいものに変えることを目標としていた。そのことも、詩的表現において、「日本人たる」ことへと回帰することを通して、一種の「故郷」の感覚と結ばれていく。

古代の潔士は身動きもならぬ板の首枷を嵌められても、寧ろ粛然として正坐してゐた。まことに光を感じ、正しと信ずるものだけには常住の安心がある。堪へがたしとする者にとつてこそ、永遠の地獄はある。坐るべきは坐り、脱すべきは脱したがいい。不自由に自在があり、自由もまた極まれば郷愁に病む。

とにかく、わたくしが、短歌に対して相当に保守主義者でもあることは、一に自由な詩の世界に住してゐるからでもある。で、その自由に倦んでは、時として短歌の故郷に還つて来る、その楽みはまた格別である。故郷は昔ながらにあつてほしい。それはなつかしい。（略）……わたくし自身もまた保守と躍進とのヂレンマにかかつてゐる。（略）故郷くらゐ離れがたく、また離れたいものはあるまい(58)。

「故郷」は複雑な比喩をまとって姿を現している。「短歌の故郷」は一種の共同体への帰属感を表していると言える。この引用は狭義の表現形式を論じているが、それは同時に、「故郷」の存在感に満たされた文学表現の全体像を表そうとしている。本書第一部で見てきた、柳河という白秋の「故郷」の思い出、内面の底に沈んだ思い出としての「故郷」は、「忘れねばこそ思ひ出さず」という『雀の生活』に現れる手法によって、個人の記憶を越える原始的な記憶の領域にまで運ばれている。それによって、「故郷」の中の「故郷」として、柳川は「日本」の中に入れ子になっているのである。

小笠原の体験に象徴される、重苦しい罪からの目覚め（『雀の生活』）の段階で、白秋の詩に「故郷」と「子供」なるものへの実感が増し、それが最も本格的な形で、震災後の世界の描き方に現れている。成田龍一は「故郷」に関する考察の中で、災害のような危機的な状況が「故郷」への意識を高めていることを述べている。成田は災害（例えば震災）に遭った個別的な「故郷」のことや、戦争の時に兵士を送り出す個別的な地域に焦点を当てているが[59]、白秋の例では、関東大震災によって命を脅かされた人間の心理が求め始める、より抽象的で精神的な意味での「故郷」の要素の重要性を見ることができる。

白秋という特定の表現者だけに注目すると、個人的な事情が社会的な事情、及び歴史的な自然災害に重なり合う完璧に近い例を見出すことができるが、この例を通して、個人的な次元と公的な次元の相互浸透について広く考えることも重要である。震災の翌年に刊行された雑誌『日光』と、その詩的空間で生成される『季節の窓』と『緑草心理』は、直接的に関東大震災の体験を反映した文学的表現である。雑誌はいみじくも、E・フロムの定義によるところの「日光を希望」する植物、つまり「希望」を反映する形で命名された。

しかし、『雀の生活』の中で見てきた目覚めの心理と、それに伴う幼児回帰、自然回帰及び日本回帰は、モチーフとして『季節の窓』に流れ込んでいるのみならず、芸術的表現としての『雀の生活』が『日光』誌の誌上に取り上げられ、礼賛されていることも見逃してはいけない。例えば歌人及び国学者であった服部嘉香は、詩人の白秋が散文の領域にも挑戦していることを高く評価し、『雀の生活』は作文の模範として利用されていると指摘している。服部が『日光』誌上で、『雀の生活』を、前田夕暮の『緑草心理』と直接に結び付けているのも、それらの作品の当時の受け止め方に光を当てることになる(60)。

これから詳しく見ていく、白秋の『季節の窓』も、夕暮の『緑草心理』も、このように『日光』の中で生成し、批評された。さらに、『日光』の最後に付せられた、雑誌同人の雑記欄「日光室」に収められた、それらの書物に関する消息、すなわち編集過程や出版の事情や出版記念会の挨拶の中で、『季節の窓』や『緑草心理』が繰り返し取り上げられている。そのような作品の様態は、文芸と日常がお互いに浸透し合っていることを暗に示し、作品とそれが生成される環境の間の境目や、ジャンル間の境目を意図的に暈かしている。震災という破壊的な体験を通過した覚醒の中に、「雑草」は生還の比喩として登場しているのみならず、作品の様態自体を映し出しているのである。

さらに、比喩を用いて解釈するなら、雑誌『屋上庭園』との対応までもが視野に入ってくる。つまり、「屋上庭園」と「日光」というイメージの中に、都会の文明の内部に切り取られ閉ざされた自然と、文明以前の原始的で開かれた自然を見出すことができるのである。雑誌『屋上庭園』に掲載された「雑草園」を通して、一九〇〇〜一〇年代の白秋の詩作における詩的内面の構築が認められたと同じように、『日光』の中の「雑草の季節」を、一九二〇年代の白秋の詩作心理を描き出す比喩として捉えることができる。

「雑草の季節」は短い散文ではあるが、その中に一種の自然と文明の衝突や、激変する時代の認識が凝縮されているとも解釈できる。そのような側面があってこそ、与謝野晶子はこの散文に注目していたのではないだろうか。山本吉郎が指摘しているように、『日光』におけるジャンル間の「積極的な交流」は、「大正一〇年代のモダニズムの潮流の中にあって、より世界的な視野で文学を見直そうという動きにほかならなかった」という捉え方も可能であるからだ(61)。『日光』創刊号に白秋は次の言葉を添えている。「日光を仰ぎ、／日光に親しみ、／日光に浴し、／日光のごとく遍く、／日光のごとく明るく、日光のごとく健かに、／日光とともに新しく、／日光とともに我等在らむ」(図1)。

図1　『日光』第1号、表紙

「日光の表紙／創刊号の表紙を見て実にうれしかつた。素朴で清新で、単純で太陽が赤くて。／青楓氏に改めて感謝する」（「日光室」『日光』１巻２号、『白秋全集』第37巻、116頁）。

白秋の散文「雑草の季節」(62)は、厳密には夏の六月を描いたものであるが、「季節」という時間に関わる言葉によって、循環する時間の感覚が喚起されている。大震災という打撃は「古い古い古い古い」ものを置き換える、新しい季節を切り開いているのではなく、最も古いものにある新鮮な新しさを強調し、目立たずにあったものへの回帰を促す。

「六月は雑草の季節である。／またこの夏ほど、雑草の美が田野に充ち満ちたことはない。おそらく去秋の震災が因由してゐるにちがひない」。「雑草」の美は震災の恐怖の記憶とのコントラストで際立つような単純な詩的構成を超えている。多くの犠牲によって遅滞をきたした農作業の関係で「雑草」が生い茂っているには違いないのだが、「まだ乾かぬ土饅頭の上に」「虔ましい『生』」を見せる雀のように(63)、「雑草」は一年前の秋の震災を超越するところにその「美」が見出されている。震災の前の六月と、震災後の六月の間には恐怖や痛みなどにもたらされた、超えがたい乖離があるはずなのに、「雑草」はその乖離に無頓着で自分自身の季節の論理に従うのである。

それだけではなく、「この夏ほど、雑草の美が田野に充ち満ちたことは無い」というのは、詩的主体の知覚感覚の変化をこそ捉えたものである。「雑草」が田野を充たしているのではなく、その「美」が溢れ出すようになり、新しい美学を宣言しているのである。いうまでもなく、それは『雀の生活』の流れを汲むものであり、土に近い、土着的なものの発見であるからこそ、農夫の姿との親近感において捉えられている。「何と、あの雑草の世界に働いてゐる農夫の姿の小さいことだ」。

『雀の生活』の中の雀は、農夫の蒔いている種を狡猾に奪い取ろうとする。だが、実はその狡猾な性格こそ、農夫と雀が分かち合うものであるとされている。同じような緊張関係の中における類似性は、「雑草」と農夫の有機物的な繋がりにも見出せるのである。しかし、殆ど見分けられないぐらい「雑草」と溶け合う農夫の姿こそは、その時の人間の姿に外ならないのである。「この夏ほど人間の姿の小さく見えることは、曾て無かつた」。「雑草」と溶け込む農夫の姿は、自然に近い人間を表しているのである。その自然に近い人間は、「小さく見える」のである。小さいのは人間であり、景観としてのみならず、精神状態として第一部で見た胎内回帰願望の拡張された空間感覚としてである。

「随所にほつたらかした田の断層」から蔓延る「雑草」を、一つ一つ名前で呼ぶことで「雑草の季節」の文面はほぼ尽きる。草から飛び出る絮毛を想起させる蝶々の名前の羅列を含めて。本書第一章で取り上げた、賀川豊彦の「パラダイス式」幼稚園を思い出さずにはいられない。エデンの園にいた「アダムとエバ」は裸で、自然界にそれぞれ名前を与えることは、児童の精神そのものである。『季節の窓』の他の散文の中では、「アダムとエバ」のように裸になる経験も描かれているが、「雑草の季節」では、植物や蝶々に対する命名の過程からくる眩暈に近い恍惚を充分に味わうことができる。

「わたくしは、とある荒田を一面に占めてゐる雑草の花の紫を指して、あれは何の花だと通りかかりの農夫に聴いた」。賀川の教育論で見た、児童の好奇心、観察力そのものである。「雑草の季節」の主人公農夫は答えられない。「やつぱり、草づらよ」。「雑草」の一本一本の言葉を確かめようとする白秋は、「雑草」をめぐって農夫と対話を取り交わそうとしているのである。内面のガラスの壁を破って、他者との関係を望む心理がここに現れている。

「雑草の季節」で唯一括弧でくくられているこの「やつぱり、草づらよ」は作品全体のエッセンスである。「鍬をかつぎ乍ら彼は丘をのぼつて行つた」。除草の道具を武器に、農夫は田圃を奪い返そうとしている。この詩的趣味のなさ、無智、土にへばり付く有様にこそ新しい美が表れる。白秋は童謡製作の際に論じた童心の中でも、子供があらゆる植物のことを「葉つぱだい」ということに感動していた(64)。農夫と子供の類似を認めることができる。小さい人間である子供に対する関心も、ここから読み取れる。

人間の小ささは「丘をのぼつて行」く農夫と一緒に崇高なのものになる。抑圧されたもの、「雑草」の「壮観」という逆転が起こるのも、このような小ささと偉大さの結び付きによってである。「ああ、今は雑草の季節である」という最後の文は「六月は雑草の季節である」という冒頭の文と響き合い、季節という語に想起される自然のリズムを生かし、果てしなく広がる「雑草」の世界の感覚を浮き彫りにしている。その反復は、「雑草」の姿に重なる農夫の姿との入れ子関係（雑草内雑草）をも意味している。さらに、叙述的な「六月」は「ああ、今」という感嘆に滑り込むことで、「雑草」はさらに語り手の輪郭を侵し、その主体と「雑草」との融合を示している。「ああ、今は」というのは自分の中の季節であり、回帰された幼年期であるだけではなく、その幼年期を自分の外の「雑草」の原始的世界、自分の生まれる以前の世界へと溶け込ませてゆく実感の表現でもある。

雑草の季節六月よりも前に、震災後の「雑草」への注目を書き留めた、同じ『日光』誌に掲載された「野山の花」という散文がある。

赤い櫨子は高圧塔の下畔、麦畑の草崖、茅吹楊の根、虎杖の芽のそばに、褪紅色に、または皆朱に咲きこぼれてゐた。地べたからぢかに咲く花はいたいたしいが親しいものだ。震災後、到るところは崖がくづれてほろほろしてゐたが、この春は植ゑつけた芝や蓬の縞がやうやくととのつて、菫や、櫨子や、名の知れぬ紫や黄の幽かな花で、南向きの日のあたりほど色彩が濃密になつた。画にしたら綺麗過ぎるくらゐだらう(65)。

「いたいたしい」と「親しい」という矛盾した形容のしかたは、震災の記憶の中の精神的な支えの模索を表している。この矛盾した形容のしかたのために、「綺麗」という肯定的評価に過剰性を表す「過ぎる」が付けられているのだろう。この「綺麗過ぎる」という表現の裏返しの形で、表し難く、圧倒させられる、耐え難い「いたいたしい」経験も刻まれている。植え付けているからと言っても、これらは全部「雑草」の生命力の持ち主である。名のあるものも、名のないものも、特に名のないものや「誰しもが気づかずに見過ごす花」は「雑草」であるだけではなく、それは震災体験を振り返る際に頼ることのできる唯一の比喩なのだ。

震災という出来事の縁に現れる「雑草」は、震災に残された空虚を貫き、新しく表面としての地面に姿を表す。まさしく、アルベール・カミュが第二次世界大戦後に発した言葉にあるような、子供を救う呼びかけとしての「不屈な草」(66)であるが、「草」への関心は同時に非常に直接的なものでもある。

白秋は「雑草の季節」の中で、紫の花の名前を知りたがっていた。このような好奇心は神秘性や無邪気な無智の表現に留まらず、意外と具体的な意味合いを備えているのである。ここに幼稚園児に見られる観察力を見出すこともできる。このようなところは、植物学者である娘が植物採集から珍しい草を持って帰ることを、子供のように喜んでいた晶子の姿(67)と重なる、詩人達の「幼稚園児」化の表れがあると言える。

> 名の知れぬ花と云つたが、植物図鑑と見較べても、それとおぼしい花に《ママ》見当らぬのが沢山ある。春のきりん草は小さい黄の花だが、すつと伸びた茎に一輪咲いたのは何といふかわからなかつた。たんぽぽに似て七八輪もついたのがある。これらはいづれ白くほほける花だ(68)。

与謝野晶子の「雑草は第一その名から私にとつて研究課目である」と言う言葉を思い出さざるを得ないような態度である。そして、「いたいたし」く土を刺す草は、絶望の体験の中の希望の胚胎の具象としても捉えることができる。「春を待つ」(69)という散文、つまり春の季節に対する希望を表した作品にこそ、『季節の窓』が締めくくられているのはそのためである。竹林の中で春を待つ寂しさを語る白秋は、震災後に竹林の中に建てた小さなバラックの湯殿を描いている。窓から「枯れ枯れの鉄道草」などの景色が見えるその湯殿は、希望の脆い空間であり、都会の中の近代的な小空間とは完全に異なる「温室」である。もともと「温室」という言葉には浴室という近代以前の意味が含まれてはいるが、ここで重要なのは「西と東の小窓を開いて」いるこの空間の開かれた性質である。裸になって、心身を清めるこの幼児回帰の体験は、希望の心理を描く。自分の中の児童は将来に投影され、三歳児の息子との親しさの中で見出されている。


私はうちの子とそこらで日向ぼつこをする。

ついした小竹のかげなどにまだ一二輪のコスモスの残り花を見ることもある。小田原は暖かいなと思ふ。

其処此処の竹林には早や下萌えの蓬や薺が鋭い若い緑ですずろぎ初めた。たんぽぽの伸びの早さには驚く。御形はもう黄の絮を紡ぎはじめた。返り花ではないかなどと蹰んで見直すこともある。

春はもう動いてゐるのだ、焦燥らずとも来るものは来る(70)。

この作品は「鋭い若い緑ですずろ」ぐ期待感、「希望」の心理を見事に描いている。さらに、内面を囲い込むプライヴェートな小空間、湯殿と、廻りの植物界との融合が、子供の登場などを通して、描き出されているのである。もちろん、ここで、序章で扱った魯迅における、子供の思い出の中の雪の下にすずろぐ「雑草」を、直ぐに想起することもできるし、晶子よりも早く「雑草」を詩的な表現に登場させた、島崎藤村を思い浮かべることもできる(71)。「春を待つ」心理に込められている希望は、春の季節に伴う自然の目覚めの感覚と繋がっている。この「希望」の心理は太陽の光へ延びようとしている植物に象徴されていると言える。晶子の詩「我は雑草」にも見られるように、「もろ手を伸べて遠ざかる／夏の光を追ひ」かけようとする「雑草」のイメージには、太陽のような理想や「希望」

の対象も備わっているのである。太陽のイメージは、雑誌『日光』が築き上げようとしている詩的な空間とも繋がっている。春の季節にもたらされる目覚めの感覚は、毎朝空に昇る太陽のイメージに込められる、断絶の後で世界が存在し続けていることに対する安堵にも向けられている。その点、島崎藤村の「民話」、「太陽」は雑誌『日光』が描こうとしている世界の中心を表す象徴的な表現として解釈できる(72)。毎朝大自然のリズムを具現している日の出は、『日光』誌に見られる日常的で「明るい」文学的空間を現している。

『日光』創刊号には島崎藤村の、藤村自身の言葉でいう「民話」が載る。そのタイトル「太陽」は、雑誌の描く詩的な空間そのものを凝縮し、雑誌の表紙として用いられた津田青楓の赤い太陽の絵と鮮明に応答している。「おはよう」と太陽に言葉をかける「太陽」の中の藤村は、話を聞いてくれる、気持ちを分かち合ってくれる相手に向けているのである。太陽は、まさしく白秋の「紅い大きな太陽の子」である雀と同じように、いつも身近にいるからこそ注目しないものの中の最も大きなものである。

五〇歳を過ぎた藤村は、毎日新しく生まれる太陽と話をしようとし、太陽の中にいつも新しく姿を見せる最も古いものを見出している。非個人的であるジャンル「民話」を明らかに意識することによって、藤村は、個人が生まれる以前の、共同的な世界の描写を試みている。重要なのは、この作品が、白秋の「春を待つ」と酷似するタイトルの下で編集されたことである(73)。藤村の場合にも、このような太陽の描き方は、『季節の窓』と同じように、直接的に、しかも密接に関東大震災の経験から影響を受けたものである。

藤村は震災の詳細な体験を「太郎に送る手紙」の中で述べている。その詳しい報告書の中で、藤村は何度も「渦の中」という言葉を使い、震災の記憶を蘇らせることによって、明らかに複数の災難を再体験しているのである。「濃尾地方の震災」や「世界の大戦」などの記憶は、十分に描かれていないが、それらはまざまざと震災の描写に響いているのである。「休まず眠らずに居た大人までが、皆子供のやうになつて居た」という、非常事態においての幼時回帰では、近所の隣人同士に沸いた親しみが見えてくる。肌寒い風景において暖色が用いられる最も鮮やかな例は同じ太陽である。

そのうちに夜は白々と明けかゝつた。幸にも風が変つて、どうやら私達は、危い所をまぬかれたと思ふ頃には、もうそこいらは朝だつた。遠のいた火煙がまだ濛々と揚つて居る町の空には、遠い北国の果にでも見るやうな輝かない桃色の太陽を望んだ。何を見ても実に身にしみた(74)。

藤村の「太郎に送る手紙」は北国にいる同郷人に当てた手紙であるからかもしれないが、「故郷」と子供が記憶として蘇っているのは確かであり、それらが異変の中における不変的なもの、すなわち太陽に収斂していくのである。『日光』における名付け親のような藤村の存在の大きさは疑いようがない。

『日光』誌に載った「雑草の季節」に続く他の『季節の窓』の散文では、特に地震が起こった季節に近付くと、「雑草」に向けられた表現力に緊張感が増していく。「立秋の丘より」(75)では、胃腸を壊した白秋の病後回復が、前年の地震の記憶と重なっている。そこでは、「春を待つ」で既に見た入浴の場面が、より密接に「雑草」と絡まった形で描かれている。

地震の跡で、何処も此処も何一つ手入れしないので、隣りの別荘では畠も砂道も丘の広場もまるで鉄道草の曠野になつて了つた。鉄道草の花も目に見えるかぎりが咲き盛ると、花の煙のやうで、ほのぼのとあはれなものだ。昼間はその絮毛が空一面に満ちて、まるで火山灰のやうな濃密さで飛んで来る。目も開けられぬ位である。今朝は思ひきり早く起きたが、やや颱風めいた雨の中を妻子と猿股だけになつて、庭いつぱいに繁りつめたまだ葉ばかりのコスモスの中を掻きわけ掻きわけゆくと、垣の根の要冬青に絡んで白い朝顔の花が一つ二つ咲いてゐたのが、目についた。紫折戸を抜けると鉄道草が背の丈よりも高く乱れてゐる。一二一二ともぐつて行くとその別荘の井戸に出る。其処で、私たちは交互にポンプの水をぶつかけた。それから裸のままで子供を駆けたり隠れんぼうしたり高く差上げたりした。絮毛が飛ぶ。身体が痒くなる、また水を浴びる。ソラお釈迦さまだ。ザアッである。

かうして、私は今、孟宗と花卉と虫の音と蝉の声とこの鉄道草の絮毛とに、すつかり埋もつて了つてゐるのだ

（八月二一日）(76)。

子供と遊んで裸になった自分こそが、この子供と同じ状態に限りなく近付いていくのだ。家族全員の牧歌的な入浴の場面は、原始的な宗教儀式のイメージをさえ浮上させていると言える。しかし、この作品は地震の「跡」を描いているかのようである。「火山灰」のように飛ぶ絮毛は、震災後に訪れた火災を想起させ、逆にその出来事を遠くへと沈める感覚をもたらしている。「目を開けられぬ」有様は、文字通りの意味でも、象徴的な意味においても、その光景の眩しさを捉えているのである。

距離を置いて全体図を描くための視点が激しく揺れる中、身体感覚、特に皮膚の感覚を通して、その「雑草」の世界に完全に潜る以外に描き方はないのである。確かに、「雑草」の教授法でも見たように、体を実際に動かせず「雑草」を捉えられないことを強く想起させる状態である。「雑草の季節」でみた、「雑草」との対比で縮んでいるように見える人間の姿は、比喩ではあるが、それが単なる比喩ではないことにこそ、その凄まじさが潜んでいる。「鉄道草が背の丈よりも高く乱れてゐる」。

「颱風めいた雨」の中に潜む、もう一つの自然の破壊力の感覚が、絮毛の動きを駆り立てる、見えざる地震の震源でもある火山の感覚の上に重なり、震央が「雑草」の中に隠れているにも拘わらず、地震の描写としてその入浴の場面を位置づけることができる。「この鉄道草の絮毛」に埋もれているのは、地震の体験や地震後の光景だけではなく、なによりも「私は今」という言葉で表される主体の内面の有様である。

この頃、私の山荘も目に見えて涼しくなつた。今度の歌にある通りだから細説しないが、雑草の花の深いには驚く。隣の別荘の砂道も畠も鉄道草でいつぱいになつた。今年は誰も刈る人は無いのである。この草深い秋景は殆ど人には想像の外だらうと思ふ。土用浪の音も高くなつた。夜は赤い火星が愈愈近づいて来る(77)。

「雑草の花の深い」というまさしくその「深み」こそを再三強調しなければならない。人間の身長を上回る意味の深みには、「雑草」の花に語り尽くすことなど決してできない意味の深みも付きまとっている。その光景が、自然の光景としても、心理的な状況としても、想像を超えているのは、それが表現を超えてしまうようなトラウマとの関係においてのみならず、それを「想像」する必要すらないからである。「雑草」に埋もれることの比喩は、物理的に身体を圧倒している。

震災が起こった季節が近付くと共に、「雑草」の描写に「深み」が増すのである。芙蓉は特に震災の記憶を吸い込んだ植物である。白秋が最も具体的な震災報告を「芙蓉記」の題で書いていることは象徴的である。震災の翌年の芙蓉には、季節のめぐりの中で、震災の記憶が蘇り、それは蘇りながらも乗り越えられていく。

今年もまた紅い芙蓉の季節となつた。家の袖垣の前はもうその紅い芙蓉でいつぱいだ。芙蓉と云へば昨秋の震災当時が思ひ出される。前の竹林の中に親子三人が頼りなく、それでも殊のほか閑寂に暮らしてゐたあの朝夕は、今から思ひ出してもうれしいものであつた。水が無いので、私達はその芙蓉の中に裸でもぐりこんではその露や霧雨で顔や手や肩を濡らした。まるで泳ぐやうな格好をしながら。それに尾籠な話であるが、後架が壊れたので、その頃はよく裏の竹林や丘の雑草の中にかがんだ。なるべく海を見晴らしたいい眺めを選びながら、さうして毬栗の落つる音を聴いたり、返り咲きの小さな御形の花などを目にとめたりした。用が済むと、其処を一輪の芙蓉の花でかくして帰つて来たものである(78)。

大人は幼児の状態に近付き、裸で大自然の懐の中で遊ぶ。入浴の場面の肌理細かい描写の隣に、愉快な排泄の話が並んでいる。本書第一部で取り上げた「新橋」という断章の中の、都会文明の第一印象、「都会の入口の厳粛な匂」を放つ「清潔な青白い迄消毒されてゐる便所」、つまりプライヴァシーの明確な空間は、ここで完全に崩壊している。これは幼児回帰の例であり、直ぐに「石竹の思い出」における無邪気な放尿を思い出す。震災後、芙蓉の前で「朝夕の食事をとる」ようになった家族は、このように体の新陳代謝の環を実現し、物理的にも深層のレベルにおいても、自然の中の循環運動に参加している。

日に幾十回となく余震が続いたあの頃の記憶の中で、始終、日光や月光に薄あかくふるへてゐた芙蓉ほど、鮮やかで、また哀れ深いものは無かつたやうな気がする。今でも、私たちはその前で朝夕の食事をとるのである(79)。

食事という物質的な栄養と精神的な養分は、この例で、有機的に混じり合っているのである。一本の芙蓉が残っている子供部屋の窓際には鍋や飯櫃が架かっている。そこが台所のながし、つまり生活を支える炊事の空間にされていることは、確かに子供の空間から汲み上げ続けられる「希望」そのものと繋がっている。米粒や馬鈴薯やトマトがこの芙蓉の窓際に転がると、「涙ぐましい感謝の念」を起こしてしまう。震災後に感じられる花卉や地面に対する親しみを遥かに超えたところで、なぜ震災の体験が「芙蓉記」と名付けられているかを考えなければならないのである。

ああ、私の芙蓉、それもいつの年に植ゑたか私はもう忘れて了つてゐるが、秋ごとにひとしきりはこの山荘も

その盛りに会ふことが幾年か続いて来た。（略）
私は煙草のけむりを愛する。が、更にも、煙草のけむりの中から眺める芙蓉の匂を楽しむ。また畢竟は無為のすさびであらうか。果してまた世に無関心で有り得ようか。
かうして、私は書斎から、時には露台の腕椅子から、幽かに微笑を送つてゐた。いや、その花の円かな盛りを、蹲んで水うつ妻もうれしいと見た。遊ぶ我が子もかはいいと見た。

朝咲きて夕べは凋む阿芙蓉の花の紅ゆゑ水うたせけり

ある夕べ、かうした恵まれた、而も寂しい観想の中に、私は私ひとりの秋色を寂しんでゐた。

その遊興の、その次の日の烈震であつた[80]。


「私は今度の震災に得たものを決しておろそかにはすまい」[81]と誓う白秋にとって、「芙蓉記」は、前記の三章しか完成されなかったにも拘わらず、重要な地震の記録である。煙草のけむりから「凄まじい火の旋風」までは、僅かな時間の隔たりしかない。その隙間的時間を書き止めようとしているのが、この「芙蓉記」である。

芙蓉は「世に常無し」という無常観の象徴となり、震災が過ぎてから芙蓉を眺めるのは「匂のゐがく幻」の中に震災の幻を見ることでもある。「匂の現」は、逆に「私ひとり」の閉ざされた内面から、語り手を外の現実世界に引っ張り出す役割をも果たしているのである。未完に残された「芙蓉記」は、その未完性において本格的な震災の描写であり、震災そのものを、平穏な景色の陰画としてしか想像できないことを示し続けている。壊れかけた世界、崖に落ちる直前の世界が「芙蓉記」の中に浮かび上がっている。

震災が詳しく描かれた「その日のこと」[82]の中では、妻子の声は「地の底の底」から来るかのように聞こえ、火の旋風の中に「地獄の音」が聞こえるのである。その地獄の体験と繋がっているのが芙蓉のような花である。家が倒れる前と倒れた後の、数秒の中の深淵と闇を乗り越えられるのは、このような「雑草」の精神がある故である。「家はと見ると、木兎の家は半ば倒れかけてゐるがその前には白萩や、薄あかい芙蓉の花が盛りであつた。黄色いカンナも見えた」。

実は、妻子が「庭の芙蓉と雁来紅の間」から這い出てきたことの喜びは、生き延びた家族の幸せの象徴になり、「窮屈の中での私たちの竹林生活は全く楽園の生活」に変わるのである。地獄を控えた楽園こそは『季節の窓』の世界であり、「雑草の季節」の世界の核心である。震災直前まで煙草のけむりに包まれた白秋と、震災後避難先で竹のパイプを吸い続ける白秋は、ドゥルーズ・ガタリに即して言えば、「われわれの中に植物が圧倒的に侵入するときの陶酔」(83)に近い状態を示している。

閉ざされた内面と自然の植物界の間の壁だけではなく、詩作精神においてもう一つの壁がここで崩れていることを認めなければならない。それは、作品の世界と作品が創造されている空間を意図的に類似させた結果である。地震以降に崩れかけた白秋の書斎で書かれた作品には絶えざる余震を見出すことができる。「蟻が黒山のやうに匍ひあがつて来る。それに若菜がむんむん蒸して反射する」(84)。揺れ続けている空間としての書斎の把握は、そこで生まれている作風と有機的な関係を結んでいる。

素人の素人ではなく、玄人の素人になるのをめざす白秋は、「揺れてる書斎」(85)の中で、より詳しく生活即芸術について語っている。生活が詩になっている状態を探し求めているからこそ、白秋は前田夕暮の『緑草心理』に目を留めているのである。そこで、白秋は一〇年振りに「雑草園」という言葉を用いるが、それは『屋上庭園』の植物園や「温室」のような薄暗い内面的な空間を表すものから「精神力の光耀」、「生命の火焔」を発信する、開かれた世界を表すものになっている。

夕暮の『緑草心理』を評している白秋の姿は、「雑草」を描いた詩人として白秋を評価する晶子のそれに似ている。作品の内容のレベルに現れている共同体、故郷、自然への帰属願望は、作品が生成される現場を取り巻き、詩人同士の間の対話の形で現れているとも言えよう。大正一三年一〇月特別号の「日光室」欄には、白秋が『季節の窓』で描いている世界が、実際の白秋山荘への夕暮の訪問の形で再現されている。後に、「『季節の窓』小感」[86]の中で、最も好きな作品として『季節の窓』所収の「雑草の季節」と「芙蓉の花」をあげていることから分かるように、夕暮は白秋の『季節の窓』における「雑草」を好んでいた。しかし、この「雑草」への好みは、『季節の窓』という書物を越え、白秋を囲む実際の空間にも及んでいる。

九月三日に、小田原に行つた。北原君が久しく健康を害してなか〳〵思ふ様に回復しないと言ふので、気になつて、見舞がてら一晩とまりで、『日光』の編輯上の相談をも兼ねて出かけた。逢つてみると案外に元気なので先づ安心した。山荘は今や秋草の真盛りで二階の書斎へまで花粉がとんでくる。怎処をみても、どこへ行つても一面の鉄道草であり、芒であり、萩であり、藜であり、葉鶏頭であり、ヂンジヤであり、花茗荷であり、曼珠沙華であり、白粉の花である。以下は白秋山荘に於ける私の詩の試作を数編書いてみる[87]。

夕暮の具体的な日記の一節としても読める、前記の記述には、『季節の窓』の中の表現と深い類似性を見出すことができる。そして、興味深いことに、このような「雑草」の景色の中で、詩作行為が展開されているのである。与謝野晶子の歌[88]にあるような「雑草の花のやうなる」「灯」を点す、自然に溶け込んだ生活の空間としての、白秋の山荘を、夕暮は詩的に味わっていたのである。白秋が『季節の窓』で語る鉄道草の中の入浴も、夕暮の詩の素材にされている。「友は私のあとから／私は提灯をさげて／二人とも浴衣の裾をからげて、／背丈より高い鉄道草のなかに這入つて行く。／はらはらへと雑草の葉がママ握灯にあたり、／私の顔にも手にも足にもあたる。（略）」[89]さらに、夕暮の詩には、入れ子の中のように、夕暮と白秋の作品が生成される『日光』誌そのものが嵌め込まれている。

晩餐

竹藪のなかの赤い屋根の風呂場から、
外へ出るとほそい月がある。
笹の笹のかげでちら〳〵と光つてゐる。
背丈より高くのびたカンナのそばの、
しろいテーブルがけをかけた食卓をなかに、
友と対き合つて椅子に腰をおろす。

（略）

『君『日光』をもつとよくすることだね』
『さうだ、『日光』をよくするには吾々をよくすることだ。』
と話しながら私達は白葡萄酒を傾ける。

（略）(90)

このように、日常と具体的な人間関係における『日光』の編集活動の中に置かれた雑誌『日光』には、『季節の窓』や夕暮の『緑草心理』が埋め込まれているのみならず、日常に触発された詩的表現の中にさえ、『日光』という雑誌への言及が現れる。このような入れ子構造の中で、「雑草」に覆われた世界と頁の上に生成される文芸との間の境目が揺れ動かされている。この構造は、「雑草」の世界に没頭する主体の薄れていく輪郭の有様をも、反映しているのである。

白秋が評している夕暮の作風は「雑草園」と喩えられ、植物の生い茂る様と文学の特徴の間の比喩的関係は無限に拡大されている。さらに、忘れてならないのは、この夕暮に対する批評は、「雑草の季節」とまったく同じように、『季節の窓』の中の文学作品であることである。作家同士の関係を通して、他人や共同体に向かう想像力や、共同性の感覚の中心である「故郷」と、幼児回帰的な空間への想像力は、文学作品への捉え方まで「雑草」的に「生い茂っている」のである。

前田夕暮の光焔は常に清新で若い。さながら緑草のごとき色相を放つてゐる。（略）

彼の雑草を好むことと関連して、わたくしは彼の歌を雑草の潑溂と精気と粗雑と、また表現の素朴と触手の繊細とに比したい。

彼の身に体するは或は雑草園であらう。而も季節に於て、今の彼はその花時にある。その繁殖力の激しさは足の踏場も無いほどであるが、人はそれ故に単に離離たる雑草の叢と見る。然しながら、その中の特殊の風致ある草の穂は、時として古風の花卉より遥かに生采があり、薫香があり、鮮麗でもある。而も滴滴たる白露がいつぱいに乱れてゐる(91)。

3 「雑草」との一体化——前田夕暮『緑草心理』

前田夕暮の『緑草心理』(92)は、震災後に雑誌『日光』が形成した文学的空間と有機的に結ばれている。この作品の持つ特徴が、白秋の『雀の生活』や『季節の窓』と共有されていることは、『日光』誌上で『緑草心理』を礼讃した服部嘉香の記述の中などに見られる(93)。服部は『雀の生活』をメーテルリンクの『蜜蜂の生活』に喩え、『緑草心理』をワーズワースの『逍遥』に喩えている。ワーズワースの主人公、浮浪者（pedlar）も「雑草」から苦しみに耐える力をえようとしている点、夕暮の作品はイギリスの、エコロジー側からの解釈のできるロマン主義の文脈の中で読むことができる(94)。さらに、『緑草心理』の出版を祝福するために捧げられた、大正一四年四月号の「日光室」欄では、夕暮の作風はメーテルリンクと比較されている。「雑草」が直接的に扱われている、メーテルリンクの『花の知能』は、白樺派の柳宗悦によって、ホイットマンの『草の葉』と直結された形で礼讃された作品であり(95)、この評価の仕方は夕暮の想像力を刺激したに違いないだろう。

しかし、山田吉郎は「過酷な現実からの救いを得」ようとしている夕暮の「自己・植物一如」に見られる「超現実的発想や連想の流れの手法」に、モダニズム文学との呼応関係を見出している(96)。ここでは、関東大震災に象徴される、文明と自然の衝突を背景とする時期へ、つまり激変する時期への、「雑草」の想像力の水脈の中の、詩的心理的な反応として『緑草心理』を位置づけたい。夕暮の文脈では、震災という災害が、彼自身の体を蝕む病気と重なっているからこそ、作品の語り手の内面は最も過激な散乱を見せながら、「雑草」の表象を通して、脅かされた生命に対する癒しを求めている。幼児回帰、自然回帰、そしてそこに浸透してくる日本回帰、という『緑草心理』の中心的なモチーフの原動力となっているのは、「故郷」への願望である。

夕暮において「雑草」が生い茂った世界は、大自然そのものとの融合への願望を現しているが、『緑草心理』が病室のシーンで始まっていることは、このような大自然の幻想に病的なニュアンスを与えている。第一部で取り上げた主体の内面的空間としての「温室」が、郊外や大自然の「外」なる空間へ開かれることに伴って、内面的主体は、自らの輪郭を大自然に溶け込ませようという願望に駆られ始める。

しかし、地震がもたらした破壊の後に注目される自然の「雑草」的生命力は、必ずしも「温室」の人工的な構造を脱していない。それが象徴的に現れているのは物理学者及び歌人であった石原純の『日光』第二号（大正一三年五月）に発表された詩「蔬菜促成」であろう。「（略）親しみぶかい気分で／私は蒸気のたつ温室のなかにはひつた。／私のめがねが／いき曇つて見えない。／荒れすさんだ震災後の町に、／こゝのみは／蔬菜が生々と／あをい葉を伸ばしてゐる。／白く枠どつた硝子屋根のしたに」。つまり、「温室」はここで、珍しくて鮮やかな花ではなく、生命を支える食料となる蔬菜、胡瓜の栽培の場となり、具体的にも、比喩的にも、震災の現実を乗り越えるための空間となっている。それは、同時に、「曇」った「めがね」のように、視覚を鈍らせる、自然への退行的な幻想としても意識されていたと考えることも可能である。

白秋の『緑草心理』批評から分かるように、夕暮の「本質たる鉱脈」を生かしたこの『緑草心理』の「雑草園」が描いている世界は、病院生活の結果、「深く内観的」になったことと結び付けられている。白秋が用いる「内観的」という状態が、巨大な孤独と衰弱の成り行きであることは言うまでもない。その上に、病室という物質的な空間と外、つまり「雑草園」たる大自然へ脱出する衝動が、作品の原動力になっているのをさすのであろう。白秋が『季節の窓』でふれる胃腸の病気と共に、第一部の賀川豊彦が患った腎臓炎と「雑草」への関心との繋がりが、直ぐに思い出されるであろう。夕暮の『緑草心理』における病気が、第一章で取り上げたガラス張りの「雑草園」とは違って、精神を冒していることが見逃されているのであり、自然との連続の中での身体の解体に重点が置かれているのである。

『緑草心理』には酔っ払いと狂人が現れるが、それらは近代文明の犠牲者としてではなく、むしろ近代文明の影響を逃れた、原始的精神の持ち主として登場する。何よりも、患者の記録として『緑草心理』を読めば、それは他でもなく幼児回帰の記録の一種となる。「彼が彼自身の尿の美を透明なる硝子の尿壺に見、その尿壺にひそかに菜の花を挿して、寝台の下に忍ばせたといふ意味の稚態は、わたくしをして心から微笑せしめた」(97)。白秋は夕暮の作品の具体的な例としては、この場面しか取り上げていない。それはこの場面が『緑草心理』の中の「心理」の在り方を見事に描き出しているからだけではなく、明らかに芙蓉の花で自分の排便を飾った白秋と類似した、身体的で生理的な美学を提示しているからである。

散文形式の短い作品から構成されている『緑草心理』が、「病床思索」という作品で始まっていることは、「雑草」の美学の中の病と、その病の隠蔽を最初から示している。幾篇かの断片ででき上がっているこの「病床思索」(98)は「孤独」「本質」「偏質狂」「童心」「植物」「日光」「地震」「尿」「水」などといった、精神状態と物質を混合させる、特殊な空間としての病室を築き上げているのである。「体験」が加わっても変わらないものは「本質」であると、夕暮は「病床思索」で言っているが、病気とそれに先立つ地震の体験によって、年を取っても変わらないもの、すなわち自分の中の「童心」が見出されることになる。

最も深い孤独と童心との関わりが内面の奥底に通じるものであることは、白秋の『思ひ出』において既に見た通りである。しかし、『緑草心理』における、白秋が評しているところの「内観的」状態は、身体と個の精神の輪郭を遥かに超えようとしている。夕暮においては、閉ざされた内面から開かれた自然への変換は、偏執狂に喩えられている。「人は或るところまで偏質狂に近く、其観方をぐつと自分の色調に牽き寄せて、其処に一種の神秘的幻想の痛々しい悲しみと、親しさとをすべての物に見出すことに於て、限りなき生き甲斐を感ずる」(99)。内面性の病的な次元の限界を見越すような思索である。

夕暮の思索では、自分の精神的な状態を物に投影するという方法に留まらず、その相互浸透によって、むしろ内面を無限に拡大させながら、それを滅亡させることとの心理が語られている。痛々しさと親しさという言葉の組み合わせは、震災後に「地べたからぢかに咲く花」に対しての、白秋の描き方の中にも現れていたことを思い出さなければならない。「病床思索」の中で、夕暮自身も震災後の野宿の中で得た童心、「放浪、漂白の心」(100)についてふれているので、『緑草心理』と白秋の『季節の窓』を、震災の記憶を秘めた地続きの物語として考えることができる。「自分の色調」と周りの物のと間に見出される痛々しい悲しみと親しさは、夕暮の次の短詩の中で完結に表れていると言える。「孤独の寂しさ。／植物の親しさ。／植物と人間との抱擁！」(101) 内面の孤独から脱し、他なるものと関係を結ぶことへの欲望。この「植物と人間との抱擁」は、『緑草心理』を読み始めて間もなく現れる「緑草心理」の定義である。植物と親しみ、抱擁を求める心理であり、草の側からもその欲望に答えうると信じようとする応答可能性への希求である。その上に、先の尿の中の菜の花の映像が重なる。樹木と同じように大量の水を飲む糖尿患者は、自分の尿を医者に研究されるほど大切なものとして捉えなおすだけではなく、水の摂取と放尿の循環に、自らの身体の一種の植物的な側面を見出しているのである。

樹木が大量の水を「日光のなかに放散」[102]するように、この患者は自分の病気で弱った体にこそ、逆説的に偉大な力を感じ取っている。「病床思索」を締めくくる、病人が思い描く清水の幻想は、他でもなく、「郷土」の連想を帯びている。その「生れた土地の水」[103]は、あたかも病気の治療として想像されるのである。その水によって生かされた植物の自然界と、病人の体の中の水の巡りの間との調和の発見の祝福として、菜の花が尿壺に活けられていると も言える。「病床思索」の最後で、病室は「七十度近い温度」[104]を保つスチーム鉄管の通された、日光を吸収する、花や果実が溢れんばかりの温室と化し、そこへ各方面から水が流れてくる。糖尿病の症候の一つである咽喉の渇きは、人という生き物のより深いところ、より広いところから来る渇望の濃密な表現に他ならない。それは、すなわち、命に圧し掛かる危険の恐怖から生じる、生命に対する感覚を通しての、「故郷」や自然という共同体への帰属の欲望の現れである。

『緑草心理』所収の「鞠つき」という作品では、脳病患者井上さんが登場し、笑いながら鞠つきの歌を歌っている。井上さんは「童子のやうな顔」[105]に恍惚の表現を浮かべながら、歌い続けている。「彼は彼の知つてゐる限りのあらゆるものを赤く塗つて仕舞ふのである。そして其赤く塗つたものを皆手鞠にしてついてゐる」[106]。「すべての物を同じ色彩に観る」ことである、「病床思索」にあった「偏質狂」の症状が、あたかも「ぐつと自分の色調に牽き寄せ」た形で、この井上さんの像を通して鮮やかに描かれていると言える。その結果として実現できる「生き甲斐を感」じさせる「神秘的幻想」[107]が、より深く、詳細に繰り広げられているのは「ある男の幻想」という『緑草心理』所収の作品であろう。

「鞠つき」の脳病患者井上さんと、「ある男の幻想」の副題にある「井上豊太のこと」が同一人物であるかどうか確認する必要はない。ここで重要なのは、狂気じみた経験を通して描かれた病院の位置づけである。「ある男の幻想」の中の幻想が、一個の鶏卵の中で展開していることは極めて象徴的であり、病気の記録としての『緑草心理』の一つの核心のようにも読める。「女の卵を産む話」(108)を好んだ鞠つきの井上さんから「ある男の幻想」の中の「卵」にまで繋がっている「緑草心理」を、この「卵」の表象の中に確認できる。

命の萌芽を含む卵は、幼児回帰や胎児回帰という狂気に見舞われた人間に、その神秘的な中身を開示する。「片手の指で眼鏡を拵らへて透かしてみる」(109)と、最も身近な世界は、最も神秘的な世界に変わっていく。「うす青みを帯びて白」い卵の中の世界は、看護婦や医者の白い姿が点在する緑色の世界の幻想を現す。

あ、見える、見える。どうだらう。今日は素敵によくみえるな。向うに真青なのは海かと思つたら、鉄道草が一面に生えてゐるのだな。どうしてこんなところに鉄道草が生えたのかな。一体ここはどこかな、広い広い野原だな。鉄道草は今花ざかりだと見えて、梢の方はまつ白だな。おや白いと思つたら雪が降つてゐるのか。おかしいな。でも北海道の涯てだから雪だつて降るだらうといふものだ。さうかと思ふと日がさしてゐるな。やつぱりさうすると、あの一面に白いのは花に違ひないな。それにしても鉄道草は青くて、いいな(110)。

白と青がお互いに浸透し合う中、卵の中に鉄道草の生い茂った、果てしない空間が現出する。そのような風景を横断し始めるのは病院の看護婦と先生、そして患者である。旗持ちの院長と婦長を先頭に、一種の祭りのような葬列をなす多数の人物が通り過ぎていくのである。最後の方に「十七号の安木さん」が踊りながら現れるが、この跛者で背むしで頬に日の丸を描いた、新聞紙でできたかのような尖った帽子を被った人物を通して、身体障害も覆されている。この安木さんの登場した後「太陽が空から降りて来た」ように「馬鹿に明るく」なり、強い風で鉄道草も「大騒ぎ」になる(111)。その過剰なまでに明るい風景は、もともと不透明な卵の中が「見える、見える」という、視覚の狂気めいた恍惚の極まったところに現れるのである。

卵の中を覗いている井上の興奮はここで頂点に達し、鉄道草と一体になる。そこで、今まで描かれてきた病院の光景が、充分に風変わりであったのにも拘わらず、もう一つの本格的な変身の瞬間が訪れるのである。その根本的な変身の結果、病院関係者は皆鉄道草の中に完全に吸い取られてしまうのである。それは、卵の中の中心を見透かした時に見える、卵が持つ上へ伸びるような形を模倣した、燃え上がる炎に収斂していく。草と化した人間が空へ伸びる姿は、「見える、見える」という正常でない視覚の喜びから、「馬鹿に明るい」光景を通して、見え過ぎるような過剰性、最も集中した明るさである「火」そのものに帰結するわけである。

> おや、どうだ旗持の院長さんの頭の髪が空の方へ吹きとばされさうに長くなびいてゐるぞ。まるで体温器の煙突から出る煙のやうだ。三津井さんの啣へてゐるラッパのなかから、青い鳥が紐のやうにつながつてとび出したぞ。おやおや頬ぺたに日の丸を書いた倭人《ママ》の安木さんがくるくる廻り出したぞ。あ、まるで独楽のやうだ。おやおや今度は鉄道草が急に起き返つてずんずん延び出した。鉄道草がずんずん延び出したら象も同じやうに背が高くなつた。おや赤服の先生達も看護婦さん達もみるみるまに丈が高くなつた。みんなのびるのびる、おやおや皆の顔があんなところへながくのびてずんずん空の方へ行くぞ。鉄道草がまるで空へ駈けあがるやうに延びて行くぞ。あ、今度はみんな赤い火になつた。青い火になつた。燃える、燃える。……[112]

この「ある男の幻想」という作品を読むと、一種の夢の中の世界が描かれているという印象を読者は受けるのだが、地の文からそれは「六月の夜明け」の幻想だと分かる。白昼夢でもなく、それは狂気を通して描かれた、病院の内と外が微妙に覆された空間の視覚化である。病室の中の卵への眼差しは、狂人の濁った内面への一瞥でもある。さらにこの卵自体は、卵の中を観察するために井上さんが「片手の指で」拵えられた「眼鏡」に負けない、視覚を助ける光学装置でもある。凸面の球体としての卵は、それを囲む病院の空間を縮小させながら映し出している。しかも卵の中から見ると、その凹面の壁に反射する光が、一点の焦点に束ねられることで、炎が燃え上がるのである。その炎に揺らぐ空気の中で、歪んだ鏡の中のような病院関係者の姿は、煙のように空へ延びていくのである。

しかし、この卵に映っている病院は、狂気から見られる病院である。そして、「病床思索」で自分の中に童心を見出した病人と同じように、あらゆる病人が狂人の中にこそ自分の本当の姿を見出しているのである。一見すると病院の閉ざされた空間を思わせる白い卵は、明らかに病院の中ではなく、病院の外の空間を抱えているのである。病院の中の患者、看護婦、医者などが卵の中に登場しているが、彼らは皆鉄道草の上に現れる。この「雑草」こそが、病院からの脱出の可能性を暗示している。

海、野原、雪といった、病室からすると最も遠い空間、「北海道の涯て」まで続いているはずの鉄道草の原っぱが、目の前に広がっていく。北アメリカの帰化植物であるヒメムカシヨモギとしての鉄道草のヴィジョンは、このように狭い病室から広い自然へ繋がる架け橋となり、作品の後半では、その地面と空をさえ縫い合わせる役割が強調されている。北原白秋が埋もれていた鉄道草は、その火山灰のような綿と一緒に、ここでより深く狂気と結び付き、幼児回帰から胎児への回帰、そして卵に表象される胎内回帰への願望として現れるのである。

病院の内と外の構造が引っ繰り返るような描写は、「血液試験の朝」という作品の中にも見られる。「ある男の幻想」と比べると、素朴で日常的な場面しか描かれていないのだが、「窓の硝子越し」に現れる「外」の世界の発見が非常によく現れている。その外の世界が青い草に尽きることに、「ある男の幻想」の鉄道草の強烈な体験に通じるものを容易に見出せる。さらに、六月の朝のこの体験は、白秋の「雑草の季節」と見事な対称関係になっていると考えられる。

雨にぬれた、丈長の六月の草の青さだ。
私はぽつちりと、椅子に坐つて、窓の硝子越しにみてゐる。
私の腕からはたらたらと、赤い血が流れる。

四方白い壁にかこまれた手術室の朝だ。若い医者と看護婦の眼が、冷たく、澄んで、焦点にゐる私を視てゐる。
雨にぬれた丈ながの草の青さだ。
私はぽつちりと椅子に坐つて、窓の硝子越しに、青い草をみてゐる(113)。

青い草、赤い血、白い病室といった、原色の、単純で素朴な空間の構造。「四方白い壁にかこまれた手術室」の閉ざされた空間は、印刷された詩の文字面の位置からしても真ん中に当る。そここそが、空間的な中心である医者と看護婦の焦点に位置する「私」が座っている場所である。しかし、作品の構図から分かるように、医者と看護婦が世話をしているのは「私」の殻だけである。「ある男の幻想」の中の卵の中身のように、「私」の中身はその体の外に流れる血と共に、その視線と共に外の青草に注がれ、流れ出ている。青い草の光景は作品の冒頭と終りに現れ、外から病室を取り囲むものとしてのみならず、反復によって視点が複数化され、散乱している「私」の内面の表象としても機能し始めるのである。

外から内を覗くという「ある男の幻想」の卵に向けられた視線が裏返され、内から外へ流れ出ていこうとする方向転換を通して、内と外の間の緊張がさらに強く意識された作品として「浴室」という詩があげられる。既に白秋の作品をめぐる議論の中で、内面を囲む温室が裸の人間の置かれている湯殿に変わることにふれたが、同じ文脈で、夕暮の四萬温泉で書かれている「浴室」を捉える必要がある。そこでは、白秋の場合よりもさらに鋭敏に、内と外を分かつ壁の歪むような緊張感が捉えられている。

浴室の外壁は一枚の大硝子でしきられ、
硝子の向うはまんまんたる水を湛へて、
とろりと日の光を透した天然の大水槽だ。

あかるく青みがかつた外光と、
うす紫に靄つた浴室の湯気と、
唯硝子一枚を境にして明暗をわかつ。
硝子の内部には、
魚類に似た人人の若きと稚きと、
まる裸にしたる足と手と胴と、
豊かな曲線によつて浴泉運動をなしつつ、
うつとりとして外光にみほれてゐる。
硝子を境としての外部には、
人類に似た魚属の若きと稚きと、
まる裸のままなる豊満なる色彩と、
敏捷なる曲線によりてなされる遊泳の自由さで、
水に透く日の光をとほして、
うつとりとして浴室の肉塊にみほれてゐる(114)。

ここの「天然の大水槽」は、光学的な原理において大自然の「雑草園」と比喩的に結ばれている。天然の大水槽と人工の水槽である浴室が、お互いに入れ子のように嵌められていることは、第一部で視た温室の入れ子構造と同じであるが、ここではその極めて類似した性質によって内と外の違いが取り払われているのである。内と外への視点の分裂は、同時に内から外へ、外から内への相互運動を起こし、水槽の中と外の空間の境目を相互浸透的にしている。そのような空間把握を生み出す体験の結果、内面が外の幻想に押し出され、中に残っているのは医者の診察の対象となるだけの「肉塊」である。

このような魚類への同化は、内面が散乱している「植物同化」や「緑草心理」との相同性を、正確に映し出しているのである。この水に浮く感覚と「植物同化」の関連性は明確であり、卵の中の鉄道草の原っぱが海と見違えられたことや、「野に泳ぐ」、「六月のゆふべ」という作品に現れる甕の中の薊類、さらに「川魚」や「鯉」という作品でも傍証しうることである。水を吸い取る樹木と人体の類似をはじめ、水に挿された植物などの連想や、さらに裸でお湯に浸かる胎内回帰に近い連想が、それによって呼び起こされているのである。

卵の中に鉄道草の草原を見出す狂人の存在は、恍惚と陶酔の感覚表現の代弁者として考えることができる。そのような存在と重なっているだけではなく、より具体的に植物と絡み付いているのは酔いどれの像である。『緑草心理』に続く『煙れる田園』(115)で、より明確に姿を現している酔いどれ詩人田無泥舟は、「昼顔」という『緑草心理』の作品の中で既にその原型を見せている。大量の飲酒こそは、草原の中を「泳ぐ」ような動きの原因の一つとして描かれている。草の上に倒れて眠るこの人物は、その横たわる姿勢(病人あるいは死者の姿勢と同じであるが)を通して、最も近く「雑草」の目線に身を置いているのである。

「酒くさい体の下敷き」になった昼顔の莟と、酔いどれの間の有機的な関係が、そこで結ばれるようになる。「おやまたこんなところに酔ひつぶれてゐる」(116)という、通りがかりの人の台詞には、子供に対するかのようなやや見下す態度が読めるのであり、「雑草」の中で眠るこの酔いどれは、陶酔のためにお酒を必要としない子供と化している。そして、酔いと眠りによって完全に消えてしまった自意識は、彼の体の外へ流れ、昼顔の擬人化という形で現れる。


昼顔は、激しい醗酵素を、彼の全身から流れ出る酒の香によつて刺激せられて、明るい光と熱とのなかに、其蔓をずんずんとのばした。うすあかい色彩を、微風のなかにゆらめかしながら、花といふ花は、彼の体を埋めるばかりにして咲きさかつた。

若い軟かい蔓は、彼の手くびや足くびに絡みついた。咽喉のあたりを這い上つてゐるのもある(117)。

鉄道草に埋もれた白秋を思い出させるような描写ではあるが、ここでは蔓の中に埋もれた人物の自意識の消滅によって、より生で物質的な「植物同化」が起こっているのである。植物の醱酵の結果として水と火を一緒にしたアルコールは、今度は、それを沁みこませた体自体を醱酵させていると言える。その二番目の醱酵、「緑草心理」をもたらす醱酵は、今や、彼の体を飲み込んだとでも言える地面を酔わせ、植物を狂わせている。ここでも明らかなように、自我の輪郭の溶解が上へ延びる草との同化の前提になっている。

このような「雑草」の中に身を置く体験は、無邪気でありながら性的な要因をも含んでいる。しかし、その性的な側面は、女性の体を表象に使いながらも、地面や土に対する誘惑を表している。「どくだみの花」と「金蘭銀蘭」という作品の中では、「雑草」に臥す体験の性愛的及び病的な次元が捉えられている。両方に共通する、草の観察が要求する横の姿勢、人間の身振りの中で最も低い姿勢が強調されている。

私は土に踞んで、しめつぽい地いきを顔に感じながら、此のどくだみの花をみてゐる。
背景を暗緑色で塗りつぶした草の上に、一人の若い女の裸のからだが、何もおほはずにおかれてゐる。髪の毛が地に黒くとけてゐる。仰向けた顔、咽喉、乳のふくらみ、丘のような腹、雑草の地べたを思はせる一部、ながくのばされた股、それらがすべて青白い光で冷たく陰影をつくつてゐる。鳥渡みると此裸体は死んでゐるやうであるが、全体の線のまろい軟かさは、深い真昼の眠りを暗示してゐる。これはコランの作である(118)。

この作品の前に置かれた作品(119)では、人の群衆と夏草が「汗ばみながら」見つめる蛇使いの女や、車前草の上を踏む見世物小屋の女性の白い足が描かれているので、「どくだみの花」の下敷きになっている(コランの)裸体画に流れ込んでいる、眺められている女性のエロチシズムを認めることができる。しかし、このような性的欲望を掻き立てる女性の体（の部分）の描写に、あえて「雑草」を取り入れ、「雑草の地べたを思わせる一部」と表象することで、その性的な意味合いが曖昧になる。

蛇使いが現れる舞台の枠にせよ、「どくだみの花」に見える、絵画の額縁にせよ、草の視点の導入によって、それらの枠が縦から横に位置を変えていくのである。このように、女性の体の地形は地面の地形と合体させられ、枠の中の「雑草」は体の輪郭の外の「雑草」や、枠の外の「雑草」と地続きに繋がり、一つの空間的な広がりをなしている。「此絵が、私の眼の前に静かに展開されてどくだみの花のなかにおかれる」。美術館の外に出されているこの裸体画は、どくだみの中に埋もれ、地の中に埋もれることになる（図２）。

「金蘭銀蘭」は『緑草心理』の中で最も美しい作品の一つであると同時に、冒頭の病室の空間が田野までをも囲むほどに広がっている構造を見事に捉えたものである。「金蘭銀蘭」の中では、対になった植物を通して、一種の素朴な二拍子のリズムが成し遂げられているのである。「これは金蘭といふ野生の植物です。／これは銀蘭といふ野生の植物です」。冒頭から始まるこの二拍子には、同一の構造の文の反復と共に、金蘭と銀蘭の間の対称性が見出される。さらに、金と銀という貴重な金属と「野生」の間のコントラストは、「なよなよと一面の風になびいてゐる雑草の葉の間に」浮き上がる花の思いがけない出現までに及んでいる。

「これは……です」という最も単純な文法には、さす対象に対する実感と命名からくる喜びが綴られている。武蔵野の中に「ぽつちりと黄いろいのは金蘭の花です」、「ぽつちりと、白いのは銀蘭の花です」。眠りを覚まして目をはっきりと開いたさまを表す「ぽつちり」という擬態語は、既に「血液試験の朝」の「私」の状態を表現するために使われていた。素朴な二拍子は、昼と夜が交替する自然の時間の循環にまで響き渡っているのである。「金蘭はしたたる日の雫か。／銀蘭はつめたい月の雫か」。このような光景を描きながら、「私」は毎日夜を明かしている。光景の描写の後に記述されるこの目覚めは、描かれた武蔵野を夢の世界に運びながら、毎朝反復される動作の記憶を呼び起こしている。

起きたばかりの「私」は、青い草の中で、寝る動作を繰り返しているが、その二度目の睡眠こそは、目覚めと新しい夢の心理を捉えているのである。そこに、入院の時間の閉ざされた感覚と退院の開放感が重なると言えるが、病床が草の臥所まで拡張している空間構造をも見出せるのである。「ああ私はまだ病人だ。といふ意識の楽しさ、／病人なるが故に怠惰であり得るといふうす甘い寂しさ！」(120)。

酔いどれが草の中で寝ている体験にまでは行かないにしても、このような場面の描写に、明確に体全身と地面との

図2　ラファエル・コラン《花月（フロレアル）1886年》
（三浦篤監修『ラファエル・コラン展図録』西日本新聞社、1999年）

「1885（明治18）年、藤雅三がリュクサンブール美術館のこの作品を見てコラン入門を決意し、その際の通訳をつとめた黒田清輝もやがてコランに師事するに至り、帰国後は東京美術学校教授として日本のアカデミズムの方向を決定づけることになる（略）この逸話とともに、《花月（フロレアル）》は日本近代洋画に影響を与えた重要作品として記憶されてきた。（略）日本近代洋画の方向を決定づけた女神として《花月（フロレアル）》は伝説化された。（略）しかし、どちらの結論に達するとしても、これまで事実として語られてきたことがゆらいでしまう。（略）《花月（フロレアル）》をめぐる伝説の例に端的に表れているように、今まで、我々は日本近代美術史を語る際に、あまりにもコランのことを知らなさすぎた。（略）［1916年のコラン死去に伴う遺作展に］《花月（フロレアル）》の写真や『ダフニスクロエの挿絵の写真』が含まれていたらしい。（略）なお、《花月（フロレアル）》の写真など数点が警察から陳列禁止を申し渡されたことが報じられている」（山本香瑞子「日本におけるコラン受容についてのメモ――展覧会を中心に――」三浦篤監修『ラファエル・コラン展図録』西日本新聞社、1999年）。

「鳥渡みると此裸体は死んでゐるやうであるが、全体の線のまろい軟かさは、深い真昼の眠りを暗示してゐる。これはコランの作である」（「どくだみの花」『緑草心理』83頁。『夕暮全集』第3巻、40頁）。

コランの他に、『緑草心理』にはドガの踊り子なども言及されている。このような西洋の美術との関わりの中で『緑草心理』を考えた場合、西洋の美術と土着的で故郷的な世界の間の緊張関係と拮抗の問題が浮上してくるだろう。

接触から目覚める人間の中の植物を見て取れる。そして、酒酔いや病気の表象を通さない、いわば「正常」な世界の中にも、このような体験が持ち込まれているのである。その場合には、このような体験を持ち込む「雑草」の役目は一層鮮やかである。大震災の「憂ひ」に充たされた「林間」という作品では、「私」は野外で一日を過ごしている。自然の間を歩きながら、「私」は家族全員でのテント旅行を空想している。そのような作品の中心に、やはり「私」が草の中に寝てしまう場面が置かれている。

> 私は簡素な中間《ママ》食を済すとよい心持になつてつひうとうと眠る。頭の上で木の葉が涼しさうにささやいてゐるなと思ひながら、……
>
> 二三十分眠つて私は自然に眼覚める。手に何か軟かい草の葉がふれるので、折りとつてみると蕨である。私は帰りにはこの蕨とぜんまいと羊歯を掘つて持ち帰らうと思ふ。
>
> 私は寝ながらいろいろな空想をする。去年の地震の時、庭に野宿した涼しさを思ひ出す。と、今年の夏は武蔵野の林間を、家族連れでテント旅行をすることを空想する。
>
> （略）
>
> 日暮近く私は両手にかかへきれぬ程林間で掘りとつたいろいろの雑草を抱へて停車場道をいそぐ。私の服の上着もズボンも草の匂ひがぷんぷんしてゐる[121]。

畑中の道から「一株掘つて新聞紙につつん」[122]だたんぽぽのことや、先の引用にあった蕨、ぜんまい、羊歯から構成されるこの「雑草」の束は、都会文明の表象である停車場に対立させられている。その「雑草」の束は、野外の一日の体験を凝縮させながら、掘り出されたばかりでまだ土が付いている野外の空間そのものの一部である。それが、後に詳しく見るように、家の庭に植え替えられることで、「雑草園の造り方」に即した役割を担うようになる。ここで重要なのは、「文明」の世界に入ってからも、「雑草」と一緒に、全身に草の匂いをしみ込ませている「私」の理想の姿である。

草の上に横たわることは、酔いと病が交錯して、足の裏のみならず全身を地面に付けることで、より高く伸びようとする逆転の構造を含んだ身振りである。それは直立する人間を自然界から突出させる姿勢への否定でもあるからこそ、植物への同化を通して、人間の輪郭の溶解の描写に繋がるのである。「ある男の幻想」がさらに純化された形で見られるのは「錯覚」という作品である。体の中に髪一本一本を通して流れ込む電気の効果で恍惚とさせられた「私」の錯覚である。

……私のからだからは草の芽が、青くふき出してゐるな。なづなの鮮緑の冷たいのが背なかに生えてゐるなと思ふ。手にも足にも、くびのあたりにも。……それから私の頭にはずんずんとのびる青い草が、風になびいてゐるなと考へる。さうすると、私は私のからだが、しつとりとぬれた地面なのだなと考へる。さうか、昨宵雨がふつたのか、それで、少し冷たいのだなとほんとに思ふ(123)。

人間と草の相互抱擁の想像的体験の最も強烈な例が、この引用に見られる。あくまでも「錯覚」として位置づけられたこの恍惚の体験では、「私」は草との同化を超えて、草が生える地面の中に自分の存在感を見出している。腐朽した相互浸透性の高い物質の中に変身する人間の身体こそが、草を生やすことで四方に伸びる体験を持ちうる。ここでは、狂人の見た卵の中の世界や、酔っ払いの身体が体験した世界が、「私のからだ」を通してより直接的に描かれている。草に覆われていく想像的体験を表現することは、夕暮においては、感覚表現に関する本格的な実験でもある。感覚のレベルにおいて、人間から草、草から人間への双方向の通路が開かれているのである。「草の感覚」という『緑草心理』所収の作品において、「草の感覚」という表現が持つ双方向的な側面が凝縮されている。夕暮は草の感覚を細かく分析し、草の目、耳、触覚、味覚を指摘している。一方、草の感覚についての分析の末尾では、「私達」が持つべき「植物に対する感覚、自然に対する感覚」(124)の方へ焦点がずれるのである。つまり、草が持つ感覚が人間から草に対する感覚の中に入れ子状に組み込まれることになる。人間が感覚を「開放」すること、拡大することによって、緑草の鋭敏さ、そして草を食べる動物の鋭敏さを獲得できる。

「光」を媒介に見出される草が持つ視覚の他に、「人間以上」の味覚が指摘される。しかし、草の味覚は即座に、草に向けられた人間の「食慾」に転じてしまう。この草の感覚を媒介にした、感覚の欲望への純化は体から草が勢いよく生え出す方向にある。その前に、草の感覚を物理的に取り入れなければならない。草の味覚は人間の体内に広がることによって、場合によって、発狂、陶酔、恍惚などの、どのような領域にも入ることができる。

草に対する「旺盛なる食慾」(125)に促され、体内に草を取り入れることの中で、一種の麻薬体験への興味を認めることができる。「若菜でうまさうなのは冬青、栃、朴、はてんぼく、其他白樺、楢、しで、あらゆる落葉樹のわか葉、あらゆる雑草の若菜」(126)。「病床思索」で見た非常な咽喉の渇きと対になっているこの食慾。そして、それは水や草という具体的なものへの渇望であるかのように見えながらも、「私」の体験領域と欲望との果てしない拡大に向けられている。「此ほうけた心持を私は一度経験してみたく思つてゐるが、命をかけてのことだからまだその莨宕草の味を知らぬ」(127)。

狂気と陶酔と恍惚が、人工的都市環境の外に置かれていることは、今まで見た作品から明らかである。狂気と陶酔の文脈に、他でもなく「山の人」、あるいは農夫が現れてくるのはそのためである。そのような無垢で純粋な存在に対する欲望として「植物同化」が想像されているとも言える。植物界の中の放浪に、原始的なものや童心も色濃く現れている中、自己の輪郭を溢れ出るような体験が求められている。植物への変身は、単なる人間が植物に変わることではなく、植物の成長の動きを真似た自己の散乱の空想でもある。

『緑草心理』所収の「植物同化」の中で、夕暮の語り手は、草になったらどの植物がいいかを考えている。色々と迷った末、彼はすかんぽになることを決める。すかんぽへの同化の描写では、武蔵野という近代都市を囲む空間に対する姿勢が現れている。武蔵野という野生の空間の意義については次章でより詳しく論ずることにするが、ここで夕暮の「緑草心理」の背景、あるいは土台としての武蔵野の機能を指摘しておかなければならない。

武蔵野の土はしつとりと黒くて味が私などには少し甘すぎる位だ。赭い粗い山土の味は、私の茎を硬くしてあまりに酸つぱくするおそれはあるが、此武蔵野の土は滋味があり余るほどだ。それに曠野の太陽は朝から晩まで裸である。私は太陽と直接に接触出来るから、どうしても成長を急がずばなるまい。(略)空まで茎をのばさうと思ふのは私の最初の空想である。(略)最初の空想のかはりに、現実の私を充実するために、そして、私の性的眼ざめのために、私は茎のさきに花をつけねばならなくなる。(略)私は此頃はもう植物の性的眼ざめによつて、日光の交歓によつて醸された酸味を、たつぷりと貯へて、野の道を行く旅人の汗ばんだ手に折りとられて、私の収斂性の酸味を、しみじみと味つて貰ふことが出来るであらうと思つてゐる(128)。

この作品は、複数の内面的構造の反復を巧みに取り入れていることで、「緑草心理」の完璧な描き方に近付いていると言える。まず、人間である「私」は自分自身をすかんぽという「雑草」の中に溶け込ませることを空想している。しかし、すかんぽと同一化してしまおうとする心理は、擬人化されたすかんぽの中にも心理を見出し、すかんぽにも自分と同類と言えるかもしれない「空想」を描かせる。人間のすかんぽへの欲望は、すかんぽの太陽への欲望に対応している。つまり、人間の植物同化を太陽への欲望の入れ子として、つまり物理的空間的に不可能な欲望の表象としても考えられるのである。

すかんぽの二番目の空想は、性的な表象を通しての、日光との光合成の中での合体である。その性的眼ざめの中で達成される太陽との交歓の延長線上に、人間の汗ばんだ手との接触がある。ここで、「ある男の幻想」の中の卵の中の光景と同じような、複雑な入れ子状の空間配置の中で「雑草」を空想している人間は、その空想の中で「雑草」側の空想へ深く入り、自分自身を「雑草」の視点から旅人として再発見していると言える。「雑草」が食べられることで終わるこの作品は、完璧な生態系の循環を描き出していると言える。「雑草」を食べる人間は自分の感覚を拡大しているが、食べられる「雑草」はその成長をさらに拡大することになる。このすかんぽの空想を描いた作品に、一首の興味深い歌が付されている。「鉢植のすかんぽの穂はほほけたり晴天の日を退院するも」[129]。武蔵野の広い空間は鉢の中に詰められ、病室の中へ運ばれるが、その小さな「雑草園」は大自然への脱出を夢見させている。

同じすかんぽ[130]が「雑草」という作品を締めくくっている。この作品で、木のうちでも「雑木」を、草のうちでも「雑草」を愛していると語り手が言うところから、あらゆる植物に対する感覚が、「雑草」に収斂していると結論づけることができる。『緑草心理』の要でもあるこの「雑草」では、自然との有機的な融合の裏にある、「雑木愛雑草愛」を支えるもう一つの要因に気付かされる。それは、白秋が日本人であることを思い出す心理に極めて近い要因である。「雑草」こそは土着的で、神武天皇に遡る、日本在来の風景に属しているものとして把握されているのである。

日本在来の野生植物のうちには、何ともいへず微妙に心に触れてくるものがある。いかにも土から生えたといふ感じのするのは雑草である。彼の西洋種の色彩の強烈な、動物に近いものよりは、矢張り在来の日本のものが、野趣といふ點から言つても直ちに私達の心に触れてくる。

私は神武天皇の御歌の

葦原のしけこき小舎に菅畳いやさやしきてわが二人寝し

を思ひ出す毎に、吾等の祖先の草木土壌に親しんだ生活を懐しまずにはをられぬ。そして私は雑草を愛するものである[131]。

原始的日本への回帰が、この中心的な作品に表れていることは明らかだろう。他の『緑草心理』の作品に登場している狂人、酔っ払い、病人、児童、農夫、そしてすべての植物界の心理を端的に表す「雑草」の中に、具体的であれ抽象的であれ、「故郷」の問題を考えるための重要な根拠としての、この日本回帰が設定されている。従って、日本の伝統に根強く繋がっている「竹」という植物との同化が描かれた作品が、極めて重要である。「私は竹である」の中では、非常な迫力を持つ形で、故郷の家の記憶が、その心理を空間的に見せているのである。

「植物同化」のすかんぽの視点は、ここで「竹」に占められている。地下に生い広がる竹の芽は、めざしていたある家の土間へ「こつそりと這入り込んで」(132)しまう。暫く前から誰も住んでいない、荒れ果てた家への侵入は植物同化の目的の一つでもある。この廃屋は他でもなく、故郷と幼年期を封じ込める生家であるからだ。回帰不可能な様相を垣間見せるのは「雑草」の生い茂った家に忍び込む、植物の視点を通して初めて可能になる。この家の主人は「竹」の視点から捉えられているのである。その意図的な内面からの離脱という状態こそが絶対に取り戻せない「故郷」の空間の把握の条件となる。

何時だつたか、此家の主人が鳥渡帰つてきて、えらく荒れたな、どうだらうこの屋根の草は、まるで、屋根だか、岡だかわからないな。草ばかりぢやない、木まで生えてゐるぢやないか。だがどうだらう鳶尾《いつはつ》の花は今まつさかりだな。一二年みないうちに屋の棟は鳶尾ばかりになつて仕舞つた。それにしてもこんな古岡のやうな屋根の下で私は生れたのだな、さうさう、子供の時に私はよく屋根が上からのしかかつてくる夢をみて、毎晩のやうにおびえたことを憶えてゐる。冬の夜なぞは、裏の竹藪の黒い笹の葉が、いつぱいに屋根の上に垂れさがつてゐるのを子供の鋭い感覚で直感したものだつた。（略）さうして皆生まれた家の屋根の下を怖れて逃げ出して仕舞つた。癌腫で死んだ母が、いよいよ息を引きとる時、手を高くあげて屋根の上にあげてくれと叫んだのを、今でもはつきりと記憶してゐるが、私達は実際その時戦慄した。屋根が今はの母の生命の上にのしかかつて来たといふことを誰れも強く感じたのだから堪らない(133)。

人工物としての家の一部で、室内と野外を分けるはずの屋根が、自然それ自体のように見えるこの空間的な意味は、ここで幼年期の空間的記憶が、それを抑圧していた意識の蓋としての屋根を破壊して迫り出していることの比喩として働いているのである。母親の墓の空間化と共に、この屋根の下には白秋が描いた嬰児の幽閉を想起させる圧迫感が見事に描き出されている。さらに、「竹」によって把握されている、この里帰りの主人の中の子供の記憶の中で、逆に竹藪の笹の葉が屋根越しに捉えられている。このような竹と人間の相互抱擁は、記憶の中における時間の隙間と隔たりを埋めていく。

この苦しい記憶のさらに奥に、屋根の上に巣を作った鳩の思い出や、花火で屋根に穴が開いた時のことの思い出も掘り起こされていく。屋根の穴を塞ぐために使った麦稈が思わず芽吹いた時の思い出。この最後の思い出は、比喩的にも密閉された幼年期の空間に穴を開け、そこで「腐るに任せた」屋根が、封印された命の居場所としての穂から芽を吹かせることを媒介にし、人間と、植物である竹との間で共有された視点の対象になる。

それに、藪の竹根が、ずんずん這ひ込んで来て、今に土間に筍が出るやうになるだらう。その筍が何本何十本となく土間から座敷から、納戸からいたるところに生えて、それが日を慕つて空の方へ空の方へと延びようとする、やがて屋根を貫いて出る事だらう(134)。

竹藪は家を外から圧迫するだけではなく、失われた幼年期と同時に、中からそれを解体することになる。主人の独り言を聞いた竹は、主人の空想を実現することを決める。表面に広がるまで暫く時間がかかり、まず竹の好む灰の多い竈の下で冬眠することになる。実家の象徴的中心であるこの場所で、竹は「私達」の子供、筍を準備することになる。この「私達」という名称に表れる、子供を通して未来に向けられている共同体意識。あるいは性的結合さえ思わせる一体化への欲望は、失われた幼年期の孤独と対立しているかのようにも読める。

「私はこの廃屋を青い竹林になすべく、今でも昼となく、夜となく、私の本能のまにまに、のびろ、殖えろと叫んでゐる」(135)。この最後の台詞は竹が発しているが、その上に主人の声も重なっていないとは言えない。そして、体内から草が芽吹く他の作品で見た「私」の錯覚も、この廃屋になった「故郷」の家と構造的な類似性を見せているところに、内面の緑色に塗りつぶされる様、内面の溶解を再確認することができる(136)。家が岡と化した屋根に埋葬される。そこから、上と外、大自然へと広がる感覚が生まれるわけである。

幼年期の郷愁は、しかし、屋根の草と共に屋上に滲み出、家が溶解された大自然全体に行渡るのである。それで、例えば『緑草心理』所収の「百日紅」という作品の中で、若い少年の夢は草の中に見出されているのみならず、「あかあかと地を埋めて、彼岸前のあかるい空のひかりのなかで、かぎりなく散る」(137)ように、それが散乱した状態で遠心的に広がっていく。こうした内面が散乱するような感覚は「雑草」の生い茂る空間性と重なり、廃墟や荒地を覆い隠しているのである。

鉄道草

郊外から大根をつけて来た牛が、焼跡の町へ、ほたりほたりと糞をした。その糞が乾燥してあたり一面に吹散された。来年の夏は町の大通りでも路地裏でもすくすくと青く鉄道草がむらがり生えることだらう。さうしたらさぞ涼しいことだらうな。
青い鉄道草の生えた町！

軒毎に赤い提灯を吊して、白兎でも飼放しにすることだ(138)。

草食動物を媒介に結ばれる郊外の自然と文明の焼跡。そして、そのもたらされた肥沃を通して、日本の祭りのような町の風景と共に、町の中に自然が流れ込むことの空想。「だろう、だろう」と繰り返される未来形は、幼年期の思い出から視線を百八十度そらすようにも見える。そのためにも、白秋の場合と同じように、自分の内側の子供から、自分の外の子供へと視線が向かわれ、交流がなされていくのである。

このようなユートピア的風景を、少しずつ日常の中に持ち込むことができるのは「雑草」である。「林間」で見た山野から雑草を新聞に包んで持ち帰る「私」は、大自然と日常の間の往復運動に捕らわれていると言える。その運動の原動力の一つになっているのは、自分の子供である。長男は既に当時の教育制度の中で、一坪の土地を与えられ「田園の香気を」嗅がせられている(139)。そのことの意味は、幼稚園と小学校における「雑草園」の議論と照らし合わせると、一層明確に理解できる。そこで、白秋の場合にあったような、生活の場の文学化と文学の中への日常の浸透と極めて近い現象を、夕暮の『緑草心理』の中に見出すことができる。『緑草心理』が日記の数節で終わっていることの象徴的な意味はそこにあり、その日記としての記録の性質は作品全体に漲っていると言えるのである。

『緑草心理』所収の日記の記述には「空想実現」である大正七年の引越し先の家の描写がある(140)。「野つづき」のような大久保の庭は、後の夕暮の日記では正確に「雑草園」と呼ばれるようになるが、「雑草」が移植される地面を提供している。それは空想の実現であると同時に、物質的な「雑草園」の実現になるからである。そこは、白秋と隆太郎の関係を思わせるような、親子の親しい関係が繰り広げられる舞台となる。「都会の百姓に還元」(141)した親子は、芦だの、芒だの、露草だのを家の庭に移植しているのである。つまり、大自然そのものを移植しているのである。

このような「楽園」(142)に近づく生活空間は、いうまでもなく、白秋の地震後に揺れる書斎と同じように、執筆されている文学と有機的に結ばれているのである。それは作品中の語り手「私」と作家との融合を思わせながらも、一つの分散された「私」であり、植物の観点から捉え直されている「私」である。「雑草」の中で見出された「私」の感覚は、文学の執筆と応答する形で「私の部屋」の中によく出ているのである。

私はさらに木立を透して、私の部屋をみた。
私の部屋の前には、青桐が窓いつぱいに葉をひろげてゐる。そばに赤い新芽をとびとびに抽《ママ》き出してゐるのは百日紅である。風が来て二本の木を揺ぶつてゐる。
私は、思わず声を出して呼びかけたくなつた。
何となれば、私は、机に凭つて物を書いてゐる「私」をはつきりとみたから……[143]。

『緑草心理』のような「物を書いてゐる『私』」が植物の間で、「緑草心理」を実現している「私」によって発見されていることに、人間から植物へ、植物から人間へと屈折する視線を捉えることができる。そのような複雑な関係を捉えた白秋が、『緑草心理』における夕暮の身の回りを「雑草園」と評価しているのである。「巻末に添へて――小田原にて――」を見れば、このような脱主体的な内面の越境の中で、『緑草心理』を捉えるための手掛りがある。

『緑草心理』の全体を振り返っているこの「巻末に添へて――小田原にて――」が、目覚めの瞬間から始まっていることは非常に象徴的であり、白秋の『雀の生活』の中の目覚めの心理と共鳴している。起きて庭に出て薊の叢を跨ぐと、水仙の花を見付ける。「青い青いその葉の感触に、私は新しい「私」を感じる」[144]。目を閉じた時の触覚と目を開いた時の触覚を実験しながら、糖尿病になった夕暮は、自分に対しても失明の危機が迫ってはいないかと考える。このような不安に突き動かされているからこそ、視覚的食慾とでも言える、見ることに対する過剰な欲望を植物に向けているのであろう。

小田原の白秋の山荘を思わせる鉄道草の中の井戸、「ひそかに済」まされた朝の排泄。夕暮は一人ではなく、「七八日のうすい光りが、友の肩にながれてゐる」(145)。その友は小田原の白秋であり、また太陽や蜜柑に話しかけようとする、完全に開かれた心が求める相手でもある。「雑草」に「私」を見出す自己の散乱は、ここで、友との関係の中にも、自己増殖的な複製を創る原理を発揮している。この日記の一節は「朝―」と「夜―」という言葉で綺麗に二つに分かれているが、朝の部の自然の中の放浪は、芸術的創作の過程を表した夜の部に応答している。

白秋は、後に読者が手に取ることになる、この同じ『緑草心理』の挿絵になる「夕暮百態」を描いている。「一枚、二枚、三枚、十枚、二十枚、五十枚、七十枚」という「雑草」の生い茂る等比数列的な拡張のように、夕暮の複数の新しい「私」は、友のペンの下から次々と現れる。「みよ。私の前には、数知れぬ私の顔の印象がある。閃きがある」(146)。

ほー、そこにも私がゐる、横向きの、正面の、仰いてゐるもの、うつむいているもの、凝視したもの、鼻を尖らしたもの、怒れるもの、ぼやけたもの、悲しめるもの、冷たい感じのもの、亢奮して火を燃やしたる瞳、淡々として雲をみる眸、弦上に矢を放てる斜視、鳥の眼、魚の眼、草の葉よりもかすかに搖らぐ心、暴風、旋風、颶風の心、湛として甕にたたへたる水、奔流、奔流、太陽を押し流す激湍、ほつとして月をうかべる深潭。眠りのなつかしい誘ひ、労れのいたはり、命のひびき、豁然として開眼したる盲の驚き、(略)そのすべてが、描かれたる私である(147)。

この流動的な「私」は、そのまま『緑草心理』の文章の間に入り込み、字義通りにイラストとして、そのテクストに挿入されることによって、「緑草心理」による内面の散乱した状態を絶えず意識させている。「私を描いてくれる人」に対して夕暮が希望している、空へ伸びる草に貫かれた自分の肖像の話は、白秋への注文としても読めるが、他者との関わりの中で分散していく内面の捉え方をも見せているのである。夕暮の訴えの強さは、夕暮を論じる際に問われる「思ひ切つ」た「豊かな想像」力(148)まで繋がっているとさえ言える。

「雑草」を切り口に、他者へ向かう想像力は、表現者同士の間の共同体をも形成している。与謝野晶子のエッセイに登場する、「雑草」に対して興味を示した白秋が、「雑草」を中心に想像できる詩的表現の共同体の中に、取り上げられていると考えることができる。白秋と夕暮の間に分かち合われた「雑草」への関心、そして本章の最後に扱う相馬御風と日本画家郷倉千靭が共有する「雑草」に対する美意識も、同じ共同体の見え隠れする姿を感じさせるのである。

夕暮の「緑草心理」は、繰り返せば、「雑草」と書物との相互浸透的な意識にもある。「野に林間に雑草が盛に生ひ繁げる頃、私のこの文章も盛にまた生まれた観がある」(149)。白秋は既に夕暮の書き方を広く全体的な意味において「雑草」に因んで評価しているが、『緑草心理』における、新しいジャンルへの模索を充分に見てとれる。各々の作品において詩と散文、もしくは詩と日常を混淆させた「雑に」草された性格も明らかに見えるが、しかし、日記なども溶け込む雑多な作品集も、ここで強く意識されているのであろう。白秋の震災後の揺れる書斎や、夕暮が描いた葉隠れの夕暮の部屋も、この文学の創造や生成の空間を描いているのだが、『緑草心理』の中では、本そのものが物質的に意識されていると言える。

山独活の花

表紙の赤い本が一冊。

ひらいてみると一ぱいに山独活の花が描いてある。くろぐろと大きく、思ひきり茎などは太く。

私は、はつとして本をとぢた。

外には、日があかくながれてゐる……(150)。

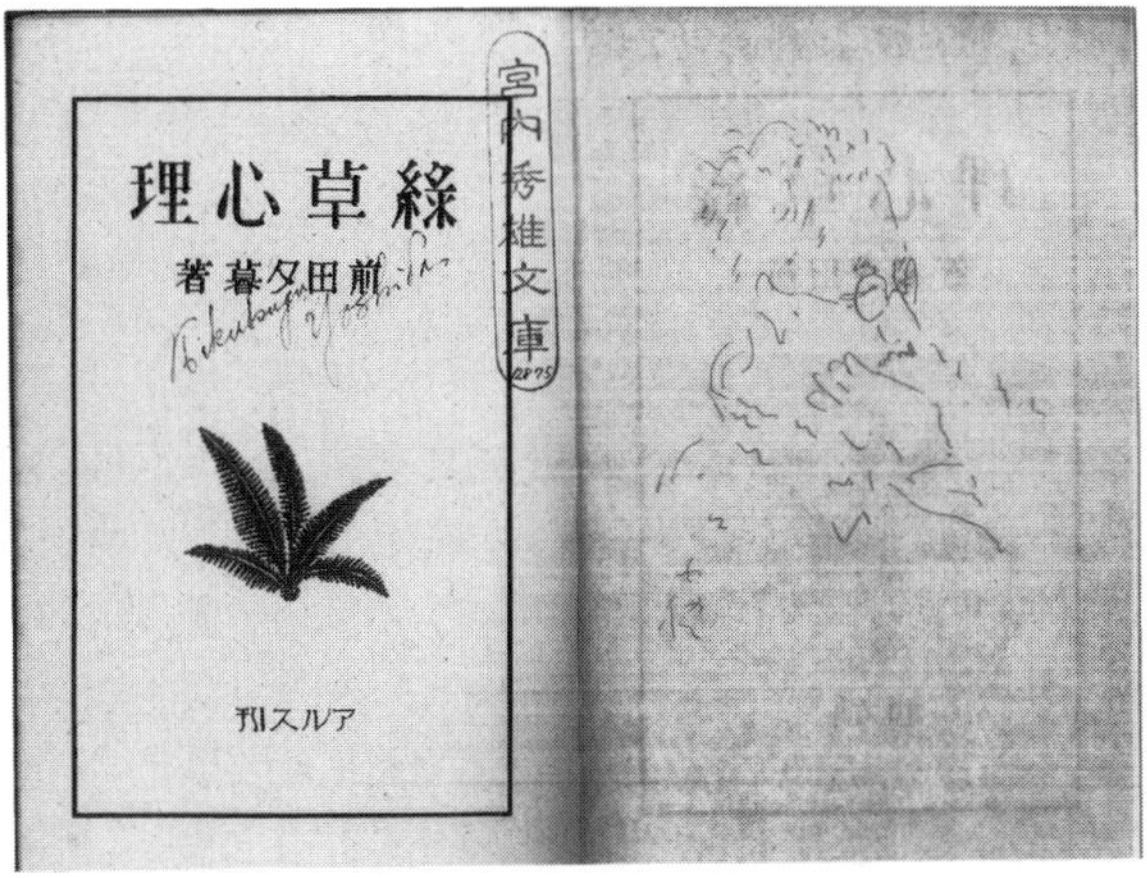

図３　『緑草心理』扉、右は白秋による夕暮の肖像（アルス、1925年）

「『緑草心理』を読む人は、まづその装幀の健かさに驚くだらう。包紙を取り去つてしまつて、本そのものを手にした時の感触を喜ぶだらう。扉の中央にある歯孕の葉の形と色とに眼をみはるだらう」（「『緑草心理』礼讃」『日光』２巻４号、大正14年４月、68〜73頁）。

この数行の作品では、野生の植物がどれほど目まぐるしく書物の内と外を往き来しているかが、眩暈を起こした語り手の眼を通して語られている。『緑草心理』の挿絵のみならず、恩地孝四郎の装丁までをも、本全体に「雑草」を浸透させるために組織している。服部嘉香が言ったように、『緑草心理』との接触は表紙から始まり、扉の鮮やかな緑色の羊歯に彩られている(151)。「『緑草心理』を読む人は、まづその装幀の健かさに驚くだらう。包紙を取り去つてしまつて、本そのものを手にした時の感触を喜ぶだらう。扉の中央にある歯孕の葉の形と色とに眼をみはるだらう」（図３）(152)。『日光』誌の「日光室」欄に夕暮が、『緑草心理』の校正と出版活動を描いている記述に、他でもなく、「雑草園日記」というタイトルが付されていることも、「雑草」の生い茂った「雑草園」が、日常の空間、雑誌の文学的空間、作品の詩的空間として、お互いに重層的な入れ子の構造になっていることを、暗にさしているのである。

このような「雑草」への関心を経由して、透けて見えてくる感性の共同体は、冒頭の柳田國男の言葉にあった、一つの移り行く歴史的な時期を共有する可能性を秘めながら、固有の「故郷」の記憶を「自然」に還元させ、国家の見えざる輪郭にそった「故郷」と幼児回帰を、内包することになる。

夕暮に限って言えば、日本の存在が強く意識させられた大東亜戦争の観点からの回顧的な記述の中で、「雑草」の起源が日露戦争の勃発した翌年、明治三八年に見出されることを指摘しなければならない。さらに、日露戦争という国家的な次元は、夕暮の追憶の中で文学的創造と相まって現れているのである。

そのような歴史と文学史の交差の中で、『明星』的星菫派浪漫主義を克服しようとする願望は、日露戦争で日本が勝ち取ったプレステージと絡み合っているのである。『明星』に対抗した『叙景詩』の跡を継いだ『車前草』に、夕暮は回顧的に自分の文学的出発の土台を見ているのである。若山牧水と一緒に、雑木林の中で独歩を読んだという夕暮が語る経験の記憶(153)には、既に作品の中と外の境目がぶれている感覚を読み取れる。それより重要なのは、尾上紫舟と「車前草」の名前をめぐる思い出である。

もつとも、先生と植物園の森蔭の道を散歩しつつ、先生からはじめて車前草社という名稱にしようといふ話をきいたこと、其日の路傍に緑り新しく若葉したおほばこの生えてゐたことを憶えてゐる。路傍といふよりはいたるところに生えてゐたので、そのおほばこを踏みつつ歩いたことであらう、といふことを、私は先生に話したのであつた。(略)車前草の起源は、斯くして、三十八年目にして明らかにされた。おほばこは野草である。車前一荷の草であるのに変わりはない。のみならず、後年私が山野の雑草のうちに、自分の生活を探究するやうになつた生活理念も、既にこの時に培養されてゐたといへぬこともなからうか(154)。

このような「雑草」の美学の萌芽が、他でもなく、第一章で扱った「植物園」の中に見出されていることは興味深い。ここで、非常に明確に文学的な理念と、物質的地面の間の相互浸透を再確認できる。浪漫主義と自然主義の対立についてはここでは詳説できないが、オオバコの比喩的な使用と物質的な実感の間の関係性には、内面の中の幻想に満足している文学表現の主体を、歴史的な現実と結び付けることへの意識を垣間見ることができる。夕暮が大東亜戦争の時に残している、限られた証言にどこまで頼ることができるかという問題を意識しつつも、非歴史的に見える歴史以前の世界や、生まれる以前の故郷のような、「雑草」の世界の原始的共同体の中にまで届いている「国民的感激」の「木霊」に、耳をかたむけるべきであろう。

……当時の歌人が果して生命がけて戦争を歌つたかどうかといふと、それは大東亜戦争に直面してゐる現代に比較すると、実にうそのようなもの静けさであつた。（略）当時の私達とて戦争に決して無関心でありやうわけはなかつた。唯国民的感激をどう歌つてよいか表現の方法を知らなかつたのである。もうひとつは日露戦争が速戦即決的にしかも驚くべき大戦果をあげて一年有半で終結をつげたために、私達は迥なる日向の国から、雑草青々たる阿夫利山麓の曠野《あら》から出て来たばかりであつた。何も彼も一切をあげて準備蓄積、栄養摂取時代であつた、と同時に新しき詩精神の探究、生活の探究時代であつたのである。いかにこれを生かすべきか、いかに生き抜くべきか、といふ悩みに私達は日に夜を次いで喘いでゐたのであつた(155)。

この引用の中から浮かび上がる、『緑草心理』の「山上の餐宴」の中にも現れる阿夫利山の近くの夕暮の実際の「故郷」のイメージは、「日向」という日本の神話的起源を思わせる表現によって、個人的な幼年期を越えた、国家的神話の次元における共同体の幼年期にまで拡張されている。そのためにここで使われている「私達」には、ここまで議論してきた共同体へ導く一筋が通っているように思われる。

確かに、日本古代において、『万葉集』の中には、自然への郷愁を見出す想像力を刺激させる何かがある。若山滋は「日本文学は、最初から、都市文明の進展に対する『反骨と郷愁』をモチーフとして出発したのだ」と述べている。さらに、「建築的問題」の観点から『万葉集』を読み解いている若山は、「やど」の表現の中に、「家のまわりの草花」、「草花の空間」、「小さな自然の『情緒の空間』」を見出しているのである(156)。そのような想像力は、実は一九二七年から「雑草」のイメージに取りつかれた国文学者高木市之助の『雑草万葉』という、代表的な研究の中に見出すことさえできる。万葉の「庭園」は「そのまま雑木林や丘陵などにつながったりして、まだ手の入らない自然のままの、いってみれば庭園ばなれのした庭園なのである」と高木は考えている(157)。「日本」という抽象的な「故郷」への回帰願望は、政治的な文脈に関係させることも可能である。けれども、『雀の生活』から『季節の窓』と『緑草心理』までに現れた、幼児回帰や自然回帰を通して、獲得しようとしている本物しさや無垢なものへの願望は、不可能なものを手に入れる、一種の幻想であることが作品から伝わっている。そして、作品の世界と作品を取り巻く物質的な世界がお互いを浸蝕しているところに、作品中に表れる、目覚めた後にもまた夢を見る作者に対する皮肉も見えるのではないだろうか。

4 発見され続ける「雑草」——相馬御風

「霊魂の目醒め! あゝ、私の痲睡《ママ》が極端に徹した時、私の両手の鉄錠の響が幽かに鳴つた」(158)という感嘆が含まれている白秋のエッセイの中に、雀を始め、目立たないものの美と「嬰児の心」を通しての開放感が語られている。この言葉が小田原の生活に向けられていることは、白秋における「雑草の季節」と考え合わせると一層明確になる。このような考察の中で、白秋は相馬御風の名をあげている。白秋は、相馬御風の文学的思想的関心が、トルストイから良寛へ移ったことに注目をし、御風が良寛に対して覚える驚異から考えて、御風は、自分とは違って、良寛とはまだ一体化しきっていないと述べている。しかし、良寛とどの程度一体化をしたかというより、御風の良寛への関心に、これまで白秋と夕暮の文脈の中で論じてきた、故郷回帰としての日本回帰への関心を解読することができる。

興味深いことに、相馬御風にとっても、このような文学的関心の移行、しかもそれは物理的な意味においても東京を離れることと繋がっていたのであるが、そこでは「雑草」の発見が中心的な位置を占めていくのである。それは、しかし、トルストイ思想との断絶を意味しているわけではなく、むしろその水脈は一九二四年出版の御風の『雑草苑』（高陽社）に流れ込んでいるのである。相馬御風の例を通して、白秋と夕暮の場合に見てきた、幼児回帰と自然回帰だけではない、実際の「故郷」回帰と、夕暮と極めて近い、病気の中に発見される生命を見出すことができる。ここでは、主に御風の『雑草苑』に焦点を当てたいが、御風にとっての「雑草」への関心は、『雑草苑』以降でも続いている。さらに、『雑草苑』においては、関東大震災の経験も反映されているために、白秋と夕暮の作品がどのような同時代的文脈の中にあるかをより明確にできる。

大正五年に執筆された御風の『還元録』では、「元」、つまり故郷へ「還る」ことへの願望が、非常に痛切に語られている。「故郷」回帰（場合によって、「故郷隠遁」とも呼ばれるが(159)）、は比喩的な意味だけではなく、具体的な意味において、病気の記録と見做されたことさえある。

病跡学の観点から読まれた『還元録』には、精神病的な「帰還」の症状が見出されている。それは「還元録が書かれた当時の御風は、父親と妻の不仲、妻のヒステリー、自らの卒倒発作などの家庭内の問題に加え、アナキスト大杉栄らとの煩わしい思想上の軋轢、島村抱月との芸術座をめぐる複雑な人間関係などがあり社会的にも強いストレスにさらされていた」(160)という、御風の個人的な事情を指摘できるからである。

山本昌一(161)は活発な文芸活動から身を引いてしまった御風に「近代日本文学の姿」を投影させながら、『還元録』に「借り物の衣裳を着たものが己れの姿に気づいて愕然としている正直な告白」を見出している。白秋や夕暮と同様に、御風の『雑草苑』や他のエッセイには多く個人的な情報が混じっているので、このような伝記的な事実をある程度意識すべきであろう。

御風の『雑草苑』は、『還元録』に描かれている帰還の文脈に位置しているのである。原因は複雑であるが、大きなトラウマの結果としての帰還、「故郷」回帰の上に成り立っている『雑草苑』のような世界は、「一人よがりの上に甘くなっていて読むに耐えぬ」として軽視されてきた(162)。「思想界の乞食」(163)としての「永い間の思想的放浪生活」の結果、内面的な統一だけではなく、「富める者も、貧しきものも、智ある者も、愚かなる者も、強きなる者も、弱きなる者も共に〱随喜すべき精神の統一」、つまり「民族」(164)の統一との関わりで、御風は「心の故郷」(165)を発見している。その統一の「根柢」になっているのは、「救ひがたき者であると一括されて居る田舎の農民」(166)である。白秋の「雑草の季節」に登場する農夫と共に、夕暮の『緑草心理』における農夫の姿を喚起できる。

さらに、「救ひがたき者」に救済を求める姿勢には、無用な「雑草」に生きる意味を捜し求める心理を見出すことも可能である。御風は「雑草」のイメージを通して、故郷回帰や共同体への帰属感を想像しようとしている。それは、人間と大自然との関係復元への模索でありながら、調和と精神的統一への模索でもある。そこでは自己の分裂と破砕の傷跡が覆い隠されていないのである。『還元録』と同じ年に書かれた『凡人浄土』の中に、早くも「雑草」が現れてくる。その現れ方は、非常に象徴的に、『雑草苑』に向かう御風の自己像を描いているのである。割れた鏡の複数の破片に顔を映す、御風の詩の主体は、白秋に多くの肖像を描いてもらった夕暮の自己拡散を思い出させてもいれば、雑草の庭に見入る晶子をさえ想起させている。

荒れ果てた庭の雑草の蔭から、
私は或時幾つかの鏡の破片を見出した。
そしてその錆びた泥まみれの破片を拾ひ集めて、
私はその一つ〱に私の顔を映して見た。

（略）(167)

『雑草苑』は文字通り、今まで白秋と夕暮の作品世界で見てきた「雑草」の原理を実現していると言える。そのタイトルは白秋が比喩的な意味で評価した夕暮の「雑草園」を呼び起こしていると同時に、白秋の『季節の窓』の中に見える関東大震災の影を投影させているのである。同時代において、雑多な文章の集まりを「雑草」と呼ぶ一種の流行の中でも、御風の作品は、その雑草に対する具体的な関心において、ひときわ注目に値する。『雑草苑』には季節をめぐる詩的考察から、個人的な記録、良寛に対する評価、大震災の体験の処理まで、自然の親しみ、子供、人間の強さと弱さが共通の筋として貫かれている。その中でも「路傍の草」や「雑草の美」という章の挿入によって、著作そのものは日常における雑多な物事の他に、「雑草」という生の対象も扱うことになる。

『雑草苑』の中でさらに大事なのは、「雑草」という軸にそって、この作品が大震災前に御風が訳したトルストイの『ハヂ・ムラート』と繋がっていることである。それは、「雑草」と震災体験の処理との、不可分な関係を見る機会が与えられていることを意味する。大正六（一九一七）年の『ハヂ・ムラート』訳への緒言の中で、相馬御風は、トルストイの文学的技法に重きを置いているにも拘わらず、この翻訳の、当時の歴史的な必然性にふれていると考えられる。

> 此の作品がトルストイの戦争観の具体的表現であることや、又は此作品が彼の所謂文明人の墜落を半開な土民の生活心理との対照によつて如何に明快に曝露して居るかと云ふことなどは今更取り立てゝ云はないとしても、かくも芸術的な形式に於てかくも純美なる人間的精神の表現を味はひ得ることは、私達にとりては此の世ならぬ貴い歓びである(168)。

「日本海岸の茅屋」の中でこの言葉を書いている御風は、こうした文明の墜落に対する嫌悪を露にしていると言えるが、戦争という当時極めて現実的で、なおかつ大規模な問題を、文明と土民の衝突の中で考えていたとも考えられる。なぜならば、そのような文明と自然の衝突の意識は、大震災体験との関わりの中で一層明確に浮上していたからである。

『ハヂ・ムラート』の材料となる、ロシア皇帝の命令の下に行なわれた森林伐採によるカフカス侵略作戦は、確かに象徴的な意味合いを帯びていることを認めなければなるまい。さらに、チェチェン側もロシア側も英雄的な勇気を見せながら、無残にも死ぬ兵士の描き方や、国籍を問わず一人ひとりの人間の間に芽生える深い愛情の表象に、戦争の惨さを越境する「人間的精神」を、どのような読者でも容易に見出せる作品構造になっている。

ロシア軍に屈服したハヂ・ムラートをめぐっては、強い友情の意識と共に、子供のような笑顔を見せている場面が繰り返し描かれ、その子供の表情の中に、彼の純粋な精神を捜し求めることができる。ハヂ・ムラートの切られた頭に一人ひとり接吻しようとしているロシア軍は、この死の物語の美しさを見せているが、ロシア側のぎこちない管理の中で、ハヂ・ムラートの倫理が、対等に扱われなかったことにこそ本当の悲劇が宿っている。

ハヂ・ムラートの無残な顛末は、台無しにされた美の象徴であると同時に、五人対一部隊という、敗北を決定づけられた状況の中における必死な戦いの美の象徴でもある。トルストイは物語のこの側面を物語内容よりも重視していた。それは、この物語を枠物語とし、その外へ引き出す換喩として、「雑草」である野薊に強く焦点を当てたことから見て取れる。

私は野を通つて帰路についた。真夏のことで、乾草の取入れが済み、今しも麦刈りの始まつたところであつた。毎年この季節にさま〴〵な野の花の楽しい変化が見られる――(略)かうしたさま〴〵の花を集めて私一つの大きな花束を造つて帰り途を辿つて居たのであるが、ふとある溝の中に今を盛りに咲いてゐる、深紅の美しい薊の花を認めた。それは此のあたりの人が「韃靼人」と呼んで、草を刈るときにも気をつけて避け、ひよつとしてそれを刈り取るやうなことがあつても、手を刺されるのが怖さに、あわてゝ草原の中へ投げ捨てるやうにしてゐる花である。此の薊の花を摘んで、それを私の花束の真中に置かうと思ひながら、私は溝の中へよぢ下つた。(略)とう〳〵それを摘み取るには摘み取つたが、その時はもう茎がさん〴〵にいたんで、花はもうみづ〳〵しくもなければ美しくもなかつた。私はそのあるべき場所にあつては美しく見えた花を空しく傷けそこねたことを気の毒に思つて、それを投げ棄てゝしまつた。

『それにしても何と云ふ力と執着とであらう！　何たる決心を以て自らを防禦したことぞ、そして如何に高価に其の生命を売ったことぞ！』

（略）

私がかの土を鋤き返された畑の真中に折られたまゝ残つてゐた薊を見て思ひ起した死の物語と云ふのはこれである(169)。

トルストイは薊を通して、人間と、人間側から最も征服しやすい植物界の対立のイメージを、巧みに人間同士の戦争という殺し合いの比喩として、文明批判のために用いている。しかし、前田夕暮や柳田國男を思い出させるような、植物の土着の名称への忠実性において、トルストイは「雑草」が生える土地との密着した関係で、「韃靼人」を見出しているのである。そのような緊密な相互内包関係には、焼野跡や荒地（トルストイの作品では人間によって鋤き返された黒土）の中に立つ、「雑草」のイメージの核心を認めることができる。

原文でロシア語を読めなかった魯迅は、おそらく相馬御風の訳で『ハヂ・ムラート』に接し、『野草』の最後の作品「目覚め／まどろみ」に野薊の話を挿入しているのである。魯迅の場合では「野草」の精神を締めくくりに強調しながら、絶望の中の希望を運んでいるものとして、この薊は機能している。しかし、『ハヂ・ムラート』の薊は、文学的イメージにおける忍耐強い「雑草」らしく、御風の『雑草苑』の中に現れるイメージとしてだけではなく、表紙の上にまでその姿を現しているのである（図4）(170)。

『雑草苑』が「春の雪」という作品で始まっていることは、直ぐに白秋や藤村の「春を待つ」心理を想起させる。春がもたらす期待感に反映された精神状態の形容詞として、御風は「いつしかに」に注目している。自然界の観察から伝わるこの「いつしか」の心理は、柳田國男が描いた、捉えようのない風景の変化に類似したものであるが、御風においては非常に積極的な意味で使われていると言える。

そして、御風が「かうした境地にのみ安住出来ないにしても、せめて今少し私達は『いつしかに』の偉大さに信頼することが出来ないものだらうか」と問いかける時、雪国の長い冬という地理的な環境の他に、震災後のトラウマ的経験への対峙としても捉えていたのではないかと思われる。「雪の消えてゆくのぐらゐ『いつの間にか』とか『いつしか』と云ふ言葉を適切に当てはめ得る現象は少ない」[171]と御風は書いているが、それは雪国で観察できる自然現象を、大震災からの人間の回復にも向けているとも考えることができる。

図4　相馬御風『雑草苑』表紙（高陽社、1924年）

「野あざみは命を失うほどに痛めつけられながら、それでも小さな花を咲かせようとする。たしかトルストイは、それに大きな感動をうけて一篇の小説を書いた、と記憶している」（相浦杲ほか編『魯迅全集』第3巻、学習研究社、1984～6年、81頁）。

実は、雪は御風にとって、希望と深く関わる、重要なイメージである。「雪の中から」で、彼は雪原の上にできる道のイメージに想像を馳せている。それは、魯迅の「故郷」における、たくさんの人が歩けば道ができるという「希望」の定義に近い。「そして一人行き、二人行きして、いつの間にか一尺なり、二尺なりの幅のある道が、雪の中にかつきりと一と筋ついたのを見ると、云ひ様のない嬉しさが感じられます」[172]。それだけではなく、「いつの間にか」解ける雪が招く光景は、「雀の群と、子供の群れ」[173]である。

柳田、白秋、夕暮と同様に御風も「子供」に目を向けていく。「彼等［子供］は更に私達にはとてもわからない大きな歓びを得るのであらう。やはり幼な兒の心は尊い」[174]。雪の下に現れた大地に対する「懐かしさ」に惹かれる子供は、御風の中では、子供と遊ぶことを「最上の楽しみ」にしていた良寛和尚の連想を呼び起こしているのである。

子供と共に遊ぶ――それは決して馬鹿げたことなどではない。むしろそれは此上なく尊い心の現われである。私達はみづから省みてさうした尊い心のあまりに欠けてゐることを恥ぢないでは居られぬのである。（略）どれ、私もこんなことを書くのをやめて、彼等の仲間になつて一緒に霰の歌でも歌ふことにしよう[175]。

この引用では、文学の執筆と子供との遊びの間における、相互的な境界侵犯を見ることができる。「春の雪」に続く「白雲録」では、子供の世界観の延長線上と言ってもいい形で、忘却のテーマが現れてくる。

御風は忘却の例として、子供ではないが、極めて子供回帰に近い状態に陥った、「老衰痴呆」の父親を取り上げている。「わしはまだ生きてゐるのか」と尋ねる父親は、生命の限界に浮かび上がる、この忘却の心理を具象している。実は、この忘却に重きが置かれた記憶の在りようは、白秋の『雀の生活』における「忘れねばこそ思い出さず」という手法と大いに類似している。

「忘れるといふことの功徳を、私達はあまりにおろそかにし過ぎてゐる」[176]と述べる御風は、父親の思い出を通して「『忘れる』といふことについて思ひ出」[177]すことの重大性を強調している。そのような見方には、逆に言えば、思い出すこと自体を忘れることの重要性を感じることができる。つまり、ここで白秋の詩法に訪れた変化を、この御風の姿勢に照らし合わせることができるのである。これは、この節の冒頭で取り上げた白秋からの引用にあった、「鉄錠」が喚起する、「牢獄」の比喩と繋がっている。御風にとって、「内部」の「到るところの牢獄」から「超脱」することは、幼児回帰であったと解釈できる[178]。

記憶を通して内面を抉る通路を遮断し、忘却によって内面から脱却し、「自然」と溶け込む詩的、精神的な手法のことである。御風が明確に「忘れる」ことについてふれているのは、このエッセイのみだが、これが『雑草苑』の詩学の重要なモチーフであることに変わりはない。具体的に関東大震災を描くには鮮やか過ぎる辛苦の記憶の問題から、自然回帰と子供回帰の中の、忘我の心理の間に共通するモチーフである。その上で、後ろを見詰める姿勢が、前に向けられた期待感の溢れる姿勢に置き換えられるのである。

『雑草苑』に収められた「震災雑感」という章は、非常に重要な位置を占めている。書物の構成上、ここで「雑草」と震災との関係を確認することができるが、その関係をさらに裏付ける文章も存在している。既に紹介した島崎藤村の「太郎に送る手紙」が収められた作品集の冒頭に、御風の「鉢の雑草」(179)が載せられている。この菊池寛編の『新文藝読本』(180)はちょうど震災の翌年に発行されている。

「鉢の雑草」は短く、一度も注目を浴びたことのない作品のようであるが、非常に繊細に「雑草」に向かっていく、(無)心の心理を描いた興味深い作品である。「冬ごもりのわびしさ」を紛らわせるために、御風は室内に植木鉢を持ち込んだことを語っている。「葉がもつ緑の色だけで」「新たな味はひ」をえる御風の歓びにはとても興味深いものがあり、実は第一部で扱った植物園の縮小版である植木鉢にまで光を当てる態度が見える。さらに、御風の文章の中では、白秋の例で見た、植物園の多種多様な植物としての「雑草」から、野生の「雑草」への転換が、驚くほど凝縮された形で表現されている。

切り取られた「自然」の中の「自然」という、入れ子の関係が明らかになっていることは言うまでもない。実は、植木鉢を「よく見ると」、「どの鉢にも全く心に留めてゐなかつた種々な雑草が、いつの間にか勢よく伸び広がつてゐる」ことに気が付く。数行の中に『雑草苑』の詩学が凝縮されたとさえ言える。「雑草」の発見によって、二つの抽象的なキーワードがここで結ばれているのである。

「よく見ると」という表現は、御風が松尾芭蕉から借用している言い方であり、『雑草苑』の中の他の「雑草」に関わる考察と不可分である。「よく見れば薺花咲く垣根かな」という芭蕉の句は、『雑草苑』中の「路傍の草」の中で、真剣な考察の対象である。文学的創造と生命の謎に迫る手法として、この「よく見れば」の手法が理解されている。「よく見れば」によって「なるほど！」という反応を呼び起こす態度には、一つの根本的な逆転が含まれている。この「雑草の発見」が一種の蝶番になることで、人生を真二つに分け、「よく見ない」で生きてきた過去の自分への深い反省を促し、「よく見る」ことによって再生する新しい自分と世界の関係を再編成しているのである。もう一つのキーワードは、既に「春の雪」の中で見た「いつしか」のヴァリエーションとしての「いつの間にか」である。「いつの間にか」は「よく見れば」という態度が向けられた対象の側の反応である。

これらの「雑草」が「いかにも春らしい気分を狭い地面に漂」はせることに、やはり同じ「春の雪」の中の期待感と、耐え難い季節としての冬を乗り越えることの中にある、「希望」の原理を見出せる。「鉢の中の雑草」は、それ以降の御風にとって、一つの象徴的なイメージとして、残り続けている。「一鉢の梅」の中や、「雑草の如く」という御風の病臥を描いた作品の中で、生命を最終的に支えるものとして、このイメージが現れる。

「雑草」の発見に見られる世界の逆転は、まったく革命的なものである。御風の関心からすると、これらの「雑草」は鉢の「主」であった植物に置き換わっているからである。さらにその無名の革命的存在には、一種の民衆的な共同体の感覚が潜んでもいる。なぜなら、これらの「雑草」の発見は、最初から他者と分かち合いたい経験として位置づけられているからである。つまり、「雑草」の発見を経由して、一種の共同体への模索が行なわれていると言える。家族の者や来客などの注意を「雑草」に引くと、皆同様に驚くのである。

しかし、「雑草」が持つ新しい魅力に捕らわれた多くの人達が、「雑草」だけの鉢植えを作ろうと決めている強引な態度に、御風はむしろ傲慢さを見出している。本当の「雑草」の観賞には、このような利己的な動機があってはならない。逆に、「雑草」の発見によって、今までの自分を反省する機会と、自然の恩恵を味わう機会を得なければならない。「雑草」の目立たない存在と融合した心にしか、そのような謙虚さはないのである。

『いやどう致しまして。私にはそんな貴い心持はまだ出来てゐませんよ。これは私がむしらずに残して置いたのではなくて、むしろ私の不精の結果です。草は草で勝手に生えたんで、私自身もやっとこの頃これを見つけたんです。しかも何年となく同じやうにして来てゐながら、かうした草のあることに気のついたのすら今年はじめてなんです。あなたもおうちへお帰りになつて、あなたのところの植木鉢を御覧なすつたら、多少の差はあつても、同じやうに草が生えてゐるかも知れませんよ』(181)

「鉢の雑草」の執筆時を確認することは難しいが、関東大震災とほぼ同時期だと推測できる。そして、その年になって、そもそもあったはずの「雑草」が発見されなおすことに、文明にますます頼り始めた日本の近代人への反省と、文明以前の命の貴さが込められている。思うに、『ハヂ・ムラート』翻訳の時や『凡人浄土』の時点で、既に「雑草」のイメージに惹かれたにも拘わらず、震災に匹敵するようなトラウマなしに、このような形で「雑草」を発見するほどの繊細さは現れないのである。

そして、人間同士の根源的な関係性を思わせるような、共有したい心と分かち合いたい心の動きも、そこに一層明確に現れているのである。東京から遠く離れていたにも拘わらず、御風は「荒涼たる惨禍の跡に」震えている人々の体験を、精神的に「雑草」の想像力を通して、分かち合っているのである。さらに、その連帯感の中に、表現しえないようなものの表現の模索の、明確な意識を見ることができる。

災厄によつて倒れた多くの人々に対する私達の心持はいたましさとか、悲しさとかあはれさとかいふやうなあらゆる形容詞を超越してゐる。私達は結局真心をこめて静にそれから萬霊の冥福を黙禱するより外に仕様がないのである。しかし幸いにして生命の全きを得た人々――しかも偶然にも人間の運命のドン底を見きはめることを得た人人――それら多数の人々に対しては、私達は何よりも先づ新なる尊い生命の芽生えを期待しなくてはならない。冬枯の野に萌え出づる春待つ草の新しい芽生えのそれのやうに、寂然たる運命のドン底に徹した人々の心の底から湧き上るべき生命の泉――それをこそ私達は眞に期待すべきである(182)。

この引用から、災難の体験と閉ざされていた内面の終焉が、「底」という言葉で結ばれていることまでは証明できなくても、新しい人間同士の連帯意識と「萌え出づる春待つ草」の不可分性を、「底」という言葉を仲立ちとして容易に再確認できるであろう。さらに、この未来へ向けられた希望は、言葉まで消えてしまったような深淵の感覚を、超越する行為として設定されていることも明らかであろう(183)。

大事なのは御風が震災を自然と文明の衝突として見ていたことである。そして、御風が引用している、細田源吉の手紙にあるような、「紙屑」や「石塊」に喩えられる人間の小ささが、如何に小さい人間、すなわち幼児の方向に向かっていったかについての示唆も、この文章から充分に得られるのである。

まつたく人々は人間の暗黒な運命のドン底を見たのだ。恐怖の底をはたいたのだ。自然を征服せんとする人間の営みの真に如何なるものであるかをも人々はあまりに鮮やかに見せられた。（略）不時の備への為めにと日頃から心がけてやつて来た事の殆ど凡ては役立たなかつた。殆ど生［れ］た時そのまゝの姿で投げ出された多くの避難者にとりて、果して真に頼るべき何ものがあつたらうか(184)。

追い詰められている状態を表している避難者という言葉は、興味深いことに、白秋が銀座の花壇に対してや、『雀の生活』の中で植物園に対して使った言葉である。震災以前から脈々と連続している白秋の文明批判を見て取れる例であろう。白秋の『季節の窓』や、夕暮の『緑草心理』の中の「雑草園」たる大自然にも、空間領域としても、精神状態としても、同じ「避難者」の心理を感じ取れるのである。

さらに、震災の中に蘇る過去の災難は、藤村の例で見たように、御風の文章にも意識されていると言わなければならない。良寛の「地震後詩」という漢詩を引きながら、御風は、文政一一年の越後の震災を、一人の記憶を超えた共同体的集合記憶として取り入れているのである。

しかし、良寛と子供との親しみ方を全面的に評価している御風にとって、このような良寛への言及は、震災を乗り越えることという凡庸な行為の偉大さこそが注目の中心であると示している。生まれた時の姿で文明から跳ね返された、赤ん坊に近い人間の無力さは、「人間の弱さと強さ」の中で、偉大さに変化しているのである。その偉大さに、子供と自然の発見の中に潜む、人類共同体の姿がはっきりと現れている。

ある友人の葉書に描かれた「武蔵の荒原で原始的住宅を造るのに忙しい人々」(185)というスケッチが、御風の目を捕らえている。「其画面の中に赤とんぼを追い廻つてゐる一人の少年の姿が点出されてゐた。それが私にはたまらなく面白く感じられた」。常に東京の文明に対立させられている武蔵野の自然と、その「自然」に還元しているような「原始的な住宅」も、新しい美学の対象として重要であるが(186)、前景の子供とその遊びの中に、最も象徴性が込められていると言える。

「子供は強い、どんな不幸でも災厄でも、子供ばかりは打ちのめすことが出来ない」という荻原井泉水の「大震雑記」を引きながら、御風は改めて震災を乗り越えようとする精神における「子供」の重要性を強調している。

『雑草の中』という散文集を残している吉田絋次郎も、震災とそのコントラストの中で見出される自然の純粋さの描写を通して、御風の『雑草苑』に紹介されている。「気の毒な人々の死骸を葬つてしまつたら、私たちはしばらくこの美しい空を見るがいゝ」(187)という吉田絋次郎の反応は、比喩として、空に見惚れた二十年代後半、三十年代を現していると言っても過言ではない。御風の文章に表れる他の人々の言葉や、あまりに多用されすぎたことで既に注意を引かなくなった「私達」という表現の主体は、あらゆるレベルにおいて共同体の想像力と結び付いている。藤村の「太郎への手紙」の子供の遊びと近所の連帯感も、まったく同じような精神風景を描いている。

そして、このような、共に災厄を分かち合った感覚としての共同体、季節の循環の中の農作業や、伸びる植物、「雑草」という、文明に対する「自然」の表象は、その連帯感の「自然性」の表象として大いに力を発揮している。御風の友人の手紙に描かれた、震災の後のニコライ堂の「赤い焼原」と木の芽の「緑色」のコントラストは、多くの目が同時に向けられる対象になることで、無理なくそれらの目の持ち主たちの間の連帯感に浸透している。「人間同志おたがひに眺め合つてゐても兎角切実に感じられないやうな事がかうして自然の景物から思ひがけなく、ぴたりと感じさせられる場合の少なくないのも、感謝すべきことの一つであるやうにも思はれたのである」(188)。ここで共有された感覚をもたらす木の芽は、ニコライ堂の焼野原を眺めている人達から、それらを描いた友人の手紙を読む御風にも分かち合われる光景となり、御風が書いた『雑草苑』を通して、さらに共有された光景になるという形で、拡大していく。刈り株から伸びるひこばえの光景も、このような精神風景に重なっている。

震災が「沸き起こらせた」「美しい人間愛の泉」は「大戦争の場合に於てすらも見る」(189)ことのできなかった光景とされる。精神的体験としての第一次世界大戦が、震災の体験に劣っているにしても、御風がその災難を比較しようとした態度を見逃してはならない。

与謝野晶子による早い時期の「雑草」の詩的使用が、第一次世界大戦が始まった翌年一九一五年のものであることを考えると、「雑草」の根を震災以前に求めるべきことが分かると同時に、ここに大震災を越えた人間の命を脅かす災と、そこからの再生のより広い意味での構図を見ることができる。そのために、「雑草」が人間の運命に対する恐怖と反比例して延び続けている精神的光景には、人災、天災という規模の大きなものから、身体を蝕む病までを、一環として捉えることができるのである。

「また冬が来る」の中の、雪崩という大きな災害の描写から『雑草苑』に投影されている、再生に象徴される時間の循環を把握できる。『雑草苑』における「春の雪」、「秋を待ちながら」、「また冬が来る」という章の順序からして、作品構成上も循環する実感がもたらされる。

「冬が終る頃には春を待つ。春が過ぎて雨が永く続く頃には、晴やかな夏を待つ。夏になれば秋を待つ。木の葉が散り果て、野がさびしくなる頃には雪を待つ。かうして一年がいつの間にか過ぎてゆく」(190)。「秋を待ちながら」の一説であるが、「待つ」という動詞の反復によって、循環的時間の感覚の底流をなしている期待感や希望が伝わってくるのである。しかし、同じ章で紹介された「忘れる」ことの技法は、「また冬が来る」の中で、やはりその裏面にある痛々しい記憶を透かして見せるのである。

けれども今年は――未曾有とも云はれた去冬のあの怖しい雪の惨害のあまりに鮮やかな記憶を私達は持つてゐるのである。九十名の惨死者四十名のむごたらしい負傷者を突嗟の間に出した親不知のあの残虐な雪崩の災害――私達の胸裡にはその無残な光景が今なほあまりに鮮やかに印せられてゐるのである(191)。

災難時の救出作業で見られた人間同士の連帯意識の描写や、刹那に奪われた生命、その生命の尊さが、大震災の記録と多くの類似点を見せる。しかし、「雑草」の生い茂った災難の現場は、やはり周期的に、忘却の中で、過去の恐怖の姿を現すことがさらに強調されている。

人間の血で真赤に染められてゐた何丈と云ふ深さの雪もいつしか消えてしまつた後には、今年の春も同じくみづ〳〵しい若草が一面に萌え出たのであつた。そしてどの草もどの草も、春から夏へ、夏から秋へと時の移るにつれて、伸びるだけ伸び、咲けるだけ咲き、結べるだけ実を結んだのであつた。けれども、それらの草も木も、さすがに秋の深むにつれていつとなしに凋落の姿をほの見せてゐるのであつた。雪崩を落した山腹にも、海から切立つてゐる断崖にも、断崖に浪を打ち寄せてゐる暗い海にも、濃い灰色の雨霧が一様に蔽ひかぶさつてゐた(192)。

「路傍の草」や「こどもの言葉」と「自然との親しみ」と「こどもと玩具」には、文明批判や教育システム批判や、大震災との対立関係で浮き彫りになった「自然」や田舎の存在と、子供への生き生きとした関心が一貫して系譜的に問題を連続させている。直ぐ後にふれる「雑草の美」に収斂される一貫した詩学が、そこに貫かれているのである。

しかし、雪崩の傷を蔽いきれない「雑草」の描写からは、御風が「雑草」を通して現そうとした深いトラウマに、改めて気付かされるのである。雪崩があった山腹は、御風が汽車の窓から見る光景として描いているのだが、『雑草苑』の最終章「旅の心」には、類似した汽車の旅が描かれているのである。旅の心は孤独の心そのものであるので、今までいくつかのレベルで見た共同体意識や連帯感への欲望の源泉を、そこで絶えず確認できるのである。

> 汽車の旅を多くする人には、ちよいちよいある事だと思ふが汽車旅行中の種々な出来事の中で、自分の乗つてゐる汽車が轢死者を出した事ほど深刻な印象を与へる事は他にあまりないやうに思はれる。（略）死体は直接見るに堪へなかつたが、轢かれた人の着てゐた羽織の紐が車輪にまきついて、容易にとれなかつた事や、黒ずんだ血が車体にこびりついたやうになつてゐたのを見た時の感じなどは、今でもさながらにおもひ起すことが出来るやうな気がする。
> 自分達の乗つてゐる汽車で人が轢かれて死んだ……一個の人間を圧しつぶし、轢つちぎり、はねとばした、その重さのうちには自分の重さも加はつてゐた……さういつたやうな事をつぎにつぎに考えて見ると、まつたくたまらなくなる(193)。

大震災で潰された人間の描写を直ぐに想起できる部分であると同時に、雪崩の中の犠牲者の映像をも同時に再現している。しかも、この体験は御風にとって何十年も前の出来事であるにも拘わらず、今でも罪悪感に近い感覚と一緒に、記憶と心の中に刻み込まれ、こびり付いているのである。

良寛、芭蕉、子供、自然、「雑草」の中に無垢さを求める精神には、おそらくこのようなトラウマが付きまとっているのであろう。汽車の例を出すだけで、近代文明と自然の複雑な絡み合いが浮かび上がってくるのである。白秋の文章の中の文明破壊に近い震災の体験と、鉄道草の草むらの中への沈没も、共通したイメージとして浮かび上がってくる(194)。

子供との親しみは「雑草」心理の重要な要因であると繰り返して確認したのにも拘わらず、結論のところで御風は、痛々しく、子供への自分の好意が誤解されたことを語っている。親を待ちながら泣いている子供に声をかけると、子供が怖がって逃げたエピソードである。その心のすれ違いからは、「雑草」の世界に走っている、瓣割れとしての忘却の中の災難の記憶を実感できる。しかし、「雑草」の生き延びる姿から不毛が伝わると意識していても、この瓣を縫い合わせる存在としては「雑草」しか想像されないのである。

そして時には私達が自分等の為に有用だとして大切に培ひはぐくみつゝあるところのもろ〳〵の植物の運命と、此の名もろくに知られず、満足に花一つ開く事も出来ないやうな雑草の運命とを思ひくらべて、深い思ひに沈むことさえある。しかも雑草は絶えない。年々歳々少しも人間の力を借りることなしに、いち早く萌出る、伸びるのびる(195)。

草取りという日常的行為の中に、御風は深い哲学を見出していることになる。自然と文化との矛盾は、「雑草」の肥料としての価値を認めたところに見出すことができる。意図的に稲田に紫雲英を生えさせる農業の知恵には、このような原始的な哲学が見られるが、腐朽した「雑草」に養われる土は、倉橋惣三の『幼稚園雑草』で既に見たイメージとそっくりのものであり、さらにやはり同じ『ハヂ・ムラート』に興味があっただけに、魯迅の『野草』にも同時期にそのモチーフが伝達している。

興味深いことに、「雑草」の中で御風は「雑念」とのパラレルな位置で、心の土の肥料を想像しているのである。明らかにここから、与謝野晶子の「雑草二篇」へ遡る「雑草」の水脈を見出すことができる。魯迅や晶子以外にも、御風の作風の中に前田夕暮の痕跡を非常に鮮やかに見出すこともできる。「生命力の直感」、「雑草の如く」[196]こそが病気に犯された体、正に腐朽している体こそが如何に天災人災の縮図として把握されうるかを見せている。『緑草心理』の冒頭で夕暮が描いた、水を飲み込む樹木と糖尿病患者の自分との類似性と、まったく同じ神秘的な体験が、御風にも共有されているのである。「貧しいわが庭に伸びつゝある二三本の樹木の生命と私自らの生命との不可思議な渾融を直観し得た私は、突如として全体意識の上に一種の厳粛なショックを感じたのである」。その「不可思議な渾融」としての生命の発見を「『我』の奥に」見出すところに、主体を刺し貫き、外の植物と結び付いていく運動のメカニズムが見られる。

あらゆる刹那、あらゆる境遇を通じて、生きとし生けるもの丶中心には、黙々として流れて止まない生命の力がある。病苦はいかに重く我を圧して来るとも、運命はいかに意地悪く我に迫り来るとも——いや、更に〳〵かの永却の暗なる死がよしいかに我に近く攻め寄せて来る瞬間でも、我には我の生命力がある。（略）死の暗を眼前に凝視しつ丶も、なほ且我には飽くまでも主張すべき生の光明がある[197]。

大正元年のエッセイの中から、御風は都市の人工的な風景にも、野原や青空にも「単調」なものの「暗示」を見、それを「死」の「暗示」として考えている[198]。「単調を破らうとする人間の努力は死の力に対する生の力の戦である」と主張している『還元録』以前の御風には、既に、絶望的単調に対して、「生」を通しての希望を模索しようとする態度を見ることができる。それは、後になってより密接に「雑草」のイメージと結び付く模索になる。「雑草の如く」の中で、病臥の枕元の「雑草」の小壺を眺めながら、御風は自分が生きていることを確認している。

「所謂無用な存在」、「何の役にも立たない雑草」こそが、自分の健康や「多く人類の健康」を支えていることは、御風にとっても、説明のできない心理の働きである。「しかしそこには理屈はない」、「私はそこをもつと深く考へたい」と彼は言っているに過ぎない。つまり、そこには永久に続く死の単調な景色に対して、逆らう生命の問題が潜んでいるのである。無意味な抵抗としての生命に意味を見出す姿勢自体に、「雑草」の「無用」さや「役に立たない」さまが具体的なイメージとして関連づけられているとさえ言える。

白秋の思い出にもあった、露草の「瑠璃色の花」は、幼年期を追体験できる「雑草」として、御風にとっても機能しているが(199)、その関心の中に、死と絶望に耐える、幼年期と故郷へ繋がる僅かな通路を認めることができる。御風の場合は、内面の苦痛を覆い隠すために、幼児回帰の願望が確実な存在としての「外」の子供に投影されている。御風が、第一部の幼稚園の議論で見てきた倉橋惣三に劣らない、児童教育への関心を見せているのは、子供が「雑草」に向けている好奇心に、自分自身の「雑草」への興味を重ねるほかなかったからである。

御風においては、子供と自然に対する興味が、子供と自然の間に結ばれる関係と重なっている。まったく同時代的な文化風土の中の幼稚園、小学校に対する興味を、御風の『雑草苑』の中に見出せる。御風は小学校や女学校や中学校などの生徒の描いた、花の絵の展覧会を考察の糸口にしている。描かれた花の多くは観賞用のものであるのに対して、彼は一種のスタンダードを押し付ける教育制度、引いては近代の組織の側面を意識していると解釈できる。

しかも、目立たない野草の花に深い親しみを持っている田舎の子供でも、美術的表現になると、やはり認められている花を選択していることに、御風は子供達の独創性を打ち消す規範の浸透を見ている。しかし御風にとって、「雑草」への関心こそが児童教育の基礎である。「こどもと自然」の中で、御風は「ドイツに於ける芸術教育論者の急先鋒」アルフレット・リヒトワルクに言及しながら、一八九〇年のベルリンの街頭で「野生の花」が売り出されたことの「重大な出来事」にふれている(200)。そのようなところから、御風が、近代の幼児教育の文化的な文脈には、「野草」もしくは「雑草」に、その象徴的な特徴を見ていたことが分かる。

賀川豊彦の言葉が連想されるように、御風は草や木の名前に対する知識の不足を嘆いているのである。御風は芭蕉の句に出ているぺんぺん草にふれることで、育てるべき観察力のみならず、独創性をも強調している。御風は教育家ではないので、彼の文章の中で児童教育の問題は、むしろ芸術や世界観に光を当てる問題として扱われているのである。

私達は、ねがはくは、見るかげもない一茎の雑草についても限りなき自然の美と意味とを味ひたいものである。そして、それと同じやうに自分のつい手近にゐるたゞの人についても限りない人間の貴さを感じたいものである。そこに芸術がある。そこに宗教がある(201)。

この御風の引用から、「雑草」への敏感さは、目立たない人を認める精神を導いていることが改めて理解できる。この引用部が児童教育の次に置かれていることに、既に提示したように、子供の世界(観)の上に投影された、共同体への希望の眼差しを確認することができる。

御風は、生徒が先生に雑草の名前を尋ねる小品の中で、校外写生の時に、先生が子供に雑草の名前と性格を説明できなかったことに憤慨している。そして、その小品の最後に御風は、「雑草」こそが、『還元録』以来、求めている「故郷」への最も重要な道標であることを主張している。「郷土を愛する心は先づ路傍脚下の雑草を愛する心から……」(202)。

しかし、御風自身はそのような感激の発現を省み、「そんなことを云つたら、それは詩人的なあまりに詩人的と笑はれるだらうか」と、「雑草」に魅せられた自分自身に対する皮肉を見せる。

このような、広大な世界観の最も凝縮された具体的な焦点が「一茎の雑草」に絞られている状態は、御風一人のみならず、多数の文学者の眼差しが引き寄せられるような共有性を表そうとしている。これは今まで見てきた文学者に共通している要素であり、紙幅の関係で取り上げられなかった、同時期の「雑草」に関心を持った文学者にまで広がる網の目である。御風の場合には、「雑草」に凝縮された膨大な意味の探究が、他者と分かち合う体験でなければならないことを示しているのは、友人の画家の登場である。

「青葉に覆われた丘の上」を散歩している二人が、自然の美を語り合っているエピソードが、『雑草苑』の「路傍の草」に挿入されている。その画家は自然の美を表現しなくても、味わうだけで充分だという、御風にとっては深い意味を持った言葉を発する。御風は咽喉の渇くような長い自然の美をめぐる対話の後に、この言葉を「一口の冷たい水として感じたと言う。そこに表現の不可能性に対する絶望ではなく、「表すこと」に対する「味わうこと」の優位が御風によって読み取られている。

御風はこのような「生命の表現」を上回るような、味わう心の養い方の必要性を児童教育に求めているのである。同時に、『雑草苑』というタイトルで寄せ集められた、「雑念」的な文学表現に対する謙遜も見受けられる。さらに、狭義には、このような表現の限界には「雑草」そのものの表現を位置づけることができる。

「雑草の美」では、先程ふれた画家と同一人物であろう、郷倉千靭との間の別の対話が紹介されている。良寛の遺跡巡り中の画家であるからこそ、二人の対話の裏には、良寛に対する敬愛が共有されている。「その人は何ものよりも雑草と村童とに心を寄せてゐた」。「雑草」と子供は、この画家においても対になっている関心の対象である。しかし、「半日一夜を心ゆくばかり語り暮らした」ほど、対話の必要性を分かち合った二人には、他でもなく「雑草の美」という種があったからこそ、その対話の深層の意味が鮮やかに見えてくる。

「何とか雑草の美を出来るだけ深く、出来るだけ豊かに、出来るだけ細かに味つて見たい。そしてそれを心ゆくまで表現した。」と云ふことを繰り返し云てゐた。

「宗達や光琳なども雑草を描いてゐる。しかしあの人たちのは、それを鳥や花の取り合せとして描いてゐるのである。自分のはさうではない。雑草そのものを描いて見たいのである。」こんな事もその人は熱心に話してゐた。その話には私もひどく同感であつた。雑草の美に対する愛着は、私もかうして辺土に住むことになつて以来、一層深く感じて来たのであつた(203)。

御風は、郷倉の画集の自序を読みながら、「刷新転換よりも、同じ道を深く掘り入つて行く」画家の姿勢を評価している(204)。そして、宗達や光琳の描いた「雑草」と違った「雑草」の表現を試みたいと思うにも拘わらず、郷倉は「自ら朝夕身辺草樹の心境を中心とする興味に終始する結果」(205)となる。御風が、そのような画家の態度を歓迎したのは、そこに一種の「故郷」回帰を認めていたからに違いない。「雑草」は斬新な対象でありながら、最も古くて懐かしいものの再発見でもある。

郷倉は「雑草博士」という異名をとるほどに、「雑草」を自分の芸術の中核として捉えていた表現者である。大正一一年に日本美術院賞を「雑草の丘」（大正九年作）（図5）という作品で受ける。精緻な細やかさで描かれた丘を蔽う「雑草」は、評論家によれば「一種のリズム感」をもたらしていると言われる(206)。その謂いは、土の中から噴出した緑色の迫力には、左右に散っているかのような金色の穂と相まって、丘の上を上る動きの迫力として伝わっているということだろう。透かして見える地面や蜂蜜色の空の薄い切れ端は、「雑草」の緑が光を放っているかのように見せる。

隅々まで「雑草」に埋もれているこの画は、ほとんど遠近法的構成を持っていない。果てしなく広がる「雑草」の勢力の裏に、唯一おぼろげながら透けて見えるのは、丘の円やかな輪郭である。郷倉の言葉にあった子供、素朴さへの関心や、「雑草」の美の「深さ」への感覚の中で創造されたこの画にも、露草をはじめ、「雑草」一本一本への驚異に充たされた児童の眼差しを見出せるかもしれない。そして、前田夕暮の作品の言葉を繰り返したくなる。「まるで屋根だか、岡だかわからないな」。「雑草」に生い茂った丘なのか、生まれた家の屋根なのか。

第三章では、与謝野晶子、北原白秋、前田夕暮、相馬御風という文学者を取り上げ、彼らの詩作において、「雑草」が一つの中心的な比喩であることを明らかにした。その比喩には、今まで無視されてきたものに対する新鮮で覚醒的な関心が込められていると同時に、作品そのものの比喩や作品を創造する主体の有様も投影されているので、一種の入れ子の構造を見出すことができた。

さらに、与謝野晶子の作風を通して、「雑草」のイメージを、内面と共同体の間に跨るものとして定義づけることができたと同時に、一種の激変や「撹乱」の時期の感覚と深く結び付けられていることを明らかにした。晶子の作風には完全な幼児回帰、自然回帰は見られないものの、「子供」の視線を通しての、新しいものや、人が気付かないものへの「感激」の姿勢を掴むことができる。

晶子における「雑草」の特徴である、世界の激しい変化に対する興奮、内面と共同体との融合、詩作と「雑草」の

図５　郷倉千靭《雑草の丘》（部分）

「それが大正九年の『雑草の丘』になると、緻密な写生をとり入れた作風に一転する。これは展覧会出品を意図しての転換であったかもしれないけれど、この作品には若い郷倉千靭の何のけれん味のない自然に対するひたむきな態度が感じられる。それに、この絵には、一種の快いリズム感がある。こういうリズム感は、以後のこの画家の大和絵画派風な作風の展開のうちにも、常に底流として続いていくことになる」（郷倉千靭画『郷倉千靭』今泉篤男「解説」三彩社、1976年）。

結び付き、「子供」への思いなどを、北原白秋、前田夕暮と相馬御風の文章に照らし合わせることによって、幼児回帰、自然回帰の文学的表現が、いかに帰属への願望としての「故郷」と繋がっているかを明かすことができた。白秋の場合には、『雀の生活』の段階で、凡庸で日常的なものへの「覚醒」が見られ、「日本」という抽象的な「故郷」が浮かび上がっている。しかし、その傾向は関東大震災という激変の体験を通じて、「雑草」のイメージと結び付き、幼児回帰と自然回帰、そして共同体に帰属しようとする願望によって、内面的な孤独や恐怖感が覆われているのが見られる。一種の病的状態の中の健やかな「故郷」願望としても読める前田夕暮の『緑草心理』の中で、自我の内面の輪郭の溶解が、極端な形で描かれている。相馬御風の『還元録』という具体的な証言を手掛りに、「雑草」へ向かっていく想像力は、故郷への帰還願望の現われであることを、さらに裏付けることができた。

取り上げてきた作品の形式において、入れ子構造の形で、作品や文学の在りよう自体が「雑草」のイメージに重なっていることも確認できた。与謝野晶子が描いている、雑草の生い茂るに任せた庭という象徴的な描写から、既に文学作品の創造と物質的な空間との相互浸透が見られていた。白秋、夕暮、御風の場合に、その姿勢は作品が載る媒体などを抱えていったのみならず、形が定まらないままのひかえめな断片的小品としての文学的表現とも重なっているのが分かった。相馬御風の場合は、『雑草苑』が一つの原型になり、個人的な記述の創造的表現が相混じっている随筆を、彼の文学的営みの象徴として捉えることができる。

本書の方法を再述すれば、取り上げる作品の内容のレベルに現れる共同性への願望を、晶子、白秋、夕暮、御風といった、「雑草」というテーマの中で、同じ論考に扱われた表現者の共同体と関連づけたのである。それは、自己生成的方法論によって、晶子の「指示」に従って、白秋に目を向け、白秋の「指示」に従って、夕暮と御風に焦点を当てることになったわけである。御風は、トルストイの翻訳の「野薊」を通して、本書の出発点にある魯迅の「野草」を再生させているので、本章の締めくくりに最適な例ということになる。

なお、取り上げた作家は、日本の一九二〇年代から三〇年代にかけて、「雑草」や「草」のイメージに魅せられた文学者の一部でしかない。本章で取り上げた例の中の「雑草」のイメージの浸透性（内面と共同体、作品と創作の空間、作品の形式と中身）を、より広く激変する時代の症候として見ることが可能であろう。そのために、「雑草」を「生い茂る」ものの換喩として考えることも無意味ではない。

第4章
雑草の生い茂る故郷的空間……………「武蔵野」の形成

「パンの会」時代の北原白秋の友人で、第一部でふれた白秋の黒い皮ノートの中に興味深いイラストを残し、後に版画家として非常に人気を集めた織田一磨という人物がいる（図1）。白秋を見送りに集まった「パンの会」の同人がレストランで休憩しているところを描いたイラストの中で、特に注意を引く一枚がある。洗練された調味料用食器や飲用水の壜、爪楊枝入れが載っている西洋風の白いテーブルクロスの上に、大きめの四角い植木鉢が置かれている。完璧に衛生の保たれたテーブルの平面の上に置かれた、この土を含んだ入れ物との関係の中に、文明と自然の新しい組み合わせが見出せる。

それと同時に、白秋の大好きであった小石川の植物園の縮小版としての記憶が、この植木鉢からは呼び起こされてくる。植木鉢の手前には極めて意識的に、間違いなく白秋その人を連想させる、彼がいつも身に付けているパナマ帽と傘が描かれている。このような、白秋本人の現れない白秋の肖像画の設定の中で、あたかもこの絵の背景において、白秋が縮小版の「雑草園」の中を彷徨っているかのような印象が生み出されている。織田は一九三〇年代に「雑草」

にまつわる心理を極端にまで推し進めることになり、彼の強い「雑草」への関心は、武蔵野という空間を検討することへの鍵となる。

第一章でふれたように、織田一磨は「パンの会」の異国情緒的都会趣味の中で、そこに故郷色をも加えようとした一人であった。織田の「雑草」への関心の中には「故郷」への強い願望を認めることができる。この章では一九三〇年代から第二次世界大戦を挟んでの、日本の近代史における巨大な撹乱の時期を通して、文明と自然の衝突の中で「雑草」がいかに想像されていたかを見ることにする。それは近代国家の首都との相互浸蝕の中で浮かび上がってくる、「雑草」の表象と繋がっている点において、「自然」の憩いをもたらす、武蔵野という郷愁的な空間の構築の過程を辿ることとなる。

賀川豊彦の言葉に、「雑草」が彼を字義通り養ったという記述があったように、織田の場合には、このような「雑草」から摂取できる栄養の問題が、非常な切実さで直接に取り上げられているのである。織田の『喰へる雑草』は、賀川と親しかった岩本熊吉の『雑草園の作り方』と、ちょうど同じ一九四三年に出版されている。

同じ年に陸軍獣医学校研究部から出版された『食べられる野草』(1)や、翌年の『野草と栄養』(下田吉人)(2)、『戦時食の科学』(原実)(3)などの同時代の書物群から、岩本や織田の探究を、戦時下における極めて現実的な文脈に位置づけることができると言える。既に、一九四一年には『雑草夫人』(土岐愛作)(4)という短編集が現れ、「国家的

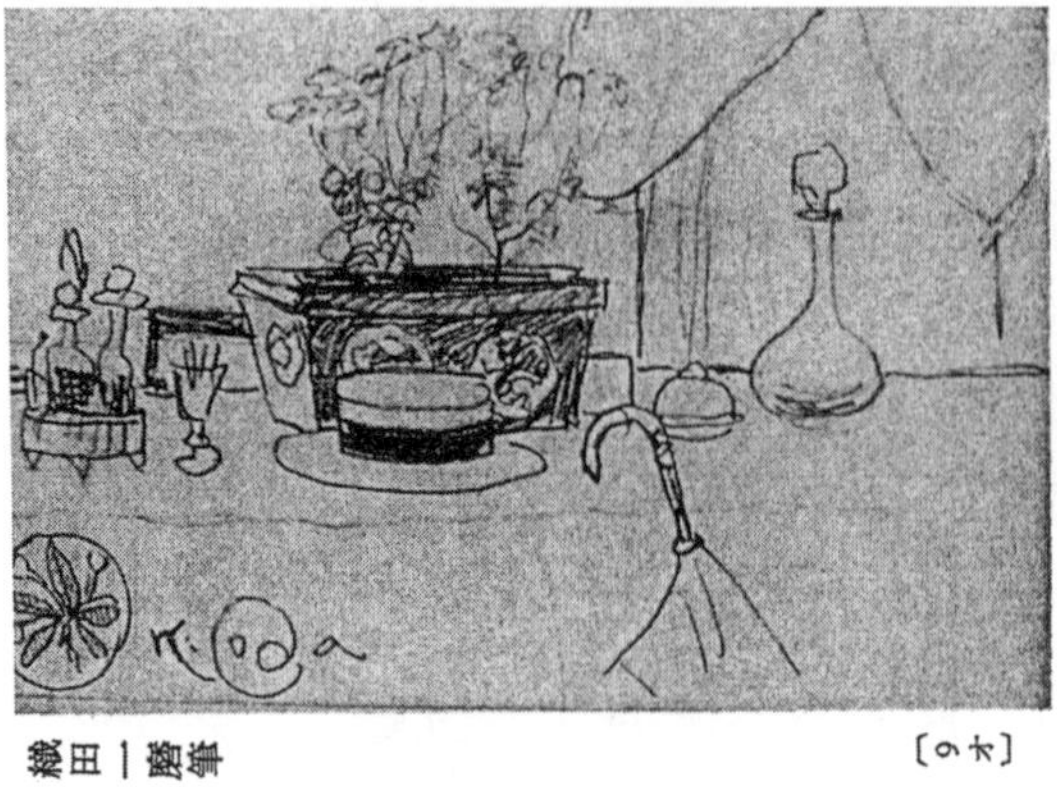

図1　黒い皮ノート

「スケッチの類も多いが、山本鼎・織田一磨・木下杢太郎・ルンプなど『方寸』やパンの会の仲間のものも見られ、その共同使用のノートを通して彼らの交わりの濃密さがうかがえる。(略)柳河の実家の破産に直面し、白秋が一時帰郷せねばならなくなった一九〇九年一一月二八日のものである」(『白秋全集』第14巻、438頁)。

大問題」としての雑草食が、文学的主題としても浮かび上がっていたのである。近所の奥さんに軽蔑されていた「雑草夫人」は、非常に夫婦愛に満ちた家庭を築き、経済的に厳しい状況の中で、雑草料理で夫の客の接待を見事に行なう。このような妻の姿に感動を抑えられなくなった夫は、次のような賛辞を呈している。

「問題の中心は、高が野原の雑草だが、大きくはこれは国家的大問題だ。世間では、雑草々々つて莫迦にするけど、あの雑草つてエ奴は、畑に作つたどんな野菜類よりも根強い奴なんだ。踏まれても焼かれても亦、伸び上るのは雑草だけだ。その根強さには勿論、理由があるさ。つまり、空中からは炭酸瓦斯、地中から水、窒素、その他、灰分、澱粉、脂肪、蛋白質、さういう潜勢力のある栄養分をふんだんに貯へてゐるからなんだ。国民体位の向上が叫ばれる今日、雑草食は食料の不足を補ふばかりで無く、栄養方面からも、もつと、真剣に考えてい丶ことなんだ」(5)。

関東大震災に対する文学的反応を振り返ると、前田夕暮の、植物への旺盛な食欲が思い出される。夕暮が、羊歯や蕨などの山菜を家に持ち帰っていたエピソード(「林間」)を描いているのも、具体的な意味での雑草料理への関心の表現だろう。『雑草夫人』の例と合わせ考えると、関東大震災と第二次世界大戦という、生き死にをかけた日常を強いられる歴史的緊張の中の共通項として、生活上の助けと、精神的な救済とが「雑草」の中で交差しているのが改めて見えてくる。「国民体位の向上」というイデオロギー的な課題は、このように「踏まれても焼かれても亦、伸びる」「雑草」と、非常に複雑な捩れの中で融合させられていると言える。

さらに、今まで見てきた多くの場合と同様に、実際の「雑草」との親密さが、その「雑草」に向かう主体と重なっていくことも、「雑草夫人」妻の孝子像の中に確認できる。文面からは削除されている耐え難い生活環境の中で、夫が客を迎えられるような大変居心地のいい家庭を築き上げているのは、「雑草」としての夫人の存在によってである。

しかも、それに止まらず、彼女の「雑草」的精神が、やはり「雑草」のように、周囲に増殖するものであることにも注意すべきである。

「この様子だと、今まで、孝子さん一人の渾名だつた『雑草夫人』が『雑草夫人達』といふ複数で呼ばれるやうになるかもしれない」(6)。仕事や出兵によって国家のために身を捧げ、「文明」としての戦争に参加する男を支える「自然」としての女性という、ジェンダーの問題に対する示唆に富んだ作品であるが、この「雑草夫人達」という表現の中には、共同体意識の表れを見なければならない。

さらに注意すべきなのは、このような作品から浮き彫りになる、作品の舞台となっている空間的次元である。同じ短編集に「農業都市東京」という、白秋の『雀の生活』にあった、東京の中の田舎のモチーフを思わせる作品が収められている。「自然」と関連の深い農業と、「文明」の中心である首都との融合の中で、「雑草夫人」における本土全体を巻き込む総力戦を担う、最小の社会単位としての家と家族の問題を、空間的に捉えているのである。それは第二部でふれた、生まれた家の上に重なる夫婦の家庭的な空間とある相同性を持っている。

『喰へる雑草』などに見られる、織田一磨の「雑草」は、個人的な事情と国民的な苦痛が重ねられた場を構成していることは間違いないのだが、その空間的な位置の特異性に注目すべきであろう。昭和九年九月に織田が『改造』誌で紹介している「武蔵野雑草会」は、「雑草時代を実現」すべく、全国に幅を広げるべきものとして把握されている。それにも拘わらず、武蔵野に住んでいる人達の活動であるために「武蔵野雑草会」という名前になったことは、「武蔵野」の特異性をも窺わせている。

「武蔵野雑草会の創立に依つて、『雑草』という名称は一般的のものとなつ」たと織田は述べているが、この「雑草」という言葉の使用の発信地が、他でもなく武蔵野であることが重要なのである。「武蔵野の雑草」という、織田の『改造』誌上の論文は「原始的で人工を加へてない草花が欲しいと、いふ希望」を「雑草」への関心の原点に据えている。それは「洋食にあきて、お茶漬けを好む」という気持ちの変化から始まったようだが、この一種の日本回帰の心理は、前田夕暮が派手な花に飽きた態度や、与謝野晶子が「庭の草」で歌う、弥生の花に疲れた眼差しと類似している。そのために、「武蔵野雑草会」を「日本雑草会」と言い換えることの可能性についての織田の指摘は、武蔵野という地名自体に「日本」の比喩を読み解くことの可能性を仄めかしてもいる。織田の文章には、「雑草夫人」の高揚した口調と類似した、国家を支えることへの呼びかけを読み取ることも可能である。しかし、それと同時に、織田が「雑草運動」に込めている大きな希望（「希望だけもつてゐることは、無いのにまさるから」）は、失われていく「故郷」に集約されるような存在に対する切ない気持ちに満ちている。

併し、武蔵野は無残にも、一面コンクリートの海と化して、人間は熱の反射で死の苦痛をなめさゝれる。これは何年後か知らないが《ママ》、其時代になると、武蔵野雑草会で調査した雑草の種類と其分布は、歴史的価値が出て来る。各自の庭園に移植した雑草は、絶好の記念品となつて遺《ママ》る。武蔵野が都会になつて、庭に一鉢の雑草が茂つても、甚だ面白い風景になる(7)。

与謝野晶子の詩「雑草」と、白秋の詩「雑木」の相互共鳴の中で結ばれている「雑草」と「雑木」という植物の生態を考えると、武蔵野という空間に限定されている雑木林の象徴的な広がりに気が付くだろう。重要なのは、それは都会文明の地域的拡大と同時に発見される、破壊されていく武蔵野の自然であり、帝都に象徴される国家的方針に組み込まれている武蔵野の存在である。相馬御風が関東大震災を背景に描き出した「雑草」の美の意味は、ここで歴史的時間軸に沿って、軍国主義的な文明化を進めていく帝都が、武蔵野に影を投げかける形で、空間的にも版図を広げていく中に見出される。一九四四年出版の『武蔵野の記録』の自序で、織田はその著作の動機を説明している。

だが、一体どうして書く気になつたのかと閑な人は聞くかも知れない。それは近く東京都になるのだから、やがては武蔵野といふ其名称も、朝夕見なれた其姿も、特有の相貌も何れは遠からず消滅し去つて、永遠に帰る日もあるまいと、そのお別れの心から、拙ないこの一巻を綴ることにしたのだとお答へする。東京で生れて、東京で育ち、現に武蔵野町の小屋に暮してゐる自分にとつては、郷土に対する愛惜の気もちから、武蔵野の雑木林と曠野とが現はすところの静寂哀傷の感情に、つきぬ名残が惜しまれるのである。今、大東亜の指導的台地として、大日本帝国の首都として、名も東京都と転身せんとしてゐる武蔵野に対して、下らぬ私情にかられてゐる場合ではないとは思ふが、万葉歌人この方、幾多の文人墨客を感歎させ、多くの優れた作品を生んだ武蔵野であつてみれば、いま直ぐに忘れ去るといふことは実に容易な業ではあり得ない(8)。

この記述の中から、周囲の田園を呑み込む都市空間、国民精神を動員する帝国主義の進行の過程、さらに「私」と「公」の交差、個別で個人的な郷土と万葉時代に遡る詩的表現の伝統という複数の糸が縺れる中、失われていく「武蔵野」が浮かび上がっていることが分かる。織田のために序文を寄せた武者小路実篤も「武蔵野の面影はいづれは消えてゆき、過去のものになるかと思ふ」と述べている。

つまり、大事なのは、武蔵野が改めて時代の焦点として浮かび上がるためには、野としての武蔵野が消え、帝都の一部として郊外化されさらに都市化されなければならないという、逆説的な同時代状況である。武蔵野の面影が消えていくからこそ、懐かしさという感情が呼び起こされていくのであり、だからこそ、織田の『武蔵野の記録』は、武者小路が言うように「記念碑」として価値を持っていくことになる。このような記念碑の創造の動機は極めて複雑で、武蔵野を見送ると同時に、感情的な自分を見送るような抑圧の心理を窺わせる。

武蔵野の将来は知らないが、これ迄の生立は主観的の調和であつた。（略）美くしく悲しい叙情詩の武蔵野は今更衣して、金碧燦然たる大都市の相貌へと化粧をこらす。こゝに彼女の転身の目標があるのだ。これを祝福するとしないと関係なく、自然の力はそこ迄も進展するであらう。過去の美くしいものは亡び去つて、新しい美の創造は興りつゝある。いま詩から離れて散文の武蔵野に誕生しやうとしてゐる。この好期に当つて彼女の為に、心ばかりのはなむけてとして、この拙い一巻を贈つて記念とする[9]。

この引用では、女性として表象されている「武蔵野」は、しかし『武蔵野の記録』の最後で「親も無いし子供もない」「彼」[10]に変わっている。これは機知に富んだ手法のように見えるが、それと同時に、「詩から離れて散文の武蔵野」というように、詩から散文へ、というジャンルの変化が伴っていることは極めて興味深い。今までの「武蔵野」に対する「主観的調和」という評価は、明らかに国木田独歩の「武蔵野」を根拠にしているが[11]、ここでは「記録」という形での客観性を帯びる「散文」への試みが見て取れる。国家の大きな物語としての「散文」に組み込まれる武蔵野のことも視野に入れられているが、それに対して織田は非常に興味深い歴史観を示していると言える。武蔵野の中に彼は歴史の裏返し、「変態」を見ている。このことは、現在から見て歴史記述に対する一種の対案を示しているかのように読めるのである。

武蔵野の生態を人は歴史といふ名で呼んでゐた。だがこれは間違ひで、歴史ではなく変態である。武蔵野を舞台とした人間の興亡を歴史と称す可きで、歴史は人類の事蹟を主題として編まれたものが歴史である。喬木が繁茂しても、尾花咲く曠野となつても、人家で埋つても、それは歴史ではなく変態である[12]。

このように「雑草」の描写の中で見てきた生命に対する驚異は、「武蔵野は生きてゐる」という形での有機的な歴史観にまで繋がっている。この見方には、相馬御風の記述にあった「いつしか」という表現に現れているような、主体の側が意識しない間に、しかし確実に何事かが時の流れと共に変容してしまったことに気付かされるという表象を共有する、見えざる歴史を表現しようとする模索のようにも見える。自分の書いている書物の深い意味を意識していた織田にとって、消えた「武蔵野」を捕える「事跡」としての『武蔵野の記録』は、非常に切実な形で、自然の空間と書物の相互浸透を前面に現したものなのである。そして、客観的な「記録」を通して、「東亜の武蔵野」(13)を語ろうとする織田の努力には、「過渡期」という「記録を採る絶好の機会」(14)を掴もうとしていたのである。その「過渡期」の感覚から来る不安は「雑木雑草」という細部に眼差しを向けさせるのである。しかし、明らかに、「コンクリートの道路」に覆われ、「醜悪」(15)になるだろう「武蔵野」に対して愛情を保つ姿勢、すなわち、「東亜」の中心としての男性的な「武蔵野」を祝福する気持ちの奥に、なつかしい「武蔵野」の何かが残るという微かな希望も透けて見えるのである。

雑木雑草は無くなつて淋しくなるが、夕暮のスコールは涼風を贈る。鳥も虫もいなくなるし、花も咲かないが、道路のすみや、家の横手には雑木雑草の芽が出せる余地を残すことを考へたい(16)。

帝都が東京に移されて以後、常に変容することを迫られた武蔵野の、失われてしまう光景を、表現形態はどのようなものであれ、表紙と表紙の中の紙の空間に時間を越えて保存しておきたいという心理的傾向は、近代日本を貫いていると言っても過言ではない。以下この章では武蔵野の雑木林という風景の象徴性を、時間と空間の変容の中で追っていくことにする。絶えず消えていく空間としての「武蔵野」を前に、「武蔵野」を保存できるような表現形式を紡ぎ出す領域として「写真」も考察の視野に入れる。

なぜ一九七〇年代に至るまで、武蔵野の雑木林は、一種の故郷のようなイメージを持つ空間として受け継がれているのか。なぜ雑木林という凡庸な植物的生態には、「日本」なる共同性を支える、国民に共有された感受性の本質につながる「もの」(17)が求め続けられているのか(18)。

武蔵野の地味な、華やかさの全くない雑木林、その上に拡がるよく晴れた透明な明るい青い空、そのイマージュは私の幼少年時代の通奏低音のように、心の底に今でも残っている。（略）比較的都心の近くにこういう昔ながらの武蔵野が広大な地域に亘って保存されているのを知ったのは一つの驚きであった。（略）旧三鷹村の大学の宿舎に迎えられ、武蔵野の雑木林の奥深く、稚い日の追憶に耽ったのも束の間、私は忽ち学生問題の渦中に投げ出された。（略）今回東京にやって来て約一カ月半止っている間に、ささやかながらそういう経験を持つことが出来た。それは、この文章の冒頭にも述べた古い武蔵野の雑木林との接触である。私の宿舎を深くとりかこむ雑木林は、いわゆる名所ではない。それは国木田独歩や徳富蘆花によって、名所としてではなく、しかしあのように深い感動をもって描写され把握された東京近郊のささやかな自然である。私はこの名もない雑木林の中を歩きながら、私の心がその奥底から和らぎ、感動するのを経験した。（略）しかしそこには私を生んだ土地の生命が静かに呼吸し、私の存在はその中に音もなく融け込むようであった。稚い日から私を育てた人々の面影がそこに影絵のように明滅する。しかしこの小さい自然の一隅は、武蔵野を超えて大きく拡大し、富士の裾野に、八ケ岳の高原に、東北の森林に、いろいろな形をとって拡大してゆく。そこには名所になる前の日本の自然が裸で息づいている。（略）ちょうどそのように、私の住いのまわりのささやかな雑木林が、少しずつ変貌しながら日本全土に拡がってゆくのを感じた。（略）私はこれ以外に日本が本当に独立と自律とを確立する道はないと思うのである。秋の雨が静かに降り注ぐ雑木林の音をききながら沁み沁みそう思うのである(19)。

この引用からは、森有正という哲学者が展開しようとしている思想の重層性が、充分に伝わってこないかもしれない。しかし体験における「もの」と、その体験を経験に変える「反省」に関するこの考察からは、「武蔵野」の雑木林の中で繰り広げられている事態の特徴を充分に実感できるだろう。森が説く、戦後日本の敗戦の「体験」を、「反省」によって各個人が経験化しなければならないという心理過程の背景に、他でもなく、現実の「武蔵野」の領域を逸脱した、日本全土を覆うような「武蔵野」が横たわっていることが非常に意味深長なのである。

ツルゲーネフのロシアの森の表現を、日本語に翻訳して伝えた二葉亭四迷に影響を受けた国木田独歩は、武蔵野を日本の近代文学の構造の中に取り入れているが、森有正は武蔵野に裸の自然の雑木林を見続けている。そこにこそ、観念的に捉えきれない「もの」の表象を認めることができるからだ。本書の第一部において、北原白秋と内面的空間の構築の考察から導かれた入れ子の構造は、ここでの森の修辞法の中から浮上する「日本人」という集合的同一性の構造と類似していると言うことができる。つまり、「日本人」の近代的同一性のまだ開けられていない奥の箱に限りなく近いのが、森有正の議論の中における「住まいのまわりのささやかな雑木林」なのである。なぜ雑木林の舞台設定が、このようなロマンチックで文学的とでも言える筆法や、身辺雑記的表現方式をもたらしているかは、極めて重要な、検討に値する問題の一つとして残っている。

ここにおいて、国木田独歩の「武蔵野」から確かな一筋の文学的脈絡を、近代日本の文化的地図の上に通すことができる。独歩の「武蔵野」は、日本近代文学における風景の発見を表すものとして柄谷行人(20)などによって解釈されたが、日本的近代の原風景が「武蔵野」であることは重要な意味を持っている。それが、現代東京が抱えている都市問題の考察にまで示唆を与えているのは事実である。若林幹夫(21)という郊外の問題を扱っている社会学者は、現在の多摩センターのパルテノンのような理解しがたい建築空間が内包している郊外という問題を論じた時に、独歩の「武蔵野」まで遡っているのである。川本三郎の『郊外文学史』の中にも似たような「武蔵野」に遡る系譜が存在している(22)。

柄谷の議論における、内面と風景の表裏の関係の指摘は正しいであろう。それと同じく二葉亭の翻訳を経由して日本語表現に導入される、落葉林の美と近代的精神との響き合いも、同様に一種の「転倒」(柄谷行人)を含んでいる。相馬御風が「鉢の雑草」の中で描いているような「雑草」の発見と、このような「雑木林」の発見は、ある程度共通している。しかしながら、「武蔵野」には多くの空間的な問題が含まれており、だからこそ、その精神的な意義が大きいと考えられる。

柄谷の見解を受け継いだスティーヴン・ドッド(23)は、このような最初の近代的風景を描いた独歩を、「故郷」文学の創立者の一人として位置づけている。しかし、「武蔵野」に向けられた眼差しの延長線に「故郷」があるということの意義については、より深い考察を必要とする。西国の生まれ故郷の文学化よりも、「武蔵野」の中に含まれている抽象的「故郷」が構成されていることを見逃してはならない。

兎も角、画や歌で計り想像して居る武蔵野を其俤ばかりでも見たいものとは自分ばかりの願ではあるまい。それほどの武蔵野が今は果していかゞであるか、自分は詳はしく此問に答へて自分を満足させたいとの望を起したことは実に一年前の事であつて、今は益々此望が大きくなつて来た。（略）林は実に今の武蔵野の特色といつても宜い。（略）元来日本人はこれまで楢の類の落葉林の美を余り知らなかつた様である。林といへば重に松林のみが日本の文学美術の上に認められて居て、歌にも楢林の奥で時雨を聞くといふ様なことは見当らない。（略）、自分がかゝる落葉林の趣きを解するに至つたのは此微妙な叙景の筆の力が多い。これは露西亜の景で而も林は樺の木で、武蔵野の林は楢の木、植物帯からいふと甚だ異て居るが落葉林の趣は同じ事である。（略）僕の武蔵野の範囲の中には東京がある。しかし之は無論省かなくてはならぬ、なぜならば我々は農商務省の官衙が巍峨として聳て居たり、鉄管事件の裁判が有つたりする八百八街によつて昔の面影を想像することが出来ない。それに僕が近ごろ知合になつた独乙婦人の評に、東京は「新しい都」といふことが有つて、今日の光景では仮令徳川の江戸で有つたにしろ、此評語を適当と考へられる筋もある。斯様なわけで東京は必ず武蔵野から抹殺せねばならぬ。（略）是れは地勢の然らしむる処で、且鉄道が通じて居るので、乃ち「東京」が此線路に由て武蔵野を貫いて直接に他の範囲と連接して居るからで有る。（略）即ち斯様な町外れの光景は何となく人をして社会といふものゝ縮図でも見るやうな思をなさしむるからであらう。言葉を換えて言へば、田舎の人にも都会の人にも感興を起こさしむるやうな物語、小さな物語、而も哀れの深い物語、或は抱腹するやうな物語が二つ三つ其処らの軒先に隠れて居さうに思はれるからであらう。更に其特点を言へば、大都会の生活の名残と田舎の生活の余波とが此処で落合つて、緩かにうづを巻いて居るやうにも思はれる(24)。

このように、「新しい都」東京との力学の中でしか「武蔵野」を発見することができないことが、最も重要なのである。例えば電車の線路の中にこそ、最も物質的な意味での「近代」を見出すべきなのである。独歩が主張している「今」の中には、このような大都会の新しさと、武蔵野との接触を読み取ることができる。もちろん、その「今」には武蔵野を描いている当の「私」との関係のとり方の直接性が含まれてもいる。

独歩以降、武蔵野は東京との関係なしに考えられなくなり、そのことは詩的表現者の側のみならず、市政の側においても共有されるレトリックになる。そして、独歩の「武蔵野」において起こった、書物という媒体と風景の重なり合いも、当たり前であるが故に、見逃される現象として指摘しなければならない。切り株の上で本を読む独歩こそは、「武蔵野」の風景を描く主体の典型になる。「武蔵野」と自己との間の関係の直接性を確保するためにこそ、間に書物の頁なり、写真なり、スケッチブックなりを置き、「記録」しなければならないという仕組みが生じる。独歩以後流行り始める「武蔵野趣味」(25)は、なかなか独歩の「武蔵野」という書物から脱することはできないのである。

独歩は都会と田舎の狭間において変化する「武蔵野」を見出している。その変化の中に消えていくものとして「武蔵野」が位置づけられているのではないだろうか。ツルゲーネフの猟人を意識したからかもしれないが、物語や美などを、独歩は「獲物」として捉えている。つまり、追い求めて探す美という「獲物」が武蔵野にあり、その探究の中で初めて「武蔵野」自体の奥行きが現れる。その奥行きが内面に映し出されることで、自然に近い自らの幼年期に通じる懐かしさがもたらされる。そのことから、武蔵野に「故郷」が求められるようになるのだ。

独歩の作品の最後に鳴る時計や汽笛は、時間の通過と動きを再び強調し、白秋の黒い皮ノートの植物園に関する雑記と同じように、作品の中に「武蔵野」を閉じ込めているとも言える。そして、都会との接触によって「うづ」をなして変化している武蔵野の中の「故郷」の抽象化は、近代国家の首都の市民としての集合的自己同一性を意識させる、首都東京の性質と表裏の関係にあると言える。そのような意識の浸透過程は、「武蔵野」の庶民文学化（素人による武蔵野の美的体験）と対の現象として考えるべきなのである。武蔵野に向けられた詩的及び感傷的な眼差しは、市政を始め、政治に貢献できるような詩学の源泉ともなっている。

独歩の「武蔵野」は、一種の武蔵野案内記の原型でもあるので、後に出版されるような案内記に必ずその面影を認めることができる。広く大衆的読者を対象とした景物のみではなく、東京市民を相手に出版された最も早い書物は、独歩の『武蔵野』と同じ民友社から一九一三年に出版された並木仙太郎編の『武蔵野』である。

五十万の巨数、二百万の人口を包容せる我が大東京市は、月に盛ゆき日に栄えて、彌々倍々繁華に赴き、果ては啻に帝国の大都市たるに止まらずして、遂に世界の最大都市たらざれば已まざらんとす。（略）然れども由来大都市は執務の地にして起臥の地にはあらず、活動の地にして静止の地にはあらず。（略）試みに一たび眼を放つて帝都の背景を望めば、数条の道坦々として雲の彼方に連り、清鮮の薫り天地の間に溢れて和風永へにそよ吹き、日光寸地を剰さず輝きて紅緑隈なく彩れると見るべし。是れ天の吾が都人士の生の為に与へたる至妙境、武蔵野ケ原にあらずや。一点の塵埃にあらず、一抹の塵埃に達せず(26)。

やや国民主義的な口調の強い記述の中で、「武蔵野」という存在は、大都会の発展や日本の発展のために働いている市民への一つの褒美か「獲物」のように表現されている。独歩が捉えた都会と田舎の微妙な「うづ」はここで明確に分解され、無垢な理想境としての「武蔵野」が強調されている。この明確なイメージ戦略は、近代文明の具現である東京の生活環境からくる緊張感を解消させる機能を果たしている。公的な場としての都会と、私的及び詩的な場としての「武蔵野」との関係が、ここで明確にされているのである。このような精神構造の下で、しかも書物という形で縮小された「武蔵野」を手に、多くの人が実際の「武蔵野」に牽かれていったのだろう。二年後に別所梅之助の『武蔵野の一角にたちて』という随筆集が内村鑑三の序の付された形で出版されるのは、その一例である。自然との一体感などというキリスト教的な側面が見られる彼の文章にも、帝都を中心に発展する日本の縮図としての「武蔵野」像が浮かび上がってくる。

(略)、青い世界の拡がつて来たのを感ぜずにゐられませんでした。生長です。黒土の下に潜んでゐた力が発現してきたのです。生命は暫し鳴を静めてゐました。そして時をまつて、ぱつと咲いたのです。遮るものなく伸びるのです。(略)手の行き届いてゐる田園の空気に身を委ねてをると、人が助けてをる紅花、黄花と、取り残された叢とが、私を遠い世界へと誘つてゆきます。

幾多の人がこゝに生を寄せた武蔵野。(略)

然し、さういふ人と人との戦をほかにして、我らの祖先は、地と戦ひ、水と戦ひ、風と戦ひ、草木と戦ひ、禽獣と戦つたのです。彼らは、その生命を立つる為に、敵と覚しきあらゆる者と戦ひました。

今の日本は、世界中で第四か、第五に位する銅の産出国です。(略)私どもは、この強く優しき祖先の子孫として、今おのれと民族の、真の姿を占はんとしてゐます。

地の人として私どもは、世界経済地誌の猟産といはず、林産、畜産、農産、鉱産、水産、諸種の原料品の目録を倍にもしたいのです。そして私どもの生活を豊富にしたいのです。さらに見ぬ世を見る人として、まだ拓き足りぬ心の境地を開きたいのです。それが拓かれるのに、国外の思想の入る事と、拓かれゆく世界が民主的なるものであらうとの事は、私にも思はれます。

潜める力よ起きよ、生長よ来れ、地と人とを親しうさせるやうに、そしていと高き者を思ふおもひの深からん為に(27)。

このような考察が「武蔵野の一角」で行なわれているのだが、それが日本全体の物質的・精神的構造に及んでいることは、「武蔵野」が象徴的空間として一つの達成点にあることを物語っている。「武蔵野」の領土が心の境地と重ねられていることによって、素朴な形で私的及び国民的内面が浮かび上がっている。祖先との連続性の中で得られる連帯感には、「故郷」に通じる志向を見出すことができる。そして、東京を中心に繰り広げられる高度な文明化を、長い開拓の歴史の中に溶け込ませることによって、日本の中心こそが一種の「故郷」として機能し始めるのである。

東京都と「武蔵野」のそのような有機的な繋がりは、「武蔵野」のさらなる文学化と市政の関与へと導かれる。象徴的な例として、別所の『武蔵野の一角にたちて』の二年後に出版された『武蔵野の文学』をあげることができる。学校教諭の野村八良の作であるだけに、この書物には教育的な目的が満遍なく行きわたっている。この『武蔵野の文学』に独歩の作品が登場しないことは、実は興味深いことであるが、それは独歩の「武蔵野」を同じ類の教育書か案内記として捉えていたことを示唆しているのであろう。何よりも重要なのは、この『武蔵野の文学』の枠付けである。序は東京府知事の手によるものであり、本自体は十年後の一九二七年に再出版される。

我が府下には、此の如き由緒あり、実益ある大河の存するあり。若し夫れ此の二流に抱擁せらるゝ所謂武蔵野の曠原に居たりては、日本武尊の東征以降、顕著なる史蹟に富めり。（略）此の原野古来歌人の題詠に入り、或は雅客の紀行に載れり。曩に本府女子師範学校教諭野村八良氏に嘱して「武蔵野の文学」を編纂せしめ、今其の稿成るを観て、感興殊に深きを覚ゆ。又今秋、本府島嶼及郡特産品奨励共進会開催の企あるに際し、本書の刊行せらるゝは更に快心に勝へざる所なり(28)。

遺跡と共に、教育を通して保存される代詠や紀行文に対する眼差しは、あたかも無形文化財としての「武蔵野」の保存の前兆のように読める。一九二〇年に出版される『武蔵野の草と人』の中では、武蔵野がまた「文明開化」に至る歴史の舞台になる。

年は更にそうした『文明開化』の間に流れ〳〵した。（略）青嵐の草原の上空を掠めて斜に駆けるものは、凝視するとそれは鳥ではなくて、翼のある車であった。切られた老樹の後へはすく〳〵へと鉄の円筒が立ち並んで、其上部に深黒な煙の龍を蜿蜒させたり、魔城のやうな煉瓦の建物の窓に輝く電灯の光を環つて、若菜の薫りと鉄の焼ける臭ひとがこんぐらかつたりした(29)。

『武蔵野の草と人』は、一枚の武蔵野の写真の発見と繋がっている。筆者が参照することのできた『武蔵野の草と人』にはおそらく同時期の読者によってある細工が施されていた。本の裏表紙に新聞から切り抜いた「武蔵野」の写真が貼り付けられていたのである。このミクロヒストリーとしての出来事には、武蔵野に向けられた集合的な眼差しを意識させられる。この写真は歌舞伎役者尾上菊五郎が撮影した写真《武蔵野の初夏》（図２）であるが、この尾上菊五郎は後に海外向けの日本文化の宣伝用に、著名な写真家木村伊兵衛によって撮影されている(30)（図３）。二つのカメラのファインダーを通して「日本文化」の奥に潜む「武蔵野」が入れ子になっている、象徴的な例ではないかと思われる。独歩の「武蔵野」によって「今」の、すなわちそのままの裸の自然の体験と描写を、ここでは「写真」という、表現と保存の装置と合わせて考えることができる。

あくまで写実的なものを追及しようとする烈しさをその芸の特色のひとつに数へられてゐる六代目が「写実的

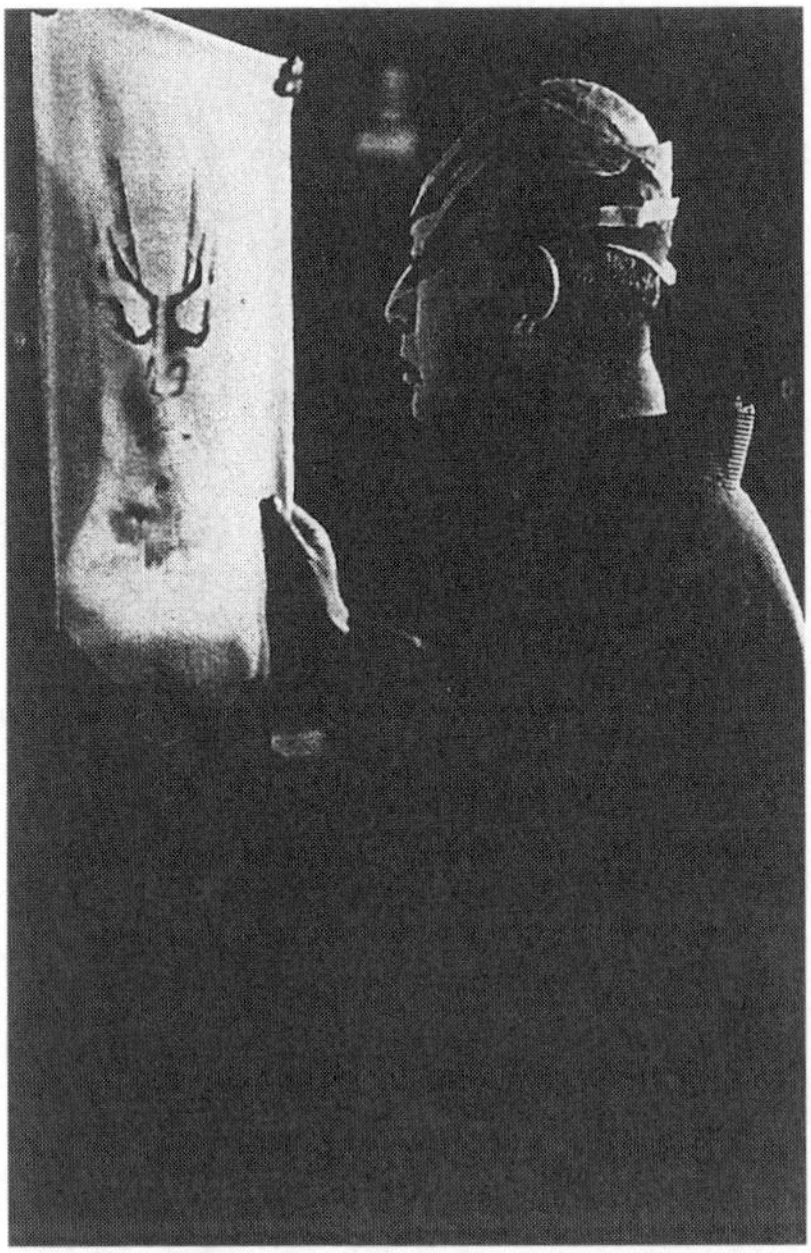

図３　木村伊兵衛《六代目尾上菊五郎楽屋にて》（1937年）

図２　尾上菊五郎《武蔵野の初夏》
「麦の穂末、桑の葉蔭にも強烈な五月の息吹が立ちこめてゐるとはいへ、淋しいまでに静寂な風景――六代目の性格の一面を『写実』したものと断定しては見当違ひであろうか」

な趣味」カメラに凝りだしたのはまだ写真機がオモチヤ箱みたいなむかしだつたといふ、もつとも『近頃はあまりイヂリませんので……』とのことなので、『それぢゃ旧作のなかで一番気に入つた作品を』との求めに応じてくれたのがこの『武蔵野の初夏』である。

麦の穂末、桑の葉蔭にも強烈な五月の息吹きが立ちこめてゐるとはいへ、淋しいまでに静寂な風景――六代目の性格の一面を「写実」したものと断定しては見当違ひであらうか(31)

当時の言説の中で結び付けられている写真と写実や、風景と内面の関係の他に、この写真には「武蔵野」にカメラを向ける行為の系譜が、同時代的、かつ歴史的に共有された一つの文化として刻まれていると考えられる。さらに、水平線の方へ消えていく道には、武蔵野の風景の奥行きの表現と同時に、一種の内面の奥への表現の探究を見出すことができる。重要なのは内面の奥に向かう志向が、先の見えない道として表象されていることである。その上には、しかし、存在しない精神的故郷への道も重なるのであろう。三回にわたって武蔵野について書いている白石実三は、一九二一年の『武蔵野巡礼』の中で、極めて的確にこのような「道」を描いていると言える。このような「道」は武蔵野の空間を突き通ることに止まらず、武蔵野全体の表象に重なっていく。

彼等［小巡礼者―引用者］が踏みゆく野の道は――わが武蔵野の胎の道こそは真の人間の大道である。より高きへ、詩へ、自由へ、精霊へ、朽ちざる神そのものへ、まことの道である。（略）……武蔵野といふこの自然の大合奏場に於て人も木も草も虫も、あらゆるすべてが調和し融合しようとする本然の努力を致してゐるのだから。かくしてすべてが今一度その源泉へ、統一へ、詩の世界へ、神の国へと急ぎつゝ、ある……(32)。

早くも翌年に写真家向けの『撮影探勝武蔵野めぐり』がＡＲＳ（アルス）から出版され、そこに明確に独歩の「武蔵野」が言及(33)される。

そこには、所謂絶景とか奇勝とかいふ種類の、刺戟的な景観はないかも知れない。けれども実際、柔らかな、素朴な、そして寂しく大きい自然の姿は、ひとり此の武蔵野にのみしみじみと味?はれる。（略）散策遊行を好む人、スケッチ函を担いで歩く人、趣味写真家、さういふ人々の為に、これでも多少、この野に対する興を喚ぶ種になるかと思ふ(34)。

『武蔵野の文学』には入っていなかった独歩の「武蔵野」は、このように写真撮影についての書物の出発点となり、文学の日常化という意味での、素朴な自然に対する趣味の中で再び浮上しているのである。以降、独歩の水脈を汲んだエッセイ集のような作品の中や、鉄道会社のパンフレット、東京市保存局のパンフレットという公的な出版物を通して、基調を異にしているにも拘わらず、都会文明と自然のコントラストの中の「武蔵野」は描き続けられていく。それのみならず、時代が進むにつれて、都市文明は舶来のものとしてより強く意識され始め、「武蔵野」はあたかも純日本の文化の表象のように機能し始める。さらに、公的な保存方策にせよ、私的なスケッチや写真にせよ、「武蔵野」は保存すべき空間、もしくは消えていく伝統空間として痛切に捉えられていると言える。「武蔵野」を巡る著作の序文が、文部省、内務省、市長などという公的機関に属す人物によってなされているのは、「武蔵野」が「公」に繋げられていく情緒の方向づけを示しているのであろう。

一九三六年の白石実三の『新武蔵野物語』[35]の中に興味深い現象を見ることができる。

旧御苑の入口は、例の代々木の古木の傍にあつて、普通の人は参観を許されないけれどもあの内部は、いかにも静かな野趣に富んだ自然そのまゝの幽邃境である。それはあの新宿御苑が、いかにも瀟洒な外国風のガアデン式なのに対比して、これはごく自然で、荒れたまゝに任せてあつて、昔の武蔵野をそのまゝ、縮図したやうな面影である。こゝには例の雑木林の美も保存されてあれば、静寂な水の錆びた古池があり、美しい泉があり亭があり、殊に熊笹の美はこの苑の第一の特色であつて、熊笹に被はれつゝ林間を縫ふて伝はつてゐる細径は日本の他の公園にも多く見ることのできない、神宮独特のユニークな細径の美を発揮してゐる。さうして旧御苑の自然の美こそ、祭神明治大帝の御理想をさながらに体現して見せた、純日本精神の発露に他ならないのである[36]。

独歩が「武蔵野」に社会の縮図を見たのとは逆に、白石は都会の中に「武蔵野」の縮図を見出している。武蔵野をロシアの「ステッピ」に喩えている白石は、独歩、二葉亭経由のロシア文学やツルゲーネフの伝統を受け継いでいると言えよう。しかし白石の独自性は武蔵野に進出する都会ではなく、都会に忍び込む武蔵野に気付いているところにある。明治天皇という存在は、引用したように、日本の近代化が抱えている欧米化の意味合いを、「武蔵野」を通して純日本精神に変容させているのである。

「武蔵野」に関するイメージ操作の問題よりも、ここで重要に思われるのがこの空間的な構造である。大都会の周囲の田園地帯が遠くへ押し出されていく過程で、それらが政治的に象徴的な中心（明治神宮）にも、雑木林という形で物質的に噴出していくことになる。奥の方に掛け離れることによって親密さが増すという、中心化をもたらす空間化のメカニズムが働いていると言える。象徴的な意味での「武蔵野」の面影の保存は、このような明治神宮を、抽象的な故郷として受容する感受性と関わってくるのであろう。

写真という形での保存は、一九四一年の『カメラ随想武蔵野の生態』(37)に追求され続けていると言える。その翌年に『独歩と武蔵野』(38)という書物の中で、独歩の武蔵野がさらに意識的に呼び起こされ、そのさらに翌年に、福原信三の編集で写真集『武蔵野風物』が世に出る。日本の近代写真史の観点から見ても、一九四三年前後、つまり国家レベルで最も政治的に緊張が高まった時期におけるカメラのレンズが、雪国や、武蔵野、子供の国に向けられていたことが分かる(39)。ちなみに、北原白秋の「故郷」柳川の写真集『水の構図：水郷柳河写真集』も、同じ一九四三年に出版されている(40)。一見政治的現実から目をそらすように見える、これらの無垢な、「故郷」的な風景は、そのような耐え難い、苦しい現実と分けては考えられないのである。

『武蔵野風物』に写された「武蔵野」は、序文から、大東亜の中の大日本帝国本土として、その象徴的な一地域としての位置づけを与えられている。さらに、興味深い柳田國男の序文も寄せられている。

その一つ以前の寂寞の武蔵野にも、やつぱり人が住んで次々の開発はあつた筈だが、さういふものはもう埋もれ切つて居る。昔も諸君のやうな同情に富む観察者と、斯ういふ精巧な技芸とがあつたならば、どの位有難かつたらうと思はずには居られない。
しかし其中でも此頃の変り方は、大分又以前とはちがつて居る。故跡は廃墟とはならずに、思ひ切つて新しいものが其上に造り上げられる。さうして又今まであつたものを、記念しようといふ気持は薄らいで居る。国の運勢の大飛躍する時代としては、是は少しでも不思議は無いのだが、この点を知つて居ないと、本当は歴史は書けない。第一に今まではどうだつたかを示し得ることが、実は今の新しさと悦ばしさを、説いたり論じたりする者の資格なのである。以前は写真のやうな親切な技術はまだ無かつた。是を自由に利用することは、明かに現代の幸福である。この恩沢を次に来る人々と分たんが為に、少しでも文化の変遷の上に注意するといふことは、是も亦今までの世には無いことであつた。この書の出現によつて、更に世の中は新らしくなることと私は信じる(41)。

大都会との接触の中の変化が、さらに大東亜戦争の時期に一層烈しくなっている。意識的・無意識的に吹き込まれている進歩的なイデオロギーの問題とは別に、新しいメディアとしてのカメラを通してしか見えない「武蔵野」の牧歌的風景という、興味深い構造を覗かせている。

このような系譜が非常に明確に流れ込んでいるのは、大岡昇平の『武蔵野夫人』(42)における戦後の「武蔵野」の中である。近代文学における武蔵野を論じた林広親の論考(43)では、残念ながら『武蔵野夫人』のこのような側面が捉え損ねられ、武蔵野という舞台の必要性が十分に重んじられず、「せいぜい」ヒロインの「古風な貞操感念」との関わりの中でしか捉えられていない。

しかし、「武蔵野」が、大岡の作品の背景ではなく、主役であることは明らかである。しかも、本章で今まで素描した「武蔵野」を描いている文献のほとんどが、『武蔵野夫人』の中にある、はけの家の本棚に並んでいると想像できるのである。「好事家であった老人の書架には武蔵野に関する歴史や地理の本が揃っていた」(44)。『武蔵野夫人』の主人公、復員者が背負う出征の記憶は、「武蔵野」という空間の中に、「故郷」的な空間にしか求められない慰めを捜し求めている。そして、同じ老人を祖先に持っているヒロインと復員者の恋愛の裏にある家族への帰属の希求は、「武蔵野」の地形に向けられている眼差しと絡み合っている。復員者が「武蔵野」に向けている願望と希求は、捜し求める「故郷」への道であり、そのためにヒロインの名前も道子となっているのである。

さらに、復員者が求めている「故郷」を連想させる母親的な存在として、ヒロインが位置づけられ、造形されているからこそ、二人の関係の中で貞操が問題化されるのである。このような「故郷」を、手に入れることのできない復員者が、やがてカメラを武蔵野に向けるようになる行動の意味の深さは、今まで見てきた武蔵野をめぐる作品の系譜なしには理解できないだろう。

この大岡昇平の『武蔵野夫人』の五年後に、視覚的な武蔵野の戦後記録が現れる。島田謹介撮影の『武蔵野』(45)である。一九二二年のARSの『撮影探勝武蔵野めぐり』との強い連続性の中で、島田の写真集の中に雑木林が登場してくる。後書きの中で、島田は自分の撮影動機となった「武蔵野」に対する親しみについてふれている。しかし、「なんというさわやかな懐しみあふれる文字だろう」と感歎する彼は、やはり独歩と蘆花の作品の中で、文字で綴られた「武蔵野」を、現実の「武蔵野」の空間に重ねているのである。

「親しまれ、懐しがられた美しい武蔵野は日に日にその面影をなくし、惜しまれながら滅びようとしている」。独歩の時点で既に面影として把握された「武蔵野」が、郷愁のもたらす故郷的な空間として造形されている現象の規模を、島田の言葉の中に再確認できる。「親しい」、「懐かしい」、「惜しい」と形容されている「武蔵野」の面影に、「故郷」の意味とその「故郷」の損失が、同時に刻まれていると言える。

私はこの一握り程の雑木林に限りない愛着を感じてからは、脚にまかせて、残つている武蔵野を求めて歩き回つた。(略)私は特にこの一年好んで武蔵野を歩いた。ここに写し集めた四季の武蔵野は、私なりに見た武蔵野であり、カメラの描いた武蔵野の今日の姿である。そこにはジエツト機の爆音もなく、小鳥の鳴音も聞えない原があり、冬枯の雑木林の小径がつづいている。しかし独歩は武蔵野は当もなく歩くことだと教えてくれたが、当もなく開いていつたどこかの頁に、あなたをがつかりさせる武蔵野がないかと心配である。次の頁を開くまでの一瞬でも心の憩となり、一人静かに武蔵野の風趣を汲み取つて頂けたら幸である(46)。

独歩にとって「縦横に通ずる数千条の路」(47)を通してしか見えてこなかった「武蔵野」の美における「路」の意味は、充分に注目を浴びてこなかったかもしれない(48)。しかし、尾上菊五郎の写真に見える「道」を思い出すと、それは絶えず変化している風景の比喩でもあることが分かるし、先の見えない「道」が求め続けられている敗戦後の日本社会の表象としても機能しているのではいだろうか。先の見えない「道」は、黒い箱としてのカメラを通して「故郷」を手に入れようとしている、『武蔵野夫人』の復員者が彷徨している道でもある。

戦後の「武蔵野」に向けられている島田のカメラは、憩いを求めながら、その期待を裏切られてしまうことを常に怖れているのである。その点に関して、島田の多くの写真に道が映っている。《曲がった路》、《ひどい道》、《雑木林の道》、さらに写真集を締め括る《広い道》。雑木林は殆どの写真に現れているが、雑木の反射を写真で撮ることは、最も的確な「影」、「面影」の表現の一つではないだろうか。失われたものの切なさは、そのような二重写しの中で表現されていると言える。

池の水面に揺らぐ雑木(図4)、水溜りの中に姿を映す雑木(図5)、米軍基地が隣接することを思わせるアスファルト式の道の上に影を投げる雑木(図6)。「故郷」の奥を捜し求める「道」は、写真集の最後(《広い道》)に大胆に、未来へと方向を変えているとも言える。そのような次の頁を開く前の心配に似た感覚の中に、雑木の影が「武蔵野」の面影として引きずられていくのであろう。あるいは、その雑木は下敷きになりながらも、踏みにじられることを逃れるのかもしれないというメッセージも読み解くこともできよう。

幽邃で最も自然な静寂を湛えていた石神井の三宝寺池には毎冬沢山の鴨が集つていたが、終戦の秋進駐軍に撃ちまくられてからは、もう一羽の鴨も飛来しなくなつたので、皇居のお濠が唯一の安住の池となつた(49)。

このような島田の観想は、三〇年代の白石実三の言葉を思い出させる。白石が「武蔵野」の縮図を明治神宮に見ていたことに対して、敗戦後の島田の視線は、鴨を追いながら皇居に辿りついてしまうのである。「武蔵野」の運命を日本の運命に重ねる形で、一つの共同的な拠り所として、皇居が機能していることに気が付く。敗戦に伴う損失の体

図４　島田謹介《雑木林の池》（部分）『武蔵野』（暮の手帳出版、1956年）

東京都練馬区上石神井三宝寺池

図５　島田謹介《落葉》（部分）『武蔵野』（暮の手帳出版、1956年）

東京都三鷹市井之頭公園

図6　島田謹介《広い道》（部分）『武蔵野』（暮の手帳出版、1956年）

埼玉県北足立郡朝霞町膝折
「『大きいね。道が大きい。』アスファルト道が、やはらかい秋の日ざしを受けて、鈍く光つてゐるだけなのだが、僕には、それが一瞬、茫洋混純たる大河のように見えたのだ」（『太宰治全集』筑摩書房、1998〜9年、第9巻、130頁）。

験は、失われていく「武蔵野」の自然と結び付き、そして、意識的かつ無意識的に、東京と国家の象徴的中心である皇居に償われることになる。実は、島田の写真集が出版される二年前に、毎日新聞社によって、『皇居に生きる武蔵野』という書物が既に出版されていたのである（図7・8）。

この書物の出版は、新聞紙上の連載から始まり、「読者からの感謝や協力の手紙やハガキ」(50)の中での希望に応じた形で行なわれたものとされる。明らかに、「武蔵野」という精神的な故郷の必要性が、ここで、企画者側により正確に読み取られていると言える。それは同時に未来への「希望」の空間として築かれているのでもある。さらに、『皇居に生きる武蔵野』という書物には、「写真」という装置が巧みに利用されることによって、通常直接的に得ることのできない空間が領有化されている。一九四一年に『武蔵野』(51)というエッセイ風の論文集に寄稿している東京大学教授本田正次は、『皇居に生きる武蔵野』に「御研究ぶりを拝して」という文章を寄せる。

> われわれはかく武蔵野の草花を安易に恋い、それに無限の愛着を感じたのであるが、さてその憧憬の武蔵野の中心である皇居内の植物に関しては、そこが今までは近づき難いあまりにも九重の奥深いところであっただけに、その中にはえている植物のすべてがいかに武蔵野の植物とはいいながら、ものみながあわれに見えるどころの騒ぎではなく、よそでは見られぬ何か一種特別な崇高な植物が、しかも行儀正しく整然とはえたり、また植えられ

皇居に生きる武蔵野

皇居内の道はすべて木の間をくぐってつながっている。二重橋をはいって西の丸宮殿あとから宮内庁、そして旧本丸に達する広い道、紅葉山を右手にして道灌堀を渡り、吹上御苑にいたるダラダラ坂。そのどの場所も、一キロとはなれない外の世界からの騒音は木の葉の茂みに吸いとられて沼の底のような静けさである。数知れぬ鳥の声がその静けさを破る。ここは猟銃の響きをのがれて集まった野鳥の天国なのである。

城郭の西北、黒い板塀をめぐらした吹上御苑はまた野草の別天地でもある。塀一つをへだてて霞ケ関の官庁街に対する十五万坪には、すでに武蔵野の歴史に名をとどめるだけに過ぎない草花など七百種の武蔵野の植物が、太古さながらのシイの巨木に囲まれ自然のままおい茂っている。ここには古くからの武蔵野の姿が陛下の愛情によって復元されているのである。この記事、写真の取材にあたって陛下は侍従を通じ親しくいくつかの助言をくださった。

図7　『皇居に生きる武蔵野』（毎日新聞社、1954年）

「ここは猟銃の響きをのがれて集まった野鳥の天国なのである。」

雑草しげる道灌堀沿いの道

小鳥の巣箱

図8　『皇居に生きる武蔵野』（毎日新聞社、1954年）

「道の両側につりがねの形をした淡紫色のかれんな花が咲いていた。ホタルブクロ（略）武蔵野植物の一つである。そのほかノアザミ、キンポウゲ、ネジバナなどが見られたが、これらの野草の一つ一つにも陛下は深い愛情をそそいでおられる」

たりしているかのような錯覚を持っていた。ところが案はまさに相違して、私は戦後幾たびとなくお上に従って特に吹上の御苑内を見せていただく光栄に浴し、九重の奥深いところまた一般武蔵野と何ら変りがなく、お上の歩きたまうところ一面のススキ原がひろがり、雑木林が茂り、この間ヒメジョオンやヒメムカシヨモギのような外国産の醜草もあれば、またドクダミ、ヘクソカズラのような内地産の臭い植物もおい茂っている[52]。

ここで見られる「九重の奥深いところ」という形での「奥」の概念が、どのような次元を取り得るかが明確に見えてくる。さらに、最も「奥」に置かれているものが、最も普通の雑木林であることの自然性は、極めて興味深い精神的及び空間的構造を示している。「あとがき」では、電車や自動車、つまり大都会の騒音の真中に静かに泳ぐ水鳥の「奇跡」が提示されている。近代都市文明の殺風景な人工的風景の中に煌いているこの生命の空間とのコントラストの中で、その命の泉の奥が発見される。生命が外まで溢れ出る、この「奇跡」が産出される、窺い知れない空間を抉じ開けることが『皇居の中に生きる武蔵野』の目的である。戦後における皇居の鎖された空間を抉じ開けることによって、そこにあえて「故郷」的な要素を吹き込む仕組みは、写真だけではなく、植物採集という「雑草」の系譜とも関係しているのである。戦後直後に、民間的植物学者牧野富太郎が皇居で植物採集を行う行為によって、皇居の空間が、日本の自然を保存している空間として演出されるとも言える(53)。

その写真機の黒い箱を思わせる窺い知れない空間の中に、他でもなく武蔵野の「雑木」と「雑草」が発見されることは、むしろ奇跡を強調しているのであろう。「国民に明るいニュースを提供」(54)するために行なわれたこの取材の焦点に、なぜ「武蔵野」が置かれているかは、文明開化以降の日本の歴史を、空間として演出し続けた「武蔵野」の系譜の中に位置づけることで初めて明確になる。「武蔵野」が辛うじて命を拾われたというこの空間的な演出の中で、歴史的に体験される断絶を繋いでいくような努力を認められる。「武蔵野」が使われることで、全国土を蔽う「武蔵野」という「故郷」に含まれる日本国民としての、共有された体験も呼び起こされるのであろう。

ロラン・バルトの『記号の国』の中に現れる空虚な記号としての皇居の解釈(55)は、言語性の不在という意味で皇居を取り巻く空間を論じたものだが、その論点は多くの立場を異にする日本の論客達に極めて歓迎された。例えば、原武史の『皇居前広場』では「何もない空間」、「無」と「空白」(56)という言葉が皇居前広場に当てはめられているが、その広場に面している皇居の不在性の捉え方によって、そのような解釈が裏付けられているとも言える。西洋型都市空間の中心にある、政治的諸権力の発信地としての記念物が、このように日本の非政治的でありながら政治的な空間構成と対立させられることで、日本のユニークさが改めて再編成されてもいるのである。また、こうした問題は別にして、「空白」をめぐる解釈は、戦後日本社会においても機能し続けた天皇制の表象としては有意義かもしれない。

しかしながら、このような「無」あるいは、まさに「空き地」に、確かに目立たないもの、見えないもの、名のないものとしての特徴を持っている「雑草」と「雑木」が忍び込んでいることの方が、空間を把握する上では示唆に富んでいる。しかも、皇居をめぐるバルトとほぼ同時期の加瀬英明の論文「皇居とはどんなところか——現代日本の秘境」(57)では、詳しく皇居の「中身」が紹介されているのである。皇居の見学を許されたジャーナリストは、皇居の空間の中で「明治は欧化の時代であるとともに、偉大な日本化の時代だったのである」ということに気が付く。

この定義の中に「武蔵野」と東京のと絡み合いで浮上してきた、「文明」化と「自然」の同時進行的な側面が見事に凝縮されている。「息を呑」んでしまうような樹海の風景が、遠くに霞む高層ビルをバックに立ち現れる。田園が残っている郊外から眺められる文明の発祥地と同じ風景がここに反復されているのではないだろうか。温室、生物学研究所が、このような森に埋もれているが、そこには第一部で扱った植物園の空間も再生されるだろう。

菊の紋章を付けた鉢に盆栽が並べられているが、その間に佐藤前首相が献上した「ケヤキ」も観ることができる。大岡昇平の小説には、同じ「欅」が「古代武蔵原生林の残物」として登場している(58)。欅は盆栽の形で縮小され、人工的に取り入れられているのだが、このような植物園的「自然」の中に、本物の「自然の自然」、「自然の中の自然」が隙間を盗んで入ってきているのである。

「盆栽と花畑のあいだに、雑草——としか私にはみえなかった——が二、三、十本、植えられた小さな畑がある」。「野草がお好き」、「優しく愛情をかけられる」昭和天皇の姿には、無名の市民である「民草」への情愛が読み取られるのである。それと同時に、温室栽培や文化化された盆栽とは違った、より特権的な「自然」の所有の興味深い例をここで見ることもできるかもしれない。そして、太平洋戦争という苦しい時期を通して、「民草」に対する、止むをえず抑えられる心遣いが、以下のようなエピソードで、皇居の内面的空間の記憶に焼き付けられている。

太平洋戦争が始まると、軍の要望によって、御苑のなかに、陛下のための大防空舎の建築が行なわれることになった。すでに戦況は悪化しはじめ、延べ数十万人の兵隊が動員されて、昼夜兼行で突貫工事が行なわれた。工事が終わる前に、陛下は一つだけご自分が大切になさっていらした野草が植えてあった小さな一隅だけは、踏まないようにと念を押した。そこで目印をしておいた。ところが、荒されてしまったのだ。陛下はご覧になって、「約束したけれども、とうとう踏み荒したね。」といわれた。けっしてお怒りにはなっていなかったが、悲しげだった(59)。

一種の寓話としても読めるエピソードだが、戦時中の作品で見た物質的、精神的な養分としての「雑草」への強烈な関心が、鏡像のように反映されている構図に気付くことができる。このような皇居見学の最後に、加瀬が、集団的無意識の発見者カール・ユングの言う「民族の理想像」に思いを馳せるのも偶然ではない。皇居の中の「野草」の光景が、「民族の育ち」という概念と結び付いてしまったところに、ほとんど無意識的に行なわれる民族の共同体の接着剤としての「雑木」と「雑草」の、重要な意味づけを認めなければならない。

加瀬より十年後に発表される藤森照信の「皇居が首都・東京で果たす役割――日本の深層に通じるシンボル機能」(60)という論考の中では、皇居が象徴である以前に、皇居自体が象徴を見事に解読する場であると示唆されている。つまり、皇居は「武蔵野」の雑木林や「雑草」という象徴を集団の精神構造の中に解読し、鏡のようにその象徴性を反射させている装置であると言える。藤森の論考の今日にまで繋がる価値は、建築という極めて空間的な観点にある。

「空間の中心に対応するものとして時間の一種の不動点、変わらざる場所」として、皇居を位置づける藤森は、単なる「空白」の記号の意味ではなく、消滅している江戸の建築物の間に「奇跡」的に唯一残っている道灌堀という、極めて物質的なものとの繋がりの中で、それを捉えているのである。この論考では、藤森が言っている「謎」には、毎日新聞社編の『皇居に生きる武蔵野』に見られる皇居を取り巻く「奇跡」が映し出されている。加瀬の紹介の記事で既に取り上げられた、熱帯植物の温室の「わきに陛下が毎年五月と十月ごろに田植えと稲刈をなさる小さな水田」のことである。

加瀬の文では、自然の描写の中に溶け込まされたこの小さな水田は、藤森にとって純粋に空間的な逆説として問われるようになる。明治国家設立と同時に、天皇は馬に乗ることによって武士になると共に、このような田植えの儀式を通じて、農夫にもなったという、これまで注目を浴びてこなかった側面に、藤森は気付いているのである。文明化が進んでいく都市空間の中心で行なわれている農業は、入れ子逆入れ子的な空間的な反転を抱えている。

しかも、皇妃が手を染めている養蚕と共に、「明治の日本で一番大事なもの、田植えは基本的には税金のもとであり、養蚕は輸出産業である」という、国家運営に携わる象徴的な行為として、農業が天皇によって営まれているのである。国民の結合のために利用された農村型の家父長制度は、このような儀式によって、日本人の無意識の深いところと繋げられているのである。そして、藤森の目には東京という近代都市の空間が常に見えている。

あるいは戦前までの東京は、多くの人は農村から出てきて住みつく、そういうなかでなおかつ人々がある種の安定をもっていられるのは、自分の心のなかの底が都市のど真ん中にも通じ、また周辺の田園地帯にも直接通じるからである。(略)
例えば、人間のこころのなかにある、とくに日本人のなかにある一種の自然への憧れみたいなものは絶対なくならなくて、最後の武蔵野が道灌堀にあるような、あの自然がある限り、皇居はつねに東京に住んでいる人の心の中心であり続けるだろう(61)。

「最後の武蔵野」という表現は、ここでは極めて的確であり、皇居の中の水田に向かう眼差し、その眼差しの中の郷愁が、一種の「故郷」の鏡像として浮かび上がっているのである。しかし、藤森もコメントしているように、田植えの機械化と共に、皇居の中の農業の形式が意味を薄める時、「自然」への憧れという、生産としての農業とは異なった心理的帝国、しかも極めて都会的な郷愁が、象徴的に浮上してくることになる。

藤森は、天皇が行なう農業の中に、起源不明の植樹のことをも指摘している。「植樹はおそらく戦後になってのことだと思われる」と藤森は推測しているが、それは正しく武蔵野の象徴的移植のことを意味しているのではないだろうか。

興味深いことに、藤森は、「日本人の心のなかの深いところにある無意識の世界とうまく通底する」ことを思わせる、大正時代から受け継がれている「雑草」の象徴性に気が付いていない。しかし藤森自身が、与謝野晶子に遡る「雑草」の系譜を、ほとんど直線的に受け継いでいることは重要であろう。

川本三郎は『郊外の文学誌』で、渋谷の雑踏の下に埋まっている「武蔵野」の古層までを「郊外」の領域に取り入れながら、「理想としての郊外」を「武蔵野」の面影を残す埼玉県所沢に求めている。所沢は宮崎駿の「となりのトトロ」の風景として知られているが(62)、「……宮崎さんも僕の建築が好きで、ご自分の家を造るとき、壁の調合の仕方を教えてほしいと言われた」という台詞が、藤森照信の口からも出ている。『週刊朝日』の二〇〇五年三月一八日の「夫婦の情景」の欄に、建築界を「震撼させた」藤森の設計による「タンポポ・ハウス」を、雑誌記者が訪問した感想が紹介され、藤森夫妻のインタビューが載っている。タンポポ・ハウスは「宮崎監督のアニメに出てくる城」のような家として紹介され、意図的に「雑草」の屋上が設計されていることが語られている。「夫の夢」はタンポポに覆われた屋根である。

妻:「タンポポには可哀想なことをしました。築三年くらいで絶滅してしまったんです。いまやぺんぺん草ハウスです」

夫:「北側の屋根に三、四本はあるよ」

妻：「いや、ないです」
夫：「……。タンポポは下から見上げる花じゃない……。でも、屋根に姿が見えなくなったころ、庭にうわーと咲き始めた。種が落ちたんでしょうね。（略）」

「文明は最後に美しさに辿りつくんじゃないかな」という思いを語る藤森の言葉には、家の土台になっている「鉄の箱」から、都会文明の郊外住宅問題に伴う精神的苦痛を乗り越える、パンドラの箱の中の希望を引き出す力が籠っているのである。「だから、自然と深くつながる美しさを探していきたい。また、庭のタンポポを屋根に上げようかな」という台詞を最後に発する藤森の考え方の中には、まだ見えない二一世紀の美の追求の第一歩として、ル・コルビュジエの屋上庭園を想起させる「雑草」の中の「自然」を感じ取ることができる（図9）。

「どうぞご自由に」という、優しさの籠った妻の答えには、我儘な子供に付き合う態度も含まれている。屋根の上をタンポポで埋めることによって、家を「故郷」の空間に近付けられるかもしれない。前田夕暮の、生い茂った岡と化した、生まれた家の屋根のイメージが、ここで再現されているのを感じると同時に、雑誌のイメージ普及戦略を意識した、郊外の殺風景さとストレスに対する抵抗の方法についても考えることができる。結論として与謝野晶子の次の詩ほど適切な言葉はない。この言葉からは現在に受け継がれている「雑草」への趣味を通して、日本近代を貫いていると実感できる文化的水脈の存在を再び確認できるのである。

屋根の草

一むら立てる屋根の草、
何んの草とも知らざりき。

図9　屋上庭園に関するルポルタージュ　1940　潰滅！一大移行！

「パリから人の姿が消える。八階の屋上庭園は淋しく置き去りにされる。1940年の猛暑と1942年の猛暑、冬、雨や雪（略）見捨てられた庭園は抵抗し、自分の命を手放さない。風、鳥、虫は種を運んでくる。その種の一部は最適な環境を見つける。バラの木は暴動を起こし、大きな野バラに変身している。芝生は雑草、ハマムギとなる。一本のキングサリが生まれる、そして一本の楓。ラベンダーの二本の細い茎が茂みになっている。太陽が指揮し、［屋上の］風が指揮している。草木と藪は気楽に、各自の必要に応じて、方角を定め、身を落ち着けている。自然は自らの権利を取り戻した。この瞬間からその庭園は、自らの運命に身を委ねている。手を入れられることなく、地面は苔に覆われ、土地は痩せていくが、植物達は利を得ている（略）

＊ハマムギ, Chien-dentは厄介な雑草であり、J. ドゥルーズ・F. ガタリの「リゾーム」の描写に採用されている。

次のように診断できる。第一に、屋上庭園は保護のための屋根であり、鉄筋コンクリートの熱膨張と負熱膨張から守ってくれる。第二に、都会の屋上はこのように詩情に溢れる場所となりうる（注意：適切に通された管によって自動的な如雨露《スプリンクラー》を設置すること）。第三に、土地（20～30センチ）に覆われた平らな、もしくは低半円式の屋根のある村や近代的な農地についてようやく考えることができる。風は必要な仕事を果たす、そして鳥、虫も。自然はいつもそこから利を得て、どんな状況に対しても備えている。」（筆者訳：*Le Corbusier: œuvre complète 1938-1946. Zurich,* Éditions d'Architecture, 1995, p.140.）

藤森輝信は『タンポポ・ハウスのできるまで』で、「近代の建築家で屋上庭園について理論的に主張したのはフランスのル・コルビュジエ」であることを認めつつ、コルビュジエに対して「本心から自然を取り込もうとは思っていなかったのではないか」という懐疑的な見解を示している。確かに藤森があげている事例においては「緑と水の要素は意外に稀薄」かもしれないが、ル・コルビュジエの言葉から、屋上庭園のような、まさに、「雑草的」な空間は彼の建築理念の一つの要だったと分かる（23～5頁）。さらに、ここでは、「理論家」ル・コルビュジエの内に潜む夢みる詩人を見出すことができる。現代のガーデン・デザイナーCamille Müllerはパリの都心部の屋上庭園によって、田園アルザスで過ごした幼時の思い出を再現している。Müllerはこの屋上庭園を、「ガーデニングのための場所、そして新しい発想を実験するための場所」と捉えている（筆者訳：Cooper, Paul. *Interiorscapes : Gardens within Buildings,* London : Mitchel Beazley, 2003, pp.34–7.）。屋上庭園はル・コルビュジエにとっても「新しい発想を実験するための場所」であったかもしれない。

梅雨の晴間に見上ぐれば、
綿より脆く、白髪より
細く、はかなく、折々に
たんぽぽの穂がふわと散る(63)。

『タンポポ・ハウスのできるまで』の中で藤森自信は、自分の建築の発想の基底に、植物採集に近い体験(64)があったことを認めているのである。さらに、自然と溶け込むような、「故郷」的な空間としての家の建築的観念は、藤森にとっても、やはり一束の「野草」のイメージに収斂させられている。

正面の右の角の壁は重さ五トンの岩の上に立ち上がっているが、その岩のわずかの割れ目に根を張っていた野草が冬の工事中にも枯れずにまた青い芽を出したのを見た時、なんだか自分が作ったというより周囲の野山や木や草や川がこしらえてくれた建物のように思えてうれしかった(65)。

この章では、近代日本における「武蔵野」の表象を追うことによって、「武蔵野」が一種の「故郷」的な空間として、多様な文化的表象を通じて形成された集合的記憶として機能していることを明らかにした。「武蔵野」は、日本の政治的、文化的中心である首都東京との深い関係の中で、一種の抽象的な「故郷」のように造形され続けたのである。歴史的な激変や攪乱の時期に、「武蔵野」の表象との関係の中で、内面的な願望が向けられる「故郷」的な空間と、「日本」という政治的な単位が作り出す抽象的な「故郷」の幻想の中に、「雑草」に向けられた想像力を、より明確に見ることができた。

この章で、独歩の「武蔵野」から戦後以降現在に至るまでの「武蔵野」の表象という、非常に長い射程を設定した理由は、「武蔵野」を鳥瞰的に日本の近代の歴史に位置づけるためである。「雑草」のイメージをより深く追求するために、武蔵野の表象の考察を行なった動機は、他でもなく織田一磨の「武蔵野雑草会」についての発言であった。織田の郷土への愛着と国家への献身的な姿勢は、極めて緊張の籠った時期の象徴的な表現である。そこに「武蔵野」の表象を通して、公的な日本の領土を考えることが可能であるという示唆が潜んでいる。

また、この章の後半で、いかに武蔵野が戦後に象徴的空間として「生き延びている」かについて、いくらかの展望を提供したが、次章では、より具体的で個別的な文学表現を通して、第二次世界大戦後の生還と「希望」についての表象の系譜を、「草」のイメージの中で見ることにする。このイメージは戦前や戦時中の「雑草」と大きく類似しているので、一種の「生き延びる」イメージとして想像できよう。

第三部 生き延びる

第5章

「不屈の草」

第二次世界大戦の直後、フランスの作家アルベール・カミュは「地獄のプロメテウス」という文章を書いている。カミュは、このエッセイにおいて、戦後の人間の悲惨な姿のモデルとしてプロメテウスを見出していると同時に、その人間の姿が悲惨であるからこそ、プロメテウス的な精神を必要としていることを提示している。現代の人間はプロメテウスが印した人類の進歩の途上にいるのだが、実はその道から最も逸脱してしまっているのではないかというメッセージを伝えるものとして、このカミュの文章を読むこともできる。戦中のカミュの思想を受け継いでいる「地獄のプロメテウス」という文章には、やはり戦争によって切り裂かれた、人類史の中の断絶に対する、何らかの思想的で精神的な方向性の模索を見出すことができる。このような第二次世界大戦後のプロメテウス神話の復活によって、歴史的に体験される亀裂を埋め合わせようとしている表現的努力の中に、他でもなく、「草」が登場してくるのである。

「地獄のプロメテウス」(1) には「暗黒のヨーロッパ」に対して「自分の時代の草」を懐かしく思うシャトーブリア

ンが登場してくる。「(前略) 若い血潮にもかかわらずこの世紀のいまわしい老年の底に沈められ、ときとしていつの時代にも変わらぬ草を、もはやわれわれがそれを見るためだけに出かけていくことのないオリーブの葉を、そして自由のぶどうをなつかしむのだ」。プロメテウス神話の起源の地との隣接性を思わせる、このシャトーブリアンの言葉の中の、色彩豊かなアッティカ像は、ヨーロッパ文明の発祥の地を、神話の古層と共に呼び起こしている。同時にこうしたカミュの発想と問題意識は、例えば「希望」において周囲の若者の無気力を嘆いた魯迅の言葉とも、強く響き合っているのである。

「ヒースも生えない不毛の土地」と化した人間の歴史に対して、再生を象徴する「いつの時代にも変わらぬ草」という神話的要素をぶつけるカミュの選択は、焼け野原の上に生えた魯迅の「野草」における曖昧な「希望」と同じ心理に基づいている。「ただ一人でもこの世にその訴えに答えるものがあれば、神話はその無疵の精気を差しだしてくれる」というカミュの言葉は、魯迅の孤独者のモチーフと響き合う。「われわれはそうした人間を保護し、その復活を可能とするため、眠りが致命的なものにならないようにしなければならない」というカミュの言葉は、魯迅における鉄の部屋で熟睡している国民のモチーフを想起させる。「今日の人間を救う余地があるか、わたしはときに疑わしく思う。けれども、現代の人間の子供たちをその肉体と精神において救うことはまだ可能である」という言葉は、「狂人日記」の最後の台詞、「せめて子供を」を蘇らせる。

われわれは諦めて、美も、そして美の意味する自由もなく生きていかねばならないとしても、プロメテウスの神話は、いかなる人間の毀損も一時的なものでしかあり得ず、完全な人間に仕えるのでなければ、なに一つ人間に仕えたことにはならないということをわれわれに思い出させてくれる神話の一つである。もし人間がパンとヒースに飢えているのなら、そしてもしほんとうにパンのほうがより必要であるなら、ヒースの思い出をしまっておくことをおぼえよう。歴史の闇のただ中で、プロメテウスの人間たちは、辛い職務を中断することなく、大地と、不屈の草とを見守りつづけていくことだろう(2)。

プロメテウス神話における、神々への反抗の意味よりも、硬さ、忍耐強さ、執拗さといった人間の生の性格をこそ、カミュは再確認しているのである。このような人間の生の性格は、正に「不屈の草」、「雑草」にこそ当てはまり、「人間の傷ついた心」と「世界の春」、さらに「将来」を和解させる意志そのものを表しているのでもある。つまり、ここでの「草」の思い出は、パンの必要性と相対立するものとして位置づけられ、肉体を維持するもの(科学の進歩を含めて)に対して、精神を養うものとしての「草」、火と共に得られた自由、技術と共に得られた芸術を意味している。カミュは一言もパンドラの箱にふれていないが、プロメテウス神話の復活、再び火を発明することの訴えの中に、彼がパンドラの箱の底にある「希望」を梃子に論を進めていることが分かる。

「草」のイメージを包み込むこの表現は、第二次世界大戦に打ちのめされたヨーロッパの共通の心理を捉えている(3)。クロード・シモンは『草』という小説の中で第二次世界大戦の体験を描こうとしているし、イギリスの作家ジル・ペイトン・ウエルシュは『焼け跡の雑草』というタイトルで、戦後のロンドンで生き延びた子供の物語を書き、同じくイギリスの作家ネヨミ・ロイド・スミスはロンドン空爆に潰される恋愛の悲劇、*Fire-Weed*［焼け跡の雑草］を戦時下に出版している。〝Fire-weed〟という植物名を邦訳するため、大庭みな子が創造した言葉「火草」は、彼女自身の小説のタイトルにもなり、破壊的な火と、その火による破壊を生き延びた植物から構成された、黒い炎のような「浦島草」のイメージに繋げられている。従って、第二次世界大戦後に見られる「草」の文学的イメージを、世界に広がるものとして位置づけることができる。それは世界規模で体験された、人間の生の断絶を超える希望に満ちたイメージであり、生還を意味づける努力を反映しながら、少なくとも日本の文脈においては、戦前や戦時中から生き延びるイメージでもある。

カミュの「地獄のプロメテウス」から伝わる、人間と世界、及び人間の現在と将来の間の和解、関係性の復元に対する訴えは、より広い意味で、断絶に立ち向かう者の心理を表しているように思われる。「草」、「雑草」の表現において深いところで通い合う与謝野晶子と魯迅の間には、歴史における軍事的衝突に抵抗できるような、亀裂を埋めるような表現の意志を見出すことができる。上海事変に対する反応として、晶子の次の詩を示すことができる。

魯迅と郭沫若と、
胡適と周作人と、
彼等とわたしの間に
塹壕は無いのだけれど、
重砲が聾にしてしまふ(4)。

『野草』という作品こそ収められていないが、同じ一九三二年(第一次上海事変の年)に『魯迅全集』が日本で出版される。一九三三年に、プロメテウス的進歩に対する信頼を持っていた魯迅は、「火」という随筆の中で、火が爆弾の形に歪められていることに対する恨みを露にしている(5)。

『野草』の日本語訳が現れるのは、小田嶽夫[ほか]訳の『大魯迅全集』(改造社、一九三六年)においてであるが、この全集をもとに、日本の作家太宰治は独自の魯迅研究を行なうことになる。戦後日本において、ソ連と中国の文学が解禁される朝鮮戦争休戦後の一九五三年、さらに天安門事件の一九七六年に、魯迅の文学は熱い眼差しを浴びることになる(6)。一九五三年に(7)、竹内好は『野草』を冒頭に置いた『魯迅作品集』を出版し、その作品に対する日本の若者達の関心に心を打たれる(図1)。

しかし、私が驚いたのは、読者の年齢が若いということだけではなしに、かれらがじつにハッキリした態度で魯

図１　『雑草』（葦会）創刊号、表紙（左）。魯迅『野草』初版、表紙（右）。

「稲も麦も玉ネギも、もとは雑草だったという可能性は雑草にとってステキな可能性であり、大きな希望であることはたしかですが、しかし、この可能性も、とりようによっては変なことにもなりそうです。僕が心配しているのはそのとりようです。（略）『早く蝶になりたい、美しいチョウになって花園の上であそびたい、そしてチョウになったら二度と毛虫にはならないぞ……』

僕たちはもう一回この詩をくりかえして読んで、どこかに間違いがないか？まじめに考えてみたいと思います。」（山本茂実「毛虫が蝶を夢みる話」『苦しんでいるのはあなただけではない』竜南書房、1959年）

「理由があって、これまでわたしのところにあずかったままにしていた青年作家の原稿の編集にとりかかることにした。（略）――ああ、しかし彼らは苦悩し、うめき、怒り、あげくに粗暴になった。わたしの愛する青年たちは。（略）

わたしは突然あることを思い出した。二、三年前のこと、わたしは北京大学の教員控室にいた。一人の面識のない青年が入ってくると、無言でわたしに本の包みを渡し、すぐに出ていった。開けてみると、それが一冊の『浅草』であった。その無言のなかに、わたしは多くのことばを読みとった。ああ、この贈り物のなんと豊かであったことか」（相浦杲ほか編『魯迅全集』第３巻、学習研究社、1984～６年、80～１頁）。

迅を求めていることであった。ぼんやりした好奇心からでなく、やみがたい生の欲求として、他にかけがえのないものとして、魯迅を求めていることであった(8)。

本章で論ずることになる大庭みな子は、一九五三年に魯迅の全集を買い、魯迅を自らの詩に登場させただけでなく、一九七六年においても、魯迅にオマージュを送るかのように、『野草の夢』というエッセイ集を出版している。大庭を本書で取り上げる必然性は、魯迅の「野草」に見られるような、複雑な「希望」の原理に極めて敏感な反応を示しているところにある。魯迅を切り口に太宰治と大庭みな子を同時に論じることで、夢と目覚めの問題としての浦島伝説に対する関心の共有なども明確にできると考える。

この章では、第二次世界大戦という人類史の中の大きな亀裂の体験と、「草」の表象の関係を明らかにしたい。本書の構成に従って、本書の出発点となる魯迅の『野草』から大庭みな子の『野草の夢』に繋がっていく線を、ここで追うことにする。そのためには、魯迅の具体的な影と共に、戦後の日本に現れる「希望」、そして戦争という悪夢からの新しい覚醒のモチーフに焦点を当てる。そのモチーフは、生命の在り方と結び付くことによって、魯迅の文脈と同様に、「生き延びる」ことへの思いが込められた「草」のイメージを、過去と未来、生と死の境界線の上に位置づけている。

太宰治の『パンドラの匣』という終戦直後の作品の中で、生と死、そして過去(戦争)と未来の中間としての療養所において、魯迅の表現から延長される「希望」のモチーフを確認することができる。太宰の同時期の言説においては、『パンドラの匣』の比喩は浦島伝説の玉手箱と重ねられている。従って、本章の後半で取り上げる大庭みな子の浦島伝説との関係性を認めることができるのである。

既に「惜別」において、太宰が魯迅を「支那に於ける最初の文明の患者(クランケ)」(9)と定義づけているところに、『パンドラの匣』に見られるような、生と死の間にいる者の「希望」の病的な次元への認識を確認することができる。太宰の『パンドラの匣』が、日光の方向へ伸びていく植物の描写で終わっていることは、いかにも「希望」の表象として相応しいと言えるだろう。さらに、結核の療養所という、死と隣り合わせにある絶望の空間から芽生える「希望」に対する考察を深めるために、福永武彦の『草の花』にふれることにする。「草」の表象は、本書の第二章、第三章、第四章で見てきたように、共同体への帰属の模索と繋がっているので、このような結核の患者が共有している療養所の空間に対して、共同体意識の投影を見出すことができよう。川村湊の「惜別」論(10)で、非常に鋭く指摘されているように、「惜別」と太宰の実際の出身地を描いた「津軽」は、「故郷」という事項によって結ばれているのである。同時期に書かれている『パンドラの匣』においても、共同体への帰属願望や幼児回帰の裏に「故郷」のモチーフを認めることも無理ではない。

戦後の体験が、「草」の表象を通して描き出されているもう一つの興味深い例は、野呂邦暢の『草のつるぎ』である。自衛隊員達は、駐屯地という共同的空間で、死と隣り合わせになっているかのような緊張関係を意図的に作り出している。その精神状態は、療養所と類似したものである。さらに、軍事訓練における「草」との物理的な接触から、無名の「草」の表象の中で溶解していく個人の輪郭を通して、個人的な体験を超える戦争体験や、覆われた傷としての「故郷」のイメージが浮上してくるところに、野呂の作品の特質がある。

本章の後半で、大庭みな子の『浦島草』の分析を通して、世代を超えて共有されている戦争体験と「草」のイメージとの関係性を明らかにし、「故郷」の問題と生命の問題を浮き彫りにする。『浦島草』以外の大庭の作品を通して、「草」と「故郷」の繋がりや、「故郷」の奥に閉じ込められ抑圧されていた生命の記憶、つまり「雑草」としての胎児のイメージにたどりつくことができる。

本章の最後では、大庭みな子の最も早い詩に現れる「武蔵野」の植物、及び魯迅との関係に着目しながら、戦後という、悪夢の後に「生き延び」た世界が、どのように把握されていったかを明らかにしたい。その過程で、廃墟の上に生える「草」のイメージが、魯迅の作品である『野草』、つまり文学作品のイメージと融合していることを見届けていく。既に、魯迅の『野草』の分析において、作品中の「野草」が作品に自己言及的に反映され、入れ子の構造をなしていることを明らかにした。この入れ子構造は、第一章で議論したように、内面の構築においては、内面の構造それ自体に現れ、第三章で議論した「雑草」のイメージそれ自体であるかのような、雑多で一貫性を持たないけれども、それ自体として自己生成しているような作品の間の相互浸透に反映されている。

本章の終わりに取り上げる大庭みな子の『野草の夢』では、魯迅の『野草』を、題名をはじめとするテクストの要所要所に埋め込み、入れ子構造が作り出されていることが、明らかに認められる。それと同時に、「野草」のイメージと『野草の夢』所収の随筆の創造的な重なり合いを見ることができる。しかし、随筆より完成度の高いジャンルとされる小説「パンドラの匣」や『草の花』などにも、書簡形式や日記形式という書き方を通して、文学作品の自己言及的な面が見られることは否めない。大庭みな子の『浦島草』は、物語装置として、一つの興味深い入れ子を示しているのと同時に、小説中の登場人物が「物語」に言及する度に、小説という物語も入れ子にされている瞬間を見出すことができる。

1　生還の共同体——太宰治、福永武彦

仙台時代の、留学生としての魯迅の生活を題材にした太宰治の「惜別」は、大東亜戦争のイデオロギー的な枠組みに捕らわれたものとして評価されてきた。事実、内閣情報局と日本文学報国会からの助成金が当てられた、いわば当局からの注文で書かれた作品であると言える。このような「惜別」の公的側面は、この作品のこれまでの評価の仕方を大きく決定づけてきたと言える。竹内好の否定的な評価も加わり、魯迅像の描き方としても「惜別」は失敗しているという評価も定説となってきた。藤井省三は「太宰治の『惜別』と竹内好の『魯迅』」(11)において、この作品の名誉回復を試みているが、その試みは若い「シティー・ボーイ」魯迅に対する、作品の解釈の妥当性に対してであり、

太宰の解釈としては不十分なところがある。

川村湊[12]は「惜別」が明らかに失敗作であるところにこそ、逆説的に太宰の大東亜建設という国家事業に対する無関心という形をとった抵抗を示唆している。「惜別」が東北大学時代の魯迅の物語を、魯迅についての話を求める記者の訪問という枠で表現していることは、例えば神谷忠孝によって、「太宰治の大東亜会議への消極的批判」として解釈されている[13]。太宰は「惜別」の冒頭で、「親和の先験」、「東洋民族の総親和」、「東北文化」を煽る「社会的な、また政治的な意図」である、新聞に描かれた魯迅の仙台体験と、語り手である老医者の語り方を最初から分けているのである。だが、老医者の私的な物語は、やはり政治的なイデオロギーの公的な物語の縮小版のように読めてしまう。

日本の「忠」の思想の礼賛や、中国の改革の必要性などが、必然的に文章の中に織り込まれているのは事実である。周樹人（魯迅）の勉強を積極的に励ましていた藤野先生は、周樹人の中に自国を背負う姿を見ている。日露戦争における日本の勝利に対する興奮などを含めて、太宰がどの程度国家主義に染まっていたかを見極めることは、本書の目的ではない。けれども太宰治は、「惜別」における「魯迅」像を通して、一種の近代日本の批判を試みたように思われる。その批判は、はからずも「日本の近代を映す鏡」[14]としての魯迅と繋がっているので、竹内好の理解と類似していくことになる。竹内などに、魯迅ではなく、自画像しか描いていないと批判された太宰は、魯迅という鏡に日本人の顔を照らし出したのである。

日露戦争の時期に医学の勉強のために来日した周樹人と、「東洋民族の総親和」の象徴として、日本に馴致される魯迅という二つの像の間には、三〇年の隔たりしかない。けれども、その三〇年にこそ、近代日本の帝国主義化が顕著に現れ、他のアジアの国家との関係の大転換も反映されているのである。戦時中に魯迅の研究に打ち込んだ太宰治の姿勢の中に、政府の国策的イデオロギーに屈したことだけではなく、日本の近代を一人の小説家として捉え直そうとする複雑な意図を見出すべきであろう。そこに、与謝野晶子の詩にあるような魯迅との間に「塹壕」を認めない親近感や、後に大庭みな子の随筆に見られる、魯迅像を通しての東洋的なものへの幻想、つまり公的な意味での「東洋民族の総親和」とは異なるような共同性への模索と響き合う、太宰の心性を認めることができる。

戦時中の太宰が、魯迅の日本滞在を描いた「藤野先生」のみならず、少なくとも「藤野先生」が収められている『朝花夕拾』を精読したことに、魯迅との一種の一体化の試みが現れている。そこにおいて太宰は、戦時という人心を撹乱する状況に伴う方向感覚の狂いへの抵抗を見せている。「惜別」の物語内容における語り手と周樹人の友情は、孤独な者同士の間の絆のように捉えられている。そのモチーフ自体は、魯迅の「孤独者」という小説の影響かもしれないが、周樹人の存在を理解しようとしている者の心理（作品の語り手）をも照らし出している。

このようなモチーフと同時に、太宰は魯迅の著作の読書経験や魯迅に関する考察の中で、もう一つの重要なモチーフを受け継いだのである。それは「希望」のモチーフの継承であり、それが「惜別」の執筆時においても、戦後間もなく発表される『パンドラの匣』においても、何ら変わることなく織り込まれているのである。

「惜別」の中で、太宰は具体的な形で日本の近代批判を行なうために、「魯迅」に頼っていたのである。太宰は魯迅の『吶喊』という小説集の自序で語られた、魯迅の文学的な出発点に関わり、魯迅を再解釈している。『吶喊』の「自序」で魯迅は、仙台の医学学校の幻灯でロシアのスパイとして処刑される中国人を、同国人がただ傍観していたという経験からくるトラウマにふれ、丈夫な身体を持つ民衆は、医学より精神を目覚めさせる文学を必要としているという考えに到ったと説明している。また「惜別」の中で、太宰はこの幻灯事件は一つのきっかけに過ぎず、一種の文学ブームの中にあった日本の影響だと再解釈している。「惜別」の中の老医者、周樹人の元同級生は必要以上にこの点を強調している。すなわち、「医学救国」という自負から、一種の精神的な治療である文学への周樹人の転向は、治療を行なう主体的な立場から、当時の日本の文学活動の渦中に呑み込まれる受動的な状態への変化であるということである。

この記述は公的な言説を、日常的なレベルに引き下げるような印象を与えているが、実は「惜別」の最も重要な山場である、「しかし、ただ一つ確実に知つてゐるのは、彼が、支那に於ける最初の文明の患者だつたといふ事である」という言葉に繋がっている。「惜別」において、ドイツ語のKranke（患者）は、まず身体の病気の意味で用いられている。日本の患者は死後も医学の進歩に貢献しようとしていると藤野先生の言葉にも表れるが、作品の後半では絶望に追いやられ、教会に支えを求めている周樹人の状態に当てはめられている。そして、最後にKrankeは、日本語の「患者」のルビとして表記され、「文明の患者」としての魯迅像が、その文学と文学の間に提示されるわけである。

この文脈における「文明」は、近代の「日本」に向けられたものとして読むべきであり、そこに近代日本を省みる姿勢が潜んでいる。冒頭で描かれている、松島を訪れた語り手が周樹人の音痴な歌を聞くという場面の意味は、日本を礼讃する彼の発言に対しても、同じくそれが「音痴」なものであることを示しているのは言うまでもない。自分自身の主張している言葉を嘲笑いながら、孤独の中で、前進しようとしている姿勢は「希望」の表れであり、「希望」は絶望に追いやられた病人（文明の患者）の唯一の支えである。『パンドラの匣』という作品で描かれている結核の療養所の患者は、身体的にも精神的にもこのような「文明の患者」なのである。

「希望」のモチーフは、序章で示したように、魯迅の文学の土台であり、それを貫いている中心軸である。そのモチーフが形式的にも『野草』の中心に埋め込まれていることは、「野草」や「雑草」のイメージ群に込められた心理を解釈する上で極めて重要である。

渡部芳紀は「『パンドラの匣』を中心に」(15)の中で、新しい世界、新しい社会、新しい人間に対して、「希望にあふれ、喜びに満ちていた」声を聞き取っているのである。「前向きの傾向、生を上昇的にとらえようとする傾向」は、確かに『パンドラの匣』の主要な主題であるが、しかし、主人公自身がそう叫んでいるからこそ、作品の中で描かれている心境は、「希望」であるにも拘わらず、そう単純ではない。

「浦島さん」の玉手箱の中に、太宰は既にパンドラの箱を埋め込み、忘却という重要な契機を導入している。そのような記憶と忘却、夢と覚醒に通じるような構造を念頭に『パンドラの匣』に接しなければならない。お伽草子というジャンルを戦時中や終戦直後に呼び起こすこと自体が、カミュの作品でみた神話の手法に限りなく近付いていると言える。

貝殻の底に、「希望」の星があつて、それで救はれたなんてのは、考えてみるとちよつと少女趣味で、こしらへものの感じが無くもないやうな気もするが、浦島は、立ち昇る煙それ自体で救はれてゐるのである。貝殻の底には、何も残つてゐなくたつていい。そんなものは問題でないのだ。曰く、
年月は、人間の救ひである。
忘却は人間の救ひである。
龍宮の高貴なもてなしも、この素晴らしいお土産に依つて、まさに最高潮に達した観がある。思ひ出は、遠くへだたるほど美しいといふではないか。しかも、その三百年の招来をさへ、浦島自身の気分にゆだねた。ここに到つても、浦島は、乙姫から無限の許可を得てゐたのである。淋しくなかつたら、浦島は、貝殻をあけて見るやうな事はしないだらう。どう仕様も無く、この貝殻一つに救ひを求めた時には、あけるかも知れない。あけたら、たちまち三百年の年月と、忘却である。それこの説明はやさう。日本のお伽噺には、このやうな深い慈悲がある(16)。

「雀の生活」以来の北原白秋の「忘れねばこそ思ひ出さず」云々の手法や、相馬御風が説いている忘却の尊さに近い心理を、この浦島伝説の再解釈の中に認めることができる。渡部芳紀が主張している、太宰の新しい作品世界に見られる、「タンポポの花一輪の贈りもの」のような「単純」「素朴」「正直」「自然」の性質は、関東大震災後の「雑草」の世界の描き方を強く連想させる。

第二次世界大戦という、人間自身による、大規模な破壊の歴史的体験を語る、太宰の『パンドラの匣』は、白秋や

夕暮の震災後の世界の描写に強く光を当てていると言える。第三章で提起した主体的内面性の崩壊や共同体への溶解の問題は、太宰の『パンドラの匣』の中で、空間的にも精神的にも特殊な共同体の体験を築き上げる療養所の構造に再び現れているとも言える。前田夕暮がユニークな形で表現した、体の内外の病としての「緑草心理」は、太宰の療養所との関係性の中で論じるべきである。草むしりという最も軽い農作業から、幼児回帰や母親像の想起を経て、どんな惨めな形でもいいから、「雑草」なみの執拗さで命にしがみ付く心理までが、『パンドラの匣』に流れ込んでいるからこそ、そこに夕暮の緑に埋もれた病院の構造を認めることができるのである。

「天来の御声に泣いておわびを申しあげたあの時」という歴史的な転倒は物語の原動力になり、主人公はいくら「新しい男」という宣言を繰り返しても、彼が抱いている「希望」がおぼろげながら回復への道を模索しているようなポスト・トラウマ的な心理(17)に大いに依存していると言える。

主人公雲雀は、療養所に入る動機を、船の出帆として捉えているのである。「それはまるで植物の蔓が延びるみたいに、意識を超越した天然の向日性に似てゐる」。「戦争がすんで急に命が惜しくなつて」という本能的な動機は、植物の生命力の比喩を使うこと以外に表現できないのである。震災後の描写で見たように、このような自然の生命力の表象は、痛ましい体験を共有することによって「自然に」結合される共同体に吸収されるのである。「僕たちの新時代の船」はそのような意識の下で造られ、記憶を払拭するように、方向をぼんやりした「希望」と未来の方へ定める(18)。

忘却は『パンドラの匣』の中心的なモチーフであり、健康を蝕まれた人々が集っている「健康道場」の精神的構築の原理に他ならない。雲雀が最初から言っているように、この健康施設の信念は、病気を忘れること、つまり忘却にある。渾名の付け方、職名の変え方（指導員、助手、塾生）などが、この病気を忘れるための具体的な手続きである。しかそれらを通して、肉体の治療は、一種の教育施設と化した病院の中で、精神の悩みに向けられているのである。しかも、患者にとって高熱で最も過ごし辛い時間帯が、時間割で「自然」という項目で表現されているというところに、いわゆる「単純」、「素朴」、「正直」、「自然」に隠蔽される苦痛を考える必要がある。『パンドラの匣』において、「死と隣合せに生活している」という体験は、若い女性患者の死によって、より強く意識させられるが、それが忽ち健康道場の空間から溢れ出、通時的にも共時的にも日本全土に行き渡っているのである。この死との隣合せの状態は、病気の比喩を通して、死を逃れた戦後における表現の試みでもある。

本当に、いま、愛国思想がどうの、戦争の責任がどうのかうのと、おとなたちが、きまりきつたやうな議論をやたらに大声挙げて続けてゐるうちに、僕たちは、その人たちを置き去りにして、さつさと尊いお方の直接のお言葉のままに出帆する。新しい日本の特徴は、そんなところにあるやうな気さへする(19)。

「おとなたち」との対立関係にある「僕たち」は、第二章で論じた幼稚園を思い出させるような、太陽に伸びる童心の持ち主を演じることになる。第四章で見た皇居に避難した「武蔵野」の草木も、『パンドラの匣』において、「幽かな花の香」と共に、戦後の精神を支えるもののように提示される。塚越和夫は「その明るさ」には「純粋培養された理想境に舞台が限定され、しかも、主人公が神格化された『天皇』に寄りかかっていたから、保たれていたに過ぎない」と述べている(20)。このような立場の表現者が、「ややこしい事は大きらひ」な強がりの「新しい男」であることは、充分に皮肉を含んだ自己戯画化であると言える。戦後直後に、戦後こそ天皇への忠誠が問われる時期であると唱える作品が同時期に現れ、例えば『雪間の草』(21)の中で、日本の戦後の再生が雪の下から生えあがる「草」のイメージを駆使して表現されているところにも、同じ問題が現れている。

敗戦後の国民に再生の希望を戦略的に与えるために書かれた『雪割の草』のような作品が、太陽へ伸びる植物の描写で締めくくられている『パンドラの匣』の執筆の際に意識されたのかもしれない。しかし、『パンドラの匣』では、日本の忠の精神を礼讃した周樹人の音痴な声を想起させるように、患者である語り手の忠義も一種の滑稽さを帯びているように見える。このように、思想的な問題よりも、根拠がなくても、「生き延びる」ための最低限の論理を求める姿勢が重要になる。塚越が「戦後そのものが過渡期だとすれば（略）、過渡期中の過渡期をこの作品で、太宰は定着してみせたのだ」(22)と述べているように、ここでは歴史的には、どん底として体験される戦争による断絶の中に、底の底、つまり「希望」の精神的構造が描かれているのである。

同じ病室にいた花宵先生という患者に対して、『パンドラの匣』の主人公雲雀は「焼跡の隅のわづかな青草でも美しく歌つてくれる詩人がゐないものでせうか」(23)と問いかける。何回も見てきた、辛い記憶を覆ってもその縁から現れる「雑草」の美化をここで再確認できる。そこに惨めで「わずかな」形で、生還の表現への意味づけが探られている。雲雀は、生き延びようとしている自分を見つめながら、白秋、夕暮、御風の記述にあった、最も凡庸な自然への敏感さを見せている。しかし、以下の引用に見られるように、自然の生命と自己の命の間の接触は一瞬しか続かないのである。その後このような瞬間を待ち続けなければならないのだが、それも「希望」の精神的な構造に通じている。なぜなら、魯迅の『野草』で見たように、美しい幻想は消えたにも拘わらず、いつまでも記憶から離れないからである。

> 僕は松の幹を撫でた。松の幹は生きて血がかよつてゐるものみたいに、温かかつた。僕はしやがんで、足もとの草の香の強さに驚き、それから両手で土を掬ひ上げて、そのしつとりした重さに感心した。自然は、生きてゐる、といふ当り前の事が、なまぐさいほど強く実感せられた。けれども、そんな驚きも、十分間くらゐ経つたら消滅してしまつた(24)。

終戦前の抑圧しきれなかった、畑における自虐的な仕事と、皮肉にも繋がっていくエピソードである。「周囲の圧迫から」逃れるような畑仕事は「食料増産」に役立ち、「お国の負担」を軽くするためのもののように回想される。

「ああ、早く死にたい」という願望は、病気を忘れさせる療養所の中へ、「希望」の無意味さとして忍び込んでいる。健康道場の効果への疑問は、この「草」と自然に触れた「最初の新鮮なをののき」を待ち続けている姿勢、つまり「希望」の心理と不可分なものである。

『パンドラの匣』の最後に、健康道場の中での小さな敗北、小さな損失が語られている。それは、雲雀が心を寄せるようになった、竹さんという看護婦が嫁に行くことについてである。しかし、雲雀が受けるこの打撃は、忽ち前に進む道を切り開くことのできる、自虐的な「希望」に変わる。訪問に来た母親を停留所まで見送りに行く雲雀は、初めて健康道場の外へ出ることになり、そこで耐える覚悟を持って未来を激しく体験することになる。その体験に含まれる「希望」は大きな道に表象される。それは療養所の外への道でありながら、療養所そのものに込められた生還の意味と重なっている。

「大きいね。道が大きい。」アスファルト道が、やはらかい秋の日ざしを受けて、鈍く光つてゐるだけなのだが、僕には、それが一瞬、茫洋混沌たる大河のように見えたのだ(25)。

数秒後に雲雀が大きなトラックに驚き、母親にからかわれ、いかにも子供のような、小さい存在のように描かれている。このアスファルトの道は、第四章で見た、島田謹介が撮影した、雑木林の影を引きずる《広い道》とそっくりのものであるし、魯迅の「希望」の定義に限りなく近付いていると言える。「私は思った、希望とは元来あるとも言えない、ないとも言えない。それはちょうど地上の道のようなものだ。じつは地上にはもともと道はない、歩く人が多ければ道もできる。」(26)戦後日本を象徴するかのような、広いアスファルトの道にこそ、太宰の中の「魯迅」を認めるべきだろう(27)。

福永武彦の『草の花』も結核の療養所が舞台となり、死と生の臨界の上の「草」のイメージを通して、戦前と戦後の共同的体験が表されている。『草の花』においても、これまでふれてきた他の作家の「雑草」をめぐる作品と同じように、共同体的な体験の表現、生命と結び付いた「希望」の表現が、明確な入れ子状の構造を重要な特徴として持っていることが指摘できる。福永自身は「『草の花』遠望」の中で、「療養所に於ける苦しい思いを」「共通のものとして汐見茂思とその同室の患者たちの上に描きたかった」と記している[28]。

『草の花』は、ほとんど自殺に近い手術の結果死亡した、汐見茂思という患者が残した手帳に書かれた手記の形をとっている。「第一の手帳」では、大学時代の親友藤木忍に対する同性同士の愛情を描いたもので、「第二の手帳」は異性である藤木忍の妹千枝子への愛情が描かれている。青春の純粋で感傷的な精神に満たされたそれらの二つの物語は、しかし、その物語の枠をなしている記述と意図的に対照させられている。

「『冬』と『春』の二つの章は単に額縁としてあるだけではなく、私にとって不可欠のものになっていた」と福永自身も強調している[29]。青春の描き方に込められた生命観は、結核の療養所に埋め込まれることによって、「死臭に包まれて」[30]いるのである。そして、福永はこの小説において、個人的な体験を超えるのみならず、結核という病気で繋がっている患者の体験をも超えて、戦争の経験を媒介にした、人類の文明の悲劇を反映させようとしている。

> 戦争が終り、死の忌わしい影が日常から消え、これからは平和に暮せると思ったその瞬間にも、死が僕等を待ち受けていることに変りはない。そして、癩も結核も、癌も、多くの疾病が医学の手の届かぬところにあり、依然として凶暴な爪を磨ぎつつある間に、人間は文明の名に於て、尚も飽きることなく、新しい武器を製造しつつある。喪われたただ一つの生命でさえ比類もなく尊いのに、人間の大量の虐殺がこの上尚も許されるとしたなら、そのような詛われた文明が何の役に立とう[31]。

文明の進歩への懐疑は、生命を意味づけようとする努力が不毛であることの認識へと繋がり、その不毛な努力にこその「草」のイメージが結び付いている。この「草」のイメージは、「人はみな草のごとく、その光栄はみな草の花の如し」という、『草の花』のエピグラムをなしている聖書の言葉に凝縮されていく。こうした作品構造は最後まで信仰に慰めを得ることのできなかった汐見の、生きる動機の脆さを暗示している。さらに、汐見が自分の生命に意味がないと見なすのにも拘わらず、それをノートに書き残すことも、その表れである。不毛な表現の試みは、このように「草」のイメージと繋がり、残された二冊のノートは「思い出すことは生きることなのだ」[32]と思うようになった汐見の生きた証として、語り手である「私」の手にわたる。

汐見は医者に病気を宣告された時の体験を、ノートの出発点にしている。その体験は、先ほどの引用にあった「死の忌わしい影が日常から消え、これからは平和に暮せると思ったその瞬間にも、死が僕等を待ち受けていることに変りはない」という考えの中心に埋め込まれている。汐見はそれを「夢の中に夢を見」ることとして、入れ子の構造を持った夢の経験として捉えている。

蒲団を掻きむしるようにして目を覚ますと、狭い鎖された部屋の中に一人きり寝ている。空気は腥く、死臭を感ぜしめる。室内に一点の光も洩れ入ることがなく、自分の手の指さえ見定められない。それなのに部屋の天井も周囲の壁も、徐々に僕の方へ傾いて来ることが感じられるのだ。天井は刻一刻を墜落して来る、壁はちょっとずつ躙り寄って来る、やがて僕の身体を無残に押し潰してしまうだろう。そして悲鳴をあげて目を覚ます。僕はいつもの通り自分の部屋の中、自分の床の上に寝ている。ところが、ほっと安心したのも束の間で、依然として天井はじりじりと僕の上に落下して来つつある、依然として壁は厚みを増しつつある。(略)今度は本当に目を覚ますのだが、しかしその時でも、果して今はもう夢を見ているのではないと、誰が保証し得るだろうか[33]。

このように、『草の花』において、主人公汐見の人生の儚さの感覚を現す、夢の中の夢という入れ子構造は、小説それ自体の入れ子構造と密接に繋がっている。この構造は魯迅の『野草』における目覚めへの希望や、作品それ自体を「野草」として捉える入れ子構造と類似している[34]。しかし、手帳の冒頭の部分で、青春の甘い夢を、死臭を放つ悪夢に包み込んだにも拘わらず、『草の花』の構造が、その外側に、再生と目覚めと希望の、もう一つの枠を設定していることに注目しなければならない。

長い冬が過ぎて春になった。（略）療養のためには、為すこともなく病臥している冬の間の方が遥かに身体によく、暖かい日射が続くようになると、それだけ病状に変化を来すことも多かったのだが、私たちはしきりと太陽の光を恋しがった。梅林の梅が綻び、新しい草が萌え始め、麦が一寸ずつ延びて行くと、重症の患者たちの眼にも、陽炎のような希望の色が燃えた[35]。

このような「武蔵野の面影を残した野原」や雑木林の春めいていく光景の中で、『草の花』の主人公は、汐見のノートを読み終わった千枝子からの手紙を読んでいる。汐見の描写から分かるように、千枝子は、兄藤木忍と比べると、外見的にも精神的にも劣っているが、彼女の言葉で小説を終わらせることは、凡庸な者の「生き延び」た姿を強調している。さらに、過去における汐見と千枝子の間の淡い恋愛が、ショパンの音楽と関連づけられていたが、千枝子の手紙では、彼女が一人娘にピアノを習わせていると書かれている。このように、「死臭」と絶望に包まれた物語は、「草」のイメージを通して「子供」という「希望」の表象へと読者を導くのである[36]。

2　戦争体験と無名の者の共同体——野呂邦暢

野呂邦暢の中篇小説『草のつるぎ』（一九七三年）は、『パンドラの匣』と『草の花』における結核療養所という共同体的な連帯感を、自衛隊の戦闘訓練の場において追求していると言える。虚弱体質のため、多くの場合戦場体験を持たない結核患者を取り囲む空間と違って、自衛隊における訓練は、「兵士的なもの」を演出し続けることによって、擬似的な戦場体験を産出していると言える。野呂という作家自身の問題意識を視野に入れると、長崎被爆と敗戦が一種の「原記憶」として、彼の作品群の奥に存在していることが分かる。

さらに、『失われた兵士たち』（一九七七年）で発揮された敗戦時の「日本」における、兵士達の体験の多声的な記録に対する熱い関心は、『草のつるぎ』の執筆において既に実践されていたと考えられる。そして、「草」のイメージの系譜に野呂の作品を位置づけるだけで、『パンドラの匣』と『草の花』における、小説空間として設定された療養所から濃密に伝わっている死と生の接触の問題が、いかに痛切に「つねに死を孕んでいる」「兵士という存り方」(37)に結ばれているかが一層明確になる。野呂の作品においては、もう一つの重要なモチーフとして「故郷」の存在を指摘できる。浦島伝説までは繋がらないにしても、里帰りの心理を、敗戦体験と結び付けて考えることもできる。

『草のつるぎ』は、海東二士が入隊した長崎付近の自衛隊の訓練場での体験を描いたものである。作品は第七〇回芥川賞を受賞したが、発表直後の一九七四年頃における評価の中では、作品に構成力が欠けていることに対して、批評家達の不満が述べられている。一九七四年には『草のつるぎ』は三回ほど書評に取り上げられたに止まる。本格的な批評は、作家の死を挟んで現れた川村湊の献身的な論文だけである。この作品がやがて思い出されるのは、二〇〇一年の『文藝春秋』の「達人が選んだ『もう一度読みたい』一冊」欄においてである。

最も早い『草のつるぎ』をめぐる対談で、丸谷才一と加賀乙彦は(38)、野呂の優れた詳細な描写力を高く評価しつつも、乱れた、いいかげんな構成、日本社会の縮図たる自衛隊と日本社会の経済状況との関係の希薄さを、短所として厳しく指摘していた。後に川村も留意することになる「兵士的なもの」について、先に高橋英夫(39)が自衛隊員の交わす九州弁の関係で注目している。「男ばかりの荒々しい生活」に相応しい「簡素な文体」は田村栄(40)に評価され、「草いきれに象徴される訓練のきびしさに若者たちの息づかい」が的確に表現されたものとして捉えられている。

田村の評価の重要性は、タイトルの「草のつるぎ」に即して、語りの軸を、海東二士という主人公から自衛隊体験の感覚の表象に向けている点であり、そのような、意味を逸脱する「生」を捉えたことへの評価は、川村湊の批評にも受け継がれていると言える。

川村湊は森有正の「体験」と「経験」に関する理論を参考に、「〈何者でもない自分〉の発見」の中に海東二士の「経験」が収斂していることを提示している。そういうことにおいて、「〈見る自分〉と〈見られる自分〉との乖離」にある自分への憎しみの「基本的な構図」、「〈関係〉の異和」は解消される。「（略）ぼくは初めから何者でもなかったのだ。それが今分った。何者でもなかった」(41)。この反復の中に、おそらく川村は、森有正のいう経験に必要な「反省」に近い姿勢を認めたのであろう。

「生の〈意味〉」ではなく「生の〈実在〉」を書き、「〈観念〉ではなく〈もの〉」をめざしたところに、川村は野呂の文学の特質を見出している。そのような見解は、実は森有正の「雑木林の中の反省」(42)というエッセイの中にも見出せるのである。森有正の叙述は、体験における「もの」の重要性を強く連想させる。森が「雑木林」で見出そうとした「もの」と、野呂の「草」の間には重要な類似性がある。この、意味から解放された生の表象を、川村が「書くこと」、つまり小説の構成の中に見出していることが重要である。

丸谷、加賀などの初期の批判に対して、川村は無形であることこそが狙いであり、無形であることこそが構成であると言わんばかりである。「そこにあるのは〈意味〉ではなく、私たちに見えるかぎりの『世界』のすべてである。彼はただ『草』、『鳥』や『河口』を愛し、それらのものの〈声なき声〉を書いたのである」。「一個の肉体は武器である」という状態になった兵士の身体的経験の時空間には、あらゆる方向から「草」が忍び込むという、人為的な構成を崩してしまうような描写の手法にこそ、野呂の表現の達成点があることについては、川村の批評に同意しなければならない。

野呂自身は後書きで、「自衛隊を書くとすればそういう題名でなければならなかった。『草のつるぎ』とは営庭にしげっていた萱科の硬い葉身を指しもするし、九州各地から集まった少年達の肉体をも意味する」と説明している。植物名まで特定された「草」は、非常に物質的なものとして意識されていたことが分かる。「草」の中で匍匐している自衛隊員の存在は、一人ひとりの輪郭が薄れ、「草」のような集合的なものになっているが、そのようなところに、内面と外の世界の相互浸透的境目が見事に現れている。一人ひとりの輪郭が共同体的な体験の中で溶解していく過程は、戦後の自衛隊から、大戦の中で造り出された「日本」を通じて、「草のつるぎ」が呼び起こす「草薙の剣」という神話的なレベルにおいて、「日本」の領土的な拡がりまでに及んでいる。

前田夕暮の『緑草心理』で見た、病人特有の横たわる姿勢は、ここで、「草」より高く頭を持ち上げると撃たれる、兵士の匍匐の姿に反転している。そして、興味深いことに、「草」のイメージの利用は、驚くほどの精密さで作品の構成を意図的に乱しながら、逆に作品の構造そのものを整えていると言える。登場人物たちの非連続的な物語は、垂直に林立する「草」の比喩でもあるので、せっかく多くの面白い人物が登場しているのに、あっけなく物語から消えるという丸谷や加賀の不満も、おそらく無効である。加賀が数えた「二十五、六人」が「草や木と同じように書かれた」ことは、むしろ「草」のモチーフに対する誠実さの証であり、魯迅との関係で紹介したピオ・バローハの『雑草』に出てくる人物の数に比べれば、野呂の作品にはまだ余裕があるとさえ言える。

「草のつるぎ」に、ドキュメンタリー性以上のものを見出しにくくしているのは、駐屯地での訓練が不可分に草と絡まっているからである。草の描写が作品の要をなしている箇所を除いても、「草原」や「草色」のような言葉が紙面に散りばめられている。非常に意図的に、「草」という文字の図像それ自体を通して、駐屯地の中の時間と空間が読者の目の前で縺れた塊として現れる。

街でナイフと岩塩を買って帰る海東二士は「海に面した広い草原」としての駐屯地を認識している。外出用のカーキ色の制服を「草色」の作業服に着替えた後、草原に溶解する自分の生活の描写が始まる。野呂特有の後置的な表現方法（語りの順番を逆にする表現法）は、作品の最初の台詞「もっと大きなナイフを見せてくれ」から、全体にわたって大きな役割を発揮している。小説を読み進めると、それは訓練用の草マントを作るために、草を切るために買ったナイフだということが分かる。

謎解きがあっけないと不満を述べた丸谷は、このナイフの購入が殺人事件に繋がるような期待を裏切られていたわけだが、しかし、一本の刃物に作品全体の内容を収斂させるこの描写にまさる書き方はないだろう。小説の一番最初で既に題名の中の「つるぎ」が閃き、刃物のイメージによって生起する、切断する行為をめぐる、張り詰めた緊張感も伝わってくる。

この生々しい切断の感覚は、ナイフと岩塩購入直後に描かれる食堂の場面では、自己分裂的な体験として現れる。「壁を背にして浅黒い肌をした男がぼくを睨んでいる。(略)いうまでもなくそれは壁にはめこまれた鏡に映っているぼく自身の姿だ」(43)。唇の腫れ物ですぐに自分であると分かったにも拘わらず、自分が「別人」のように思われたこの不気味な体験は、「他人になりたい」という海東二士を動かす原動力や、自分への憎しみとも深く関わっている。この鏡の場面も、野呂特有の後置法の表現の上に成り立っている。退隊直前に、彼は同じく鏡に顔を映すことになり、腫れ物が取れたことを確認することになる。

ここは三階だ。開放した窓から草原が見える。緑の拡がりが尽きる所から海が始まる。風が吹きこんで来た。潮の匂いがする。風は海から来る。草原を見ていると分る。風になびいて草が白い葉裏をひるがえす。規則的な間をおいて草原に濃淡の縞が走る。それは海寄りの草原から始まる。幾筋かの白線が緑の庭に浮んだかと思うと風の速さで隊舎の方へ押し寄せて来る。(だんだん良くなる)と思った。不意にそう思った。ここ二、三日、体のどこからか新しい力が湧き出してくる。身内に何か漲るものを感じる。(略)(だんだん良くなる)とぼくはまたつぶやいた(44)。

「夏さえ過ぎたらこちらのものだ」という期待は、このように輪郭のない「草」の動きの上に投影されている。彼のそのような期待は駐屯地の滞在そのものに向けられているが、より具体的な意味で、「草」そのものに向けられているからである。偽装網を蔽うための草にはナイフも役に立たない。「草は強靭な弾力を帯びてナイフをはね返す」。「前身緑色」の「針ねずみさながら」の兵士は、草に「のみこまれ」、「迎え入れ」られ、「包み隠」される。「やがて彼らは陽炎のゆらめきと一つになる」。このような「緑の海」に泳ぐ感覚は、『草のつるぎ』の一番の要になる部分と対応させられながら描かれている。この描写は田村栄に「力強く美しい」描写として評価されている。

草がぼくの皮膚を刺す。厚い木綿地の作業衣を通して肌をいためつける。研ぎたての刃さながら鋭い葉身が顔に襲いかかり、目を刺そうとし、むきだしの腕を切る。熱い地面から突き出たひややかな草。草の中でぼくは爽やかになる。上気した頬が草に触れる。しびれるほど冷たい草に触れる。七月の日にあぶられても水のようにひえきった草がぼくを活気づける。硬く鋭く弾力のある緑色の物質がぼくの行く手に立ちふさがり、ぼくを拒み、ぼくを受け入れ、ぼくに抗い意気沮喪させ、ぼくを元気づける(45)。

草をつかみながら犬のように這いつくばっている自分の上に、「お前はそんな所でいったい何をしているのだ」という問いが降りかかる。それはあたかも班長の「海東、そがん所でへこたれるな」という叫びの木霊のようでもあり、街のレストランの鏡の中に見た自分に対する軽蔑に満ちた問いでもある。しかし、このような自分の唯一の実感は「草」にもたらされているのである。刺すものでありながら撫でるもの、拒むものでありながら受け入れるものである「草」をめぐる描写の言葉は、正反対の意味を発信しながら、一つの意味に収斂することを拒むことで、意味を超越した物質性を読者に喚起させ、主人公の体験の核へと読者の感覚を招きいれる。

ぼくは聞いた。草原から蝉の声が湧くのを聞いた。蝉であるはずがなかった。虫でもなかった。七月に秋の虫がすだくことはあり得なかった。草の葉ずれ？　まさか、いや、そうかも知れない、そうとしか思えない。あるかないかの風にゆさぶられる草の茎にしてはあまりに金属性で微妙な音調だった。軽やかなものがこすれ合う響きだ。それは草原をざわめかせる。しかも草原に満ちているのは草の音ばかりではなかった。風がやんだときもどよめきに似た得体の知れないものの気配が伝わってくる。それは……(46)

仲間にぶつかられることで、このような不可思議な感覚は唐突に途切れているが、ここで海東二士が聞き取ろうとしている「草」の声は、戦闘訓練という体験の奥底から発せられているものである。それは比喩的に「草」であるとも言える多くの兵士の声なき声にも重なってくる。玩具を与えられた子供を思わせる、銃に魅了される隊員達の描写には、「草」に変身する兵士が表れる。

偽装のために「草」で身を蔽うという具体的な意味にとどまらず、銃を持った「元百姓」、「元漁師」、「元店員」、「元鉱夫」、「元運転手」達はもっと本質的な意味で「草」に変わる。「昔の職業の名残りが剥がれて落ちた」ように、川村湊に倣えば、職業という通常の社会における人間の意味をすべて剥奪されたところに、兵士という存在形態の核が、銃の照星ごしに立ち現れるのである。

川村が、この照星のディテールに着目し、それを自らの議論に取り入れていたなら、兵士というものが死を孕むという彼のテーゼが、さらに説得力を増していたことだろう。それは「戦争が始まったらここに居る連中、つまりぼくらのことだが、は皆死ぬだろう、と鈴木三尉はいった」(47)という表現に、さらに強烈に現れている。大陸の戦場で実際に仆れる日本人兵士を見た三尉の眼差しは、このような照星ごしの眼差しでもある。

もちろん、このような「死」と隣り合わせに、「直立して天井を向いている百五十のペニス」というもう一つの「草のつるぎ」、つまり極めて「生」に近いイメージが置かれている。銃を持たせられることに伴う変身は、入隊検査の時にペニスを露出させられることによって切り開かれる「別世界」と、表裏の関係にある。個人の尊厳を剥奪された兵士は、惨めで辱められた状態で、「男」という存在に還元される。このような生の最も単純な形式（生の零度）に近い状態に置かれた海東二士は、帰郷を通して、自らの存在を確認することになる。

小説の山場は海東二士の帰郷である。大きな洪水によって破壊された故郷へ、雨の中を歩く彼は、敗戦後に帰宅をした自分の父親を追体験してしまうことになる。死の匂いを突きつけられた彼が、このエピソードの最後に聞き取る父の声は、自衛隊の生活の底に沈殿している敗戦の体験を、小説中に響かせている重要な要素である。小説中で「海東二士」と呼ばれる彼は、破壊された故郷の避難先の寺の闇の奥から、「光男」と呼ぶ父親の声を聞く。この声を聞くまで、彼が「故郷」へ辿り着く経緯が語られているが、父親に呼ばれる場面をもって、帰郷の描写が唐突に終わっている。このような「故郷」との断絶の表現にも「草」のイメージが関わってくる。

草をつかんでおいて刃をあてざくりと切る。そうするとぼくの中でもなまなましいものを二つに断ち切った感じがする。ひと鎌入れるごとにせいせいした。もう二度と帰るものかと思った。悪臭ふんぷんたる故郷にかえるものか(48)。

洪水による破壊と多数の死者の記憶だけではなく、自分の存在する意味に関わるような体験をここで認めなければならない。自分の存在の拠り所であるはずの「故郷」が、破壊されているところに、空しい感覚がもたらされている。彼は文字通り洪水の中に沈んだ生家の屋根の上を渡ることになり、「故郷」への帰属感を踏みつけ、抑圧しようとしているのである。父親の声を聞いた後の故郷訪問が直接語られないのは、そこに直視できないようなトラウマが刻まれているからである。そのため、駐屯地に戻った後、「草」を鎌で切りながら「故郷」との絶縁を決心した後、記憶の中で帰郷にまつわるショックがやがて浮上する。しかも、このショックは思い出の中の思い出という形をとり、大変表現しにくい体験として想起される。

人生哲学より仲間が女房持ちであることに興味を持つ、童貞のままの多数の自衛隊員の一人である海東二十にとって、性的な意味においても帰郷は一種のショックである。帰りのバスで出会った少女の白い歯と声が、達成できない夢のように彼の記憶に残ってしまう。しかも、彼は性欲の対象として、彼女の記憶を明確に呼び起こすことさえできないのである。帰りのバスの場面では、少女と同年であるのにも拘わらず、彼が大変老けて見えることに彼女が驚いたという叙述がある。二人の間の落差を考える海東は、帰郷の時に幼馴染の友人を訪れた際、洪水の片付けのために動員された刑務所の囚人と間違えられたことを思い出す。社会から排斥された犯罪者に重なる自分の姿には、「故郷」に帰ることを妨げる断絶の感覚が投影される(49)。少女にも囚人のように見えるかどうかを確認するために、海東はバスの窓に映る自分の顔に見入る。

この場面は、小説の初めにあった食堂の鏡のシーンそのものの繰り返しである。「血走った目をした男がぼくをみつめた。十九という齢よりずっと老けて見えるようだった」(50)。突然「老け」たという実感が、幽かに浦島伝説を思わせるこの体験は、「故郷」から目を背ける痛々しさだけではなく、自衛隊での訓練の中の新しい段階を意味している。既に引用した、小説の前半の戦闘訓練の要になる「草」に関する箇所は、なまなましい「緑色の物質」の体験から、成し遂げられた過去、経験として、小説の後半で振り返られるようになる。

「雨は去った。草原は新鮮になった。赤ん坊の肌のようにみずみずしい草になった。水で清められた葉身はかぐわしかった」(51)。この「草」の描写は「故郷」に破壊的洪水をもたらした雨の後の光景である。休憩時間にこの「草」の上に座りながら、一年前の新隊員の教育を担当した「鬼区隊長」について話し合う。草原の匍匐中に日射病で倒れる自衛隊員を出した一年前の訓練を免れたことに、海東はほっとしている。

「去年の夏だったらひどい目に遭う所だった。なんといってもぼくがここへやって来たのは生きるためなのだから」(52)。厳しい訓練中に弾に撃たれ、楽に死ぬという妄想に一瞬だけ捕らわれることになる海東にとっては、やはり自衛隊という「草」の世界にあるということは「生きる」ことでしかない。彼がほっとするところに、危ないところを無事逃れたという、既に自衛隊での訓練を経験として振り返っている態度も感じ取ることができる。

実は、帰郷ではなく、この訓練での体験こそが、小説の山場であると言える。楽に死ねたらと思った直ぐ後に、海東は「歯が鳴った」ほどの恐怖に陥る。「草」を掴むように命にしがみ付く姿である。訓練が終わった後、桐野という仲間が小便か大便を漏らしたことがばれることによって、この場面に張り詰めた緊張感と、その後の緊張の解消が表現されている。排泄物を洗うために湖に入った桐野に従って、他の仲間も水に入る。

そこで、男達は銃という玩具を与えられた子供に戻り、「子供のようにはしゃ」ぎ始める。三人は水の上に精液を遠く飛ばす競争をし、歌い出す者もいる。そこで海東は最初から自分が「何物でもなかった」ことに目覚める。「ぼくは彼らの小便と糞と精液につかって浮いているわけだった」(53)。これから自分の中の「いやなもの」を「少し我慢」できるようになると、海東が感じていることが重要である。なぜならその次の「草」の描写において、季節によってのみもたらされたとは言い切れない変化が起こるからだ。

　　草をかきわけて這いながら気づいた。息切れも動悸も前とくらべたら格段に少い。ぼくは完全に回復したのだ。頂上に駆けあがった瞬間、目をみはった。きのう、ぼくらが体を洗った湖の反対側を見おろしたことになった。まぶしい銀色の草が波打っている。午後の日にススキの穂が輝いているのだった(54)。

その後再び体調を崩すことになるのだが、「枯れかけている」「草」と共に、刺々しいものを包み込む時間の感覚がよく伝わっていると言える。

ひたと草に身をすり寄せた。むせかえる草いきれはなかった。草の葉から艶も失せていた。老人の肌のように生気がなかった。ぼくは匍匐した。査閲官がぼくらを見ていた。勝手知った草原である。草は、もはやぼくを刺そうとはしない。葉身は硬くない。もろくなっていてつかみかかるとすぐに折れた。草原をわたる風があった。それもひとところより軽快に吹いた。ぼくは顔を伏せ、横目で太陽を探した。二カ月たつうちに日の位置もずれた。草の根に落ちる影はやや淡いようだ。査閲官が見えた。ベニヤ板を切り抜いた人形より薄っぺらに見えた。もったいぶった顔で威厳をとりつくろってはいるが、彼らはぼくらがいないことには何の役にも立たない木偶なのだ(55)。

ナイフにも逆らった「草」がこのように脆くなることを意識すると同時に、そこで流れた時間の経過に気付かされる。その時間の中で、一つの難しい経験が成し遂げられると同時に、唇のかさぶたの「古い皮膚」と一緒に、「老人の肌」のような「草」の中での体験の生々しさが剥げ落ちるのである。北海道に向かう前に、海東は駐屯地の境目までたどり着き、一瞬のうちに、滞在した二ヶ月の体験のすべてを貫く、その「声」を発見してしまう。

ぼくは海へ行ってみる気になった。踏みしだかれた草はそのまま起きあがらなかった。草を踏んで堤防へ登った。何かが砕ける気配が聞えた。向う側は黒い岩がつづく磯になっていた。海は動いていた。隊舎からはひっそりと静まり返り、澱んだ溜り水のように見えていた海は、堤防の外で実は絶えずあらあらしくどよめいていたのだった。まぢかに見てそれが分った。七月の日々、草の中で聞いたざわめきの正体がつきとめられた。ぼくは岩につかまって水際に降りた。潮の匂いが生臭かった。しぶきが顔にかかった。ぼくを呼ぶ声がした(56)。

駐屯地の向こうに広がる海から伝わる開放感と共に、「草」の中の匍匐の訓練に直結した通路が浮かび上がっている箇所である。得体の知れなかった金属性の「草」の声は、「草のつるぎ」の声として受け止められたが、「草」が枯れると共に、その声も遠ざかる。次の場面を読めば、「ぼくを呼ぶ声」は、卒業祝いのために集まった仲間の声だと分かるが、一瞬海の彼方から届いてくる幽かな未来への「希望」の声であるかのようにも読める。

敵として、自分の化身として憎んだ仲間、同じ「小便と糞と精液」の中に浮いている自他の区別の付かない仲間は、卒業後離散し、海東二士も「海東か、もう行くんか」という無味乾燥な言葉に見送られ、共有されていたはずの体験の場を去る。このお互いが共同体をなしていたにも拘わらず、離散し、消える自衛隊員の姿は、生い茂ったり枯れたりする「草」に重なり合うところがある。ここに、雑多な騒音の中で一瞬だけ聞こえたなり、過去の海に沈む「草」の声に対する、作家の敏感さが表れている。「きけわだつみの声」を思い起こすなら、そうした作家の態度は自衛隊の描写に投影されているばかりでなく、その延長線上で、太平洋戦争中に「失われた兵士たち」の声にも向けられている。

『草のつるぎ』は、明らかに第二次世界大戦の体験を扱っている作品である。そのタイトルには、神話的なレベルにおいて、東征の際に、草を薙ぐために、日本武尊が使った「草薙の剣」のイメージも潜んでいる。そのために、戦時中の軍隊を体験した安岡章太郎や大岡昇平などが、野呂の『草のつるぎ』に対して「興奮」を覚え、「血が騒ぐ」ように感じたのである。「つまり、当時の軍隊っていうのは、ふつうの片輪か老人でない男の文字通り共通体験の場だったからね」(57)。

海東二士が水害に遭った故郷を訪れるエピソードは、単に主人公の背景を見せるために挿入されているのではなく、水害という災害を通して敗戦の記憶を招き寄せるために不可欠なものである。食堂の鏡に自分の姿を映し、帰りのバスの窓に顔を映す海東二士は、他人のような自分に驚かされている。しかし、雨の中で「故郷」の家族の安否確認のために歩いている彼は、自分の中の他者ではなく、他者である父親を自分の中に見出している。

「道路に映った影は何かに似ていた。どこかで見たことがあると思った。肩に包みをのせ、その重みで上体をしなわせて、ややうつむき加減に歩く男。敗戦の年、軍隊から帰還したおやじがそうだ」(58)。この描写を切り口に、敗戦時の思い出が取り入れられていく。国家にとっての戦争での敗北は、終戦後に土建屋の仕事をするために準備していた材料、すなわち父親の「全財産」が長崎の原爆で失われたという、極めて個人的な損失と敗北として語られる。このような父親の存在が否定されたドラマを背景に、「天皇の人間宣言」、「戦争犯罪人」などはかえって、個人的な敗戦から目をそむけさせる、新聞の紙面における認識に対する壁になっていることが明らかにされる。

さらに、敗戦の記憶を絶えず想起させるのはアメリカ人の存在である。自衛隊の構造にアメリカ人がどのように関わり、どのように表象されているかということ自体、極めて重要なテーマであり、『草のつるぎ』の後日談『冬の砦』の中でさらに深められている。ここでは、アメリカ兵が子供の時の海東二士の記憶に焼き付いていることと、それが自衛隊滞在中に出合うアメリカ人にも投影されていることを指摘することだけに留める。

拳銃を吊した将校はぼくがこれまでに見たどのアメリカ人とも似ていなかった。こんなに険悪な顔をしたアメリカ人は始めてだ。強いていえば敗戦の年、ぼくの町に乗りこんで来た占領軍兵士の数人に似ていないこともなかった。彼らは町はずれに拡がる広い湿地帯を偵察に来たのだった。機銃付のジープを河口に乗りつけ、めいめい小銃を持って蘆のしげみを探るような目付でうかがった。ぼくは浅瀬で魚をとっていた。草をかき分けて出てみたら、そこに小銃を構えたアメリカ兵が居たというわけだった。すんでの所でうち殺されるところだった。彼らは武器を持った日本兵が隠れているとでも思ったのだろうか、それとも脱走兵でも探していたのだろうか。ぱっと身構えて銃口をぼくに向けたアメリカ兵の目が忘れられない。きょう、空からやって来たアメリカ人将校の目はぼくにあのときのアメリカ兵たちを思い出させた(59)。

それぞれの職業と共に、個人としての尊厳をも剥奪され「草」と化した自衛隊員という照星ごしの光景を、裏返した形で見せているのが引用した場面である。「草」の中でアメリカ兵に銃を向けられた記憶と同じような原記憶は、

『失われた兵士』の中でも紹介されている。それも故郷での子供の時の記憶であり、友達と公園へ蝉とりに出かけた時に、空からもう一つの太陽が落下したことを目撃した時の記憶である。

長崎の被爆後の「不吉な夕焼け」の中で「一つの都市の炎」と「一つの帝国」の「瓦解」が視覚的記憶として保存されている。空間的にも、聴覚的にも「敗戦」の記憶は、復員者の物語が聞こえる停電の家の「闇の底」の感覚と共にある。このような途切れ途切れの記憶をめぐる物語は、断片的にしか伝わらない『草のつるぎ』の自衛隊員達の物語を連想させる。そして、文学的にいえば、完成されていない、未加工の表現にこそ、野呂邦暢が最も興味を持っていたのであり、それは丸谷や加賀によって、「純文学」と評された『草のつるぎ』にも現れ、『失われた兵士たち』の中では、意図的に実践されている。

農夫、漁師、会社員、教師、神官、炭屋、理髪師、学生、船員、タクシー運転手、鉱夫、肉屋、仕立屋、樵夫等あらゆる階層の人間がいたのである。作家はそのうちのひとつまみにすぎない(60)。

農夫、漁師、会社員、教師、神官、炭屋、理髪師、船員、鉱夫、問屋、仕立屋、樵夫などありとあらゆる兵士がいたのだ。理想をいえばこの小文は文学者ではない人々の書いた文章のみをたよりにすすめてゆくはずであった(61)。

生者の職業欄に私は戦後というものの時間を感じる。ガ島［ガダルカナル―引用者］の土と化した兵士たちにも職業がむかしはあった。しかし今や死者たちに職業はない(62)。

銃を持つことによって引き起こされた、自衛隊員の突然の変身を強く連想させる描写であり、職業を剥ぎ落とされた、土と化した死者と、「草」と化した自衛隊員の間に類似性を指摘できる。川村湊が、常に死を孕む者として兵士を捉えた理由もここにあり、死と隣り合わせの「生」の草のようなざわめきと、その中に幽かに聞こえる死を逃れた者の呟きの中には、戦争体験を語ることの本質に近いものを見出すことができる。

「だから私は日本人の戦記を読むと、不意に訪れるあの頃の黒暗々たる闇の色と、その奥でつぶやく兵士の声をきまって思い出す」。野呂邦暢のこのような感受性から、『草のつるぎ』の中の「草」のイメージが生まれているのではないか。体験を語りうるものにするため、その体験から最短の距離を置くことである「生き延びる」こと自体が、「草」のイメージを必要としているのである。

おそらく、野呂邦暢が示した視点の中に、『雑草と雑兵：敗残の満州、シベリヤの野末』の著者（福島俊夫）(63)の戦記も含まれる。さらに、もし直接読む機会があれば、野呂は敗戦後の文学集団「雑草社」に限りない共感を寄せていたことだろう。一九七二年頃から文学集団雑草社から富田良雄の編集で『雑草』という雑誌が出版され、『雑草』の六号（一九七八年二月）に富田良雄の大東亜戦争の昭和一七年の満州出征を題材にした長編体験記が掲載されている(64)。何か、皆が嫌がる北の北海道の駐屯地を希望した海東二士を思わせるような、あえて満州を希望した兵士が富田良雄によって描かれている。「菊の花も椿の花、道端に咲く名もない雑草の花も、皆同じ花だけれどなあ。それなのに、紋章になると何故菊の花だけが大切にされるのか」。銃に刻まれた紋章を眺める兵士の眼は、菊の向こうに「雑草」を見ようとしている。

さらに、大阪の文学集団であるため特別に親近感を寄せているのかもしれないが、「堺が生んだ歌人」与謝野晶子の詩、「君死にたもうことなかれ……」を、戦争記録の中で引用している。そして、「雑草社」の富田が締めくくりとしている展望は、『草のつるぎ』直後に野呂が発表している新しい世界と人間関係の再編成の模索に似ていなくはない。

誰の為に国家があるのか、朕の為にあるのか、俺達の為にあるのか。この地球上のすべてのものは、たとえ、一握りの砂と云えども人間のものではないのだ。人間はすべてそこから出発しなければ永久に人間の社会に争いが無くならない。
われわれ人間、というよりすべての生物は、誰にも束縛されずに生きる権利がある(65)。

「日本人とは何者だろうか」ということを追求している『失われた兵士たち』の野呂も、少しずつ別の、草原と海のような原始的でもっと広い共同体の模索を同時に行なっているのである。国家の枠に納まりきらないもの、人間の力で捕まえきれないものへの模索は、最も熱心に生きようとしている雑草に象徴されるような生物としての人間の輪郭を象っている。この感受性が原爆の中に人類の悲劇を見出した大庭みな子にいかに近いかは、次節における『浦島草』の分析で明らかにする。

『草のつるぎ』の出版年に、野呂は「筑紫よ、かく呼ばえば……」というエッセイを発表している(66)。九州にある故郷への帰郷に促された感興が書かれている。その際に、野呂に聞こえてくるのは、北原白秋の声である。「『筑紫よ、かく呼ばえば／恋ほしよ潮の落差……』と歌った北原白秋は柳川の人であった。／この時詩人が呼びかけているのは『筑紫』という限られた地域ではないはずである」。この白秋の詩は本書第一章の最後に示した、白秋の故郷に対する、「雑草」のような、摘み取れない願望を表現したものである。

水と泥と鳥と草原と空から伝わる「原始的な光」を浴びながら、野呂は「故郷」柳川を歌った白秋に自分の声を重ねようとしている。そして、「人間の宿命」を追及する文学の意味と、故郷のエコロジーを蝕む、南総開発計画の代弁者の言葉とのぶつかりが描かれている。人間の宿命、あるいは『失われた兵士たち』の中にある、「人間が人間であるための戦い」である表現の中の「人間」と、「十羽や二十羽」の鳥が死んでも、結局人間の方が大事であるという言葉の中の「人間」の衝突の中から、野呂は、もともと取り扱わなくてもいいと思っていた、環境破壊という内面的世界と無関係な問題に向き合うようになる。

軍事化の形で危険な顔を見せた文明に対する感受性と同じものを、野呂が自然破壊と公害の問題に向けていることは、原爆と平行的に原子力発電所を小説に登場させる大庭みな子の感受性に極めて近い。そのような感受性から、第二次世界大戦後の「世界」という次元が、解決しがたい多数の問題を孕んだ形で浮かび上がる。

人間も自然の一部であれば、環境破壊がただ今のように破滅的な速さで進んでいるとき、もの書きだけが個人の宿命のみにこだわって安閑としていることは出来ない相談である。

『筑紫よ……』という言葉で、白秋が呼びかけたのは、有明海そのものであったのだろう。

『筑紫よ、かく呼ばへば
恋ほしよ潮の落差
火照（ほでり）沁（し）む夕日の潟……』

『筑紫よ』とははたして有明海だけに対する呼びかけであろうか。わたしには「世界」の総体を意味している言葉のように聞こえるのである。

野呂が『草のつるぎ』に埋め込んでいる「故郷」への切実な願望は明らかであり、「鳥たちの河口」の中では、湿地帯の葦原で釣りをした自分自身への切ない思いを、現代日本の社会と明確に結び付けている。しかし、その故郷への回帰は白秋の場合と同じように達成できない願望であり、不毛な希望である。「鳥たちの河口」の主人公である「男」は社会から弾き出され、幼年期の記憶が漂う場所での鳥のカメラ撮影に癒しを求めている。埋め立てや工業化の危険の中で方向感覚を狂わされた鳥に、「男」は自分自身の存在を投影している。

しかし、彼の切ない訴えは、聞こえたかと思うと、すぐに否定されることになる。「郷土の散歩」というシリーズで彼の撮影した鳥の写真集を出版しようという、ある出版社の提案には、「故郷」を保存しようという最後の望みが煌いているが、その企画は失敗に終わる。写真集を通して、環境破壊の犠牲になった「鳥たちの墓標」を作る行為は、武蔵野に向けられたカメラのレンズを通して捕まえようとする「故郷」の映像に近い。「写真集がふいになったとわかっても男は河口へ通うことをやめなかった」(67)。作品の最後に、彼はハゲワシに襲われ、鳥に裏切られることをも体験している。しかし、「鳥に故郷はない」(68)という彼の最後の言葉は、痛切に実感され続ける欠如としての「故郷」に焦点を当てることになる。

成田龍一の表現に倣えば、「パンドラの匣」(69)である故郷の感覚が、個人的な記憶、国家としての共同体的な存在、さらに人類を育んでいる地球まで広がっていく過程を、大庭みな子の作品に見ることができる。太宰、福永、そして野呂がさらに明確に描いた男達の共同体に対して、大庭の作品には女性が登場する。災いを箱から逃してしまったパンドラの誘惑や、「女の呪術の物語」(70)でもある浦島伝説など、生と欲望によって結ばれる男女の関係が、男の共同体を分解するのである。野呂自身は、武田泰淳の「人類の半分は女性ですから、女を書けなければ作家は人間を書いたことにはなりません」という言葉を思い出しながら、大庭みな子の「刺激的、挑戦的な男性論」を評している(71)。野呂は大庭の男性論を「日本の男」に対する批判として受け止めているが、男女という人類の根源的な区別には「日本」を超える想像力が含まれている。野呂は「三十代のなかばを過ぎて、ようやく自衛隊の体験を書けた」(72)と述べているが、同じような感覚的な成熟によって、彼は、大庭の「男を育てるのは女で、女を育てるのは男です。男を殺すのも救うのも女で、女を殺すのも救うのも男です」というくだりを理解するためには、「男女とも三十歳をすぎなければならない」(73)と結論づけている。

生命の渦中に巻き込まれた男女の関係に対する感覚を通して、大庭は「男性たちの掘った墓穴」(74)という死と破壊に満ちた歴史を、単純に女性の視点からではなく、人間の生命への欲望として語ろうとしたのである。浦島伝説における「消された女の恋」(75)を再生させながらも、大庭は浦島太郎の姿に、「『日本人のアイデンティティー』を巡る寓話」(76)、そして男と女の姿を同時に重ねているのである。性差を超えるような、人間の文化に組み込まれた共通体験としての原爆に対する表現は、「草」の比喩に収斂していく。大庭みな子の『浦島草』は、「世代が二つばかり後になってはじめてほんとうの原爆文学が出るんではないか」(77)という野呂の期待に対する表現でもある。

3　内面的空間と共有される歴史的体験――大庭みな子『浦島草』

第二次世界大戦の歴史的記憶の問題を、浦島伝説に結び付けて小説の構造に織り込んだ点において、太宰治の系譜を受け継いでいるのが大庭みな子である。『浦島草』という長編小説では、敗戦を象徴している広島という土地から、時間的にも空間的にも距離が取られることによって、日本における敗戦の問題が人類の文明と精神の在り方という、より複雑な問題系の中に位置づけられることになる。そして、太宰の『パンドラの匣』では比喩に止まっていた、自然に延びていく植物の蔓や、焼け野原の片隅の草が直接的に前面に押し出され、人の一命をとどめる/とどめさせる「雑草」的なイメージが、大庭の作品では「浦島草」という植物のイメージに収斂していく。

歴史的に体験される「撹乱」の中で「生き延び」るという感覚において、大庭の作品は、魯迅の『野草』を受け継ぐものである。それだけではなく、関東大震災に関わって表象された多くの「雑草」の文学的イメージの水脈を汲んだものと考えることもできる。

太宰治の『パンドラの匣』や福永武彦の『草の花』では、共に結核の療養所という閉じられた共同の空間において、過去の記憶が抑圧されたり、再噴出させられたりする中で、敗戦のトラウマを病として分かち合う患者達の共同体が構成されていた。太宰の作品では主人公、雲雀と看護婦の間に仄めかされた性的な雰囲気や、福永の作品で回想される友情とロマンチックな愛の物語を通して、他者と結ばれる多様な関係の可能性にふれることで、前記の共同体の均質的連帯感に埋もれている諸次元が想起される。

しかし、大庭は『浦島草』で、「日本」という共同体の表面からは見えない下層に隠されている、関係性、繋がり、絆を表現しようとし、縺れ合うそれらを凝縮された形で描き出しているのである。『浦島草』では人間同士の間に存在しうる最も直接的な関係、すなわち血縁と性愛による関係が重なり合い、他者と関わることをめぐる多くの問題が、「故郷」と「子供」を通して極限まで問い詰められている。

『浦島草』の主人公、雪枝は、異父兄である森人が、龍という夫のある冷子を彼と共有し、縺れ合っている人間関係を見て「……男と女のことが急に不可解に思え、また反対に不可解な人生で無限の可能性を持つ、唯一の希望でもあると思った」(78)という感想を抱いている。三角関係の構造よりも遥かに根源的なものとして描き出されている森人、冷子、龍の三人が同居する空間（東京の真ん中の冷子の家）には、被爆体験と大戦の記憶が不可分に織り込まれている。

また、森人が故郷の蒲原から連れて来た子守のユキイと、ユキイが関係を結ぶアメリカ軍の兵士を通して、大都会東京から離れた故郷の問題と、朝鮮戦争をめぐる同時代状況が、小説に影を落としていることが分かる。さらに、物語の現在時では、その家を訪れる雪枝と彼女の恋人マーレックを通して、アメリカを中心に世界的に広がる文明の画一化と、出兵を免れたマーレックから伝えられるベトナム戦争の問題も、微妙に小説のストリーに関わってくるのである。

こうした問題系の縺れ合う空間の中心には、黎という、森人と冷子の間に生まれた、自閉症の息子が一種の不在の存在として置かれていると言える。「原爆の焼野原でできた子供なんです」(79)と母親の冷子は説明している。黎は森人と冷子の実子であるが、戸籍上では龍の子供になり、さらに、出産で死んだユキイの娘、夏生は、森人に認知されることとなり、五人の間には迷宮のような関係性が成り立っているのである。

アメリカからこのような家に十一年振りに帰国することになる雪枝は、すっかり景色の変わった故郷を見る「今浦島」の役を演じている。これが『浦島草』の最も外側の神話の構造である。雪枝にとって異母兄の家を訪れることは、夢からの目覚めを意味しているだけではない。逆に、龍という男の妻である冷子の家に、三十年も過ごした兄森人の神秘的な生活を垣間見る、まさに夢に近い異世界経験である。

出発点をどこに置くかによって、それは浦島の龍宮訪問としても位置づけられるし、人界への帰還としても位置づけられる。いずれにせよ、得体の知れない「故郷」という玉手箱を、雪枝は開けてしまったのである(80)。雪枝のみならず、森人も、髪の毛がすっかり白金色になった冷子も、みんな浦島の化身であるからこそ、浦島伝説も複雑に分散し縺れ合っているのである。この浦島伝説は登場人物達の言葉の中に組み込まれ、多声的に響き合っている。

なるほど好奇心は猫を殺すが、人間は、好奇心は猫を殺すと、いう諺もつくるよ。浦島太郎は玉手箱をあけずにはいられないけれど、玉手箱をあけずにいられない人間の物語も人はつくるよ。(略)あなたはまるで、その浦島太郎とやらの玉手箱をあけてみるのは悪だと言うような言い方をなさる。ところがぼくはたとえ、そのため白髪のおいぼれになったって、そうすべきだと思う(81)。

浦島の存在に最も近い森人の言葉の中に、自己言及という観点から、人間の自意識の問題を読み取ることができる。ここでは太陽を盗み、原爆を造り、それを使ってしまった人間のプロメテウス的な姿が、パンドラの箱を開けてしまったことによって人類に降りかかった災いを直視する覚悟において捉えられている。フェミニズム批評(82)によって新たに見出された、浦島伝説における女性の恋や誘惑の要素は、大庭の作品においては、性関係をなぞるような人間同士の欲望と絆の形で再編成されている。

小説のタイトルである「浦島草」が示しているように、「草」をめぐる植物的なイメージによってしか、自我の内面的洞察や、他者と世界との関係性復元や、破壊の記憶について、有効に表現することはできないのである。外国人マーレックの目に映る雄蕊と雌蕊のように静かな日本人の男女関係や、一種の比較文化論の中に浮き彫りにされる、狩猟文化とは違う日本の農耕文化の特徴も、小説に表れる観察として重要ではあるが、『浦島草』の構成原理としての植物的想像力は、より深く広くテクスト全体に根を張っている。

野間宏は、こうした大庭の植物的なイメージの特徴が、広島の原爆体験と密接に繋がっているところに着眼している。野間の読みは、小説の構成原理に忠実であると言える。

……「浦島草」とか、「やなぎ」とか、「すいかずら」とか、こういう植物、こういうもののところから、こういう下のところから人間を見ていくということは、広島というそこから出てきたんだろうと思うんですけどね。広島というものが、草がぜんぜん生えないだろうといわれたんですけれども生えてきたという、そういう問題と、人間の欲望というものと重なり合わせていると思いますけどね。（略）文明批判がただ単なる文明批判で終らないで、いろいろな草とか、人間の顔のちょっとした動きとか、そういうところまでに目が届いているというふうに思いましたね(83)。

冷子にとって広島の被爆の記憶は、「狂った花火みたい」な「赤い炎」の彼岸花のイメージと重なっている。ここに引用した野間宏の言葉も『浦島草』の登場人物の言葉の中に見出すことができる(84)。

七十五年、草木も生えぬ、っていわれましたけど。――どういうわけか生えたらしいわね。でも、きっと、むかしとは違う草木でしょう。あれだけ沢山の死骸の上に生えた草木ですものね。［冷子］

ええ、でも、草木は何万年来、動物と植物の死骸の上に、生えては枯れています。それに太陽のかけらがあれば――。［マーレック］

（略）太陽のかけらが大きすぎたわ。［雪枝］(85)

広島を訪問したマーレックの、汚染された地球で生き延びる人間を思わせる夾竹桃についての観察からも分かるように、文明の破壊と文明の毒の中に「生き延び」るもの、生き延びながら破壊の記憶を絶えず地面に引きずり出す「草木」の上にこそ、『浦島草』という小説の焦点が当てられているのである。この植物の比喩が『浦島草』において徹底されることによって、過去と現在という時間の越境と、異なる空間の間の境界侵犯の、二つがあいまった連携的運動が実現されていると言える。野間宏があげるさらにもう二つの植物のイメージ、「やなぎ」と「すいかずら」を見ると、この植物的な手法がいかに異なる位相の物語をお互いに入り組ませているかが明らかに見える。

『浦島草』の「やなぎ」という章では、雪枝の恋人マーレックが中心人物として扱われている。そこで彼は、日本滞在期間の長い友人に、本物の日本を見せられ、やなぎの木の植えられているうなぎ屋へ案内される。以前牢獄だった東京下町にある場所の上で、うなぎが出されているのを気持ち悪く感じているマーレックにとって、日本ではやなぎの木の下に幽霊が現れるという話が、彼の印象に残る日本体験の重要な要素になる。しかし、次に小説に現れる東京の下町のやなぎは、冷子の着物の上の模様として、である。被爆体験の記憶を負って生きなければならない冷子に、幽霊との親近性を与えるために使われているこのイメージは、「やなぎ」というテーマで繋がっているというよりも、植物の持つ「蔓延」のイメージとして機能している。

「すいかずら」も、植物でありながら、雪枝が龍に連れられていくバーの店名として設定されることによって、一種の植物的空間(86)を構成していることになる。同じ「すいかずら」は、冷子の家の庭の不気味な井戸の上を這う「蔓延」する植物として、その前に描かれていたのである。

空間と時間の異質な層を縫い合わせ、貫き通している植物的イメージの中でも、「浦島草」という植物に与えられている意味は最も重い。長編小説のタイトルとして小説の表表紙の上に表記されるほど、「浦島草」は小説の内容を織りなす複数の物語の間を貫通している。「浦島草」という言葉は、小説のタイトルとしてだけでなく、第三章のタイトルとしても使用されている。この重要な反復は、入れ子の構造を思わせ、浦島伝説に関する森人の発言にあった、物語そのものに対する自己言及性（物語の中の物語）をさえ含んでいる。

「やなぎ」と「すいかずら」のイメージと同じように、浦島草は植物として龍の話の中や冷子の家が消えた最終章「けむり」の中に巧みに取り入れられている。このような入れ子構造は、草のイメージの最大の特質として、『浦島草』の物語の構造に深く関わっているのである。そして、以下のような二つの浦島物語がお互いに嵌め込まれた入れ子構造を貫いているのが「浦島草」という草なのである。

一つ目の浦島物語は雪枝が十一年振りに帰国する物語であるが、その中には、既述したように、森人が竜宮のような異界にいる浦島太郎的存在であるということも関わっている。しかし、雪枝がマーレックと共に広島と蒲原を旅行してから、再び東京の冷子の家に戻った時、その家は既に「けむり」のように消えているのである。

つまり、日本滞在の三週間の間に、もう一つの凝縮された形の浦島物語が反復されることになる。被爆した広島で落ち合った人妻冷子と森人における、「何にもなくなってしまったのだから、――たまたまそこに居たやつと浮かべた小さな箱船の中で、よりそって漂うしかなかった」(87)という体験に入れ子状に重なる形で、東京でつい最近まで滞在した家が駐車場になっているのを目の前にして、雪枝は唯一そばにいるマーレックにしか頼れないと感じるのである。

でも、あたしには、今度こそ、ほんとうに、この人しかいないんだわ、そう思いながらも、マーレックにとっては、カクレミノという日本語も、ウラシマソウなどという日本語も、何の意味も持たないのだと思うと、そういう男と暮さなければならないということは、自分の知っている古い言葉を扉のあかない暗い部屋に閉じこめてしまうことであり、それはとりもなおさず、自分の生きているからだの半分を、お墓の中に埋めてしまうようなものだな、と思ったりした(88)。

消えた冷子の家の、最も鮮やかな記憶としての庭の「浦島草」の光景と共に、その意味内容を「暗い部屋」に封じ込められた、単なる音声としての「ウラシマソウ」が文面に現れる。それによって、「浦島草」は消えた時空間に通じる僅かな通路になる。

雪枝は高い榎の木の陰にまわって、墓地から、白く乾いたコンクリートの駐車場をみやりながら、足元に何かを探している様子だった。

何を探しているの？　マーレックが近寄ると、雪枝は身をかがめて、草むらにしぼんだ黒い花を指さした。

これ、ウラシマソウっていうの。

細長い花の糸も縮んではりつき、なびいていた黒紫の炎も消えていた(89)。

家と、過去と一緒に消えた「浦島草」の炎ではあるが、その「細長い花の糸」は、失われた過去への時間と空間に繋がることを可能にする、記憶の灯でもある。被爆以降の三十年の時間は、取り戻せないほどの長い時間として、雪枝にとっての、三週間の日本旅行と重なるが、しぼんだ「浦島草」は、僅かな形で消えた夢（悪夢）を保存している。龍にとってその花の黒い炎は、戦争で出会った中国の少女との関係を思い出させ、冷子には原爆を思い出させるが、雪枝はその戦争の記憶を、何回も繰り返される物語として、既に自分の体験にしているのである。

雪枝は、このように自分の生まれる以前の時間と空間で「故郷」を探しているが、十一年振りに突然日本へ帰国し、森人の神秘に包まれた生活の空間を侵犯することで、予期せず玉手箱を開けることになる。

空港からタクシーで森人の家に向かう途中で、雪枝と森人は、大都会の真ん中の、緑に埋もれている皇居を見詰めている。街の風景がアメリカと大して変わらないことにややがっかりしている雪枝の目に、皇居の空間だけが鮮やかに映ること自体が、「日本」を捜し求める視線の象徴性を窺わせる。

しかし、皇居という自然豊かな都内の田園は、日本の近代史を閉じ込める箱として、森人が住んでいる冷子の家と完璧に入れ子状に重なっているのである。家の空間は、既述したように、龍、冷子、森人、黎、夏生、ユキイという人物の、性愛関係や親族関係の縺れでできた迷宮である。それは同時に龍宮への潜入でもあり、玉手箱の開蓋でもある。到着直後に、ユキイの娘、夏生は雪枝に、原爆を原点に持つ家族の複雑な歴史を一気に語り終え、雪枝の部屋を出る。

ドアが閉まると、何か濃い煙が部屋の中に立ちこめて、雪枝はいろんなものが見えなくなるような感じがした。森の中で牛乳のような霧が押し寄せてきて、みるみるうちに、すぐそばの木立がわずかな根元の部分を残して掻き消えてしまったのに似ていた(90)。

このように雪枝の東京訪問直後に、既に、最終章のテーマ「けむり」が里帰り体験の通奏低音として導入され、広島訪問を描いた「蜃気楼」という章もそこに予め組み込まれていることになる。森人の内面的空間であるこの家と秘密の多い過去は、このように「森の」「霧」と表現され、その奥の奥に故郷蒲原の桐尾家の屋敷の壁にそって歩く母親の「蜃気楼」が、雪枝の前に現れる。雪枝が回想している、この屋敷の風景は、幼年期と故郷の記憶の最も奥にある好奇心と恐怖で神秘的に閉ざされた原風景の一つとして解釈できる。

雪枝の母の前夫、森人の父は、その屋敷の番頭として雇われていて、乙姫である女主人に誘惑されたもう一人の浦島なのである。長い間その屋敷に住んでいた娘のありとありの異母弟は、『浦島草』の中に造形される空間の最も奥に置かれている重要な人物であり、『浦島草』に先立つ『ふなくい虫』の中心人物でもある。母親と同じように自殺をしたありは、森人の許婚だったので、森人にとっても、森人の像を通して故郷を探そうとしている雪枝にとっても、一つの痛ましい故郷の記憶のように想起される。

さらに、広島の被爆直後、広島の近郊で冷子と一緒にしばらく過ごした森人は、湯浴みをしている若い女性を眺めることに夢中になる。「森の中で」若い女性が誘惑的に湯浴みをしている話を聞いて、マーレックの目には若い男のいない戦中の森人の暮らしは「おとぎの国」(91)のように映る。この女性の裸体は、蒲原の許婚のありに似ているという記述もなされるので、広島の体験と「故郷」の体験の中核は、このように女性の裸体を媒介に融合させられていると言える。

しかも、世界の終わりを思わせる広島の被爆体験の真只中で、森人は「おとぎの国」に誘惑されたことによって、皮肉な形で、夢を釣った浦島の役を演じさせられる。このように湯浴みをする裸の女性のイメージは、冷子の定義によるところの、原爆の中心にある人間の欲望を視覚化しているとも言えるし、蒲原の屋敷のありという不可思議な自殺者と重なって、小説全体の中核になっていると解釈できる。

一つずつ開けられる秘密の入れ子箱は、雪枝が体験する「日本」の構造そのものである。雪枝にとって浦島のような不可思議な存在である森人は、冷子にとって、戦争中に木の箱の中に入っていた、紫の布に包まれた勅語や御真影の存在と重なる。そのことを、大都会の中に自然の空間が奇跡的に保存された皇居と、冷子の家の間の類似性とを考え合わせると、親族につながる故郷や自己の素性の探求が、敗戦後の「日本」という象徴的な共同性の中に緩やかに溢れ出ていることに気付かされる。

その煙みたいな森兄さんが、わたしを招いてくれて、そこにそうして坐っているなんて。そして、森兄さんがお母さんや、蒲原の家のことをそういうふうに思っていたんだなあ、というようなことが今んなってやっとわかって。

まだわかるのは早いですよ。冷子は言った。

わたしは三十年この人と一緒に暮していますけれど、いつか突然、あるかないかの風が吹いて、かき消えてしまうのではないかと―。

浦島草って言うんですって？(92)

この雪枝と冷子の会話は、家の庭で交わされ、「浦島草」という植物の物質的存在感に収斂させられている。日本到着一日目に、雪枝は、最終章でマーレックに教えることになる植物の名前を、冷子から学ぶと同時に、その植物の名を、非常に表現しがたい過去へ接近するための言葉として覚えさせられている。広島以降、戦争の犠牲になった日本市民としても、解決しがたい性的三角関係を結んだ男と女としても、冷子と森人は表現できないものを、自然に生い茂るに任せた庭の中の一箇所の上にしか投影できなくなるのである。

縁先は庭石や植込みが多くて、庭らしくしつらえてあるが、倉と榎の木のある墓場の間は叢の繁るにまかせてある。その叢に、目立って人眼を魅く不気味な黒い花がぽっぽっとゆらめく焔のようにそここに咲いている。四十センチばかりの真直ぐに伸びた何本かの茎の先に、てのひらをひらいたような葉があり、その葉より少し低い柄についた十センチほど黒紫色の筒状の苞が横になびいている。その苞の中からひゅるひゅると伸びた長い糸のようなものが、一旦立ちあがってから下に長く伸びている。

そのさまが釣糸を垂れているようだというので、浦島草の名があるが、「てんなんしょう」といわれる類の植物である。（略）

榎の木のある小高い場所だけを、わざと手を入れずに繁らせておくことが、冷子と森人との暗黙の合意だった(93)。

人の手を入れないで残された小さな空地は、内面に投影された歴史的な記憶への通路になり、閉ざされた過去の箱から、その過去の存在の証として、はみ出ているものである。決まった季節に「浦島草」を咲かせていたからだけではなく、このような空間自体が「雑草」のような記憶の執拗さを比喩的に表している。生き延びたものは、死との接触によって体験した「生命の不気味なエネルギー」[94]として、この空地の中に映し出されているのである。
『浦島草』で扱われた人間同士の最も濃密な関係としての性愛の問題が、さらに凝縮された近親相姦として「雑草」と結ばれた形で現れていたのが、『浦島草』の原型でもある八年前に書かれた『ふなくい虫』である。『浦島草』にも、雪枝が持つ故郷蒲原の最も古い記憶の層の中に『ふなくい虫』の主人公が登場している。
「恋人同士のように見える二人は、桐尾家の姉弟だった」。「その姉弟は大きな屋敷に二人だけで、住んでいたが、その暮しは閉されて、周囲の者達には神秘的に見えた」[95]。姉の方は森人の許婚ありのことで、(実は異父兄であったかもしれない森人の子を)妊娠したまま首吊自殺をする。弟は間もなく家を出、行方不明になるが、彼こそが『ふなくい虫』の主人公であり、かれの行方不明の行く先は、どこでもない場所を思わせる、北極圏の湖の中の島の上に建てられた大きな温室の中のホテルなのである。

　弟は、姉の死後間もなくいなくなり、その屋敷はしばらく空家になっていたが、子供たちは、高い塀に囲まれて、中をうかがうことのできないその屋敷を、幽霊屋敷と名付けて、いろんな想像の話を組み立てたものだ[96]。

　このような「忘れないもの」[97]として箱の中に閉ざされた空間を、大庭はエッセイの中で与謝野晶子の童話集に重ねている。しかも、大庭が最も注目している、晶子の子供の思い出を題材にした「火事」という作品には、『浦島草』と『ふなくい虫』に描かれるのと似たような屋敷が描かれている。美しい娘が火事で死ぬのだが、子供の晶子にとってその思い出の「火の色」は、何十年も保たれている。子供が直接目撃することのできない火災は、大人の話と想像力によって記憶され、貴種の美人の「黒焦の死骸」は、子供には非常に恐ろしく不気味なものと感じられたのである。

晶子の「火事」[98]の焼跡に「終ひには雑草が充満に生えて」いるのは、破壊の記憶と「雑草」の関係の根源的な性質を見せている。晶子の作品が、詩「雑草二篇」と同じ一九一五年のものであることは、このような「雑草」の使用が単なる偶然ではないことを証明し、破壊された空間の周縁の存在としての「雑草」の特質を明らかにしている。『浦島草』の屋敷という閉ざされた箱のような空間を垣間見せるのは、『ふなくい虫』の主人公の記憶である。ありという異母姉と自分との間の関係が縺れる、外から閉ざされた屋敷の中の迷宮には、近親相姦の結果できた子供の堕胎の連続が潜んでいるのである。

> 引き抜いても引き抜いても生える雑草を根気よく育て直す女の腹を彼は憎しみの眼でみつめながら、
> 「近親相姦という言葉なんぞ、何の意味もありやしないよ。それに、ぼくらのことでも証明するように結局、本当のことはからきしわかりやしないんだからね。心配することなんか何もないさ」彼はこのわけのわからない憎しみを無責任な言葉にすりかえた。
> ありはぼんやりした眼で彼を眺めていた。父のからだの燃えるかまどの覗き窓から眼を離したときの、臙脂の薄い絹をかけた白い壁のような顔であった。
> 「まるで、あの火祭のようなものだったわね」
> 「そうだよ、生命がなくて、ゆれ動く、音を立てて燃えさかる火が何時だって無気味にぼくらを支配しているんだからね」彼は言った。
> ひき抜くには草は根を張りすぎてしまったよ[99]。

これまで見てきたように、大庭みな子の『浦島草』では、草のイメージは、閉ざされた過去の記憶から這い出るものとして意味づけられていることが分かる。『浦島草』では、「日本」という故郷の中に、さらに蒲原というより具体的な「故郷」の空間が入れ子状に埋め込まれているが、蒲原という「故郷」の空間の中心に閉ざされた屋敷が置かれている。そのような入れ子構造のさらに奥に、『ふなくい虫』を位置づければ、姉と弟の間の近親相姦の結果として生成されながら否定された、不吉な生命が、「雑草」によって表象されていることが分かる。『浦島草』という小説に駆使されている植物の比喩は、物語の中の複数の筋を絡ませながら、『ふなくい虫』や他の作品の上にまで同じ物語の「根を張」らせている。

本書の第四章の武蔵野をめぐる議論を踏まえるなら、大庭みな子の文学における野の花、野草、「雑草」の原型にも、武蔵野の影を見出すことができる。『浦島草』の後日談である『王女の涙』の中では、駐車場の下に押し潰された冷子の家の庭という舞台が、「東京の中心部には珍しくなったかつての武蔵野の名残を思わせる大きな木の繁った家の庭」(100)に移されているのも何の不思議はない。しかし、「故郷」的な存在である武蔵野との関連では、虚構的な空間の奥の「雑草」(子供や胎児のイメージ)だけではなく、文字通りに大庭文学の萌芽を、そこに見出すことができる。

大庭みな子の作品で最も古いものとして残されているのは、一九五〇年作の「武蔵野　春の花」と「武蔵野　秋の花」という武蔵野二部作である。二つの詩において、野草の名前の羅列には、植物学的な厳密性と豊かな想像力が交差している、彼女の後の文学に受け継がれる想像力の原点を見出すことができる。大庭みな子の作品の原点には、故郷的な空間である武蔵野の野草の観察を人間の世界に投影し、想像力を延ばしていく手法が潜んでいると言っても過言ではない(101)。

武蔵野二部作とほぼ同時期の「ジキタリス」(102)という詩は、詩本体よりも長いエピグラムを持っている。そのエピグラムは牧野富太郎の植物図版から引用したジキタリスの説明である。心臓病に役立つとされるこの植物の植物学的説明は、短詩の中で変容され、破裂に直面しながら花の中に閉じ込められる心臓を表象する。実は、このような武蔵野の土から生える植物への想像力は、関東大震災後の白秋や夕暮の「雑草」と同じ水脈に連なっているのである。

前田夕暮の『緑草心理』の表現には、大庭みな子の武蔵野二部作に見られる植物と人間の対応関係を強く連想させる箇所がある。「ダントルビームと天南星」という文章では、南洋の蘭と、ドガの絵画に見られるような踊り子の肉感的な絡み合いが描かれている。夕暮の想像力の中では、身体の一部と化したこのような植物のイメージを通して、花の中から脱出することのできなかった人をめぐる童話までが蘇らせられている。

花の中に閉じ込められる感覚は、大庭の後の小説『花と虫の記憶』の中のモチーフとしても現れる。この感覚が夕暮の「緑草心理」それ自体の比喩の一つでもあることは極めて興味深い。そしてそれよりも重要なのは、この悪魔的な南洋の花の欠片が「日本」の「武蔵野」という、精神的に身近なところで発見されることである。それは、『浦島草』の冷子も説明しているように、「浦島草」も属している「天南星」類である。

武蔵野にこの花の小さいのを私は見出したことがあつた。目白に近い雑司ケ谷の岡の上、それは薄がまだ全く青い芽を吹ききらぬ早春の頃、枯草を藉いてゐた私の眼の前に、高さは四五寸であつたが、恰度蛇が頭をもたげた様な姿をして、湿つた赭土から、葉もなにもなしに、によきりによきりと生え出てゐる物凄さ。その茎は青い縞をなし、蘭に似て、撃ち開かれた花瓣は咽喉深くうつろをなして、赤斑点をさへあらはしてゐた。私は驚いて思はず立ちあがらうとした程であつた(103)。

大庭みな子『浦島草』の「浦島草」ほどイメージとして磨かれていないものの、この夕暮の作品では、おぼろげな形で、このようなイメージが戦前にでき上がる過程を垣間見ることができる。『緑草心理』の他の作品「陰性植物」の中で、再び「天南星」を採り上げるほど、夕暮にとっては気になる存在だったことが推測できる。しかも、夕暮一人だけではなく、白秋や茂吉も、この植物をめぐる対話に参加していたことが分かる。同じ天南星科の植物である蒟蒻は『日光』第一号に白秋によって紹介されていると夕暮が述べている。さらに、牧野富太郎の植物図鑑が出回っている時期に相応しく、夕暮が「林間図書館」で、真面目な植物の観察に打ち込んでいる姿勢の痕跡も、『緑草心理』所収の「陰性植物」などに見られる。

このような、関東大震災後の『日光』誌や、前田夕暮の『緑草心理』に象徴される、草に対する感受性は、大庭みな子に継承されている。いうまでもなく、彼女にとっても、「武蔵野」という近代日本における「故郷」的な空間が、このような植物的想像力を養っていたのである。大庭自身も思い返しているように、「すっかりコンクリートにたたまれた街に住んでいながら、書くものの中に、いつの間にか花や木が人間と同じくらいひんぱんにあらわれてしまうのは、青春期を武蔵野で過ごしたからである」(104)。大庭にとっても「雑草」は、文学作品の内部と、文学が生まれる外部の空間の間の境目を透過するイメージである。

4 大庭みな子『浦島草』の根から『野草の夢』へ

大庭みな子の一連の作品は、大震災前後の「雑草」をめぐる想像力を受け継いでいると同時に、『屋上庭園』誌などに見られる「温室」という虚構的構築物をその構成原理に組み込んでいる。人工的なガラスの構築物の中に投影される内面と、その奥に潜む「故郷」という構図は、北原白秋のそれと酷似している。大庭において、「温室」は個人的な内部世界に止まらず、世界的なレベルでの現代人の精神の表象にまで及んでいる。『浦島草』における入れ子構造の不透明な核心をなしていた、「故郷」蒲原の「幽霊屋敷」という閉ざされた空間が、そのまま、北極圏の島に建てられた、温室に包まれたホテルを舞台とした『ふなくい虫』の中心をも占めているのである。その空間こそが抑圧される「故郷」と「子供」を対照的に浮き彫りにさせる。

『ふなくい虫』がいち早く取り上げられ、絶賛されたのは、他でもなく、やはり「草」や植物的なものに敏感な福永武彦によってである(105)。福永は、この作品を傑作と評価し、そこにおいて、一見正反対である「日本的風土の湿ったもの」と「からっと明るい」ホテルとの間に見られる連続性を指摘している。作品発表後間もなくなされた福永の評価は、非常に敏感で豊富な感受性を持ち、最も的確な解釈の基礎を作り上げていると思われる。

『浦島草』を知る後の読者にとって、この問題は、抽象的な北極圏の島の異空間がアメリカに置き換えられることによって、さらに、浦島の里帰りモチーフが取り入れられることによって、自己同一性の核心の中に浮かび上がる「故郷」の表現と受け取られる。しかし、『ふなくい虫』の抽象的な舞台設定は、「故郷」との繋がりの問題を通して、子供の出産によって純化される男女や人間同士の絆、世界と人類を結び付ける関係性という、広範な次元にまで広がることが可能となっている。

さらに、『浦島草』に登場する自閉症の黎が、植木の仕事に就いていたことを想起するなら、「広島」の子供の象徴である黎と、『ふなくい虫』の主人公、花屋との間に限りない類似性を見出すことができる。黎に表象されるような精神的状態としての閉じ篭りと、幽霊屋敷の閉ざされた空間を、自分の記憶の中で内面化していく生き方は、花屋という登場人物に具象されている。花屋の異母姉との間にできた、「さなだ虫」に喩えられた子供を堕胎させ、屋敷の庭に埋めたという記憶からの物理的かつ精神的逃走は、日本でもないどこでもない場所、北極圏の島のホテルへと空間化され、内面の舞台として劇化されているとも言える。

空港で拾ったタクシー運転手の言葉は、この島の構造を最初に明らかに表している。ホテルの中に温室があるのではなく、ホテルが温室の中にあると。このような異空間の境界を越える感覚は、飛行場の待合室を「経営困難の病院の待合室」と比較することによって際立たせ、北原白秋の『植物園小品』の中の「病院じみた情調に感じられ」る植物園の空気を思い起こさせる。

花屋にとって、「故郷」で埋葬した「さなだ虫」の記憶からの脱走によるこの島への訪問は、「故郷」の裏返しの空間として認識されている。「故郷」に対峙させられている、人工的に栽培されるエキゾチックな植物で溢れるデラシネ的空間は、同時に子供が滅多に生まれないことで有名な場所でもある(106)。『ふなくい虫』に登場する王太子は浮気なダンサーと結婚し、彼女に避妊の手術を受けさせることにより、血縁に基づく世襲制の貴族の家の持続にとって必要な、子孫の誕生を拒否している。一方、避妊手術を受けた王太子妃が惹かれる「チンバ」の黒人は、子供の時に煩ったおたふく風邪で「種無し」になっている。花屋自身は自らの手で行った異母姉の堕胎のショックによって不能になっている。明らかに、子を生めない人々の運命がこの温室の中に交差しているのである。だからこそ、温室自体が生命と腐朽を防ぐべく、殺菌された人工的な空間として作り上げられているのである。

しかし、福永が指摘しているように、過去（故郷）と現在（温室）が、「少なくともその名前でつながっている」のは確かである。異母姉の名前ありは、花屋を雇った温室ホテルの女主人が持っている人形、アリに翻訳されているのである。「ウラシマソウ」を含めて、モノやヒトの名前を片仮名で綴る大庭の表現技法の技術的な効果については、『浦島草』において既に見た通りである。アリ人形は腹話術的に女主人の内面の声を発しているが、アリ人形は同時に異母姉ありの裏返された化身でもあり、異母姉ありと女主人を結び付ける「関係」の比喩でもある。ありという名前の女は、森人の許嫁として、『浦島草』にも現れており、新潟で梨のことをありと呼ぶという説明からは、『浦島草』も『ふなくい虫』も、作品世界の象徴的中心として、有／無のレットリックを分かち合っていることが明らかである。それは「実のある」ものを「なし」と呼ぶことへの抵抗を通して、性愛によってでき上がった命への歪んだ否定、摘み取るべき「雑草」として扱うことへの、深い両義性を窺わせる表現である[107]。

核ミサイル実験を行なっている軍事基地から脱走した黒人（「チンバ」）も、表層しか守れない貴族の制度から逸脱している王太子も、近親相姦を忘れようと心がけている花屋も、声を揃えたかのように、人類を救うために子供を作らないことの必要性を主張している。しかし、このような精神的な無人島では、アリ人形を通して、さらに女主人から直接に、魯迅の言葉の遠い木霊のように、子供を救えという声も聞こえてくるのである。

「だって、子供が無くちゃ、古いものを壊すことができないじゃないの。古いものがまだ役に立つことばかり考えていて、突拍子もない役立たずの遊びを考えつく子供がいないなんて。お墓の建築ブームでみんなが食べていくなんて」(108)

「子供を生みたいと思うのだけれど、どうかしら。だって、子供は突拍子もないことを考えつくから、唯一の可能性よ。子供は役に立たないことを、それでいて、世の中がぱっと輝くようなことを考えつくわよ。——たとえば、わたしは海で泳いでいる。男はわたしを海の底に沈めて、竜宮に連れて行ってくれるけれど、子供は、鳥の背にわたしをのせて空に舞い上がるんじゃないかと思うの。——でも、父親というのは抽象的な男でなければ困るのよ。だって、わたしは子供の父親のために、他の男を嫌いになる、なんていうわけにはいかないんですもの」(109)

女主人が話している抽象的な父親の役割は、「偶像化」されやすい王太子によって果たされるが、ここで興味深いのは、一種の抽象的なレベルでの子供をめぐる言説の浮上なのである。男女の性的欲望と誘惑の表象である竜宮訪問を通り過ぎ、性愛関係と血縁関係の鬩ぎ合いの中、人間同士、そして人間と世界の関係の復元の可能性の模索は、こうした抽象的な「子供」という概念によって代弁されている。それは花屋が女主人のおかげで、性機能を回復し、二人で二人の子供を育てるという、最も凡庸な「核」家族の話が、この世界においては異常なまでの妄想の形を取ることになるからである。花屋にとって、この空想に描かれた関係は、「赤いさなだ虫が流れ出した暗い道をふたたびくぐる」という意味を持ち、異母姉ありの記憶から花屋が解放される希望でもある。

しかし、「自分の女」とこのような素朴な関係を結ぶためには、彼女の腹から新しいさなだ虫、「牡蠣のようにはりついた他人[王太子—引用者]の子供」を引き剥がさなければならない。彼は手術に失敗し、女主人から流れ出した「血の地図」の中に突っ立ちながら、以前女主人の鼻血のしみが付いていたアリ人形のひざ掛けが綺麗に洗濯されているのを、彼が見詰めるところで『ふなくい虫』の幕は閉じる。

夏生の妊娠の知らせで終わっている『浦島草』と違って、『ふなくい虫』の世界からの脱出経路は示されていない。作品の冒頭で、海底で尻尾を咥えた蛇の環の真ん中に座っているありの夢は、そのまま終りも始まりもない世界の核として、しみを洗われたアリ人形の形で無垢のまま残り続けていると解釈できる。それと同時に、花屋は、自分の夢にもあった「赤ん坊に取り殺される」ことから逃れることに失敗したと結論づけることもできる。脱出経路が示されていないということは、故郷の庭に埋めた胎児の記憶からの脱出不可能性を強調している。

恐ろしい記憶と歴史を背負わされた胎児は、『浦島草』の「広島」の子でもある黎として、再び生まれることになり、『浦島草』の後日談『王女の涙』に現れる、夏生と黎の間にできた子供、明の像の中にも認めることができる。自閉症の黎は、『王女の涙』において、浦島草を掴もうとして、井戸に落ちる運命なので、彼に象徴される閉ざされた世界は、井戸の中に父親が「住んでいる」と話している明の中に、暗い部分として受け継がれているのである。

しかし、『浦島草』の冷子の庭の井戸や、『王女の涙』における黎が飛び込んだ井戸というイメージの萌芽として、「赤いさなだ虫が流れ出した暗い道」を認めることも決して無理ではない。『王女の涙』では、「井戸の積んだ石の間から」「浦島草」が生えている。この不気味な井戸の中の暗闇で、やはり幽かな「希望」を、生まれた子供の名前、黎、明を通して（悪夢からの目覚めとしての黎明）、見出すことも可能である。その希望があるからこそ、伊藤忠が大庭のロマンチシズムを論じる際、魯迅の「希望」からの言葉をエピグラムに引き、渡辺広士が「不毛」な努力に対抗する「幻想」を大庭の作品の特徴として捉えているのである(110)。大庭がこのような「いかに無慈悲に摘みとられようと、執念深」い希望を「失われた赤ん坊」と関連づけたのは、「蚤の市」という小説である。さらに、『王女の涙』では、井戸に落ちた黎の歌の隣に、北原白秋の詩と同じような「種」のイメージを変容させた歌を載せる(111)。

抑圧されきれなかったものの表象という意味において、「雑草」である胎児は、土に埋葬されているにも拘わらず、『ふなくい虫』における温室のカクタスが生える砂の下でも蠢いている。その生命の途切れた「種子」は、故郷の荒地と、故郷の荒地の記憶が持ち運ばれた豊艶な温室の中の、殺菌され密閉された空間の奥を占め続けている。肥沃と荒廃（不毛）がお互いを空間的に貫いている構造を作り出すためには、植物性のイメージ以上に適切な表現はない。北極圏に到着してから花屋は、「ありが好んで着た」色である紫色の野生のあやめに気付き、その上に故郷の影を認める。「ひどく小さな、せいぜい十糎か十五糎くらいのあやめ……」。その「小さな紫の炎」のようなあやめの野原は、黒人と王太子妃が駆け落ちしている場所の方向にも位置しているので、人工的な温室から脱出する方位を象徴している。つまり、故郷からの脱出という志向とデラシネの空間がお互いに浸透し合っていることを示す細部を、このあやめに認めることができる。

『ふなくい虫』の最後で、花屋が一回温室から抜け出した時、この沼地の紫色のルピナスとあやめは、「温室の花のきつい原色」と比べて「難民の女の群」のように見える。故郷を離れながらも、故郷の重さで身を屈めるような存在として、このあやめは花屋の感覚に訴えてくる。花屋にとって、温室は故郷の痕跡を払拭してくれる空間を、成しているはずだった。

蜂蜜色の空にオレンジを丸ごとマーマレードにしたような太陽がかかっていた。彼はシーツにからだをつつみこみながら、桐の花や、くちなしや、菊や梨の花や、のうぜんかずらなどを忘れて、ベゴニアやカクタスの世界に入りこむことを決心した。おれは二度と女の腹の中から赤いさなだ虫をひきずり出す仕事にたずさわったりしないぞ、彼は誓った(112)。

結局、彼がこの誓いを破ることによって、殺菌された温室に「故郷」の汚水が流れ込んでくる。そして、もぐりの堕胎医から花屋へという転職、さらに、指先の繊細さをホテルのレストランの手品ショーのために使うことの関連は興味深く、有と無のモチーフを連続的に変奏している。手品のような幻想の空間、あるいはショーのような夢の空間である温室には、却って、払拭できない日本的「故郷」のイメージが忍び込んでくる。

するると、背後に化物のように巨大な黒いカクタスが聳え、そのてっぺんに梅の花が咲いていた。薄白い、いや、くちなしかも知れなかった。かたつむりがカクタスの棘の間をゆっくりと這いあがり、黒いあげは蝶がそのまわりを飛んでいた。毒々しい朱さののうぜんかずらが砂の中からあっという間に豆の木のように伸びて、黒いこうもりが羽をひろげ、ふくろうが炭火のもえる眼でカクタスのてっぺんにとまっている。それがまた、豆粒ほどに、米粒ほどに、粟粒ほどに、小さくなり、砂の中に吸い込まれていく。

不意に砂漠が豪雨で流される。血の豪雨である。砂が血の濁流の中で押し流され、渦巻いて、赤いさなだ虫が長くほどけながらうごめいている(113)。

基地から脱出するために、わざとトラックに足を轢かれた黒人が入院していた時に、この温室からベゴニヤの花束を受け取ったという繋がりの中で、核実験が行われている基地と温室の島が隣接させられているので、この化物のようなカクタスには核実験の結果としての被爆の影が付きまとっていると言えなくはない。動植物類は、どれも花屋の記憶の中の「故郷」の具体的な属性ではあるが、堕胎手術に伴う出血の上に、この親密な諸表象が散りばめられることには、被爆後の黒い雨がもたらす作用までが重ねられているように読める。

『浦島草』で、原爆という名前で呼ばれている核実験の体験が、内面的な悲劇を通して描かれたということを原型として認めるなら、ここでの「さなだ虫」を『浦島草』の黎の中に見出すことが可能である。いうまでもなく、この引用文のすべての植物は、屋敷の庭でかたつむりと一緒に胎児を埋めたことの無言の目撃者として、その記憶を保っているからである。

彼の家は丘の上にあったので井戸はかなり深かった。綱をたぐりながら彼はあかるくなっていく雲を見上げた。霧雨の中で、榎の木にまつわったのうぜんかずらの随分高いところで黒いあげは蝶が朱い花のまわりでたえまなくひらひらと羽を動かしていた。あれは夏だったな。彼はなめらかであつい白いくちなしの花びらが黄色く傷つき、赤い血をにじませるのを見た。ずいぶんしばらくたぐってからやっと井戸の底で、ぽこんと桶が水を汲みあげる音がした(114)。

『浦島草』の泠子の家の庭のすいかずらに覆われた、以前誰かがそこに赤ん坊を捨てたという噂に包まれた井戸に通じる、罪の原点のような空間の中心軸が複数の小説の間に通されている。そして、植物の生い茂るのと比例して、胎児という種子を土に埋めた異母姉弟という二人の間に、閉ざされたカプセルとしての荒地が広がる。

彼等はお互いにどのような強い種子もひからびてひび割れてしまう荒地でおびえている相手を確かめ合い、相手がこっそりとこの荒地を脱け出すことを企んだりしないように、お互いの足枷の錠前の鍵を胃の中に呑みこんで、荒地の土くれをぶつけ合って相手もろとも埋没していくのを愉しんでいた(115)。

『浦島草』の雪枝の眼にも映るような幽霊屋敷の中の「荒地」は、屋敷の豊艶な植物が、室内に沁み込む線香の煙のように、一種の密閉された墓であるところの「華やかなひつぎ」の空間に変容している。このような荒地は、北極圏ホテルにある熱帯植物に溢れる温室に、密閉した箱のような、花屋の内面的世界として持ち込まれている。その内面的な荒地は、黒人が目撃した、核ミサイルに攻撃された「あざらし島」の見るに耐えない光景と重なり、柩を思わせる「鉛の箱」に物語として保存されることになる。

それが黒人の手品師、女主人、花屋の間の「団欒の鍵」になる物語である。「おれ達はそれぞれに胸の中にかかえている荒地の物語をいっぱいにつめた鉛の箱をあける合鍵を持っている」(116)。このような物語は、レストランのショーでアリ人形の口から発せられる、「立派な文明」の中の人にとって「お話こそが生き甲斐」であることと繋がり、話しかけることによる他者との関係を実現すると共に、浦島物語の登場人物でありながら語り手でもある人間の姿に発展するモチーフになる。墓であり「故郷」の屋敷である荒地は、玩具箱としても表象され、自らの表現に込められた、子供の遊びのような不毛さを窺わせる。埃まみれの玩具箱は、秘密に溢れた、神秘的で艶のある、子供が遊びとして生きた世界を、無造作に片付けてしまい、不能にさせるイメージでもある。

優雅な生暖かい風や、蒼ざめた月の光の中では銀色に輝いていた綴錦の経帷子はほこりまみれの玩具箱のふちに折れまがってかかっている乾いた蛇の抜け殻であった。玩具箱の中には薄汚れた裸の人形が脚を折りまげて横たわり、破れた花模様の衣裳をまとった猿まわしのような玩具の兵隊や、ぬいぐるみの動物が片眼をつぶってぼんやりとうずくまっていた。江戸小紋の千代紙をはった玩具箱である(117)。

確かに、誘惑的な異母姉も「薄汚れた裸の人形」に変わり、魔法が効かなくなった「がらくた」の箱に変わった屋敷の意味は、最も不気味な形で破壊の記憶を、失われた幼年期に結び付けることにある。しかし、そこへ通じる通路の塞がった幼年期と「故郷」は、アリというぬいぐるみの人形の形で、温室としてのホテルにまで引き伸ばされている。

このように閉ざされた過去が忍び込む場としての温室は、第一章で内面的空間の構築との関係で取り上げた秋庭俊彦の「のうぜんはれん」、「おもいひでの蔓」に貫かれた「あはれ花室」という内面の奥の次元を思わせつつも、「立派な文明」の暗黒面を体験した第二次世界大戦後の人間の内面までをも含み込んでいる。

言葉としての詩から身を引いて、実際の温室園芸に手を染めた秋庭の「のうぜんはれん」こそが、大庭みな子の作品において重要な位置を占める「のうぜんかずら」という植物と、偶然にも響きを共有しているのである。木の幹に絡まりながら毒々しい花を咲かせる「のうぜんかずら」は、大庭みな子の作品世界の象徴的な原風景に属し、抑圧された「雑草」的な記憶の上に影を落としている。この原風景はお互いに入れ子になっている『ふなくい虫』、『浦島草』、『王女の涙』と『花と虫の記憶』に共有されている。大庭の作品群は、それぞれユニークに構成されているにも拘わらず、非常な正確さと厳密さでこの「のうぜんかずら」のようなイメージが相互に移植されている。それらはほとんど植物性のイメージであるが、このイメージの連鎖を徹底的に追っていくことによって大庭みな子論は初めて可能になる。

『ふなくい虫』において、「雑草」のように女の腹に生えた胎児を土の中に埋め、埋める時に汚した手を洗うために水を汲んだ井戸という、最も深い傷の原風景に密生しているのが「のうぜんかずら」である。榎に絡まって上へ伸びる「のうぜんかずら」と、その回りに舞う揚羽蝶は、その空に向けられた動きによって、土の下に掘られる胎児のための穴と正反対の方向をさしているのである。最も象徴的な抑圧の現場において、このように「のうぜんかずら」が高く聳えることによって、「雑草」の抑圧が一層強調されている。

花屋が女主人に対して発する、女性を最も醜くさせているのは母性であるという台詞の中に、現代文明における社会的な次元における胎児の抑圧を認めることもできる。その問題が、より精密に取り上げられているのは、『花と虫の記憶』(118)においてである。『花と虫の記憶』というタイトルは、この小説に展開される流動的な生命に結ばれる人類という世界観を反映しているが、それと同時に、作品間の表現の記憶として、『ふなくい虫』に遡る「のうぜんかずら」や揚羽蝶を想起させてもいる。

『花と虫の記憶』に登場する、二十代前半の主人公万喜は、現代社会評論家である父親と学生の弟の住んでいる家を出、有名な会社の社長の愛人になり、別にマンションを借りてもらうことになる。経済力と社会的地位を持っている社長越智忠理は、若くて美しい女を簡単に手に入れることができるし、女もまた自分の若さと美貌を売り物にする権利がある。万喜は忠理の息子文理をまで誘惑できるほど自由であり、美しい花を咲かせている「のうぜんかずら」のように、木の幹を利用しながら上へ伸びているかのようである。
万喜を愛人にする忠理は、結婚前の万喜の母親の恋人である。『浦島草』の雪枝が、死んだ母親とそっくりの外見であると同様に、忠理は万喜の中に、失った女性、万喜の母を見ている。しかし、この人間関係の根源的な反復は、否定と抑圧の結果である。万喜の母親は結婚し、忠理と分かれ、子供を授かり、『ふなくい虫』の花屋の論理によれば、母性によって最も醜い存在になったのである。

ぼくは、きみのお母さんが発情していた頃のことをよく覚えているよ。とりかぶとの花みたいに危険な匂いがした。それが、ぼくを魅きつけたんだ。けれど、次に会ったとき、馬酔木ぐらいおだやかになっていた。それでも、ぼくは馬になってそいつをむさぼり喰い、酔ってもよいと思った。けれど、その次会ったとき、お母さんは、きみのお父さんともう結婚していて、まるで可憐な野菊だった。
そして、ぼくは興味を失った(119)。

母を「とりかぶとのように危険な匂いがした」と言い、それから、馬酔木ぐらいおだやかになっていた母をみつめて、その白蠟の造花のような花を食べて酔ってもよいと言った男。
わたしは背のうしろに瑠璃紫のとりかぶとの花がゆれ、馬酔木の枝がそよいでいるような気がし、片足で薄紫の野菊を踏みしだきました(120)。

二人の関係のエッセンスが植物名に翻訳されている。しかし、「毒にも薬にもならない」野菊のような存在が、記憶の中の母と同様、小説の底流をなしていて、「花と虫の記憶」を表す空間的アレゴリーとも言える、昆虫採集の思い出に凝縮される。社会批評という知的世界に浸る父親は、男の「附着物である女」と「そのまた附着物である子供」の昆虫採集に参加するわけにはいかない。このことは万喜にとって屈辱として受け止められ、森の風景と一つになり、彼女にとって一種の原風景になっている。

ぎらぎら輝く夏の陽に、肥り始めた母は汗びっしょりになって、その大きな木の下の岩に腰をおろしていました。

大きな木は、何という名の木だったかわかりませんが、あたりを暗くするほど繁った枝をかざし、その立派な幹にからんだ蔓にたくさんの朱い美しい花を咲かせていました。見上げるほどの大木の梢に近いところまでその蔓は這いあがって、びっしりとつけた鮮やかな朱色の花を縫って黒い揚げ羽蝶がひらひらと飛び交っていました。こんもり繁った薄暗い木の下で、その毒々しい朱色の花、黒い蝶は妖しい華やかさでわたしの心を捕えました。

「あの蝶をとりたいのよ」

けれど、蝶は高いところにある花のまわりにしかいませんでした。

そばに沢が流れていましたので、きっと水を飲みにおりてくるに違いないとわたしは思いました[121]。

この美しい花の名前は「のうぜんかずら」だと母から聞き、この花に毒があると警告される万喜は、益々「のうぜんかずら」への空想を膨らませていく。そのような上へ伸びる華やかな野心、達成できない夢の影の中に、初めて目立たない「野草」が発見される。この野草は、子供を生むことによって、踏みにじられた母親の像と重なる。「凡庸な多数の女の生活に身を置くことは雑草と共に朽ちて行く」[122]ことになると訴えた晶子を思い出させるほど、この抑圧された存在としての雑草／野草をめぐるイメージは、「新しい女性」の苦しさを表象するのに不可欠な比喩である。

沢のふちには小さな白い花が咲いていて、血をにじませたように見えるその草に蝶は見向きもしませんでした。白く群がった小さな花は哀れな、千切れた、猫の尾の、まばらに抜けた毛に止まった翅虫のように見えました(123)。

万喜は「のうぜんかずら」を仰ぎながら「ああいうお花になりたいわ」と言っている時に、母の視線は、母自身の「這いつくばっている姿に似て」いる「踏みしだかれて、茎に血をにじませて、沢のふちに這いつくばって」いる白い花に向けられている。

沢に首を突っこんでのめっている白い小さな花を、わたしはさらにふんづけました。

「そうねえ」

母は笑っていました。

わたしはその母をふんづけたいと思いました(124)。

「それは母の這いつくばっている姿に似ていました」「わたしはその母をふんづけたいと思いました」という感想が、子供の万喜のものなのか、それとも、メタレベルでこの思い出に対する解釈を行なう地の文の語り手のものなのかは不明である。しかし、この「野草」こそが、現代的な開放された女性との関わりに止まらず、ジェンダーを逸脱した現代文明の中に生きる人間の条件に繋がっていくのである。

『花と虫の記憶』の後半で万喜は、九郎という隣人と話し合うようになる。九郎はクラブのホストで、ホモセクシュアルめいているので、万喜は男女のお互いに引き合う関係とは異なった親しみを覚える。九郎は自分の職業によって、あからさまに人間の情緒的関係を商品として扱っている人物であるのにも拘わらず、あるいはそうであるからこそ、現代人の最も深いところにある郷愁めいた純粋さと暖かみの意味を担わせられている。

万喜が子供の時から踏み付けようとしていた「野草」に、その最も字義通りの形で再び出会うのは、九朗のバルコニイのプランターの中においてである。自分の若さと女性としての魅力と引き換えに受け取った物質的な快楽、自分の住んでいるマンションそのものは、このバルコニイのプランターの存在によって、抽象的で、非個人的で無機質な現代都市文明の表象に変身する。

夕方バルコニイに出たりすると、九郎は花に水をやっていることがありました。こういったコンクリートの箱の中に住んでいる庭のない人びとは、鉄の柵で囲いをした出窓に近い小さなバルコニイにみんな思い思いに蔦の鉢などを置き、わずかな緑を愉しんでいるのでしたが、わたしはそんなことを心がけるゆとりもなくて、殺風景にひび割れたコンクリートにたまったほこりをたまに掃き寄せるくらいのものでしたが、九郎は幾つもの鉢を置いてこまめに水をやっていました。

バルコニイで顔を合わせると、彼は人なつこい笑顔で話しかけました。

彼のバルコニイに置いてある草は、花屋で見かけるような室内用の観葉植物ではなく、野草を思わせるものが多く、その中に、ずっとむかし、あののうぜんかずらの木の下の沢のほとりに咲いていた、白い花がありました(125)。

白い野草の花は自分の「母の姿」であり、自分の中で抑圧したいものであるが、まるで木に縋った「のうぜんかずら」のように、華やかで文明的で豊かなものとして達成された環境の隣に置かれた野草の鉢は、失われた帰属感のように現れている。「野草」に対する既視感には子供の時の思い出、母親の思い出、自分の中の最も壊れやすい、傷つきやすい自分に繋がる記憶がある。

そして、万喜は抑圧していた自分の中のものに、初めて、思わず話しかけるのである。「その花は何という花ですか。その、白い花」。九郎は「二人静」と答え、植物図鑑の知識を見せている。与謝野晶子も「雑草の二人静は悲しけれ一つ咲くより花咲かぬより」(126)と歌ったことがあるように、「野草」の「二人静」は典型的な「雑草」である。さらに、九郎は、義経伝説を呼び起こしながら、自分と同名の九郎義経と静御前にふれる。

「みずひきみたいな白い花が二本、ひらいた葉の間から立ちあがっている」この野草自体の形態学も、極めて興味深いもので、「二人の静の幽霊」あるいは「九郎と静」として解釈されることで、異性と同性といった関係そのものの表象にもなりうるのである。田舎育ちの九郎は、わざと野原から「野草」を持ち帰り、人工的な都会文明の中で季節のめぐりなどを通して、「故郷」の破片を都市に持ち込んでいるのである。その「故郷」の破片は、帰属感というより広い意味で、万喜に訴え、自分の戻るべき家の欠如を気付かせてもいるに違いない。このような「野草」の花のイメージの延長線上に、万喜は、生命に関する共同体的な記憶という、他者と共有している次元を受け入れられるようになる。

忠理が、文理が、祥三郎、槙子が、九郎が、父が、悠が、恭が、何人かの男、女、男、女、会社、家、おばあさん、伯母さん、叔父さん、泣き喚く子供、赤ん坊、花、虫、雲、山、海、道、などがわたしの中にぎっしり詰って、わたしを動かしている。

わたしは何かを知っているらしい。生きのびる術を。それはわたしであって、わたしでないもの。

それがわたしです(127)。

自分の意志と、他者との間で共有された記憶、すべての記憶が交錯した場である総体としての「わたし」の表出は、草のイメージの浸透力によってもたらされた、他者との共同体に向けられていく内面性の表現である。小説は仙人掌に花が咲いたことを観賞している場面で終わっているが(しかも万喜はその葉っぱをアメリカまで持っていって、そこで植えようと考えている。つまり日本とアメリカの間の空間もこのように植物の植替えを通して超えられることになる)、やはり、惨めなもの、抑圧したものをひっくるめて認めさせるきっかけとなったのは「野草」の存在だったのではないかと思われる。

「鉄の柵から外にこぼれるように首を投げている」「野草」、「沢のふちに這いつくばっている」、「沢に首を突っ込んでのめっている」「野草」は、一種の絶壁や深淵を覗いている存在でもあり、魯迅の作品にある地獄の縁に咲いた小さな花を想起させる。『花と虫の記憶』の中で描かれたコンクリートの箱のような住まいや、窓のないホテルの閉所恐怖症的体験は、極めて現代的な問題を孕んだ空間感覚の例である。それらはすべてどことなく、その感受性において、魯迅の閉ざされた鉄の部屋に似ている。そして、大庭みな子の文学的原点には、同じような主人公、かつ語り手が閉じ篭っている北向きの六畳の空間がある。

一九五三年の町工場のある貧しい東京郊外で、大庭みな子は魯迅と出会う。自分の窓の下からくる町工場の若い男の話声を聞きながら、たまに恐ろしくて怖い話を聞きながら、部屋の中で魯迅の『野草』に浸る体験がエッセイ「魯迅と」の中で描かれている。無理心中で父親に殺された女の子の話のような恐ろしい話を抑圧するためであるかのように、大庭は魯迅の『野草』のテクストの中における言葉を一つひとつ追っていく。殺された女の子は、あたかも魯迅の「行人」の中の未来の夢を描いている少女の上に重なっているかのようである。「……ほんとです。あそこには野百合や野薔薇がいっぱいあります。……でも、あれは墓だ。……」絶望の中の「希望」として、魯迅において地獄の上に生える「野草」のイメージと、「付近の小さな本屋」で見つけた「魯迅」の『野草』とは、内容と形が完全に一つになっている。

魯迅と初めて出逢ってから、ずっと彼はわたしによりそっていた。
二年前、わたしは、エッセイ集をまとめたとき、「野草の夢」と題した。

魯迅は死んだが、魯迅はわたしの中に生きている。わたしが何かを囁こうとするとき、背後に魯迅がしのび寄っていて、ぎょっとすることがある。ときどき、肩を、彼の手が押さえる。冷えているが、血の流れる音がする(128)。

「生きのびる術」を示唆する「野草」は精神的な支えだったのみではなく、三十年以上前の殺風景な郊外において、絶望と虚無に向かって発せられた言葉が、文学的想像力に生命を繋ぐ「野草」として、隙間を盗んで忍び込んでいるのである。「魯迅」は必ず、耐え難い、辛い、乗り越えにくい現実の隙間から登場し、絶望の中の希望の役割を担うのである。

小柄な彼は病気の二十日鼠のように、いつも店の片隅にうずくまっていて、この貧しい地区の人びとの話などをするともなしにわたしに聞かせた。三畳に親子六人で棲んでいる家族のことだの、妻に逃げられて子供をしめ殺した日雇い労務者の話だのを。そして、誰も買わない魯迅をわたしに半値で押しつけた(129)。

この貧しい本の小さな活字の「魯迅」は、はかりしれない貧困と恐怖に対する錘として釣り合わなければならない。

殺人の街(130)

窓をあけると、
小学校の運動場が見えた。
運動場の柵の脇のゴミ箱にもたれて、
袖口を噛みながら学校に行けない女の子が

いつもジャングル・ジムを眺めていた。
鐘が鳴って、みんなが教室に入ってしまうと、
ジャングル・ジムに登って
教室の中を覗いていた。

或る朝、女の子の首に父親は
逃げた妻の残した赤い腰紐を幾重にも巻いた。
それから、父親は外へ出た。

窓をあけると、道に人だかりがしていて、
男がひとり死んでいた。
半分残ったウイスキーの瓶を片手に、
血を唇の脇からたらして。

「肺病だったんだってねえ」
「女にふられたんだとさ」
「工場を馘になったんだとよ」
顔見知りだった人達は言った。

窓の外で、自動車のヘッド・ライトが

一回転した。足音が消えて、また違う沢山の足音がした。二千六百円持っていたタクシーの運転手が殺された。

女工場主がなたで叩き殺された。
怨恨か痴情か物盗りかわからなかった。
わたしは夜っぴてまわる工場の音を聞きながら、魯迅を読んでいた。（一九五三・一〇）

エッセイ集『野草の夢』では、『浦島草』のように入念に拵えた構造を持っている、小説の奥にさえ認めることができる、文学的な核心、物語の生命が息吹き始める萌芽的状態が鮮明に取り上げられている。それを、大庭は晶子の童話に見出し、生命に見出し、欲望に見出し、夢に見出している。

『浦島草』の解釈の中で、川西政明は『浦島草』以降の大庭の作品において、「わたし」の輪郭が薄らいで「世界」と溶け込む在りようを指摘している。そのような展開は大庭自身の言葉で、『オレゴン夢十夜』に綴られている。そもそも、大庭は漱石の『夢十夜』を文学の起源として形にした、文字通りに文学の核心にある「夢」の表現として、評価している。川西曰く「『オレゴン夢十夜』という題をつけるのも、彼女が漱石を意識してというより、彼女の資質には本質的に漱石的なものがあったことを意味しているだろう」(131)。

文学的なものにふれることを「夢を釣る」(132)と呼んでいる大庭は、浦島伝説の型を取っている『浦島草』にも、こうした「夢」の部分を取り入れているのである。このように非常に濃密な意味合いを帯びた「夢」が、魯迅の「野草」と組み合わされているのも偶然ではない。魯迅が『野草』に収めている文字通りの「夢」の形式を取った小品に対する想いと共に、「彼女が『魯迅』を意識してというより、彼女の資質には本質的に『魯迅』的なものがあったことを意味しているだろう」と言える。

そうであればこそ、死と恐怖と貧困の「現実」に対して、「殺人の街」では「魯迅」「文学」「夢」「草」が対立させられているのである。そこで、「現実」を悪夢として捉えなおし、そこからの覚醒を求める姿勢も生まれてくるのではないか。その悪夢が戦前、戦中、戦後という歴史的体験にまで広がっていることの感覚は、「狂気じみた『希望』」と共に「草」に対する想像力を抱いている作家の特徴である。また、悪夢の中の悪夢と、春の草を描いた福永武彦や、一束の「パンタグリュエリヨン草」を握りながら、「戦前、戦中の悪夢と戦後をおびやかす新しい悪夢の影に、正気の人間として抵抗しつづけること」を訴えた大江健三郎(133)も、この系譜に属しているのである(134)。

そしてぼくは、悪夢の深淵の底にたどりついた時、または悪夢の中空の最上限まで浮かび上がってしまった時、ひとたばの麻のごときものを把握してこよう、と考えた。他人の眼にそれはみすぼらしく汚ならしく、とりわけ、まったく無意味なひとたばの麻である。しかしぼくはそれをひそかにパンタグリュエリヨン草と呼んで、深淵のまたは中空の悪夢とかわらぬ恐怖のうちなる現実世界に、いやいやながら帰還する自分を鼓舞しよう、と考えたのであった。(略)［その─引用者］意味合いは、まったく気違いじみているこじつけだと非難されてもしかたがないし、事実、「ルネサンス的な人間讃歌」にくらべれば、その裏側の窪みに生えたところの、雄麻にたいする雌麻のごときものであろう(135)。

悪夢に抵抗しながら覚醒の方向を模索させてくれるものとしての一束の草であろうが、悪夢が実際に自分の存在を脅かしたことの確かなる証拠としての一束の草であろうが、どのように角度を変えて見ても、それは、深淵の底か中空の「最上限」といった、二つの世界の境目にある亀裂、切り傷の傷口から生えてくる「草」であることに間違いない。大庭は次のように語る。

T・S・エリオットはだんだんと思い出の人になった。しかし、それはそれとして、彼が第一次大戦の後にヨーロッパの心で見た荒地を、わたしは第二次大戦の後の日本で自分自身の眼で確かに見た、と感じたのである。その後、アメリカに行ったか、わたしよりずっと遅れて生れて来たアメリカの青年たちは言い合わせたように「プルーフロックのラヴソング」を口ずさんでいた。わたしはあらためて二十世紀の荒地の意味を考え直したのである。

ところで、渾沌を憎み、どうやら神のもとに去っていったらしいエリオットの後姿を見送りながら、わたしはいまなお渾沌の中に坐りこみ、すこぶる東洋的なのどかさで西行や芭蕉を口ずさみ、魯迅を思い出して涙しているようである。

最近、古い本箱の中からヴァレリイの文学論をとり出して読み、なかなかよいと思ったが、彼の詩はわたしの心を動かさなかった。そのあとで、同じ頃出遭った魯迅を読み直すと、あらためてはげしくゆり動かされ、夜半に思い出して闇の中で再び泣いた。ああ、魯迅の野草になれたなら、わたしは倖せである(136)。

「野原一面を一色で蔽う火草」という北国の風景にある統一感と、南北の多彩な野原にある賑やかさをめぐる比較を行なっている大庭に、植物界の観点から近代日本を捉えようとしている姿勢もあることを、『野草の夢』所収のエッセイに見出すことができる。南国的な植物の多彩さと、北国の植物のような全体主義の歴史を併せ持った日本に対して、大庭は「入り乱れた雑草の中に調和のある美を見出したい」という気持ちで、その全体主義の歴史から「雑草」である民衆を救い出したがっているようである。それも「野草の夢」の一つなのだ。

別の「野草の夢」は、アラスカという世界の果てとの接触から生まれている。いうまでもなく、アラスカ的自然は

『ふなくい虫』的作品世界に大きな創造的刺激を与えている。北極圏のリゾートの温室という人工的な世界は、物質文明の比喩的空間でもあるので、その外に生息するごく小さなあやめは、その文明の縁に見え隠れする『故郷』と荒野という「処女地」に見なされる「野草の夢」である。アラスカで文明と自然の鬩ぎ合いを見出す大庭は、「地球上にまだいくらかの処女地が残されているということは人間に希望を与えるらしい」と述べている。それは、開けられたパンドラの箱の片隅に残っている、まだ開けられていない箱のことである。大庭にとって、そのような小さい箱は生命の種であり、そこにこそ、文学の奥に潜む「希望」に繋がるかもしれない夢も重ねられている。「野草」は小さな文学の断片、文学作品の萌芽（確かに、多くのエッセイで見られる発言はそのまま大庭の小説の登場人物によって繰り返される）なのである。そのような「雑」な断片的な作品の中に、文学的表現の萌芽が見出されているところに、「野草の夢」というタイトルが付けられた理由がある。この小さな断片自体を「野草」に喩えることができるし、その中に込められている文学的表現の萌芽的な部分を、それらの作品が文学になることを「夢」みているとも解釈できる。

雪の下でじっと息をひそめて生きている生命というものをこのごろしきりに思うことが多い。（略）同じ［アラスカの──引用者］裏庭に赤土の斜面に落ちたある一粒の花の種子がかじかんだ小さな芽を吹き、しがみつくようにして生きのびていたが、ある日突然あざやかな花を開き、目をみはったことがある。北極海のバロウというエスキモーの部落をたずねたときに、永久凍土の砂浜を歩き、ふとみると、はうようにして白い小さな花が氷の浮かんだ海から吹く風の中に咲いていた。

わたくしは二十年昔文学を志して自分でもあきれるほど長い間芽が出なかったが、最近やっと書く場を持つようになった。冬が長くて、荒れ地にしゃがみこんでいた時代を今ではなつかしいものに思っている。種子を植えつけたのがだれであったか、あるいは種子がどこから飛んできたのか、どういうふうにそれを今まで死なせずにはぐくんできたのかと、その間の恩愛のちぎりの深かったひとびとを思い浮かべて感を深くしている。母は先年死んだが、母が生前に語ったことばは時々不思議なみずみずしさでわたくしの中によみがえってくることがあって、ひとの心というものはこういうふうにして世代を通じて生き長らえ、死に絶えることはないものだと思っている(137)。

雪の下に眠る種子という比喩で表す、最小単位の生命に対する感覚は、生命の臨界領域である北極圏との対照の中で、一層敏感になる。しかし、このような大自然の中の生命のイメージは、『野草の夢』の最後に、文学の萌芽的状態、つまり文学の種子という内面世界を位置づけている。それは与謝野晶子の言葉でいうと、「製作欲」を照らし出していることになる。このように、自然において「しがみつくように生きのび」ている「野草」と、小さな詩的断片の間の類似性を通して、あらゆる文学作品の奥に「息をひそめて」いる不可解な核の存在に改めて気付かされる。そのような不透明で不可解な核は、草のイメージを通して、長編小説『浦島草』、あるいは『王女の涙』や『花と虫の記憶』など、すべての大庭の作品の中に現れている。

字義通り「野草」という表現は、『花と虫の記憶』の中で、万喜が抑圧しようとしている自分の中の母、自分の中の「故郷」へ向かう感情を含んでいた。『花と虫の記憶』の最後に、ベランダのプランターで同じ「野草」に出会うことによって、万喜は自分の中の亀裂を埋め合わせるかのように、その「野草」に興味を示す。この小説の中で見事に描かれている、母への屈折した思いを視野に入れると、『野草の夢』の最後にある、亡き母との和解を、まさに、「野草」の「夢」として意味づけることができる。

近代化の最前線に立っていた晶子の「雑草こそ正しけれ」という野心的な態度は、第二次世界大戦後に幾多の抑圧と屈折の中で、新しい女と現代的孤独の中の希望としての大庭の「野草の夢」に到達する。さらに、大庭は『野草の夢』の中で、魯迅の像を通して、アジア的なものへの手探りのような模索を行なっている。中国の近代の寓話的存在である魯迅は、大庭にとって、東洋的なものへの模索の比喩になっている。つまり、彼女の言葉にアジアにおける近代特有の体験の表現への模索を求めることができ、一種の漠然とした「故郷」回帰を見出すことができる。大庭みな子の『花と虫の記憶』に現れるプランターの中の「野草」は、高度成長を成し遂げつつある戦後東京の文明的な都市空間の中の小さな「雑草園」であるが、この「野草」は終戦直後の焼け野原に囲まれた、北向きの六畳の中で、大庭が出会った魯迅の『野草』から繁茂し始めた、生命と文学を融合した存在と深く結び付いているのである。

結び

本書は日本の近代文学における「雑草」のイメージを検討し、明治末期から、戦後、一九七〇年代まで、日本近代文学におけるその覆い隠された重要性を解明することを試みたものである。「雑草」という切り口によって、異なる時代背景、異なる表現者に属する作品を追いかけ、注目を浴びてこなかった作品や文化的現象を発見し、諸作品の新しい解釈を試みてきた。「雑草」というテーマの「雑草性」を常に視野に置きながら、「雑草」というテーマを語る、という態度を堅持すること。その研究態度に添って、本書の構成が進められてきただけでなく、対象とした文学的あるいは文化的表現の分析の在り方そのものをも特徴づけたと言える。「雑草」というテーマの「雑草性」への気付きが、文脈を横断する強力な自己言及性、入れ子型構造として、多くの作品の構造における、その自己言及性や入れ子を見出す手掛りとなった。

「雑草」というテーマの「雑草」的な性格を、「雑草」が隙間に「割り込む」姿、「生い茂る」姿と、「生き延びる」姿になぞらえて捉えたのである。さらに、「雑草」というテーマの「雑草性」に、一種の不毛な努力の反復を見出し、それを「希望」の心理と照らし合わせた。そこが、「雑草」というテーマの内容との重要な結び目となり、「雑草」というテーマの内容に見られる「自然」と「文明」の鬩ぎ合いの中に、「文明」を象徴するプロメテウス神話の火と、「文明」の破壊的な面に抵抗する「希望」の入れ子的な関係を提示した。

作品内容に見られる、「雑草」のイメージを通して模索されていた自己の輪郭が周囲の空間に溶け込む状態や、自然との共生や共同体への帰属感などという、エコロジーの領域に入る問題は、文学研究のエコクリティシズムの方法論を思わせるに違いない。しかし、グリーン・スタディズ（緑色批評）は文学研究と社会的政治的問題との間の関係性を復元する努力や、人類が共有している故郷的・母性的な地球への心配りが、大きな目的であることに対して、本書の方法論は「雑草」のイメージの自己言及的な性格を重視することによって、作品の選択、分析、配列や、本書の全体構成の中に、いわば生態系を再現しようとしたのである。すなわち、本書では多くの作品や作家の間、作品と作品が生成する空間の間の関係性の中の、「雑草」というテーマを取り巻く想像力の網の目の再現や、「雑草」を対象にした想像力の中に見られる故郷回帰や母性的な幻想を通しての、幼児回帰の心理の解明が目的となった。

岡庭昇は「魯迅の意味とは、何にもましてアジア的近代の問題にほかならない」[1]と述べ、竹内好は「『魯迅の問題性』ということは、けっきょくは近代社会あるいは近代文学というものは何であるかということに帰着すると思います」[2]と言う。アジアの近代という展望の意義は、西洋文明や近代を日本から学ぼうとする中国人の魯迅像を、一つの方法論を孕んだ存在として浮かび上がらせていると言い換えることもできる。

近代日本を映し出す鏡としての「魯迅」は、日本の近代文学の中の「雑草」と「野草」の系譜をも映し出している存在である。そのために、日本の近代において、混沌として残っている、期待と期待の裏切りが縺れる情緒的な要素を、「雑草」のイメージに見出させてくれるのは、他でもなく魯迅と、日本側（竹内好）から魯迅のエッセンスと定義された『野草』という作品である。

魯迅が散文詩集のタイトルに用いた「野草」というイメージはどこから伝わったか、という比較文学研究における最も基本的な問いかけは、不屈の邁進を歌った与謝野晶子の詩「雑草」へと導き、日本の近代化を本書の軸として設定させたのである。魯迅の「野草」のイメージは、近代化を意味するプロメテウス的な火、そして裏切られた期待の中でも、その火を保つことができる「希望」と不可分に結び付いているので、大きく文明の肯定や否定という展望を提供してくれる。

アジアの中でありながら、日本の傍らからの視点を、方法論として強調するために、魯迅についての議論を本書の傍ら、「序章」の形で提示することにした。この序章の成果としては、「野草」もしくは「雑草」をモチーフに持っている作品の間の関係性や、「野草」のイメージに含まれている「希望」の心理と、その心理の奥に潜む「故郷」と子供のイメージ、そして「野草」が作品そのものの捉え方に反映しているのを明らかにできたことをあげることができる。このような魯迅の『野草』を中心に成り立つ解釈は、魯迅研究における新解釈を狙ったものではないにしても、プロメテウスの火とパンドラの箱の底の希望の関係をめぐる神話を当てはめることによって、火と「希望」のモチーフに沿った魯迅論の可能性を秘めているのである。この魯迅論の可能性は彼の文学活動の全体像に及んでいる。

しかし、本書の方法論を生かす意味で、魯迅が日本の近代への視点を提示していることは、魯迅の「野草」が、日本の近代文学において、どのイメージに焦点を当てるべきかという、論文の進行を促す指針を含んでいることと結び付いている。言い換えるなら、魯迅についての序章の成果は、日本の近代文学の中の「雑草」というテーマの発見にあり、このテーマが密接に近代化と結び付いているという示唆にある。魯迅の『野草』の残像が戦後の大庭みな子の作品に認められることは、この論文が一九七〇年代までを視野に入れるべきだという「指示」でもあった。

本来は、序章の次に、与謝野晶子における「雑草」のイメージの議論と、そこに含まれている近代化する日本への意欲的な姿勢の分析がくるはずである。このような読み方は可能であるし、魯迅、与謝野晶子、大庭みな子という作家だけに焦点を当てた構成も可能であるが、本書のめざしているところは、日本近代における「雑草」の想像力が及んだ、幅の広さと心理的表現の豊かさを網羅することにあったので、魯迅、晶子、大庭みな子という軸を、日本の近代を貫く軸として捉え、その軸に接する他の表現者の作品をも取り上げることにした。

文明と自然の衝突という観念的な枠と、作品そのものの中に現れる他の作品への言及という、具体的な事例の間の往復運動が絶えず繰り返される中、本書の形ができ上がったと言える。

都市化から、震災を通して、戦争まで、「雑草」をめぐる想像力は、激変や撹乱の時期の中で、生命に縋り付くことの心理を映し出している。その心理は、魯迅についての議論から分かったように、「希望」の最も単純な形である。そこには、自然回帰、幼児回帰と「故郷」回帰への幻想も潜んでいるのである。

第一章では、都市空間の中の自然が生きている空間のイメージを「温室」や「雑草園」として抽象化し、そのような鎖された空間を内面的な空間として位置づけた。その「雑草園」の空間は、文明的で人工的に作られた都市空間にしか存在しないが、その中に繰り広げられる幻想の延長線上に、幼児回帰と故郷の記憶が蘇っているのである。

植物園、露台、屋上庭園、花壇、植木鉢などの空間の議論は都市論の観点から捉えることもできるし、北原白秋論としても考えることができる。その意味では、第一章の成果として、都市論研究における、生命が囲い込まれているミクロスペースの重要性を明らかにしたことと、「雑草園」という比喩を通して、詩作の関わりの中での内面的な空間の構築という観点からの北原白秋論を提示したことをあげることができる。

第二章は、「子供」と「雑草園」を蝶番にした、第一章の鏡像である。白秋についての議論では、「雑草園」の比喩で捜し求めた内面的空間の奥に、故郷の記憶と結び付いた子供の主体を見出した。その個人的な故郷の記憶における、子供の頃の自分の心理の詩的洞察は、近代文明における、より抽象的な意味での「子供」と、そこに含まれる「故郷」回帰への願望と未来への「希望」の次元と結び付き、幼稚園の構築と呼応している。この「子供」は社会や文化的想像力の対象であるので「抽象的」であるが、個人が失った幼年期と違って、実在の子供の共同体に投影されているのである。

白秋の詩に見られる「故郷」や幼年期への懐古的な感受性から、大正期に見られる童謡や民謡への移行が、「園」

や「子供」というモチーフによって、結び付いていることを明らかにしたのは、第二章の成果である。第二章では、都市の中に切り取られた緑の小空間と、幼稚園に見られる、文明の危険から保護されながらも、大自然へと開かれる空間の把握の関係を見ることができた。

さらに、幼稚園関係の資料での「雑草」の用い方には、都市空間の中の「雑草園」に見られる、「故郷」へ向けられた願望の変容を見ることもできた。第二章のより広い成果をあげるなら、それは児童文学や「子供」の発見などの議論から、今まで注目を浴びてこなかった、「子供」を取り囲む具体的な空間についての考察の提示である。

第三章では、第一章で導入した「故郷」への幻想、そして第二章で導入した、未来への希望が投影された「子供」を取り囲む空間の構築を踏まえ、与謝野晶子、北原白秋、前田夕暮と相馬御風における「雑草」のイメージを通して、大正時代における進歩的な高揚と退行的な願望を、広い意味での社会と文化の風土の「雑草園」化、「幼稚園」化として解明した。

新しいものに対する興奮と不安に満ちた激変と攪乱の感覚が、「雑草」のイメージを必要としていることを強調するために、与謝野晶子の進歩的な高揚とのコントラストで、トラウマに伴う幼児回帰、「故郷」回帰願望や、関東大震災にさらに痛感される、生命を脅かす危機感を、鮮やかに描き出す例に焦点を当てた。

「雑草」というイメージを中心的なモチーフに、与謝野晶子も、北原白秋も、前田夕暮も、相馬御風も論じられたことがないので、この章の一つの成果として、注目を浴びてこなかった作品に光を当て、その重要性を明らかにすることをあげることができる。「雑草」というモチーフを中心に、晶子論、白秋論、夕暮論、御風論が成り立つことを明らかにした。しかし、その個別の作家論の可能性に文学研究的な価値を見出すよりも、本書の成果は、「雑草」というモチーフによって、それらの作家を同時に取り上げることができることを示し、彼らの作品の中に見られる共同体への模索や「故郷」と自然との共生への幻想などを、作家同士の間の共同性として位置づけたことにある。

「雑草」をめぐる想像力に潜んでいる実現不可能な願望としての故郷回帰が、個別な場所としての「故郷」ではなく、「幼稚園」における「子供」の存在と同じように、一種の抽象的な故郷の性格（自然、日本）を帯び始めたという、第三章の指摘を踏まえて、第四章でその抽象的な「故郷」の問題をさらに深め、「日本」像の把握と関連づけた。本書の方法論に従って、「雑草」を扱った作品から、このような抽象的な故郷の所在を探し出すための示唆を得、「武蔵野」に目を向けたのである。

国木田独歩の「武蔵野」から大岡昇平の『武蔵野夫人』まで、近代日本を貫く線の上に、研究の対象となってこなかった多くの作品を配置し、日本の近代の歴史に沿って、武蔵野が一種の故郷的な空間として形成されたことを明らかにできた。このような武蔵野に見られる、日本の近代史と密接に関わる、故郷的な存在なしには、なぜ「雑草」は、「日本」の最も中心的な存在である天皇の言説にまで忍び込んでいるかを明らかにできない。この章のもう一つの成果は、武蔵野を映している写真の分析から、「故郷」的空間と懐かしさの心理と「写真」という近代的技術の関係を理論化する可能性を含んでいるところにある。

第五章は、「雑草」をめぐる想像力が、どのように第二次世界大戦を「生き延び」ているか、を論じたものである。破壊的な戦争によってもたらされた一つの強いトラウマの記憶が、戦争を生き延びた者、及び戦争を生き延びた世界を描く際、「草」の想像的な機能と深く結び付いていることを証明するために、日本以外の作品を含めて、少なからず例をあげたのである。日本文学以外の作品にふれたことは、一種の比較研究の可能性を含んでいるが、ここで強調したかったのは、精神的体験としての「世界」的な次元である。それは、第一部で見た懐かしい個人的な「故郷」（白秋の柳川）と第二部で見た自然と混ざり合っている「日本」という「故郷」を同心円状に含めた、人類全体の危機を想起させる「故郷」の感覚である。

敗戦の体験を空間化する療養所や、自衛隊の駐屯地が舞台となっている作品を通して、死と隣り合わせにある生命の描き方に、必ず一種の共同体への模索が加わることを明らかにした。さらに、「草」というイメージを糸口に分析した大庭みな子の作品の構成を解き明かすことができ、植物的想像力を作中の物語の構造や、大庭の異なる作品間に共有される物語の構造の条件として捉え、大庭みな子論を提示することができた。戦後日本に見られる魯迅への関心を通して、大庭みな子に現れる「魯迅」と「野草」を、大庭の作品における「草」(「雑草」、「野草」)のイメージと結び付けながら、「野草」のように焼け野原で「生き延びた」書物としての『野草』の解釈に辿り着いた。

第一部で見た、温室のような鎖された空間という、夢のような内面的空間からの覚醒を、第二部の自然回帰、外へ向かう遠心的/脱出的な想像力の特徴に見ることができた。その覚醒は、関東大震災によってもたらされた破壊によって、より明確に見えたが、その覚醒の結果として切り開かれた「雑草」の世界への没入は、新しい夢の状態に転じたのである。子供の発見と結び付く童謡は、原始的な世界観を再現しているが、童謡の元になっている子守唄に即して、新しい睡眠状態と、多くの場合に「日本」という幻想に満たされた夢を招いたのである。

第二次世界大戦という破裂的な体験が、その夢からの覚醒をもたらしたと言える。しかし、大庭みな子の「浦島草」が過去の悪夢から姿を見せ続けていると同じように、夢から覚醒への移行は仮のものに過ぎないのである。覚醒が夢に過ぎないと意識しながらも、「希望」を捨てられないという不屈の心理を、魯迅の『野草』が生き続ける大庭の『野草の夢』の「夢」の部分はいかにも的確に捉えているのであろう。

本書で扱うことができなかった「雑草」に関する興味深い作品はまだ数多く残っているが、「雑草」を対象にするあらゆる創造的な企図は、自らの野心の大きさに釣り合わない形にならざるを得ない。

「やがて画因も尽き、従つて名前も知るに到らず、たゞ何かしらに似たものとして、筆を通り過ぎ去つてしまふ。この辺に雑草の運命があるらしい」(3)。

註

はじめに

1　北村文雄「ゴルフ場の芝生と雑草」『遺伝』裳華房、四七巻一号、一九九三年一月。
2　岩瀬徹「都市の中の雑草」『遺伝』五四巻八号、二〇〇〇年八月。
3　沼田真「雑草とはなにか」『科学』岩波書店、四六巻一一号、一九七六年一一月。
4　岩瀬徹「都市の中の雑草」『遺伝』五四巻八号、二〇〇〇年八月。
5　沼田真「雑草とはなにか」『科学』四六巻一一号、一九七六年一一月。
6　T・イーグルトン／大橋洋一訳『文学とは何か：現代批評理論への招待』岩波書店、一九八五、九五年、一五頁、傍点本文。
7　このようなテリー・イーグルトンの着想は、ジョン・エリスの文学研究から示唆を得たものであるが、エリスの研究自体は、そのタイトル（*The Theory of Literary Criticism: A Logical Analysis*）からも分かるように、論理学を駆使している。しかし、ジョン・エリス自身は、G. E. Moore の Ethics と題される倫理学の研究から学んでいるので、「雑草」がイーグルトンの文学研究に辿り着くまで、倫理学と論理学を経由していることになる。

8　中村浩編『牧野富太郎植物記』第一巻、一一頁／第二巻、一頁／第四巻、三頁／第五巻、一～二頁／第八巻、一三六～七頁、あかね書房、一九七三～七四年。
9　「雑草」『定本与謝野晶子全集』第一五巻、講談社、一九七九～八一年、五四頁。
10　今村仁司ほか訳『パサージュ論』岩波書店、二〇〇三年。
11　山下肇ほか訳、白水社、一九八二年。
12　ベイトソンはそのような「悪性の観念」の内に近代的な自我などを含めている。「エピステモロジーの正気と狂気」の中で彼は次のように述べている。「雑草のエコロジーというものがあるように、粗雑な観念のエコロジーというものがあって、システムが基本的なところで誤りを抱えていると、それは全体に波及せずにはいないのです。悪性の観念は、生命組織にやどる寄生植物のように根を下ろし枝を這わせて、システム全体をまったく違った姿に変えてしまうのであります」（佐藤良明訳『精神の生態学』新思索社、二〇〇〇年）。
13　H・マトゥラーナ、F・ヴァレラ／川本英夫訳『オートポイエーシス：生命システムとはなにか』国文社、一九九一年。
14　リオタールは「幼時のパラドクス」という概念や、エコロジーを「隠棲の言説」として捉えている。L. Coupe (ed.), *The Green Studies Reader : From Romanticism to Ecocriticism*, London, New York : Routledge, 2000, pp.135–8. 参照。
15　Jullien, Fr., *Lu Xun : écriture et révolution*, Paris : Presses de l'École normale supérieure, 1979.
16　「創新の生活」『定本与謝野晶子全集』第一五巻、四五頁。
17　W・ベンヤミン『パサージュ論』第三巻、K2, 6. 一五頁。

序章――摘み取れない希望

1　初出は「除草できない希望――魯迅の『野草』」という題で『中国研究月報』第六一巻、第三号、二〇〇七年三月に掲載。
2　相浦杲ほか編『魯迅全集』第三巻、学習研究社、一九八四～八六年、一一～二頁。
3　「野外と取り組もうとする最初の試みである」「ユーゲントシュティール」を描くために、W・ベンヤミンが使った表現。W・ベンヤミン／今村仁司ほか訳『パサージュ論』第三巻、岩波書店、一九九三～五年、K2, 6. 一五頁。
4　E・フロム／作田啓一・佐野哲郎訳『希望の革命』紀伊国屋書店、一九六九年、二八頁。

5 『魯迅全集』第一巻、二二一頁。「ノラは家を出てからどうなったか」一九二三年一二月二六日、北京女子高等師範学校文芸会における講演。

6 従来「子供を救え」と訳されている文であるが、竹内好はおそらくその言葉に見られる希望の脆さを捉えて、「せめて子どもを」という訳を付けている。竹内好個人訳『魯迅文集』第一巻、筑摩書房、一九八三年、二八頁。

7 『彷徨』『魯迅全集』第二巻、二八九～三一五頁。

8 『魯迅全集』第一五巻、三五六～七頁。

9 秋吉収「魯迅と与謝野晶子――『草』を媒介として」『高知女子大学紀要人文・社会科学編』四五巻、高知女子大学、一九九七年三月。

10 「見落されやすい」魯迅によるバローハの反訳について今村与志雄がふれたことがある。「もちろん、魯迅は、作家バローハの芸術性を高く評価し、バローハがしばしば戯曲形式で新しいタイプの小説を書く技巧を使用していることに注目し、それを中国の読者に紹介したいとまで語っている。しかし、それとともに、バローハの小説を通じて、バスク人の生活に被圧迫民族のかかえる普遍的問題をよみとっている」(「魯迅のペンネームその他」『ユリイカ』八巻四号、青土社、一九七六年四月)。

11 E・フロム『希望の革命』二一頁。

12 バローハの『雑草』の考察に当って、Georges Pillement 訳 *Mauvaise Herbe* (Paris : J. Susse, 1946) を参考にした。この仏訳が終戦直後の一九四六年に出版されていること自体は、『雑草』と題される書物の有様を示唆している。終末論的な世界戦争の直後に現れた「希望」への模索として『雑草』という小説は「雑草」のように自らの言語空間を獲得している。

13 『魯迅全集』第一巻、九八頁。

14 『魯迅全集』第一巻、四六七頁。

15 藤井省三『エロシェンコの都市物語：一九二〇年代東京・上海・北京』みすず書房、一九八九年。さらに、興味深い観点を提供しているのは木村知実「魯迅の選んだワッツ――明治期日本における受容との関連から」(『関西大学中国文学会紀要』二二巻、関西大学中国文学会、二〇〇一年三月)である。

16 『魯迅全集』第九巻、六一頁。

17 『魯迅全集』第九巻、六二頁。

18 『漱石全集』第一三巻、岩波書店、一九九三〜二〇〇四年、一七一頁。
19 『魯迅全集』第一巻、二二一頁。
20 『魯迅全集』第一巻、四〇二頁。
21 『魯迅全集』第九巻、六五頁。
22 『定本与謝野晶子全集』第一三巻、講談社、一九七九〜八一年、一八五頁。「短歌三百講」、「『常夏』より」。晶子自身の解説によって、この短歌の中の「芽」が魯迅の「野草」よりいっそう自我の目覚めと関連づけられている。しかし、晶子の言う「きたなきもののあくた」は、魯迅が過去の生命を描くために使う「死亡」、「不朽」と強い類似を持っている。さらに、第3章の最後に取り上げる相馬御風の「雑草」をめぐる考察に見られる、「いつしか」の時間的な特徴も、この晶子の歌に明確に表れている。
23 『魯迅全集』第九巻、六四頁。
24 『熱風』『魯迅全集』第一巻、二九一頁。
25 「聖武」『熱風』『魯迅全集』第一巻、四三五頁。
26 『魯迅全集』第一巻、四三五〜六頁。
27 「四十九」『熱風』『魯迅全集』第一巻、四二〇頁。
28 『魯迅全集』第一巻、四四五頁。
29 『魯迅全集』第二巻、一四頁。
30 『大庭みな子全集』第一〇巻、講談社、一九九〇〜九一年、一〇五頁。「(略)そのむかし人間が『火』を盗み、やがて『原爆』をつくり、それが滅びへと通じるものであるかもしれないのだ」。
31 『定本与謝野晶子全集』第一五巻、四六頁。
32 『魯迅全集』第九巻、四九頁。
33 『魯迅全集』第一〇巻、三六頁。
34 『魯迅全集』第一〇巻、三二頁。
35 E・ブロッホ/山下肇ほか訳『希望の原理』第三巻、白水社、一九八二年、六一〇頁。
36 『魯迅全集』第二巻、九一頁。
37 『魯迅全集』第二巻、九一頁。

38 『魯迅全集』第二巻、九二頁。
39 『魯迅全集』第三巻、三一頁。
40 北岡正子「魯迅とペテーフィ――『希望』材源考」(『文学』四六巻九号、岩波書店、一九七八年九月)で詳しくペテョフィについて紹介されている。
41 『魯迅全集』第三巻、三三頁。「雪の下には、冴えた緑色の雑草も生えている」。
42 『魯迅全集』第三巻、三五頁。
43 『魯迅全集』第三巻、三六頁。
44 『魯迅全集』第三巻、三七頁。
45 『魯迅全集』第三巻、三七～八頁。
46 『魯迅全集』第三巻、一九頁。
47 『魯迅全集』第三巻、三九～四一頁。
48 『魯迅全集』第二巻、九頁。
49 『魯迅全集』第三巻、八一頁。
50 「火」『魯迅全集』第六巻、四三三～四頁。
51 E・ブロッホ『希望の原理』四六～七頁。
52 「百草園から三味書屋へ」『魯迅全集』第三巻、一四三頁。「わが家の裏に代々、百草園と呼ばれてきた広い庭があった。とうの昔に家屋もろとも朱文公の子孫の手に渡ってしまい、最後に対面してからでさえ、もうすでに七、八年にもなるが、たしか、そこにあったのは雑草ばかりだったような気がする。そうではあったが、当時は私の楽園であった」。太宰治は「惜別」で、この場面にふれている。
53 E・ブロッホ『希望の原理』四三～四頁。
54 『思ひ出』という詩集に収められている散文「わが生ひたち」では、白秋が土蔵で過ごしたことを描く際、「麹室のなかによく弄んだ骨牌の女王のなつかしさはいふまでもない」と記している(『白秋全集』第二巻、岩波書店、一九八四～八八年、二九頁)。骨牌の女王は詩集『思ひ出』の装丁にもなり、「骨牌の女王の手に持てる花」という詩の想像的起源にもなる。トランプ(骨牌)という記憶における細部のさらに細部である「黄なる小花」への注目は興味深い。この「なにか知らねど、蕋赤きかの草花」の記憶は、忍び込む記憶の比喩でもあり、幼年期の記憶の「雑草性」の表象でもある(『白秋全集』第二巻、四三頁)。

第1章――温室の中の雑草園と故郷

1 『東京景物詩』東雲堂、大正二年初版、『思ひ出』東雲堂、明治四四年初版。
2 初版、易風社、明治四二年。
3 『北原白秋:詩的出発をめぐって』読売新聞社、一九七四年。
4 玉城徹の『方寸』分析では、異国情緒、都会趣味などに抵抗しているような緩やかな水脈を石井柏亭、森田恒友と織田一磨に見出している。柏亭は小石川の台から近代都市東京の「工場と長屋と皆其煤けたるコールター塗りの鉄板屋根」を眺めながら、東京の「貧弱」を感じ、彼の趣味は著しい「日本的輪郭性」を持つ「地方色」に傾く。田舎育ちの森田は東京に第二の故郷を求めている。織田は印象派的色彩に反発する形で「灰色主義」を持ち出している(玉城徹『北原白秋:詩的出発をめぐって』二〇五―二一二頁)。三人とも郷土的なものを通して、近代体験の二重構造を東京の空間に認めていると言える。三人とも、故郷への願望である「雑草」のイメージの系譜と接点を持つ。白秋の『植物園小品』の中には小石川で絵を描いている森田の姿が現れ、彼こそは長谷川零与子の俳句集『雑草』の装丁に雑草を描いている人物である。織田は「雑草」のイメージを一層強く抱いて、一九三〇年代の草の根型市民運動「武蔵野雑草会」に携わり、「雑草」を芸術と生活の支えにしている。柏亭は戦後の雑誌『雑草』の前身である山本茂美の雑誌『たんぽぽ』の装丁を担当している。
5 「小石川植物園の一般への公開」大場秀章編『日本植物研究の歴史:小石川植物園の三〇〇年の歩み』(東京大学総合研究博物館、一九九六年、一三三~八頁)に大正一二(一九二三)年からのものも紹介されている。
6 山田肇『植物園往来』共同印刷株式会社、一九二七年、一~二頁。
7 山田肇『植物園往来』四頁。
8 温室は歴史的にも密度の高い空間であり、S・コッペルカム/堀内正昭訳『人工楽園:一九世紀の温室とウィンターガーデン』(鹿島出版会、一九九一年)が証明しているように、自然への回帰と自然の再現を文明の進歩と結び付けている。このような文明の進歩は、一方で「野生」の地域の「文明化」の方向に進み、他方で大都会の中の人工的な生活環境の構築の方向に進んでいる。『人工楽園』の中ではコッペルカムは、帝国主義的な衝動と都会的な衝動の両義性を掴み取り、一八八五年頃に、温室は王侯貴族に帰属する特別な所有物から、お金持ちのブルジョアジーの手に渡り、特権階級のエリートの趣味から個人所有のステイタス・シンボルへ変わることに注目している。いうまでもなく、温室に具現された国民的な権力と所有は誘惑と欲望と結び付き、最終的にプライヴァシーと個人の主観的な内面性に合体させられているのである。ジョン・プレストの『エデンの園』は、早期の温室構築に組み込まれた意味の枠組みとしての帝国主義的な領土所有への欲望について指摘している。例えば、アメリカの「発見」という欲望のレベルの下には、聖書の楽園の、人間の力による再現への憧憬があることを示している。

9 『日本国語大辞典：第二版』（小学館、二〇〇〇～〇二年）によると、「温室」は「植物を寒さから保護した」建物の意味で、「明治初期に移入され、中期以降広まった」のである。最初の用例は一九〇一年の風俗画報からである。

10 大場秀章編『日本植物研究の歴史――小石川植物園の三〇〇年の歩み』四〇～一頁。

11 岩槻邦男『日本の植物園』東京大学出版会、二〇〇四年、一一四頁。

12 W・ベンヤミン／今村仁司ほか訳『パサージュ論』（岩波書店、二〇〇三年）から示唆を受けた空間の概念。

13 「温室」を「文明の詩」、すなわち近代詩の一種の比喩として捉えられているのは、夏目漱石の『虞美人草』においてである。「文明の詩は金剛石より成る。（略）あるときは熱帯の奇蘭を見よがしに匂はする温室にある」（『漱石全集』第四巻、岩波書店、一九九三～二〇〇四年、二一二頁）。

14 J・プレスト／加藤暁子訳『エデンの園：楽園の再現と植物園』八坂書房、一九九九年。例えば一五頁参照。

15 都市空間の代替物としての植物園と都会の群衆の関係の他に、近代、都会によるプライヴァシーの創造を忘れてはならない。このように、「温室」は個人的な内面性の夢の次元を示すと同時に、物質的な都市風景の要素と見做さなければならない。都市そのものは、政治的行政的なユニットとして、及び地域の土地から根こぎにされた市民が群がる人工的な環境として、二重の機能を果たしている。周辺に向けられた帝国的な企図と都会的な中心という通常の対立は、都市の中では公とプライヴェートの対立の中で反復されている。

16 新潮社、大正八（一九一九）年～昭和三（一九二八）年。

17 小田切進編『日本近代文学大事典』講談社、一九八四年。

18 「おくつき」は墓、柩の意味である。秋庭の詩「おくつき」では葬儀に伴う深いトラウマとしての喪失感が詠われていると言える。

19 『定本与謝野晶子全集』第一〇巻、講談社、一九七九～八一年、三六五頁。

20　藤森照信の『タンポポ・ハウスができるまで』（朝日新聞社、一九九九年）の中で、「一九一五年の屋上庭園は屋上庭園の歩みのなかでは群を抜いて早い」と述べている。「もしかしたら世界的に見ても、一番とか二番になるやもしれない」と藤森は言い加えているが、その事実は確認できない。白秋の詩的ヴィジョンはその物質的な指示対象に先立っているという推測から、このような空間に込められている「夢」の割合が伝わってくるだろう。藤森の言葉は一次資料としても十分に興味深い。同じ雑草でも西洋タンポポではなくて、日本タンポポを家の構造に取り入れる藤森の設計には、白秋の「屋上庭園」の奥に潜む「故郷」の影を見出すことができるからだ。

21　初出において、「雑艸園」という文字で表されている。特に「艸」という字には視覚的に植物の形がよく表れていると言えるが、本稿においては、新体字の「草」を使用する。「雑草園」は『白秋全集』第三巻、一八～二一頁に収められている。

22　半澤洵『雑草学』鹿鳴館、一九一〇年。

23　岩本熊吉『雑草園の造り方』育生社弘道閣、一九四三年。

24　例えば河村政敏は「雑草園」を次のように解釈している。「ここには感覚・官能の共鳴のほか何の必然性もない。世界はすべて生理感の投影にすぎず、詩人はみずからその中枢にあって、自由に世界を組み変え、彩っているのである。自然など、どこにもない。『邪宗門新派体』以来、感覚と官能に執してきた白秋の象徴詩風はついにここにまで到ったわけだが、もちろんこれは、形式と内面の層面の差を求める象徴の本義からは遠い」（『北原白秋の世界：その世紀末的詩境の考察』至文堂、一九九七年、一五〇頁）。

25　ヴァルター・ベンヤミンはガス灯が初めてガラス張りのパサージュに現れたことに注目している（Benjamin, Walter. trad. J. Lacoste. *Paris, capitale du XIX siècle: le livre des passages*, Paris: Éditions du Cerf, 1989, p.48.）。

26　中根君郎・江面嗣人・山口昌伴著『ガス灯からオブンまで：ガスの文化史』鹿島出版会、一九八三年、七五、七八頁。

27　『白秋全集』第一巻、岩波書店、一九八四～八八年、三〇～一頁。

28　『白秋全集』第三五巻、三～五頁。

29　S・コッペルカム／堀内正昭訳『人工楽園：一九世紀の温室とウィンターガーデン』鹿島出版会、一九九一年。

30　『パサージュ論』第三巻、四六、四八、五三、五六頁。

31　『パサージュ論』第一巻、二八四頁。

32　『パサージュ論』第三巻、四八頁、博物館関係。

33　『パサージュ論』第三巻、四五頁、さらに五三頁。「屋内の噴水がなぜ夢を誘うのか、考えねば為らない」。

34 『白秋全集』第一巻、一四～六頁。
35 ヨーロッパにおける初期植物園構築について、ジョン・プレスト『エデンの園：楽園の再現と植物園』を参照した。
36 『白秋全集』第一巻、三八～九、九二～四頁。
37 『白秋全集』第一巻、一九〇頁。
38 島田修二は、白秋の「わが生ひたち」に現れる、「びいどろの罎」という表現に注目している。この表現は、病気勝ちな子供としての白秋自身の比喩として用いられている。島田は「長崎に近い風土のこと、そして土地の豪族として知られていた母方の石井家の雰囲気を伝えて、しかも感受性の強い白秋の乳児期を言いつくしていよう」と述べている。本章の後半の議論で、白秋の詩的内面の奥にある幼年期の記憶の表象と、このようなガラスの入れ物の関係は一層明らかになるだろう。さらに、島田は以上ふれた「玻璃罎」という詩を引用しながら、ガラスの入れ物のイメージに白秋自身の比喩を越える美学を見出している。「この透明、この夢幻、そしてこの脆弱の『びいどろ罎』は単に白秋詩のイメージにとどまらず、その詩的世界と美学をそのまま言い現わしているといえないだろうか。その表面に外界を映し出しながら、みずからを透かせ、もうひとつの外界を見せる人工空間。それが白秋詩の構造である」。以上のように、幼年期を表象するイメージの古層の上に成り立つ、自己言及的詩作全体に覆いかぶさるイメージとして、このガラスの入れ物が機能していることが分かる。島田の解釈は優れたものであるが、本章の議論の観点からは、ガラスの入れ物の「人工空間」を「もうひとつの外界」としてより、入れ子になっている「内面」の空間の構造として理解したい（島田修二「悲哀と結衆――北原白秋におけるアイデンティティの軌跡」『短歌』二二巻一号、角川書店、一九七五年一月）。
39 『白秋全集』第一巻、一九八頁。
40 『白秋全集』第一巻、一三六～七頁。
41 『白秋全集』第一五巻、一四九～七九頁。
42 『白秋全集』第一五巻、一五〇～五頁。
43 便所という、プライヴァシーの特殊な空間は、内面的な空間を考える上で示唆に富んでいる。本文でふれた「新橋」というエッセイの中で、白秋は便所のことを都会の「入り口」として、非常に強く意味づけているからである。「而して私が歩行きながら第一に受けた印象は清潔な青白い迄消毒されてゐる便所から沁み渡つてくるアルボースの臭気であつた。即ち都会の入口の厳粛な匂である」（『白秋全集』第三五巻、四頁）。小石川植物園の中の便所は、実は一つの目を惹く場所でもあったのである。「園の風致をそへる程の、公衆用の模範」として立てられた便所は、植物園中に点在していたという。「按ずるに、わが国、保護建造物中の尤なるもの、西に奈良の都の法隆寺があり、東に植物園の雪隠がある」（山田肇『植物園往来』八～九頁）。

44 『白秋全集』第一五巻、一五六～六〇頁。
45 『白秋全集』第一五巻、六～七頁。
46 『白秋全集』第一五巻、六頁。
47 『白秋全集』第一巻、七頁。
48 『白秋全集』第一五巻、一五九～六〇頁。
49 『白秋全集』第六巻、六～一一、一〇六～九頁。『桐の花』東雲堂、大正二（一九一三）年初版。
50 『白秋全集』第六巻、一一頁。
51 『白秋全集』第六巻、一〇六頁。
52 "Thus is my soul alone, and which nothing influences: it is as if enclosed in glass and in silence, given over entire to its interior spectacle", Robert Goldwater, *Symbolism* (New York: Icon Editions, Harper & Pow, Publishers, 1979, p.210.) を参照。ロダンバッハ〝Du Silence〟か〝La Règne du Silence〟からと推測できる。
53 横木徳久『北原白秋：近代詩のトポロジー』思潮社、一九八九年、三九頁。
54 成田龍一「都市空間と『故郷』」『故郷の喪失と再生』青弓社、二〇〇〇年所収。
55 横木徳久『北原白秋：近代詩のトポロジー』一四～六頁。
56 『白秋全集』第二巻、三〇〇頁。
57 河村政敏『北原白秋の世界：その世紀末的詩境の考察』至文堂、一九九七年、二二〇頁。
58 『思ひ出』の「断章」に表れている「廃れたる園」について、河村政敏は次のような注釈を付けている。「『廃れたる園』は『思ひ出』に『ちゆまえんだ』と呼ばれている廃園であろう。破産の前後、荒れるにまかせた庭――しばらくぶりに帰郷してその変わり果てた庭に踏み入る作者の心は、さまざまな感懐にうち沈んでいたに相違ない。（略）その点では木俣修の、／『彼の故郷の山河はすでに廃市としての、余炎を上げていた。彼の生家もまた廃屋としてのすがたをとどめ、その広い庭は雑草におおわれていた。その廃園に踏み入ったのである。（略）』という鑑賞が妥当であろう」（『北原白秋』「日本近代文学大系」第二八巻、角川書店、一九七〇年、五六二～三頁）。
59 横木徳久『北原白秋：近代詩のトポロジー』四四～五頁。

60 『白秋全集』第二巻、九六〜八頁。
61 『白秋全集』第三巻、五七〜九頁。
62 『白秋全集』第二巻、九四頁。
63 『白秋全集』第三巻、一九二〜三頁。
64 『白秋全集』第二巻、一四四〜七頁。
65 このような、幼年期に遡る原風景の一部であり続ける石竹は、「銀座の花壇」に再び登場しているのみならず、例えば『東京景物詩』の「石竹」（『白秋全集』第三巻、一九六頁）という詩の中で「二人並んで寝そべる」「障子」の閉ざされた空間を縮小させながら映し出す「出窓」という場所にも現れている。
66 『屋上庭園』第二号に発表されるが、雑誌の発禁の原因となる。『白秋全集』第三巻、八〇〜二頁。
67 『白秋全集』第三巻、八四〜八頁。
68 本書の最後に取り上げる大庭みな子の『王女の涙』（『大庭みな子全集』第八巻、講談社、一九九〇〜一年）という小説に、同じモチーフを持った詩が挿入されている。大庭は「カチ・カチ・カチ」という「時計の音」を描いているので、明らかに白秋の「種まき」を意識していると言える。大庭の場合、「雑草」のイメージと極めて近い類似を持っている「希望」の心理には、この種まきの徒労のイメージと生命に対する諦めきれない態度が、一層明確に見える。
69 『白秋全集』第三巻、一八四〜五頁。
70 このような避難所を連想させる閉ざされた空間の感覚は、白秋の『思ひ出』を評した高村光太郎の言葉からも伝わってくるように、「露台」、つまり「温室」の空間的系譜と「記憶」の時間的な次元を内包している。「……追憶は一種の避難所である。風に当る露台である」と高村光太郎は述べている（「北原白秋の『思ひ出』」『高村光太郎全集』第八巻、筑摩書房、一九九五年、二八七頁）。
71 『白秋全集』第二巻、一二一〜二頁。
72 『白秋全集』第二巻、一七九〜八〇頁。
73 『白秋全集』第二巻、二二二〜四頁。「あかき血しほはたんぽぽの／かげのしめりにちりてゆく、／君がかなしき傷口に／虫の鳴く音も消え入らむ……」。
74 『白秋全集』第二巻、二七五〜六頁。
75 それは、受刑者に倫理性を伝え、告白へと促した雑草の「偉大な力」を歌った植物学者牧野富太郎を思い出すと、刑務所の中や傍に忍び込んだ雑草がもたらす目覚めと、次の夢の心理的構造に気がつく（中村浩編『牧野富太郎植物記』第五巻、あかね書房、一九七三～七四年、二頁）。
76 『白秋全集』第一巻、一三四～五頁。
77 『白秋全集』第一巻、二二八～九頁。
78 この事件の際、白秋は実際の監禁体験をすることになる。刑務所での体験、その体験の中に埋め込まれている赤子の泣き声、そして花の花壇などは、『桐の花』の中の短歌に刻まれている。そのような具体的な監禁の体験と『白金之独楽』でみる開放感は、同じ心理の表裏として見るべきであろう。『桐の花』の短歌の中に刑務所での放尿の体験が描かれているが、それも「石竹の思い出」に当てはめて考える必要も十分にあろう。
79 「島から帰つて」（『白秋全集』第三五巻、一六頁）や、「小田原へ」（『白秋全集』第三五巻、七六頁）参照。
80 例えば、「油虫」参照。『白秋全集』第一五巻、五二～三頁。
81 『白秋全集』第三五巻、七五～六頁。
82 『白秋全集』第三巻、三三二頁。
83 「汽車」『白秋全集』第三巻、三〇八～九頁。
84 「麗日悸音」『白秋全集』第三巻、二七六～八頁。
85 飯島耕一『北原白秋ノート』小沢書店、一九八五年、四九頁。
86 『白秋全集』第三巻、二六五～六頁。
87 『白秋全集』第三巻、二七三～四頁。
88 『白秋全集』第三巻、二七四頁。
89 『白秋全集』第三巻、三〇二頁。
90 『白秋全集』第三巻、二九八頁。
91 『白秋全集』第三巻、四二五～六頁。
92 『白秋全集』第三巻、三一〇頁。
93 『白秋詩集』第一巻、大正九（一九二〇）年、アルス。
94 大正一二年、アルス。
95 『白秋全集』第四巻、一二八頁。

96 『白秋全集』第四巻、八九～九〇頁。
97 横木徳久『北原白秋：近代詩のトポロジー』七四頁。
98 『白秋全集』第四巻、一〇五頁。
99 鈴木貞美「近代の郷愁――ナショナリズムの屈折」(『すばる』一八巻一号、集英社、一九九六年一月)ではアジア大陸に対する郷愁への発展が分析されている。
100 例えば、『白秋全集』第五巻、四三四頁。
101 「帰去来」『白秋全集』第五巻、六四〇～一頁。「飛行して郷土を訪問せるはすでに一二年の昔しになりぬ」という添え書きが付されている。この詩は、本書の第三部で論じる野呂邦暢によって、個人の故郷を超えた故郷の感覚を表現するために、取り上げられている。
102 『白秋全集』第五巻、一〇〇～二頁。
103 『白秋全集』第五巻、一一六～七頁。
104 松下浩幸「文学の生まれる場所・小石川植物園(二)」『明治大学農学部研究報告』一四〇巻、明治大学農学部、二〇〇四年一二月。
105 『白秋全集』第五巻、二五二～三頁。

第2章――子供の「園」の「雑草園」

1 「北原白秋の世界」〈特集〉(『国文学解釈と鑑賞』六九巻五号、至文堂、二〇〇四年五月)に収められている宮澤健太郎の論文(「北原白秋と女性――官能と現実を軸に」)では、「雀のお宿・童心学園」という幼稚園(「児童愛護施設」)において、白秋が名誉園長に「なるほどに雀にこだわった」ことが紹介されている。この象徴的な逸話を通して、次章で白秋の『雀の生活』と関連して論じる、文化的風土の幼稚園化を捉えることができる。
2 明治四(一八七一)年に横浜で、一九世紀米国幼稚園運動から刺激を受けたキリスト教宣教師によって、日本初の幼稚園が創立された。それは「らしゃめんと称する遊女と白人との混血児」への対策であった(津守真・久保いと・本田和子『幼稚園の歴史』恒星社厚生閣、一九五九年、二〇四頁)。

3 『賀川豊彦全集』第六巻、キリスト新聞社、一九六二～六四年、四五三頁。
4 D・リハチョーフ／長縄光男訳『文化のエコロジー――ロシア文化論ノート』群像社、一九八八年、一〇〇頁。「人類の「黄金時代」、「黄金の幼年期」である中世の天国、常に庭園を連想させていた（略）」。
5 『賀川豊彦全集』第六巻、四五一頁。
6 津守真他『幼稚園の歴史』二一九頁参照。
7 『賀川豊彦全集』第六巻、四四八頁。
8 津守真他『幼稚園の歴史』二五〇～一頁。
9 『賀川豊彦全集』第六巻、四五一頁。
10 『賀川豊彦全集』第六巻、四五八頁。
11 『賀川豊彦全集』第四巻、二二六頁。
12 「大災と幼児教育」（『幼稚園雑草』『倉橋惣三選集』第二巻、フレーベル館、一九六五～九四年、六九～七二頁）に次のような発言が見られる。「すなわち、教育上の点からは、今日こそ、社会が幼児教育のために、特に力をつくすべき必要に迫っているのである。これは、私たちの言をまたず、心ある市当事者も、区当事者も十分諒解していることで、現に、財政上の無理を打ち破っても、この教育上の切なる要求を充たすために、勇敢なる努力を示しておらるる方も少なくない」。
13 「お茶の水幼稚園の焼跡に立ちて」『倉橋惣三選集』第二巻、六六～八頁。
14 『倉橋惣三選集』第二巻、六二頁。
15 「煉瓦敷の遊園にも、アスファルト敷の遊園にも、季《ママ》はこの雑草を恵もうとしている。しかし上から重たく抑えつけられ、すきまもなく敷きつめられていては、草は下で泣いているに相違ない」（『倉橋惣三選集』第二巻、六二頁）。
16 『倉橋惣三選集』第二巻、六三頁。
17 『倉橋惣三選集』第二巻、六三頁。
18 『倉橋惣三選集』第二巻、九頁。大正一五年への自序より。
19 『倉橋惣三選集』第二巻、七頁。昭和二年の新版の自序より。
20 『倉橋惣三選集』第二巻、八六頁。
21 『倉橋惣三選集』第二巻、八七頁。

22 『倉橋惣三選集』第二巻、八八頁。
23 『倉橋惣三選集』第二巻、八八頁。
24 『倉橋惣三選集』第二巻、八九頁。
25 『倉橋惣三選集』第二巻、二七頁。
26 『倉橋惣三選集』第二巻、二七頁。
27 岩本熊吉『雑草園の造り方』「緒言」、育生社弘道閣、一九四三年、一頁。
28 岩本熊吉『雑草園の造り方』二頁。
29 岩本熊吉『雑草園の造り方』二頁。
30 岩本熊吉『雑草園の造り方』六〜七頁。
31 岩本熊吉『雑草園の造り方』二〜三頁。
32 山口泰輔『ムサシノに於ける雑草図譜』（愛の国工房、一九三三年）序文より。「賀川豊彦／武蔵野にて」と付されている。
33 松栄堂、明治四〇年。
34 坂庭に関する情報は、草野双人『雑草にも名前がある』（文藝春秋社、二〇〇四年）を参考にした。
35 賀川の腎臓炎、夕暮の糖尿病、白秋の胃腸病、相馬御風の肺炎。
36 『賀川豊彦全集』第四巻、二二三頁。この引用は一九四八年出版の『自然美と土の宗教』の第三章「雑草の戯曲」からである。「雑草の戯曲」が「不屈の雑草」という断章で始まり、そのタイトルは本書の第三部のアルベール・カミュの「不屈の草」と共鳴している。『自然美と土の宗教』の冒頭から武蔵野の空間も喚起される。
37 『賀川豊彦全集』第二一巻、二九〇〜一頁。
38 『賀川豊彦全集』第二一巻、二九四頁。さらに二九二〜四、三〇八〜九頁参照。

第3章――「雑草の季節」

1 W・ベンヤミン／今村仁司ほか訳『パサージュ論』第三巻、岩波書店、二〇〇三年、K1a, 2. 八〜九頁。
2 入江弥太郎と共著（白水社、大正八年）。

3　柳田國男『野草雑記』八坂書房、一九八五年、一一頁。
4　柳田國男『野草雑記』一一頁。
5　柳田國男『野草雑記』一三頁。
6　柳田國男『野草雑記』一三頁。
7　柳田國男『野草雑記』一三頁。
8　柳田國男『野草雑記』一五頁。
9　柳田國男『野草雑記』一四〜五頁。
10　竹内好は魯迅の『野草』を詩的な側面（創作）と評論的な側面が最も密接に結ばれた魯迅文学のエッセンスとして捉えている。「もっとも評論と創作の区別は厳密にはつけにくい。評論の中に創作的要素がかなりまじっているし、創作の中に評論的要素がかなりまじっている。（略）啓蒙時代の作家は一般にそれが強いが、魯迅の場合は異例なほど強い。そしてこれは魯迅文学の特徴の一つだろうと思う。／創作と評論の区別がつかないといっても、両極へ向っての分化の傾向はつねにあるので、一つの集の中にもそれはあるし、極端には一つの文章の中にもそれが見られる。作品を結晶させる力と、それを分散させる力が両方働いている。この集約と分化の両作用が典型的に働いているのが『野草』の場合である。だから『野草』は魯迅文学の全体を縮図的再構成しているともいえるし、あるいは魯迅文学の原型であるともいえる」（『魯迅作品集』「解説」筑摩書房、一九五三年、三二五頁）。
11　青木やよひはフェミニズムをエコロジーと結び付ける知的探求の中で、男女の関係の問題を人間と宇宙の問題の関係と重ね合わせている。そこで、「女性」は性差を超えた批判的道具として機能し始める。青木によれば、「女性を、黒人、少数民族、子ども、老人、障害者、被差別階級など、これまで社会的に疎外されてきたすべてのマージナル・グループの中の研究対象の一つとして位置づけ、それらを相互に関連づける新しい方法論をさぐりながら、人類の歴史をトータルに掘りおこし、未来への展望を切り拓こうという方向性を持たねばならない」（青木やよひ『フェミニズムとエコロジー』新評論、一九八六年、四二頁）。
12　E・フロム／作田啓一・佐野哲郎訳『希望の革命』紀伊国屋書店、一九六九年。
13　例えば「ある或人に」という詩を参照。『定本与謝野晶子全集』第一〇巻、講談社、一九七九〜八一年、四五四頁。
14　『定本与謝野晶子全集』第二〇巻、二七一頁。
15　『定本与謝野晶子全集』第一六巻、五一六頁。

16 『定本与謝野晶子全集』第一三巻、四三九頁。
17 『定本与謝野晶子全集』第一〇巻、九〇～三頁。
18 『定本与謝野晶子全集』第一〇巻、七六頁。
19 『定本与謝野晶子全集』第一三巻、三〇二頁。
20 『定本与謝野晶子全集』第九巻、二七八～九頁。
21 与謝野宇智子『むらさきぐさ：母晶子と里子の私』新塔社、一九六七年。この著書では、与謝野晶子が植物採集から珍しい草を持って帰る娘を楽しみに待っていた逸話や、与謝野晶子が牧野富太郎と小石川植物園で対談を行った逸話が紹介されている。宇智子の記憶では、この対談で晶子が最も好きな花としてオシロイバナをあげ、宇智子の友達が、晶子がこのような「雑草」に近い花が好きであることにがっかりしたのである。この対談の記録は未発見のようであり、与謝野晶子研究者である古澤夕起子がそのことを宇智子に確認した際、後者は対談が載せられた雑誌名や具体的な経緯を記憶していなかったとのことである（筆者が古澤夕起子から個人的に得た情報）。なお、事実として確認できないにしても、この文学と植物学を「雑草」という項目で交差させた詩的イメージは、晶子の詩「我は雑草」に対しての、植物学者である娘宇智子の創造的解釈として理解できよう。
22 『太陽』博文館、大正四年、六月号。
23 『定本与謝野晶子全集』第一五巻、五四頁。
24 『定本与謝野晶子全集』第一〇巻、三六～七頁。
25 『定本与謝野晶子全集』第一八巻、四七二～三頁。
26 「雑草は第一その名からして私には研究科目である」という晶子の言葉に、植物に対する具体的な興味と文学的な素材としての関心を同時に見出すことができる。晶子の言葉は牧野富太郎の雑草研究への姿勢と強く共鳴し、そこには「雑草」が発見される想像力の広がりをも読みとることができる。「ふつうの人が、雑草とか雑木とか一口にいって片づけてしまう草や木にも、その一つ一つに名があり、物語が秘められている」と牧野は言っている（中村浩編『牧野富太郎植物記』第一巻、あかね書房、一九七三～七四年、七頁）。
27 「歌を作る心理」『定本与謝野晶子全集』第一八巻、二四九頁。
28 『定本与謝野晶子全集』第一〇巻、一〇二～五頁。
29 「感謝の言葉」『定本与謝野晶子全集』第二〇巻、一〇七頁。

30 『定本与謝野晶子全集』第一〇巻、九九～一〇〇頁。

31 雑木こそうれしけれ、／そのもみぢも、／こもごもに、日のひかり／さしかひつつ。
雑木こそうれしけれ、／そのにほひも。／ほのぼのと。靄と雨／なづさひつつ。

雑木こそうれしけれ、／そのこずゑも。／さむざむと、雀など／かい寄りつつ。

雑木こそうれしけれ、／その楉枝も。／はきほきと、ゐろり火に／折りくべつつ（「雑木」『白秋全集』第五巻、岩波書店、一九八六年、五八～九頁）。なお、初出（『改造』一九二八年新年号）において、「雑木」は与謝野晶子の短歌と隣り合わせの頁に掲載されている。

32 「雑木の花」『定本与謝野晶子全集』第二〇巻、三三三～五頁。

33 『白秋全集』第二〇巻、岩波書店、一九八四～八八年、四二七頁。

34 「動的な子供」『定本与謝野晶子全集』第一五巻、三六一頁。

35 新潮社、一九二〇年初版。一九一七年四月五日発行、『感情』九号に、その第一部「雀と人間との愛」掲載。

36 飯島耕一『北原白秋ノート』小沢書店、一九八五年、九、一五頁。

37 飯島耕一『北原白秋ノート』二二六頁。

38 『白秋全集』第一五巻、二六五頁。

39 『白秋全集』第一五巻、三二三頁。

40 『白秋全集』第一五巻、三〇五頁。

41 『白秋全集』第一五巻、三六二頁。

42 『白秋全集』第一五巻、三四二～四頁。

43 『白秋全集』第一五巻、二六三頁。

44 『白秋全集』第一五巻、三二五頁。

45 『白秋全集』第一五巻、三五五頁。

46 『白秋全集』第一五巻、三五五頁。

47 『白秋全集』第一五巻、四一六頁。

48 『白秋全集』第一五巻、四四〇～一頁。

49 『白秋全集』第一五巻、四三〇頁。

50 『白秋全集』第一五巻、四〇一頁。
51 『白秋全集』第一五巻、三五三頁。
52 『白秋全集』第一五巻、三五五頁。
53 『白秋全集』第一五巻、四〇一頁。
54 『白秋全集』第一五巻、三九七頁。
55 『白秋全集』第一五巻、三〇八頁。
56 『白秋全集』第一五巻、三〇五頁。
57 『白秋全集』第一七巻、三四頁。
58 『白秋全集』第一七巻、九五〜六頁。
59 成田龍一「出来事のなかの『故郷』」『「故郷」という物語：都市空間の歴史学』吉川弘文館、一九九八年所収、一二五〜四一頁。
60 「『緑草心理』礼讃」『日光』二巻四号、日光社、大正一四年四月、六八〜七三頁。
61 山田吉郎『前田夕暮：受容と創造』風間書房、二〇〇一年、二二五頁。
62 『白秋全集』第一七巻、一三四〜五頁。
63 『白秋全集』第一五巻、二八九頁。
64 「童心」『白秋全集』第一六巻、七頁。さらに、この表現にたいする考察のために、佐藤通雅「白秋における童心——北原白秋童謡論序説」(『日本児童文学』一九巻四号、日本児童文学者協会、一九七三年三月)を参照。
65 『白秋全集』第一七巻、四一四頁。
66 第三部参照
67 与謝野宇智子『むらさきくさ：母晶子と里子の私』を参照。
68 『白秋全集』第一七巻、四一四〜五頁。
69 『都新聞』都新聞社、一九二五年一月一日初出。『白秋全集』第一七巻、三九一〜三頁。
70 『白秋全集』第一七巻、三九二〜三頁。
71 藤村の「路傍の雑草」は『中学世界』(博文館)の一九一二年の一二月号に掲載されるが、その中に孤独の世界には、雪の中の雑草と重なってしまう不思議な表現を見出せる。「長い間の冬籠りだ。せめて路傍の草に親しむ」。「春待顔な雑草」

は藤村の作品において、希望の心理の萌芽を見せるものである。「奈何いふ世界の中の其等の雑草が顔を出して、中には極く小さな蕾の支度をして居るか、それも君に聞いて貰ひたい」。藤村の「路傍の雑草」の真ん中に現れるこの文には、希望と同時に「君」という相手、すなわち他者に向かって開かれていく主体を読み取ることもできる。牛乳も卵も凍ってしまう北国の厳粛な冬の中の雑草は、その物語を聞いてくれる相手や、希望を共有してくれる漠然とした相手に向かうのである（杉浦明平編『草』「日本の名随筆」九四、作品社、一九九〇年）。

72 実は、『日光』創刊号から投稿している折口信夫、つまり民俗学と結び付いている存在も象徴的であろう。

73 「太陽の言葉」『春を待ちつゝ』『藤村全集』九巻、筑摩書房、一九六六～七一年、二六四～六頁。

74 菊池寛編『新文藝讀本』文献書院、一九二六年、一四二頁。相馬御風「鉢の雑草」、薄田泣菫「北畠老人」、大平野虹「初陣」、中村星湖「柘榴の實」、岡本綺堂「入鹿の父」、トルストイ／加藤一夫訳「地主と乞食」、島崎藤村「太郎に送る手紙」、武者小路實篤「西伯と呂尚」、吉田絃二郎「南國の町」、芥川龍之介「英雄の器」所収。

75 『白秋全集』第一七巻、二三六～九頁。

76 『白秋全集』第一七巻、二三九頁、『読売新聞』八月二一日初出。

77 『白秋全集』第一七巻、二四〇頁。

78 『白秋全集』第一七巻、二五〇頁。

79 『白秋全集』第一七巻、二五一頁。

80 『白秋全集』第一八巻、三九五頁。

81 「鶯ペンその十五」、『白秋全集』第一八巻、三八二頁。

82 『白秋全集』第一八巻、三九六～四一二頁。

83 G・ドゥルーズ、F．ガタリ／宇野邦一ほか訳『千のプラトー』河出書房新社、一九九四年、二三～四頁。

84 「書斎」『白秋全集』第一七巻、一一九～二〇頁。

85 『白秋全集』第一七巻、四八〇～五〇三頁。

86 大正一四年八月号。

87 「日光室」一三六頁。『日光』一巻七号、大正一三（一九二四）年一〇月特別号。

88 「雑草の花のやうなる山荘の灯なれど見まし櫓を漕ぐ船よ」『冬柏』昭和八年九月初出、『定本与謝野晶子全集』第六巻、三五一頁。

89 「日光室」一三七頁。『日光』一巻七号、大正一三年一〇月特別号。
90 「日光室」一三七頁。『日光』一巻七号、大正一三年一〇月特別号。
91 「緑草心理」『日光』一巻四号、大正一三年七月。『白秋全集』第一七巻、一七〇〜一頁。
92 大正一三年から『日光』に掲載、大正一四年アルスから出版。
93 「『緑草心理』礼讃」『日光』二巻四号、大正一四年四月、六八〜七三頁。
94 緑色批評の観点からのワーズワース研究のため、J. Bate, *Romantic Ecology : Wordsworth and the Environmental Tradition* (London; New York: Routledge, 1991.) を参照のこと。
95 「花の知能」『柳宗悦全集』第一巻、筑摩書房、一九八〇〜八二年、二一八〜四四頁。
96 山田吉郎『前田夕暮：受容と創造』二四三頁。さらに川端康成の「植物志向」との関係については、三二八頁。
97 『白秋全集』第一七巻、一七〇〜一頁。
98 アルス版『緑草心理』には「林間に坐りて（序文に代ふ）」という序文が添えられている。そこでは酒を飲みながらの対話形式で、生い茂る植物（たんぽぽやすかんぽ）に対する親しみと少年期への懐かしさが表現され、観念的である「鉱物性の芸術」と「生き生きとした」「植物性の芸術」という見方が提示される（一〜六頁）。この序文の最後には「大正十三年初冬私の雑草園にて」と付されている。「病床思索」の最後に「大学病院にて」との注記がある（本文、三〜九頁）。
99 『緑草心理』四頁。『夕暮全集』第三巻、角川書店、一九七二〜七三年、一五頁。
100 『緑草心理』六頁。『夕暮全集』第三巻、一六頁。
101 『緑草心理』五頁。『夕暮全集』第三巻、一六頁。
102 『緑草心理』七頁。『夕暮全集』第三巻、一六頁。
103 『緑草心理』七頁。『夕暮全集』第三巻、一六頁。
104 『緑草心理』七頁。『夕暮全集』第三巻、一七頁。
105 『緑草心理』一八頁。『夕暮全集』第三巻、一九頁。
106 『緑草心理』一九頁。『夕暮全集』第三巻、二〇頁。
107 「病床思索」『緑草心理』四頁。『夕暮全集』第三巻、一五頁。
108 「鞠つき」『緑草心理』一八頁。『夕暮全集』第三巻、二〇頁。
109 『緑草心理』一二〇頁。『夕暮全集』第三巻、五一頁。

110　『緑草心理』一二〇～一頁。『夕暮全集』第三巻、五一頁。
111　『緑草心理』一二四～五頁。『夕暮全集』第三巻、五二頁。
112　『緑草心理』一二五頁。『夕暮全集』第三巻、五二～三頁。
113　『緑草心理』五七頁。『夕暮全集』第三巻、三一頁。
114　『緑草心理』四七～八頁。『夕暮全集』第三巻、五八～九頁。
115　例えば、「酔漢来たる」『夕暮全集』第三巻、二二〇頁を参照。
116　『緑草心理』一一〇頁。『夕暮全集』第三巻、四八頁。
117　『緑草心理』一一〇頁。『夕暮全集』第三巻、四八～九頁。
118　「どくだみの花」『緑草心理』八三頁。『夕暮全集』第三巻、四〇頁。
119　「足」「蛇使ひの女」『緑草心理』八一～二頁。『夕暮全集』第三巻、三九～四〇頁。
120　「金蘭銀蘭」『緑草心理』三一～二頁。『夕暮全集』第三巻、二四頁。
121　『緑草心理』七七～七九頁。『夕暮全集』第三巻、三八～九頁。
122　『緑草心理』七五頁。『夕暮全集』第三巻、三八頁。
123　『緑草心理』四一頁。『夕暮全集』第三巻、二七頁。
124　『緑草心理』二七頁。『夕暮全集』第三巻、二三頁。
125　「木食草食」『緑草心理』二四頁。『夕暮全集』第三巻、二二頁。
126　『緑草心理』二四頁。『夕暮全集』第三巻、二二頁。
127　『緑草心理』二五頁。『夕暮全集』第三巻、二二頁。
128　『緑草心理』五〇～一頁。『夕暮全集』第三巻、二八～三一頁。
129　『緑草心理』五二頁。『夕暮全集』第三巻、三〇頁。
130　すかんぽは、三島由紀夫の処女作「酸模《すかんぽう》」（『輔仁会雑誌』学習院、一九三八年三月一五日号）における重要なイメージとして機能している。三島の作品でも童心の中の誘惑と恐怖が描かれているのは大変興味深いが、この作品に見られる白秋の影が重要である。エピグラムとして、三島は「うつゝを夢ともおもはねど／現はゆめよりなほ果敢な／幻よりもなほ果敢な」という白秋の詩を引用している。この引用の影響で、三島がタイトルの副題として付す「秋彦の幼き思ひ出」という言葉の中に白秋への思い入れを認めることができる（『三島由紀夫全集』第一巻、新潮社、一九七三～七六年、八～九頁）。

131 『緑草心理』二一頁。『夕暮全集』第三巻、二〇頁。
132 『緑草心理』六四頁。『夕暮全集』第三巻、三四頁。
133 『緑草心理』六五頁。『夕暮全集』第三巻、三四頁。
134 『緑草心理』六六頁。『夕暮全集』第三巻、三四～五頁。
135 『緑草心理』六七～八頁。『夕暮全集』第三巻、三五頁。
136 「竹」の詩的イメージは、大正四年から萩原朔太郎の詩作と深く結び付いているので、夕暮、白秋、朔太郎に共有される感受性を認めることができる。朔太郎の青竹が現れる代表的な「地面の底の病気の顔」のタイトルからも、夕暮に共有される「病気」のイメージを指摘できる。さらに、朔太郎の「夢にみる空家の庭の秘密」（大正六年）という詩の中に夕暮の「私は竹である」における廃屋の一種の原型をも見出すことができる。「その空家の庭に生えこむものは松の木の類／びはの木　桃の木　まきの木　さざんか　さくらの類／（略）わたしの心は垣根にもたれて横笛を吹きすさぶ／（略）ああ　わたしの夢によくみる　このひと住まぬ空家の／庭の秘密と／いつもその謎のとけやらぬおもむき深き幽邃のなつか／しさよ」（『萩原朔太郎全集』第一巻、筑摩書房、一九七五～八九年、一五七～八頁）。この詩に現れる「なつかしさ」は、夕暮の場合により明確に生家と幼年期と結び付けられている。
137 『緑草心理』一四二頁。『夕暮全集』第三巻、五七頁。
138 『緑草心理』一五二～三頁。『夕暮全集』第三巻、六〇頁。
139 「長花烟草の花咲く頃」『緑草心理』一〇〇頁。『夕暮全集』第三巻、四六頁。
140 『緑草心理』一八五頁。『夕暮全集』第三巻、六九頁。
141 『緑草心理』一九四頁。『夕暮全集』第三巻、七三頁。
142 『緑草心理』一九四頁。『夕暮全集』第三巻、七三頁。
143 『緑草心理』一七一頁。『夕暮全集』第三巻、六五頁。
144 『緑草心理』巻末、一頁。『夕暮全集』第三巻、七九頁。
145 『緑草心理』巻末、七頁。『夕暮全集』第三巻、八一頁。
146 『緑草心理』巻末、七頁。『夕暮全集』第三巻、八一頁。
147 『緑草心理』巻末、七～八頁。『夕暮全集』第三巻、八一頁。
148 『緑草心理』巻末、四三頁。『夕暮全集』第三巻、二七頁。

149 『緑草心理』巻末、九頁。『夕暮全集』第三巻、八二頁。

150 『緑草心理』三六頁。『夕暮全集』第三巻、二五〜六頁。

151 装丁家恩地孝四郎は昭和二六年六月の『短歌研究』(短歌研究社)に夕暮の追悼文を「緑色の季節」という題で載せる。白秋と夕暮の両方のデスマスクを作った恩地は、二人の間に共有された文学世界を強く意識したからこそ、『緑草心理』と『季節の窓』という作品タイトルを組み合わせてしまったのだろう。彼は石膏に赤土を入れることで、夕暮へのオマージュを示す。装丁家から作家に対する極めて深い理解を見せているのは次のような引用である。「前田さんが朝、リュックをかついで羊歯とりにいつたことを思ひ出す。ホトトギスが植ゑられ、羊歯類が植ゑられた『雑草園』は、告別の日にも、戦争のために荒れは見せても、猶そのままであつた。生前まとめられ、なくなられてから出た『草木祭』をみても、前田さんがいかに草木を愛されたかが分る。そのなかの一つの表題、『私が草になるとしたら』旧著『緑草心理』の文字にも示される。それと僕には切つ立ての赤土の崖である。思ふに僕のさうした嗜好は、自然に乗り移つてゐた『前田さん』であるかも知れない」(『近代作家追悼文集成』第三三巻、ゆまに書房、一九九七年、一一七、一五一頁)。

152 「『緑草心理』礼讃」『日光』二巻四号、大正一四年四月、六八〜七三頁。

153 『夕暮全集』第五巻、三六八頁。

154 『夕暮全集』第五巻、三六六頁。

155 『夕暮全集』第五巻、三六一頁、三六三頁。

156 若山滋『風土から文学への空間:建築作品と文化論』新建築社、二〇〇三年、六八頁。

157 『高木市之助全集』第四巻、講談社、一九七六年、七頁。

158 「小田原へ」『白秋全集』第三五巻、七六頁。

159 例えば、田中栄一の論文(「相馬御風と自然主義」「相馬御風における児童観・教育観」『新潟大学教育学部紀要　人文・社会科学編』新潟大学教育学部、一八、二〇、二一、二六、二七巻、一九七八〜八五年)を参照。浅見淵(「史伝・早稲田文学——一六——相馬御風について」『早稲田文学』〔第七次〕早稲田文学会、二巻一〇号、一九七〇年一〇月)は「隠棲」と呼んでいる。

160 武内広盛・西沢芳子・大原薫「相馬御風と還元録」『日本病跡学雑誌』五三巻、日本病跡学会、金剛出版、一九九七年五月。

161 「相馬御風——詩と詩論と自然主義」『国文学研究』七八巻、早稲田大学国文学会、一九八二年一〇月。

162 浅見淵「相馬御風について」『早稲田文学』〔第七次〕二巻一〇号、一九七〇年一〇月。
163 『相馬御風随筆全集』第一巻、厚生閣、一九三六年、五九頁。
164 『相馬御風随筆全集』第一巻、六二頁。
165 『相馬御風随筆全集』第一巻、六二頁。
166 『相馬御風随筆全集』第一巻、六二頁。
167 『相馬御風随筆全集』第一巻、九七頁。
168 L・トルストイ／相馬御風訳『ハヂ・ムラート』新潮社、一九一七年、序、三頁。
169 相馬御風訳『ハヂ・ムラート』三〜四、二八一頁。
170 『雑草苑』が後に収められることになる『相馬御風随筆全集』の表紙にも、「雑草」であるオオバコが描かれている。装丁は恩地孝四郎によるものである。
171 『相馬御風随筆全集』第一巻、五四九頁。
172 『相馬御風随筆全集』第一巻、二一一〜二頁。
173 『相馬御風随筆全集』第一巻、二一四頁。
174 『雑草宛』一一頁。
175 『雑草苑』一四〜六頁。
176 『雑草苑』一九頁。
177 『雑草苑』一九頁。
178 『相馬御風随筆全集』第一巻、五三一頁。
179 『相馬御風随筆全集』第三巻、三八七〜九〇頁。「静かな悦び」に改名。
180 菊池寛編『新文藝讀本』文献書院、一九二六年。
181 菊池寛編『新文芸讀本』七頁。
182 相馬御風『雑草苑』五八〜九頁。
183 「あらゆる形容詞を超越」しているような体験が、耐えることが不可能な場面に対する心理状態と結び付けられている例は、御風が引用している細田源吉の手紙の中で見ることができる。そこに非常に強力な入れ子の表現法で、底の底としての震災体験の心理状態が描かれている。数人の死者の前で動けなくなった人が、数百人の死者を見ても耐えるようになった、その非常時の心理状態（ショック）は、トラウマを覆い隠す「雑草」心理と対応していると考えられる（『雑草苑』五九―六〇頁）。

184 『雑草苑』六〇～一頁。

185 『雑草苑』九五頁。

186 関東大震災後に立てられるバラック建築が、このようなコメントの背後にある。例えば、五十殿利治「バラック、バラック――関東大震災後の美術と建築の境界領域」（『建築史学』二九巻、建築史学会、一九九七年九月）などを参照。

187 『雑草苑』九一頁。

188 『雑草苑』七三頁。

189 『雑草苑』八五頁。

190 『雑草苑』五七頁。

191 相馬御風『雑草苑』一一四頁。

192 相馬御風『雑草苑』一一五～六頁。

193 相馬御風『雑草苑』二八九頁。

194 舶来の「雑草」、鉄道草は、焼跡に立てた風呂からの帰り道の斎藤茂吉の目を引き、その中に日本における近代化の意味が解読されるのである（斎藤茂吉「雑草記」杉浦明平編『草』「日本の名随筆」九四、作品社、一九九〇年、六〇～二頁）。「鉄道草、御一新草、明治草……」。言い換えれば、御風が見せている「雑草」心理の中の「雑草」には、このような文明と自然の境界線的な側面が極めて強いと言える。「雑草」は常に輝や傷の上に生えているということの感覚も、このような傷口から血液のように流れ出ている。その引き裂かれた「雑草」心理の側面をさらに鮮やかに見せているのは子供を怖がらせたエピソードである。「静かな農民の生活までも変へつゝある」鉄道草について、島崎藤村も断章を書いている。「雑草」のイメージより、明確に近代文明を語る上で「鉄道草」のイメージの有効性が高い。「鉄道は自然界にまで革命を持来した。その一例を言へば、此辺で鉄道草と呼んで居る雑草の種子は鉄道の開設と共に侵入し、来つたものであるといふ。野にも、畑にも、今ではあの猛烈な雑草の蔓延しないところは無い。そして土質を荒したり、固有の草地を征服したりしつゝある」（『藤村全集』第五巻、一〇六頁）。

195 『相馬御風随筆全集』第一巻、五八一頁。

196 『相馬御風随筆全集』第一巻、三四六～五〇頁／第七巻、四一五～七頁。

197 『相馬御風随筆全集』第一巻、三四八頁。
198 『相馬御風随筆全集』第一巻、三四四～五頁。
199 「雑草の中に交つてしほらしげに咲いてゐるあの瑠璃色をした露草の花も好ましい。（略）露草を私達の郷里ではとんぼ草と呼びならはしてゐる。幼い頃私達は此のとんぼ草の葉を摘んで、それを蜻蛉に食はせようとして無理に捕まへた蜻蛉の口へ押し込んだりしたものであつた。そんな夢のやうな憶ひ出があの瑠璃色の花を見るとよく胸に浮ぶ」（『相馬御風随筆全集』第三巻、四二二頁）。
200 『相馬御風随筆全集』第三巻、三八三頁。
201 相馬御風『雑草苑』二四七頁。
202 『相馬御風随筆全集』第六巻、一五二頁。
203 『雑草苑』一六三頁。
204 『相馬御風随筆全集』第五巻、三五六頁。
205 『相馬御風随筆全集』第五巻、三五六頁。
206 郷倉千靭［画］『郷倉千靭』（三彩社、一九七六年）今泉篤男「解説」による。

第4章――雑草の生い茂る故郷的空間

1 毎日新聞社、一九四三年。
2 大雅堂、一九四四年。
3 長尾出版報国会、一九四四年。
4 越後屋書房、一九四一年。
5 『雑草夫人』二〇頁。
6 『雑草夫人』三一～二頁。
7 「武蔵野の雑草」『改造』一六巻一〇号、改造社、一九三四年九月。
8 『武蔵野の記録』洸林堂、一九四四年「自序」一～二頁。

9　『武蔵野の記録』「自序」三〜四頁。
10　『武蔵野の記録』三七〇〜一頁。
11　例えば織田は次のように書いている。「（前略）独歩の武蔵野等でも、感情に傾きすぎてゐて、自然の客観性に乏しい。断片的の感想文だからといへばそれ迄だが、独歩の武蔵野が問題にされてゐることから考へると、もつと深く、あらゆる面から武蔵野を観察記録して残して呉れたならとも思はれる」（『武蔵野の記録』三六七〜八頁）。
12　『武蔵野の記録』三六五〜六頁。
13　『武蔵野の記録』八六頁。
14　『武蔵野の記録』三六七頁。
15　『武蔵野の記録』三七二〜三頁。
16　『武蔵野の記録』三七三頁。
17　森有正の思想における重要な概念である。「雑木林の中の反省」という文章の中でも、この「もの」という概念が「体験」との関係で説明されている。森は「体験」は必ず「何か」の「体験」であると述べ、その「何か」に対して、「もの」という概念を当てはめている。この記述では、体験は日本の敗戦の体験という意味にまで及んでいる。
18　一九七〇年代どころか、二〇〇四年まで確実に受け継がれた、国木田独歩の遺産として、「雑木林」は一つの重要な表現空間として機能し続けている。しかも、それは東京都という伝統的に武蔵野と組み合わせた形で捉えられる政治的単位の文脈の中においてである。『雑木林：哲学とロマンの市政をかえりみて』（ふこく出版）という波多野重雄（東京都農業会議会長会会長、関東都県農業会議長会会長、全国農業会議所理事、NPO法人モア・グリーン・ゴビ税理士の森基金理事長）の著作が一つの例となる。
19　森有正「雑木林の中の反省」『展望』一三三巻、筑摩書房、一九七〇年一月。
20　『日本近代文学の起源』講談社、一九八〇年／岩波書店、二〇〇四年。
21　若林幹夫ほか著『「郊外」と現代社会』青弓社、二〇〇〇年。
22　新潮社、二〇〇三年。
23　Stephen Dodd, *Writing Home : Representations of the Native Place in Modern Japanese Literature*, Harvard University Press, 2004.
24　国木田独歩「武蔵野」『定本国木田独歩全集』第二巻、学習研究社、一九九五年、六五〜八五頁。

25 柳田國男の記述にも「武蔵野趣味」という言葉が見られる（「武蔵野の昔」伊藤整編『柳田國男集』講談社、一九六八年、一五二頁）。さらに、例えば、後藤総一郎監修『柳田國男の武蔵野』（三交社、二〇〇三年）や、後藤総一郎編『柳田國男と現代』（岩田書院、二〇〇二年）を参照。

26 並木仙太郎『武蔵野』一～八頁。

27 別所梅之助「武蔵野の一角にたちて」『武蔵野の一角にたちて』警醒社、一九一五年、二〇二～一〇頁。

28 東京府知事井上友一『武蔵野の文学』「序」研文社、一九一七年、四～五頁。

29 太田三郎『武蔵野の草と人』（金星堂、一九二〇年）四八頁。

30 「六代目さんを撮ることになったのは、外務省の文化部長をやってらした柳沢健さんからのお話で、なんでも日本の伝統芸術を海外にお知らせしようという企画だったと思います」。木村久子の記述である（千谷道雄監修／木村伊兵衛撮『六代目尾上菊五郎：全盛期の名人藝』日本映像出版、一九九三年、一五五頁）。

31 新聞の切り抜きから「私の作品」という欄の名前が分かる。

32 白石実三『武蔵野巡礼』大同館書店、一九二一年、三、一〇三頁。

33 横山信『撮影探勝武蔵野めぐり』アルス、一九二二年、四頁。

34 横山信『撮影探勝武蔵野めぐり』一～三頁。

35 ここに「武蔵野の雑草」というエッセイが収められている。

36 白石実三『新武蔵野物語』書物展望社、一九三六年、一五一頁。

37 加藤邦三、科学主義工業社。

38 齋藤弔花、晃文社、一九四二年。

39 一九四三年に土門拳と柳田國男らが座談会「民俗と写真」に参加する。同じく一九四三年に『こどものくに』という写真集が出版される。翌一九四四年に三木茂の『雪国の民俗』が柳田國男による解説を付されて出版される。『日本写真史概説』（『日本の写真家』別巻、岩波書店、一九九九年）参照。

40 アルス、田中善徳撮影。

41 柳田國男『武蔵野風物：写真集』「序」靖文社、一九四三年、四頁。

42 一九五〇年一月号より九月号まで『群像』に掲載。

43 「近代文学の中の武蔵野――独歩・蘆花・春夫そして昇平のことなど――」成蹊大学文学部学会編『文学の武蔵野』風間

書房、二〇〇三年、所収。
44 『武蔵野夫人』第三巻、岩波書店、一九八二年、五九頁。
45 島田謹介『武蔵野』暮の手帳社版、一九五六年。
46 島田謹介『武蔵野』「あとがき」。
47 『定本国木田独歩全集』第二巻、七五頁。
48 高橋敏夫の「『武蔵野』又は「社会」の発見：日本と眺望の誘惑が『迷路』に消えるとき」という論文では、独歩の「武蔵野」における「路」の問題が「迷路」という概念を通して論じられていると指摘しておく（有精堂編集部編「日本文学史を読む」有精堂出版、一九九〇年、第六巻所収）。
49 島田謹介『武蔵野』「あとがき」。
50 『皇居に生きる武蔵野』「あとがき」毎日新聞社、一九五四年。
51 田村剛・本田正次編『武蔵野』科学主義工業社、一九四一年。
52 『皇居に生きる武蔵野』九六～七頁。
53 中村浩編『牧野富太郎植物記』第七巻（あかね書房、一九七二～七三年、一八三頁）に、次のように記されている。「昭和二十三年（一九四八年）十月七日、わたしは天皇陛下に招かれてはじめて皇居に参内し、親しく陛下にお目にかかりました。わたしは、数々のやさしいお言葉をいただいて感激しました。このとき、皇居の中を陛下とならんで歩きながら植物をみてまわったことはとうてい忘れることはできません」。
54 『皇居に生きる武蔵野』「あとがき」。
55 『記号の国：一九七〇』所収の「都市の中心、空虚な中心」という章では、バルトは次のように書いている。「たしかに東京にも中心はあるのだが、その中心は空虚だということである。立ち入り禁止になっているとともに、だれの関心も引くことのない場所――樹木の緑に隠され、お堀で守られて、けっして人目にふれることのない天皇が、つまり文字どおり誰だかわからない人が住んでいる皇居――のまわりに、東京の都市全体が円をえがいて広がっている」（石川美子訳『ロラン・バルト著作集』第七巻、みすず書房、二〇〇四年、五三頁）。
56 加藤典洋「BOOK REVIEW『皇居前広場』（原武史）――なし崩し的に生成された『何もない空間』その無と空白と空虚の本質に迫る」『論座』九八巻、朝日新聞社、二〇〇三年七月。
57 加瀬英明『文藝春秋』五二巻一号、文藝春秋、一九七四年一月。

58 『武蔵野夫人』三頁。
59 加瀬英明、『文藝春秋』五二巻一号、一九七四年一月。
60 『エコノミスト』六二巻二号、毎日新聞社、一九八四年一月。
61 藤森照信「皇居が首都・東京で果たす役割――日本の深層に通じるシンボル機能」『エコノミスト』六二巻二号、一九八四年一月。
62 新潮社、二〇〇三年、二一～二頁。
63 『読売新聞』大正四年六月二〇日。『定本与謝野晶子全集』第一〇巻、講談社、一九八〇年、七八頁。
64 「実際、タンポポを植えようという発想と建築と設計は、それぞれ別の筋にあった。／タンポポのことは、路上観察のなかで建築や街角に生息する変わった植物、おもしろい草花への注目がはじまりで、やがて超高層タンポポ仕上げにまでいたりついた」（『タンポポ・ハウスのできるまで』朝日新聞社、一九九九年、一五一頁）。
65 『タンポポ・ハウスのできるまで』一四九頁。

第5章――「不屈の草」

1 アルベール・カミュ『夏』所収／滝田文彦ほか訳「新潮世界文学48　カミュ」第一巻、新潮社、一九六八年、一二五～八頁。
2 「地獄のプロメテウス」一二八頁。
3 W. G. Sebaldの*On the Natural History of Destruction*［破壊の博物学］（Trans. Anthea Bell, London：penguin, 2004.）においても、類似した観点を見出すことができる。SebaldはHeinrich Böll を引用しながら、破壊の光景の把握が「植物学の問題」であることを示唆している。被爆地は植物が生い茂ることによって、「平和」な田園風景に変わり、人類の災厄が自然の再生能力の中で溶解していく。Sebaldは自分自身の戦後体験を語る時に、やはり一種の雑草地を描いている。「一九五〇年代の頃に、何本かの立派な木が災難を生き延びていた小地面は完全に草に生い茂っていて、そして子供の時の我々は、戦争によって造られた市中のこの野生地でしばしば午後まるごとを過ごしたものだ。私は階下の地下室へ行くのに不安を覚えていたと記憶している。そこから湿気と腐朽の匂いが漂い、私は動物か人間の死体に出くわさないかを絶えず恐れていた。

何年か後にヘルツ・シュロスの上にセルフ・サービスの店が開き、それが不細工な、窓なしの一階建ての建物であって、以前美しかった、別荘の庭がタールマカダム舗装の駐車場の下に消えた。これこそ、その最低共通分母に還元されたら、ドイツの戦後史のメイン・テーマになる」(Sebald, pp. 76-77. 筆者訳)。この描写が、どれほど大庭みな子の『浦島草』にある、駐車場の下に消える冷子の家に通じるかは、言うに及ばない。

4 『定本与謝野晶子全集』第一〇巻、講談社、一九八〇年、四四四頁。

5 相浦杲ほか編『魯迅全集』第六巻、学習研究社、一九八四~八六年、四三三~五頁。

6 例えば、「現代における魯迅ブームを探る」(『現代の眼』一七巻六号、現代の評論社、一九七六年六月)を参照。

7 この年に山本茂実の編集で『雑草』(葦会)という雑誌が発行される。この事例を通して、「雑草」というイメージを中心に団結される戦後の日本の若者の一面を見ることができる。雑誌の扉裏に次のような詩が載る。「雑草は　太陽をもつている/太陽だけが　お前の味方だ/ふまれ　けられ　ののしられ続けてきたが/誰も　お前を絶やすことはできない/雑草は太陽をもつている」。この詩は枕木を思わせるような「一一一一一」枠に両側から縁取られている。さらに、詩の上に線路の上を歩いている人の後姿の写真が掲載されている。創刊号(一九五三年八月)の二一頁にこの雑誌の意義について語られている。「ごらんの通りこんなささやかな見ばえのしない雑誌を出し始めました。/これは決してうまい作品や文章をのせる雑誌ではありません。/今迄恵まれない雑草のような下積の人々もここでは自由にものがいえる、たとえそれがどんなにたどたどしいものであつたにしても、その声をみんなで大事に育てていこうというのがこの雑誌の仕事です。/「下積の人々がものをいい出した」これこそ民主革命の基礎条件だと思います。この人達が何を考え今後どんな行動をとつていくか?……明日の歴史はこの人達にたくされている筈です」。道を歩き出すという希望に繋がる意味や、革命に対する期待を抱かせる緊張感は「雑草」の象徴的な作用にもたらされていると言える。さらに、この「雑草」のイメージは「たどたどしい」文学的表現と直接結び付いている。

8 竹内好『魯迅入門』東洋書館、一九五三年、「読者へ」。

9 『太宰治全集』第八巻、筑摩書房、一九九八~九九年、二七八頁。

10 川村湊「『惜別』論――『大東亜の親和』の幻」『国文学解釈と教材の研究』三六巻四号、学燈社、一九九一年四月。

11 『国文学解釈と教材の研究』四七巻一四号、二〇〇二年一二月。

12 川村湊「『惜別』論――『大東亜の親和』の幻」『国文学解釈と教材の研究』三六巻四号、一九九一年四月。

13 神谷忠孝「『惜別』」東郷克美・渡部芳紀編『太宰治：作品論』双文社出版、一九七四年。

14 松本健一「歪められた鏡――昭和十年代と魯迅」(『ユリイカ』八巻四号、青土社、一九七六年四月)において、太宰治の「惜別」が取り上げられている。松本は次のような評価を下す。「太宰は(略)自己の影に合わせて魯迅の影を歪めた、つまり、自己が変ったのではなく、自己を変えないために、他者を変えたのである。『惜別』という鏡に写った顔は歪んでいたが、それは魯迅という他者の顔が歪んでいたからではなく、歪んだ自己の顔を写すべく、太宰が鏡を歪めた結果だった」。この解釈は否定的であるが、肯定的に捉えることもできる。本稿の立場として、「そのことに太宰は気づかなかった」という意見を見直すべきだと言える。

15 『国文学解釈と鑑賞』六九巻九号、至文堂、二〇〇四年九月。

16 『太宰治全集』第八巻、筑摩書房、一九九八～九九年、三五二～三頁。

17 E・K・セッジュイクは、「希望」をトラウマの体験と関係づけている。しかし、トラウマを「希望」の基底に認めつつも、セッジュイクの議論では「希望」の中に、生を意味づけ、方向付ける潜在力も見出されているのである。興味深いことに、彼女の *Touching Feeling: Affect, Pedagogy, Performativity* (Durham : Duke UP, 2003.) という書物は、「感情」一般への関心を示していると同時に、「希望」と題される詩がその書物のエピグラムとして付されているのである。

18 『太宰治全集』第九巻、三～九頁。

19 『太宰治全集』第九巻、四一頁。

20 塚越和夫「『パンドラの匣』」東郷克美・渡部芳紀編『太宰治:作品論』双文社出版、一九七四年、三〇四頁。

21 西堀一三、大八洲出版、一九四五年。

22 塚越和夫「『パンドラの匣』」東郷克美・渡部芳紀編『太宰治:作品論』二九二頁。

23 『太宰治全集』第九巻、一二五頁。

24 『太宰治全集』第九巻、七〇頁。

25 『太宰治全集』第九巻、一三〇頁。

26 魯迅「故郷」。

27 川と見間違えられるような道は、大庭みな子の『王女の涙』の中にも現れている。大庭の作品でも、このモチーフは頼ることのできない希望を象徴している。「どこへ帰るんだ。行くしかない。みんなそうさ。誰だってそうさ。一度生まれたら、生まれる前に帰るわけにはいかないんだ。行くしかない。」(略)「どこへ、どこへ」/と叫びながら、桂子はこんなふうに魘されるのはたまらない、もういい加減、夢から醒めてくれなきゃと夢の中で思っている。そして同時に、醒めたって同じことだ、とも思っている」(『王女の涙』『大庭みな子全集』第七巻、講談社、一九九〇〜九一年、二八一頁)。このモチーフは福永武彦の『草の花』に現れる夢の中の夢にも酷似している。

28 『福永武彦全集』第二巻、新潮社、一九八六〜八八年、五〇七頁。

29 『福永武彦全集』第二巻、五〇七頁。

30 「今、僕は死臭に包まれて生きている」『福永武彦全集』第二巻、三五三頁。

31 『福永武彦全集』第二巻、三五四頁。

32 『福永武彦全集』第二巻、二九〇頁。

33 『福永武彦全集』第二巻、二八五〜六頁。

34 第二次世界大戦の体験を一人の死んでいく老女に重ねて描いているクロード・シモンの『草』にも、儚さと人間の生命に対しての空しさを描くために、「草」のイメージが用いられている。『草の花』における、汐見のノートに見られる入れ子は、『草』において、死んでいく老女の大切なものが入っている箱の小道具の用い方に類似している。老女の箱に入っているガラクタは彼女の存在感をまったく留めることができない。その絶望的な空しさは、その箱が文字通り入れ子箱であることに表現される。箱の蓋の上に、同じ箱を手に持った女性が草の上に座っている絵がある。「(略)宝石箱ではなく、また銀行へ預金するのを望まないお百姓や家畜商人のために金物屋で売っているようなあんな鋼鉄製の手箱でもなくて、ビスケットか飴の入れてあった赤錆だらけの罐を取り出して、それには白の長い服を着た若い女のひとがかいてあって、半身をものうげなそれでいて堅いポーズで草の上にのばしていて、(略)そしてそばには(果てしのない鏡の反射遊びみたいにふたに同じ絵のうつっている同じ罐を手にしている)この女のひとのそばには、よく見かけるあの白い縮れ毛をした子犬が一匹寝そべっていて、全体は(婦人と、むく犬と、牧場は)一本の青いつるにちにちそうで結びつけた花とリボンの枠に入れてあって、そして……」(白井浩司訳「現代フランス文学一三人集」第四巻、新潮社、一九六六年、一三六頁)。

35 『福永武彦全集』第二巻、四八三頁。

36 福永には、「雑草」のイメージを通して、戦後体験を描こうとしていた他の作品もある。『草の花』と比べると、より個人的な「晩春記」の中で、彼は空襲に怯えていた東京から北海道の帯広の療養所に移動したことを語っている。「晩春記」の中でも、「僕」は自分の病気による「不幸」と「人類の不幸である戦争を直接に結び」つけている。そこで、『草の花』の終わりのような春の光景の中で、彼は「旅愁」を呼び起こす「タンポポの花」に集中してしまう。「僕は久しくこの花のことを忘れていた。この花は春になるとどんな田舎にでも咲いた。しかし、僕はずっと都会に暮していたし、タンポポなどは気にも留めないような、まったく別の気分にいた。そして、多くの人からも、やはりこの黄色い花は、そしてまた白い穂になってしまったあとでは、気にも留めずに見過されてしまったろう。しかし、子供の頃には、と僕は思い起こした」(『福永武彦全集』第二巻、二〇〇頁)。

37 川村湊「『草のつるぎ』論——野呂邦暢のために」『早稲田文学』五二巻、〈第八次〉早稲田文学会、一九八〇年九月。

38 「対談時評——津島佑子『火屋』野呂邦暢『草のつるぎ』」『文学界』二八巻一号、文藝春秋社、一九七四年一月。

39 「兵士的なもの——野呂邦暢著『草のつるぎ』」(新書解体)『文学界』二八巻五号、一九七四年五月。

40 「『月山』と『草のつるぎ』——芥川賞作品について」『民主文学』一五一巻、新日本出版社、一九七四年四月。

41 『草のつるぎ』文藝春秋、一九七四年、八一頁。

42 「雑木林の中の反省」『展望』一三三巻、筑摩書房、一九七〇年一月。

43 『草のつるぎ』八〜九頁。

44 『草のつるぎ』一二〜三頁。

45 『草のつるぎ』一九頁。

46 『草のつるぎ』二四〜五頁。

47 『草のつるぎ』一六頁。

48 『草のつるぎ』六七頁。

49 このような体験は戦後の復員者をも連想させる。例えば、大庭みな子の『浦島草』では、中国に出征していた龍に対して、子守のユキイは戦争に行った人が怖いと言っている。それは、人の肉を食べて生き延びたに違いない者に対する恐怖である。

50 『草のつるぎ』六六頁。

51 『草のつるぎ』六二頁。

52 『草のつるぎ』六三〜四頁。

53 『草のつるぎ』八一頁。

54 『草のつるぎ』八二頁。

55 『草のつるぎ』八四頁。

56 『草のつるぎ』八九頁。

57 安岡章太郎・野呂邦暢〔対談〕「体験をいかに書くか——旧軍隊と自衛隊の距離」『文学界』二八巻四号、一九七四年四月。

58 『草のつるぎ』五二～三頁。
59 『草のつるぎ』四一頁。
60 『失われた兵士たち：戦争文学試論』芙蓉書房、一九八一年、一二頁。
61 『失われた兵士たち』二七四頁。
62 『失われた兵士たち』二七九頁。
63 白水社、二〇〇三年。
64 富田良雄は元陸軍中尉と誌上に紹介される。『雑草』の意義は創刊者である彼が次のように捉えている。「自分の書いた小説を活字にするには、自分で雑誌を出すのが一番早いと思つて雑草を名付けた雑誌を出したのが六年前。（略）下手は下手なりに、それでかたまればいゝと思つているだろう」（『雑草』六号、一九七八年二月、二七二～三頁）。小説の書き方と人生の生き方を「雑草」のイメージに結び付けた次の言葉も残されている。「仲間には誰もなりてがありませんでした。あゝしたら、こうしたら人が手に取つて読んでくれる雑誌にと私なりに考へ、タイプ活字にしてまあまあ雑誌らしい本にして、私の人生そのまゝの「雑草」と名付け、書く」（『雑草』九号、一九七九年一一月、二頁）。
65 「兵隊家敷物語・もう殴られるのは嫌だ」『雑草』六号、二四五頁。
66 『東京新聞』夕刊、一九七四年二月四日。
67 「鳥たちの河口」水上勉ほか監修『ふるさと文学館』第四九巻、「長崎」、ぎょうせい、一九九四年、四七三頁。
68 「鳥たちの河口」四七八頁。
69 『「故郷」という物語：都市空間の歴史学』吉川弘文館、一九九八年、二四～五頁。「『故郷』は、あらゆるものがもりこまれる器として機能し、近代日本のさまざまな事象が流れこむ拠点ともなり、『故郷』の物語は、いっそう錯雑するものとなる。困難な対象ではあるが、思いきって、この『故郷』というパンドラの匣をあけてみよう」。
70 「宮古島　竜宮を恋う人びと」『大庭みな子全集』第一〇巻、三六九頁。
71 「刺激的、挑戦的な男性論――大庭みな子著『女の男性論』（読書室）」『潮』二四六巻、潮出版社、一九七九年一一月。さらに、武田泰淳の短文「女について」を参照すれば、男である作家における「女」の発見の意義について、より広く考えさせられる。武田泰淳における戦後を描く方法に対する模索もここに含まれているのである。
72 安岡章太郎・野呂邦暢［対談］「体験をいかに書くか――旧軍隊と自衛隊の距離」『文学界』二八巻四号、一九七四年四月。
73 「刺激的、挑戦的な男性論」『潮』二四六巻、一九七九年一一月。

74　『大庭みな子全集』第一〇巻、四〇七頁。
75　坂田千鶴子『よみがえる浦島伝説』新曜社、二〇〇一年。
76　萩原朔太郎の「日本への回帰」という文章が文明開化という夢から目覚めた日本人たる浦島を描いているのである。「『日本人のアイデンティティー』を巡る寓話」は西成彦の論文（「浦島太郎は日本文学か?」『日本文学』四七巻七号、未来社、一九九八年四月）からの引用である。坂田千鶴子は近代日本における女性の除外の例として、浦島伝説が下敷きになっている森鷗外「舞姫」をあげているが、西は「舞姫」に「近代日本人の遠征・外遊」の原型を、より積極的な意味で捉えている。
77　野呂邦暢・中里喜昭・山田かん［対談］「文学と原爆体験」『民主文学』一五七巻、一九七四年一〇月。「世代が二つばかり後になって」という野呂の見込みは、『浦島草』で実際に原爆を体験した冷子と、朝鮮戦争の世代であるユキイという二つの世代の次に原爆を把握しようとするアメリカ帰りの雪枝の姿に投影されている。さらに、野呂の文学に対する希望が、大庭に受け継がれている証として、大庭が浦島に「火」を盗んだ人間を重ねているところがある。上述の対談で野呂は次のように述べる。「戦争というのは技術の集積による争闘ですね。原爆というのは二十世紀になって、人間の歴史の上で出てきた最も科学的な成果の一つでしょう。技術の頂点に立つものでしょう。技術というのは人間の文化に役立つべきものであって、人間を幸福にするものが人間を不幸にするものに使われた。そこで技術が人間の文化を廃棄するような方向で、はっきりと原爆投下ということが出てきた。そこに僕は大きな意味があると思います。だから小説家は何を素材にして書くにしても一九四五年という歴史の一点で原爆が使われた、そういうことに帰ってくる必要性があるんじゃないか」。
78　『大庭みな子全集』第五巻、講談社、一九九〇～九一年、二一九頁。
79　『大庭みな子全集』第五巻、一一六頁。
80　「不毛の幻想の構造――大庭みな子小論」では、渡辺広士は、こうした故郷への回帰に、「不毛の中からさえ何かが生まれることがあるだろうかと問う、わずかな希望の可能性への問い」を見出している。渡辺は、この問いの答えの一つとして、「故郷に地獄を見てなお踏みとどまろうとする雪枝」の姿をあげているのである（『新潮』七五巻六号、新潮社、一九七八年六月）。このような解釈は見事に、パンドラの箱である故郷の奥に潜む希望の神話的構図を捉えていると言える。
81　『大庭みな子全集』第五巻、二四九頁。
82　坂田千鶴子『よみがえる浦島伝説：恋人たちのゆくえ』新曜社、二〇〇一年。坂田は女性の積極的な恋に対する恐怖を浦島伝説が歴史的に辿った変容の中に読み解いている。
83　饗庭孝男・高井有一・野間宏［読書鼎談］「大庭みな子『浦島草』、和田芳恵『暗い流』」『文藝』一六巻七号、河出書房新社、一九七七年七月。
84　原子爆弾の経験と植物のイメージの間の緊密な関係を、『夏の花』のような原民喜の作品、井伏鱒二「杜若」などに見られる。
85　『大庭みな子全集』第五巻、二三三頁。
86　『浦島草』の後日談として解釈できる『王女の涙』という小説の中で、この「すいかずら」の植物的空間に類似した空間が描かれている。「王女の涙」は金木犀に類似した、蔓のある植物でありながら、『王女の涙』の主人公桂子が入るスナックの店名でもある。「王女の涙」というスナックの描写は、見事に植物的な空間における過去の時間的な体験の特徴を捉えている。「〈王女の涙〉の絡んだ蔓の中で、桂子は手繰り寄せた〈時〉の蔓が絡む森の中にいた」（『大庭みな子全集』第八巻、二五四頁）。
87　『大庭みな子全集』第五巻、二四四頁。
88　『大庭みな子全集』第五巻、三六二頁。
89　『大庭みな子全集』第五巻、三六四～五頁。
90　『大庭みな子全集』第五巻、七三頁。
91　『大庭みな子全集』第五巻、二三二頁。
92　『大庭みな子全集』第五巻、一〇九頁。
93　『大庭みな子全集』第五巻、七四～六頁。
94　「浦島草に寄せて」『大庭みな子全集』第一〇巻、一〇三頁。
95　『大庭みな子全集』第五巻、二九〇頁。
96　『大庭みな子全集』第五巻、二九〇～一頁。
97　「忘れないもの――与謝野晶子」『大庭みな子全集』第一〇巻、二二一～三頁。「詩人、晶子が三十年間忘れられなかったことを書き残したものは、今読んでも、同じように強烈な場面を読者の目の前に繰りひろげる力を持っている。／第二次世界大戦を幼年時代から少女期にかけて経験したわたしたちの世代は、多分死ぬまで忘れることのできないいくつかの情景を心の中に抱えている。それを物語っておくことは、絶えることのない命の証のようなものであろう」。
98　与謝野晶子『私の生ひ立ち』刊行社、一九八五年、五九～六六頁。「火の色には赤と黄と青が交つて居ました。（略）娘さんの箪笥が幾つも並んで焼けた所には、友染の着物が、模様をそつくり濃淡で見せた灰になつて居たのが、幾重ねもあつたとか人は云ひました。焼跡は何年も何年も囲ひもせずそのままで置かれてありました」。

99 『ふなくい虫』『群像』二四巻一〇号、講談社、一九六九年一〇月初出。『大庭みな子全集』二巻、一一三頁。

100 『大庭みな子全集』第八巻、一四五頁。

101 「草ぼけ、頬の赤い端女、／すみれ、病気で婚期をはずした娘、／筆竜胆、何ごともわきまえている女、土筆、倖せな少年（略）」、「秋のきりん草、いや味を言わずにいられない女、／二葉萩、世に容れられない不運な男、／山城菊、追従者、／荒野の菊、へまばかりする女（略）」（『錆びた言葉』講談社、一九七一年、六四〜七頁）。

102 『錆びた言葉』五四〜五頁。

103 『夕暮全集』第三巻、角川書店、一九七二〜七三年、一九頁。

104 「めぐる野」『大庭みな子全集』第一〇巻、三五八頁。このエッセイでは、大庭は津田塾への入学時の思い出を物語っている。「植物学者というわけでもないわたしたち［学寮の友人］は、野や林を歩きながら、野の生態を研究しているのではなく、見覚えのあるなつかしい生き物のさまに見ほれてうずくまる」と大庭が書いている。さらに、作家が自分自身の文学の種明かしにもなるような、次のことを言う。「野の中にいると、いつの間にか、草も木も動物も、人間も、みんな同じように見えてくる」。

105 平野謙・福永武彦・三浦朱門［座談会］「創作合評『ふなくい虫』平林たい子『鉄の嘆き』阿部光子『もう一つの世界』」『群像』二四巻四号、講談社、一九六九年一一月。

106 『ふなくい虫』のフランス語の訳者は、島に子供が生まれないという特徴を中心的なモチーフと解し、小説のタイトルを *L'île sans enfants* (trad. Corinne Atlan, Paris: Seuil, 1995)［子無き島］と訳している。

107 クロード・シモンの『草』では、偶然の一致ではあるが、大庭の作品世界を想起させる梨のイメージが用いられている。雑草の庭に埋もれた家の中で死んでいくマリーという老女の孫が、それより数年前にたくさんの梨の木を購入して、儲けようとした。しかし、梨の実は完全に熟れる前に落ちていたので、まったく利益にならず、彼の甲斐性の無さを象徴している。『草』という小説の世界を作り上げる上で、極めて重要な詳細として、家と庭全体を包み込む梨の腐朽した匂いが必要不可欠であり、「草」のイメージに含まれている有機物性と呼応している。「（略）地面で幾千となく腐っていく落ちた梨ののぼせるような匂い、丘と競いあっていたずらに幾へクタールとなく広がった果樹園から立ちのぼる甘ったるい、ぷんとくる匂い、ちょうどあの貯蔵所のような、新聞紙を敷いた棚の上の九月の果物があの醗酵した、重苦しい胸の悪くなるような、つーんとくる香りを発散しているあの戸棚のようなよどんだ空気のなかに立ち込めている匂い（略）」（白井浩二訳『草』一四三頁）。

108 『大庭みな子全集』第二巻、三三頁。

109 『大庭みな子全集』第二巻、五六～七頁。

110 伊藤忠「大庭みな子とロマンチシズム」『民主文学』一二六巻、新日本出版社、一九七二年三月、渡辺広士「不毛と幻想の構図――大庭みな子論」七五巻六号、『新潮』一九七八年六月。

111 「ごんべが種子蒔きゃ／からすがほじくる／ほじり残した／種子が芽を出し／麦がみのれば／からすが突っ突く／（略）ごんべは、からすを追い払い／残った麦を目を泣き腫らし／涙で洗って泣き泣き食べる／食べたごんべは／気をとり直し／麦を選り分け　涙で浸し／涙ながらに　また種子を蒔く／ごんべが種子蒔きゃ（略）」（『大庭みな子全集』第八巻、三二〇頁）。このような種子についての歌には、摘み取られても残ってしまう希望の描写を見出すことができる。歌自体が循環や入れ子の構造を持っているところに、希望の心理の反映を見ることができる。さらに、このごんべの涙に『王女の涙』というタイトルとの呼応を指摘できる。

112 『大庭みな子全集』第二巻、三六頁。

113 『大庭みな子全集』第二巻、四二頁。

114 『大庭みな子全集』第二巻、三一頁。

115 『大庭みな子全集』第二巻、三八頁。

116 『大庭みな子全集』第二巻、五一～二頁。

117 『大庭みな子全集』第二巻、一一〇頁。

118 『婦人公論』一九七八年一月～一九七九年二月連載、中央公論社、一九七九年。

119 『花と虫の記憶』一七七頁。

120 『花と虫の記憶』一八一頁。

121 『花と虫の記憶』五一～二頁。

122 「女と読書」『定本与謝野晶子全集』第一五巻、講談社、一九七九～八一年、一〇頁。

123 『花と虫の記憶』五三頁。

124 『花と虫の記憶』五四頁。

125 『花と虫の記憶』一三六頁。

126 『定本与謝野晶子全集』第四巻、一五七頁。

127 『花と虫の記憶』二八〇頁。

128 「魯迅と」『大庭みな子全集』第一〇巻、二五七頁。

129 「本にまつわること」『大庭みな子全集』第一〇巻、三三五頁。

130 『錆びた言葉』九四～六頁。

131 「解説」『大庭みな子全集』第五巻、三九九頁。

132 「夢を釣る」『大庭みな子全集』第一〇巻、一四四～五頁。「『文鳥』『夢十夜』と『坑夫』――文学における我と非我」『大庭みな子全集』第一〇巻、二一四～二〇頁。「何と言われようと、文学の根源とは『夢十夜』のような世界である。こういう世界がなければ、文学は決して生れない」。

133 大江健三郎においても、魯迅との出会いは決定的な意味を持つ。一九三五年出版の文庫本で初めて魯迅を読んだ大江にとって、この魯迅読書は故郷と母親の思い出と混ざり合っている。「(略)まさに地方で高い教育を受けられず家庭に押し込められながら鬱屈していた女性の実力を想像してみてはどうか?」と、大江が母親像に挑戦している。「そうした女性にもある個人的なつながりから、私を生んだ年に出た岩波文庫を手に入れて読み、二年後の盧溝橋での衝突、南京占領……それに続く戦争の日々はしまい込んでいるほかなかった本を、進学できて大喜びの私にくれたのではないか?」(「若い世代が携わる意味――私らが繰り返してならぬこと」『毎日新聞』二〇〇六年一〇月一七日)。大江が描いている北京大学付属中学への訪問や、母親からもらった魯迅を通して、アジアの近代に切り裂かれた「塹壕」(晶子)を埋めることとの模索は、多面的に「子供」と結び付けて、行われている。その問題は、大江文学における「子供」という中心的なモチーフへの鍵となる。

134 生きるという感覚の最小単位と植物的な表象の関係は、大江と大庭に共有されていると言える。「『雨の木』の下で――大江健三郎」というエッセイの中で、大庭は重病を経て、生きる欲望と大江の文学的比喩「雨の木」を結び付けている。「大江健三郎氏の「雨の木《レイン・ツリー》」は私を蘇えらせてくれた。私はその中で、「人が死にむけて年をとる」という言葉にぶつかり、自分の中のどこかがぐいとひっぱられるように感じたのである。/大江氏、私はあなたの「雨の木」を聴いている。人は生まれたときに死にむけて年をとり始めるが、そのことを口にするのは、自分が生きたことを確かめた頃からだ」と述べている。植物の表象と生命の証の結び付きは、大庭にとって、大江と魯迅の繋がりでもある。いかにも、自然に大庭はそこで魯迅の「野草」の冒頭を引用している。そして、一種の性差を超えた共同体の感覚も文学的な表現を通して浮かび上がっていることが見える。「私は男であったことがないのに、男性である大江健三郎や魯迅が呻く言葉を自分の呻きのように思うのは不思議なことだと思う」(マサオ・ミヨシほか編『大江健三郎』「群像　日本の作家」第二三巻、小学館、一九九二年、二六三〜五頁)。

135　大江健三郎「活字のむこうの暗闇―3―パンタグリュエリヨン草と悪夢」(『群像』二四巻九号、一九六九年九月)。大庭みな子の『ふなくい虫』が載っている前の号である。雌麻という女性的な草の表象の利用が興味深い。

136　「野草の夢」『野草の夢』講談社、一九七三年、一〇〜一頁。

137　「生命の不思議」『野草の夢』三〇九〜一〇頁。

結び

1　「アジア的近代――魯迅序説」「魯迅：東洋的思惟の復権」〈特集〉『ユリイカ：詩と批評』八巻四号、一九七六年四月。

2　「魯迅を読む」『文学』四五巻四号、一九七七年五月。

3　岡本一平「雑草」『かの子の記』長谷川泉監修『近代作家研究叢書』第一〇九巻、日本図書センター、一九九二年、二六一頁。

参考文献

■第一次資料

岩本熊吉『雑草園の造り方』（育生社弘道閣、一九四三年）
上田敏「マアテルリンク（温室／心）」川戸道昭ほか編『上田敏集』「明治翻訳文学全集」《翻訳家編》（ナダ出版センター）、第一七巻
大岡昇平『武蔵野夫人』『大岡昇平全集』第三巻（岩波書店、一九八二年）
太田三郎『武蔵野の草と人』（金星堂、一九二〇年）
大庭みな子『大庭みな子全集』（講談社、一九九〇〜九一年）
『錆びた言葉』（講談社、一九七一年）
『野草の夢』（講談社、一九七三年）
『花と虫の記憶』（中央公論社、一九七九年）
「『雨の木』の下で――大江健三郎」マサオ・ミヨシほか編『大江健三郎』（『群像　日本の作家』小学館、一九九二年）
L'Île sans enfants. Trad. Corinne Atlan, Paris : Seuil, 1995.
織田一磨『喰える雑草：自然科学と芸術』（駸々堂、一九四三年）
『武蔵野の記録』（洸林堂、一九四四、一九八二年）
「武蔵野の雑草」（『改造』一六巻一〇号、一九三四年九月）

賀川豊彦『賀川豊彦全集』（キリスト新聞社、一九六二～六四年）
加藤邦三『カメラ随想・武蔵野の生態』（科学主義工業社、一九四一年）
菊池寛（編）『新文藝讀本』（文献書院、一九二六年）
北原白秋『白秋全集』（岩波書店、一九八四～八八年）
田中善徳（撮）『水の構図：水郷柳河写真集』（アルス、一九四三年）
木村伊兵衛（撮）『六代目尾上菊五郎：全盛期の名人藝』（日本映像出版、一九九三年）
国木田独歩『武蔵野』『定本国木田独歩全集』第二巻（学習研究社、一九九五年）
倉橋惣三『倉橋惣三選集』（フレーベル館、一九六五～九四年）
郷倉千靭（画）『郷倉千靭』（三彩社、一九七六年）
齋藤弔花『独歩と武蔵野』（晃文社、一九四二年）
坂庭清一郎『雑草』（松栄堂、一九〇七年）
島崎藤村『藤村全集』（筑摩書房、一九六六～七一年）
島田謹介（撮）『武蔵野』（暮の手帳社版、一九五六年）
下田吉人『野草と栄養』（大雅堂、一九四四年）
白石実三『武蔵野巡礼』（大同館書店、一九二一年）
『新武蔵野物語』（書物展望社、一九三六年）
杉浦明平編『草』（「日本の名随筆」第九四巻、作品社、一九九〇年）
相馬御風『御風随筆全集』（厚生閣、一九三六年）
『雑草苑』（高陽社、一九二四年）
高木市之助『高木一之助全集』（講談社、一九七六年）
高村光太郎『高村光太郎全集』（筑摩書房、一九九五年）
太宰治「惜別」『パンドラの匣』『お伽草子』『太宰治全集』（筑摩書房、一九九八～九九年）
田村剛・本田正次編『武蔵野』（科学主義工業社、一九四一年）
土岐愛作『雑草夫人』（越後屋書房、昭和一六年）
中村浩編『牧野富太郎植物記』（あかね書房、一九七三～七四年）

夏目漱石『漱石全集』（岩波書店、一九九三～二〇〇四年）
並木仙太郎『武蔵野』（民友社、一九一三年）
西堀一三『雪間の草』（大八州出版、一九四五年）
野村八良編『武蔵野の文学』（研文社、一九一七年）
『武蔵野とその文学』（武蔵野書院、一九二七年）
野呂邦暢『草のつるぎ』（文藝春秋、一九七四年）
『失われた兵士たち：戦争文学試論』（芙蓉書房、一九七七年）
「鳥たちの河口」『ふるさと文学館』第四九巻、「長崎」（ぎょうせい、一九九八年）
「筑紫よ、かく呼ばえば……」（『東京新聞』夕刊、一九七四年二月四日）
萩原朔太郎『萩原朔太郎全集』（筑摩書房、一九七五～八九年）
波多野重雄『雑木林：哲学とロマンの市政をかえりみて』（ふこく出版、二〇〇四年）
原実『戦時食の科学』（長尾出版報国会、一九四四年）
半澤洵『雑草学』（鹿鳴館、一九一〇年）
福島俊夫『雑草と雑兵：敗残の満州、シベリアの野末』（白水社、二〇〇三年）
福永武彦『草の花』『福永武彦全集』（新潮社、一九八六～八八年）
福原信三編『武蔵野風物：写真集』（靖文社、一九四三年）
別所梅之助『武蔵野の一角にたちて』（警醒社、一九一五年）
前田夕暮『前田夕暮全集』（角川書店、一九七二～七三年）
『緑草心理』（ARS. 一九二五年／春陽堂文庫、一九三五年）
三島由紀夫『三島由紀夫全集』（新潮社、一九七三～七六年）
柳宗悦『柳宗悦全集』（筑摩書房、一九八〇～八二年）
柳田國男『野草雑記』（八坂書房、一九八五年）
「武蔵野の昔」伊藤整編『柳田國男集』（講談社、一九六八年）
山口泰輔『ムサシノに於ける雑草図譜』（愛の国工房、一九三三年）
山田肇『小石川植物園往来』（共同印刷株式会社、昭和二〈一九二七〉年）

横山信『撮影探勝武蔵野めぐり』（アルス、一九二二年）
与謝野晶子『定本与謝野晶子全集』（講談社、一九七九～八一年）
　『私の生ひ立ち』（刊行社、一九八五年）

『雑草』（葦会、一九五三年～）
『雑草』（文学集団雑草社、一九七八年～）
『日光』（日光社、一九二四年～）
『屋上庭園』（[復刻版]、冬至書房、一九五九年）
『明星』（[複製版]、臨川書店、一九六四年）
『幼児の教育』（教文書院）
陸軍獣医学校研究部（編）『食べられる野草』（毎日新聞社、一九四三年）
毎日新聞社（編）『皇居に生きる武蔵野』（毎日新聞社、一九五四年）

大江健三郎「活字のむこうの暗闇―3―パンタグリュエリヨン草の悪夢」（『群像』二四巻九号、一九六九年九月）
加瀬英明「皇居とはどんなところか――現代日本の秘境」（『文藝春秋』五二巻一号、一九七四年一月）
藤森照信・藤森美知子「夫婦の情景（２５７）藤森照信・美知子夫妻」（『週刊朝日』一一〇巻一一号、二〇〇五年三月）
森有正「雑木林の中の反省」（『展望』一三三巻、一九七〇年一月）

『魯迅全集』相浦杲ほか編（学習研究社、一九八四～八六年）
『魯迅文集』竹内好個人訳（筑摩書房、一九八三年）
トルストイ・L.／相馬御風訳『ハジ・ムラート』（新潮社、一九一七年）
Baroja, P. *Mauvaise Herbe, trad.* Pillement G. Paris : J.Susse, 1946.
Camus, A. *L'Été.* Paris: Gallimard, 1954.（『夏』滝田文彦ほか訳「新潮世界文学48　カミュ」第一巻、新潮社、一九六八年）
Meaterlinck, M. *Serres Chaudes. Œvres,* Bruxelles : J. Antoine, 1980.
　La Vie des Abeilles. Fasquelle, 1963.

L'Intelligence des Fleurs. Plan de la tour : Éditions d'Aujourd'hui, 1977.
Paton Walsh, J. *Fireweed. Harmondsworth: Penguin, 1972.*（『焼けあとの雑草』沢田洋太郎訳、学習研究社、一九七一年）
Royde-Smith, N. *Fire-weed*. London : Macmillan, 1944.
Simon, Cl. *L'Herbe*. Paris : Éditions de Minuit, 1958.（『草』白井浩司訳「現代フランス文学13人集」四、新潮社、一九六六年）
Le Jardin des Plantes. Paris : Éditions de Minuit, 1997.
Whitman, W. *Leaves of Grass*. Garden City : Doubleday, 1920.
Wordsworth, W. *The Excursion*. London : G. Bell, 1897.

■第二次資料

青木やよひ『フェミニズムとエコロジー』（新評論、一九八六年）
岩槻邦男『日本の植物園』（東京大学出版会、二〇〇四年）
梅田真樹『まちかど植物園』（文芸社、二〇〇五年）
大場秀章編『日本植物研究の歴史：小石川植物園三〇〇年の歩み』（東京大学総合研究博物館、一九九六年）
小田光雄『「郊外」の誕生と死』（青弓社、一九九七年）
越智道雄『幻想の郊外——反都市論』（青土社、二〇〇〇年）
柄谷行人『日本近代文学の起源』（講談社、一九八〇年／岩波書店、二〇〇四年）
川上武編『戦後日本病人史』（農山漁村文化協会、二〇〇二年）
川本三郎『郊外文学史』（新潮社、二〇〇三年）
草野双人『雑草にも名前がある』（文藝春秋社、二〇〇四年）
好村冨士彦『ブロッホの生涯：希望のエンサイクロペディア』（平凡社、一九八六年）
　『希望の弁証法』（三一書房、一九七八年）
後藤総一郎監修『柳田國男の武蔵野』（三交社、二〇〇三年）
　編『柳田國男と現代』（岩田書院、二〇〇二年）
近藤和子・鈴木裕子編『おんな・核・エコロジー』（オリジン出版センター、一九九一年）

坂田千鶴子『よみがえる浦島伝説』（新曜社、二〇〇一年）
鈴木貞美『「生命」で読む日本近代：大正生命主義の誕生と展開』（日本放送出版会、一九九六年）
編『大正生命主義と現代』（河出書房新社、一九九五年）
津守真ほか『幼稚園の歴史』（恒星社厚生閣、一九五九年）
中川理『重税都市』（星雲社、一九九〇年）
中根君郎ほか『ガス灯からオーブンまで：ガスの文化史』（鹿島出版会、一九八三年）
成田龍一『「故郷」という物語：空間の歴史学』（吉川弘文館、一九九八年）
ほか『故郷の喪失と再生』（青弓社、二〇〇〇年）
原武史『可視化された帝国：近代日本の行幸啓』（みすず書房、二〇〇一年）
日野啓三『都市という新しい自然』（読売新聞社、一九八八年）
藤森照信『タンポポ・ハウスのできるまで』（朝日新潮社、一九九九年）
松浦寿輝『知の庭園――19世紀パリの空間装置』（筑摩書房、一九九八年）
道籏泰三『ベンヤミン解読』（白水社、一九九七年）
三島次郎『街角のエコロジー：見えない自然のはたらきを見る』（玉川大学出版部、二〇〇二年）
持田希末子『希望の倫理学』（平凡社、一九九八年）
山口廣編『郊外住宅地の系譜・東京の田園ユートピア』（鹿島出版会、一九八七年）
山本和編『終末論：その起源・構造・展開』（創文社、一九七五年）
若林幹夫ほか著『「郊外」と現代社会』（青弓社、二〇〇〇年）
若山滋『風土から文学への空間：建築作品と文化論』（新建築社、二〇〇三年）
渡部一民『故郷論』（筑摩書房、一九九二年）
岩瀬徹「都市の中の雑草」（『遺伝』五四巻八号、二〇〇〇年八月）
加藤典洋「BOOK　REVIEW『皇居前広場』（原武史）――なし崩し的に生成された『何もない空間』その無と空白の本質に
迫る」（『論坐』九八巻、二〇〇三年七月）
木村文雄「ゴルフ場の芝生と雑草」（『遺伝』四七巻一号、一九九三年一月）

鈴木貞実「近代の郷愁――ナショナリズムの屈折」(『すばる』一八巻一号、一九九六年一月)
高橋敏夫「『武蔵野』又は『社会』の発見、日本と眺望の誘惑が『迷路』に消えるとき」(有精堂編集部編「日本文学を読む」第六巻、有精堂出版)
西成彦「浦島太郎は日本文学か?」(『日本文学』四七巻七号、一九九八年四月)
沼田真「雑草とはなにか」(『科学』四六巻一一号、一九七六年一一月)
林広親「近代文学の中の武蔵野――独歩・蘆花・春夫そして昇平のことなど――」(成蹊大学文学部学会編『文学の武蔵野』風間書房、二〇〇三年)
藤森照信「皇居が首都・東京で果たす役割――日本の深層に通じるシンボル機能」(『エコノミスト』六二巻二号、一九八四年一月)
三品理絵「泉鏡花と近世絵画の意匠――文様的想像力の形成と展開」(『比較文学』四六巻、二〇〇四年)
「鏡花文学における自然と意匠の背景――『草迷宮』の同時代的文脈をめぐって」(『神戸大学文学部紀要』二八巻、二〇〇一年)
「『草迷宮』における歌絵の趣向――〈見立て武蔵野〉の世界」『近世と近代の通路』(双文社出版、二〇〇一年)

■大庭みな子関係

江種満子『大庭みな子の世界:アラスカ、ヒロシマ、新潟』(新曜社、二〇〇一年)
饗庭孝男・高井有一・野間宏〔読書鼎談〕「大庭みな子『浦島草』、和田芳恵『暗い流』」(『文藝』一六巻七号、一九七七年七月)
青木雨彦「男と女の集積回路―31―血統について――大庭みな子「夢野」」(『潮』三〇三巻、一九八四年七月)
伊藤忠「大庭みな子とロマンチシズム」(『民主文学』一二六巻、一九七二年三月)
上田三四二「原点へのこだわり――黒井千次『五月巡歴』、大庭みな子『浦島草』、高橋三千綱『彼の初恋』、中村昌義『静かな日』、井伏鱒二『スガレ追ひ』(新著月評)」(『群像』三二巻五号、一九七七年五月)
尾崎真理子「大庭みな子」(『すばる』二〇巻五号、一九九八年五月)
加賀乙彦「重層する小説的時間――高井有一『冬の明り』、黒井千次『五月巡歴』、大庭みな子『浦島草』(思想と潮流)」(『朝

日ジャーナル』一九巻二二号、一九七七年五月二七日）
中山和子「大庭みな子」（「作家の性意識——精神科医による作家論からの臨床診断」〈特集〉『国文学解釈と鑑賞』三九巻一四号、一九七四年一一月）
野呂邦暢「刺激的、挑戦的な男性論——大庭みな子『女の男性論』」（「読書室」『潮』二四六巻、一九七九年一一月）
平野謙・福永武彦・三浦朱門［座談会］「創作合評『ふなくい虫』平林たい子『鉄の嘆き』阿部光子『もう一つの世界』」（『群像』二四巻四号、一九六九年一一月）
松本鶴雄「人間を超えた何か——大庭みな子〈浦島草〉」（読書解体）」（『文学界』三一巻六号、一九七七年六月）
三浦朱門「イデーの原点——大庭みな子著『栂の夢』（新書解体）」（『文学界』二五巻一二号、一九七一年一二月）
三浦雅士「大庭みな子と隠喩」（「文学の可能性をめぐって」〈特集〉『群像』四三巻八号、一九八八年八月）
三木卓「〝構築〟された荒涼の世界——大庭みな子『栂の夢』」（『群像』二六巻一二号、一九七一年一二月）
山本かほる「大庭みな子——〝最後のもの〟を持つ女」（「母性神話の崩壊—女性と文学—崩れてゆく神話」〈特集〉「母から女へ——現代女流作家群」『国文学解釈と鑑賞』四五巻四号、一九八〇年四月）
与那覇恵子「大庭みな子論——〝産む性〟としての女」（『専修国文』三〇巻、一九八二年一月）
「大庭みな子」（「女とは何か——女性作家の世界」〈特集〉「女性作家における『女』」『国文学解釈と鑑賞』四六巻二号、一九八一年二月）
渡辺広士「不毛と幻想の構図——大庭みな子小論」（「現代作家論—下—」〈特集〉『新潮』七五巻六号、一九七八年六月）
渡辺正彦「新しい寓話を求めて——金井美恵子と大庭みな子」（「女流の前線——樋口一葉から八〇年代の作家まで」〈特集〉「戦後女流文学の展開」『国文学解釈と教材の研究』二五巻一五号、一九八〇年一二月）

■北原白秋関係

飯島耕一『北原白秋ノート』（小沢書店、一九八五年）
川村政敏編『北原白秋』「日本近代文学大系」第二八巻（角川書房、一九七〇年）
『北原白秋の世界：その世紀末的詩境の考察』（至文堂、一九九七年）
木俣修『白秋研究』（文化書院、一九四六年）

『白秋とその周辺』（日本図書センター、一九八九年）
『白秋研究』（日本図書センター、一九八九年）
鈴木英夫『北原白秋の思想』（短歌新聞社、一九八五年）
玉城徹『北原白秋：詩的出発をめぐって』（読売新聞社、一九七四年）
西本秋夫『北原白秋の研究』（新生社、一九六五年）
薮田義雄『評伝北原白秋』（玉川大学出版部、一九七三、七四、七八年〈増補〉）
山本太郎『白秋めぐり』（集英社、一九八二年）
横木徳久『北原白秋：近代詩のトポロジー』（思潮社、一九八九年）
『文芸読本・北原白秋』（河出書房新社、一九七八年）
今橋映子「白秋散文の領界――『わが生ひたち』から『満州随惑』へ」（『国文学解釈と鑑賞』六九巻五号、二〇〇四年五月）
「異郷としての子供時代――北原白秋『わが生ひたち』」『滅びと異郷の比較文学』（思文閣出版、一九九四）
剣持武彦「北原白秋『たんぽぽ』の一考察」（『二松学舎大学東洋学研究所集刊』五巻、一九七五年三月）
佐藤通雅「白秋における童心――北原白秋童謡論序説」（『日本児童文学』一九巻四号、一九七三年三月）
島田修二「悲哀と結衆――北原白秋におけるアイデンティティの軌跡」（『短歌』二二巻一号、一九七五年一月）
杉本邦子「北原白秋と『日光』上／下（『学苑』五一七、五一九巻、一九八三年一、三月）
鈴木貞美「北原白秋生誕110年―白秋郷愁――生命の叛乱、もしくはエロスと悲哀について」（『文学界』四九巻一二号、一九九五年一二月）
「詩の生命――北原白秋『邪宗門秘曲』をめぐって（大正神秘主義の詩的世界）」（『現代詩手帳』三五巻九号、一九九二年九号）
坪井秀人「国語・国詩・国民詩人――北原白秋と萩原朔太郎」（「日本文学史の現在――近代的起源とジャンル」〈特集〉『文学』九巻四号、一九九八年一〇月）
野北和義「北原白秋――最後の帰郷」（「旅を見直す――現代短歌と〈旅〉」〈特集〉「近代の旅」『短歌研究』三七巻四号、一九八〇年四月）
松下浩幸「文学の生まれる場所・小石川植物園（二）」（『明治大学農学部研究報告』一四〇巻、二〇〇四年一二月）
三木卓「北原白秋――新生という思い」（「短歌の謎――近代から現代まで―歌人の謎」『国文学解釈と教材の研究』四三巻一

三号、一九九八年一一月）
宮澤健太郎「北原白秋と女性――官能と現実を軸に」（『国文学解釈と鑑賞』六九巻五号、二〇〇四年五月）

■相馬御風関係

浅見　淵「史伝・早稲田文学―15　相馬御風と大杉栄」（『早稲田文学』二巻六号〈第七次〉一九七〇年六月）
「史伝・早稲田文学―16　相馬御風について」（『早稲田文学』二巻一〇号〈第七次〉一九七〇年一〇月）
加藤潤「近代日本における煩悶青年の系譜――相馬御風「還元録」をめぐって」（『名古屋女子大学研究紀要人文・社会編』三七巻、一九九一年三月）
後藤正人「転換期の御風・未明を歌った児玉花外の詩について――「塵の中より―相馬御風君に」「青い甕―小川未明に与ふ」をめぐって」（『月刊部落問題』二九〇巻、二〇〇一年二月）
武内広盛・西沢芳子・大原薫「相馬御風と還元録」（『日本病跡学雑誌』五三巻、一九九七年五号）
田中栄一「相馬御風と自然主義」（『新潟大学教育学部紀要　人文・社会科学編』一八、二〇、二一巻、一九七六年、一九七八年、一九七九年）
「相馬御風における児童観・教育観――その根源と発展」（『新潟大学教育学部紀要人文・社会科学編』二六巻一、二号、二七巻一号、一九八三年、一九八四年）
田中清光「近代のオルフェたち―2　革命の論客相馬御風」（『心』三二巻九号、一九七九年九号）
山本昌一「相馬御風――詩と詩論と自然主義」（『国文学研究』七八巻、一九八二年一〇月）
吉田精一「評論の系譜―一一一―相馬御風」（『国文学解釈と鑑賞』四四巻一一号、一九七九年一〇月）

■太宰治関係

浅田高明「太宰治の『雲雀の声』と『パンドラの匣』――そのネーミングに関する考察」（『日本医事新報』三九二五、三九二七巻、一九九九年七月一七日、七月二四日）
石井知子「太宰治『パンドラの匣』論――新しい人間像の模索」（『滝川国文』一八巻、二〇〇二年）

神谷忠孝「お伽草子　パンドラの匣　ヴィヨンの妻」（「太宰治の世界」〈特集〉「太宰治・作品事典」『国文学解釈と鑑賞』三九巻一五号、一九七四年一二月）
川村　湊「『惜別』論――『大東亜の親和』の幻」（『国文学解釈と教材の研究』三六巻四号、一九九一年四月）
「『惜別』」東郷克美・渡部芳紀編『太宰治：作品論』（双文社出版、一九七四年）
郡継夫「『パンドラの匣』論」（『文学と教育』四三巻、二〇〇二年六月）
島田昭男「『パンドラの匣』」（『国文学解釈と観賞』五三〔六〕、一九八八年六月）
孫才喜「太宰治『パンドラの匣』論――〈体験する『僕』〉と〈物語る『僕』〉をめぐって」（『日本文芸研究』五〇巻一号、一九九八年六月）
塚越和夫「『パンドラの匣』」東郷克美・渡部芳紀編『太宰治：作品論』（双文社出版、一九七四年）
鄭寅汶「『パンドラの匣』論」（『日本文学論集』二四巻、二〇〇〇年三月）
藤井省三「太宰治の『惜別』と竹内好の『魯迅』」（『国文学解釈と教材の研究』四七巻一四号、二〇〇二年一二月）
渡部芳紀「『パンドラの匣』を中心に」（『国文学解釈と鑑賞』六九巻九号、二〇〇四年九月）

■野呂邦暢関係

川村　湊「『草のつるぎ』論――野呂邦暢のために」（『早稲田文学』〔第八次〕五二巻、一九八〇年九月）
関川夏央「野呂邦暢『草のつるぎ』」（「達人が選んだ「もう一度読みたい」一冊」『文芸春秋』七九巻八号、二〇〇一年八月）
高橋英夫「兵士的なもの――野呂邦暢著『草のつるぎ』」（新書解体）（『文学界』二八巻五号、一九七四年五月）
田村　栄「『月山』と『草のつるぎ』――芥川賞作品について」（『民主文学』一五一巻、一九七四年四月）
野呂邦暢・中里喜昭・山田かん［対談］「文学と原爆体験」（『民主文学』一五七巻、一九七四年一〇月）
丸谷才一・加賀乙彦［対談］「対談時評―津島佑子『火屋』野呂邦暢『草のつるぎ』」（『文学界』二八巻一号、一九七四年一月）
安岡章太郎・野呂邦暢［対談］「体験をいかに書くか――旧軍隊と自衛隊の距離」（『文学界』二八巻四号、一九七四年四月）

■福永武彦関係

大久保典夫「失われた青春——福永武彦『草の花』」(「青春の発見」〈特集〉「作品」「青春の歴史」『国文学解釈と教材の研究』二四巻五号、一九七九年四月)
熊坂敦子「草の花」(「福永武彦——現代小説の意識と方法」〈特集〉「福永武彦・作品論」『国文学解釈と教材の研究』一七巻一四号、一九七二年一一月)
小佐井伸二「福永武彦における恋愛——『草の花』と『海市』のひとつの読み方」(「憧憬の美学——堀辰雄と福永武彦」〈特集〉「福永武彦・その文学世界」『国文学解釈と鑑賞』三九巻二号、一九七四年二月)
首藤基澄「『草の花』〈福永武彦〉」(「近代文学に描かれた青春」〈特集〉『国文学解釈と鑑賞』五四巻六号、一九八九年六月)
他［共同討論］「福永武彦の作品を読む——風土、草の花、忘却の河、死の島、短編など（共同討議）」(「福永武彦へのオマージュ」〈特集〉『国文学解釈と教材の研究』二五巻九号、一九八〇年七月)
津嶋高徳「『草の花』の成立——『風土』との接点を中心に」(『山口国文』一〇巻、一九八七年三月)
野村智之「福永武彦『草の花』論——『第2の手帳』に於ける精神世界の係わりを中心に」(『日本文芸研究』五一巻三号、一九九九年一二月)
畑有三「『草の花』の誕生」(「福永武彦」〈特集〉「作品論」『国文学解釈と鑑賞』四七巻一〇号、一九八二年九月)
細川正義「福永武彦『草の花』論」(『日本文芸研究』四三巻一号、一九九一年四月)
水谷昭夫「『草の花』」(「憧憬の美学——堀辰雄と福永武彦」〈特集〉、「福永武彦・その文学世界」『国文学解釈と鑑賞』三九巻二号、一九七四年二月)

■前田夕暮関係

山田吉郎『前田夕暮研究：受容と創造』(風間書房、二〇〇一年)
『近代作家追悼文集成』第三三巻（ゆまに書房、平成九年）
篠　弘「前田夕暮——『自己改革』の連続」(「短歌の謎——近代から現代まで」〈特集〉「歌人の謎」『国文学解釈と教材の研究』四三巻一三号、一九九八年一一月)

前田透・武川忠一［対談］「夕暮、その生涯と作品――前田夕暮全集刊行に寄せて」（『短歌』一九巻一〇号、一九七二年一〇月）
山田吉郎「前田夕暮と秦野――郷土のなかの文学形成」（『郷土神奈川』三五巻、一九九七年）
「前田夕暮『緑草心理』と立原道造」（『茨城キリスト教大学紀要』一七巻、一九八三年）
「川端文学と前田夕暮『緑草心理』」（『茨城キリスト教大学紀要』一五巻、一九八一年）

■与謝野晶子関係

入江春行『晶子の周辺』（洋々社、一九八一年）
『与謝野晶子の文学』（『近代の文学』一三、桜楓社、一九八三年）
上田博・富村俊造編『与謝野晶子を学ぶ人のために』（世界思想社、一九九五年）
上笙一郎『与謝野晶子の児童文学』（日本図書センター、一九九三年）
島田燁子『日本のフェミニズム：源流としての晶子、らいてう、菊栄、かの子』（北樹出版、一九九六年）
新間進一『与謝野晶子』（桜楓社、一九八一年）
平子恭子『与謝野晶子』（河出書房新社、一九九五年）
古澤夕起子『与謝野晶子童話の世界』（嵯峨野書店、二〇〇三年）
与謝野宇智子『むらさきぐさ：母晶子と里子の私』（新塔社、一九六七年）
阿莉　塔「周作人と与謝野晶子――両者の貞操論をめぐって」（『九大日文』一巻、二〇〇二年八月）
秋吉　収「魯迅と与謝野晶子――『草』を媒介として」（『高知女子大学紀要人文・社会科学編』四五巻、一九九七年三月）
逸見久美「愛と死の間――与謝野晶子」（「病跡からみた作家の軌跡」〈特集〉『国文学解釈と鑑賞』四八巻七号、一九八三年四月）
太田鈴子「与謝野晶子の小説――『故郷の夏』を中心として」（『学苑』六四九巻、一九九四年一月）
近藤晋平「与謝野晶子の戦争」（『近代文学論集』二二巻、一九九六年）
影山昇「与謝野晶子と『横浜貿易新報』女性・教育両評論を中心として」（『成城文芸』一七三巻、二〇〇一年一月）
佐伯裕子「『草の夢』――風景の肉身化」（「与謝野晶子の世界」〈特集〉「作品の世界」「歌集」『国文学解釈と鑑賞』五九巻二

号、一九九四年二月）
末延芳晴「日露戦争と文学者（最終回）与謝野晶子」（『論座』一二七巻、二〇〇五年一二月）
諏訪淑子「与謝野晶子——よさのあきこ一八七八～一九四二——日露戦争への反戦詩」（『歴史地理教育』六八二増刊、二〇〇五年三月）
滝本和成「大正デモクラシーの中の晶子——第２次「明星」の随筆評論」（「愛と情熱の歌人・与謝野晶子」〈特集〉『短歌』四二巻二号、一九九五年二月）
張　競「与謝野晶子と中国——１９２０年代前半に翻訳された評論について」（『明治大学教養論集』三三八巻、二〇〇〇年九月）
「海を越えた詩心——与謝野晶子と近代中国の「小詩」」（『季刊アスティオン』四六巻、一九九七年一〇月）
永畑道子「晶子の開拓したもの」（「与謝野晶子没後50年」〈特集〉『短歌』三九巻一一号、一九九二年一一月）
中川八洋「日本の思想家２論　与謝野晶子と反フェミニズム」（『正論』三一九巻、一九九九年三月）
芳賀　徹「与謝野晶子とフランス」（『与謝野晶子倶楽部』一一巻、二〇〇三年）
「みだれ髪の系譜——蕪村・晶子・マーテルリンク」（「与謝野晶子生誕百年記念——晶子と同時代の歌人達」〈特集〉「晶子と同時代の歌人達」『短歌研究』三五巻八号、一九七八年八月）
松本弘也「与謝野晶子と与謝野鉄幹　日露戦争と文学者（１）」（『進歩と改革』六三九巻、二〇〇五年三月）

■魯迅関係

伊藤虎丸『魯迅と終末論』（竜渓書舎、一九七五年）
『魯迅と日本人：アジアの近代と「個」の思想』（朝日新聞社、一九八三年）
竹内　好『魯迅』（創元社、一九五二年）
『魯迅入門』（東洋書館、一九五三年）
『魯迅作品集』（筑摩書房、一九五三年）
藤井省三『エロシェンコの都市物語：一九二〇年代東京・上海・北京』（みすず書房、一九八九年）
山田啓三『魯迅の世界』（大修館書店、一九七七年）

『文芸読本・魯迅』（河出書房新社、一九八〇）
Brown, C. (ed.) *The Universe of Dreams in Chinese Culture.* (A Conference Report), University Press of America, 1988.
Jullien, Fr. *Lu Xun : écriture et révolution.* Paris : Presses de l'École normale supérieure, 1979.
Lee, L. (ed.) *Lu Xun and His Legacy.* University of California Press, 1985.
Voices from the Iron House : A Study of Lu Xun. Indiana University Press, 1987.
Lu Xun. *La Mauvaise Herbe.* Trad. Ryckmans, P., Paris : Bibliothèque Asiatique, 1975.
「現代における魯迅ブームを探る」（『現代の眼』一七巻六号、一九七六年六月）
秋吉　収「魯迅と与謝野晶子――『草』を媒介として」（『高知女子大学紀要人文・社会科学編』四五巻、一九九七年三月）
今村与志雄「魯迅のペンネームその他」（『ユリイカ』八巻四号、一九七六年四月）
「魯迅におけるペテーフィ――絶望之為虚妄、正与希望相同」（『展望』二二〇巻、一九七七年四月）
上野昂志「野草と地火」（「魯迅：東洋的思惟の復権」〈特集〉『ユリイカ：詩と批評』八巻四号、一九七六年四月）
大江健三郎「若い世代が携わる意味――私らが繰り返してならぬこと」（『毎日新聞』二〇〇六年一〇月一七日）
岡庭　昇「アジア的近代――魯迅序説」（「魯迅：東洋的思惟の復権」〈特集〉『ユリイカ：詩と批評』八巻四号、一九七六年四月）
木内尚子「日本における魯迅研究序説―2―魯迅と太宰治を中心に」（『日本大学文理学部（三島）研究年報』三三巻、一九八五年）
北岡正子「魯迅とペテーフィ――『希望』材原考」（『文学』四六巻九号、一九七八年九月）
木村知実「魯迅の選んだワッツ――明治期日本における受容との関連から」（『関西大学中国文学会紀要』二二巻、二〇〇一年三月）
木山英雄「『野草』的形成の論理ならびに方法について――魯迅の詩と〝哲学〟の時代」（『東洋文化研究所紀要』三〇、一九六三年）
代田智明「危機の埋送――魯迅『孤独者』論」（『中国研究月報』五八巻四号、二〇〇四年四月）
「グローバリゼーション・魯迅・主観間性」（『中国研究月報』五八巻二号、二〇〇四年二月）
「日本における近代批判と魯迅」（「21世紀初頭・東アジアで魯迅を語る――ソウル国際学会報告」〈特集〉『中国研究月報』五六巻七号、二〇〇二年七月）

「自分を滅ぼすことで悪を滅ぼす――竹内好・魯迅論の奥行き」(「東アジアが読む魯迅」〈特集〉『アジア遊学』二五巻、二〇〇一年三月)
徐懋庸/鶴田義郎訳「魯迅の散文詩〈希望〉考――徐懋庸遺稿」(『熊本商大論集』二八巻三号、一九八二年)
竹内　好「魯迅を読む」(『文学』四五巻五号、一九七七年五月)
「日本における魯迅の翻訳(魯迅と三〇年代の中国文学)」『文学』四四巻四号、一九七六年四月)
千葉正昭「太宰治と魯迅――『惜別』を中心として」(「太宰治」〈特集〉『国文学解釈と鑑賞』四八巻九号、一九八三年六月)
平岡敏夫「魯迅と太宰治――『故郷』と『津軽』『幸福な家庭』と『家庭の幸福』(『桜美林大学中国文学論叢』一三巻、一九八七年三月)
藤井省三「〈故郷〉の風景――魯迅『希望』の論理の展開をめぐって」(『中哲文学会報』七巻、一九八二年六月)
松本健一「歪められた鏡――昭和十年代と魯迅」(「魯迅:東洋的思惟の復権」〈特集〉『ユリイカ:詩と批評』八巻四号、一九七六年四月)
丸山　昇「日本における魯迅――生誕一〇〇年によせて」上、下(『季刊科学と思想』四一、四二巻、一九八一年七、一〇月)
「日本人と魯迅――その紹介、研究史に関するノート――一―」(『和光大学人文学部紀要』四、五巻、一九七一年三月)
山田敬三「火を盗む者――魯迅とマルクス主義文芸」(『神戸大学文学部紀要』六巻、一九七六年)
山田野理夫「日本における魯迅」(『朝日アジアレビュー』一巻二号、一九七〇年六月)

■関東大震災関係

浦西和彦「関東大震災と文学(近代文壇事件史)」(『国文学解釈と教材の研究』三四巻四号、一九八九年三月)
岡井隆他[座談会]「関東大震災と『日光』(近代短歌の発見―一三―)」(『短歌』二九巻一一号、一九八二年一一月)
岡本哲志「関東大震災後の銀座における空間構成の継承と変容に関する研究」(『日本建築学会計画系論文集』五七一巻、二〇〇三年九月)
五十殿利治「バラック、バラック、バラック――関東大震災後の美術と建築の境界領域」(『建築史学』二九巻、一九九七年九月)

川端俊英「文学者が証言する天災の中の人災――関東大震災八〇周年に当って」（『部落問題研究』一六八巻、二〇〇四年四月）
田中正敬「関東大震災はいかに伝えられたか」（『歴史地理教育』六五七巻、二〇〇三年八月）
成田龍一「関東大震災のメタヒストリーのために――報道、哀話、美談（歴史の詩学）」（『思想』八六六巻、一九九六年八月）
西山春文「北原白秋研究――関東大震災下の北原白秋」（『明治大学人文科学研究所紀要』四四巻、一九九九年二月）
槌田満文「関東大震災と文学者――地震ショックと罹災体験の記録」（『武蔵野女子大学紀要』二七巻、一九九二年）
「文学者の見た関東大震災（大正八〇年　一五年の軌跡）」（『日本古書通信』五七巻八号、一九九二年八月）
安場浩一郎「関東大震災後の東京の復興都市計画をめぐる言説の編制に関する研究」（『東京計画論文集』三三巻、一九九八年）
「関東大震災後の復興事業におけるオープンスペース計画に対する住民運動の研究」（『ランドスケープ研究』六〇巻五号、一九九七年三月）
山田清三郎「関東大震災と文学者――一九二三年十月特号の『文章倶楽部』」（『文化評論』一二三巻、一九七一年一一月）

■他

Armbuster, K., Wallace, K. (eds.) *Beyond Nature Writing : Expanding the Boundaries of Ecocriticism.* Charlottesville : U. P. of Virginia, 2001.
Bachelard, Gaston. *La Flame d'une chandelle.* Paris : Presses Universitaires de France, 1970.（『蝋燭の焔』渋沢孝輔訳、現代思潮社、一九六六年）
La poétique de la rêverie. Paris : Presses Universitaires de France, 1971.
Barthes, R. *L'Empire des signes.* Genève : Albert Skira, 1970.（『記号の国：一九七〇』石川美子訳、みすず書房、二〇〇四年）
Bate, J. *Romantic Ecology : Wordsworth and the Environmental Tradition.* London, New York : Routledge, 1991.（『ロマン派のエコロジー：ワーズワスと環境保護の伝統』小田友弥・石幡直樹訳、松柏社、二〇〇〇年）

Bateson, Gregory. *Steps to an Ecology of Mind.* Northvale, New Jersey, London : Jason Aranson Inc., 1972, 1987.（『精神の生態学』佐藤良明訳、新思索社、二〇〇〇年）

Benjamin, Walter. trad. J. Lacoste, *Paris, capitale du XIX siècle : le livre des passages*. Paris : Éditions du Cerf, 1989.（『パサージュ論』今村仁司ほか訳、岩波書店、二〇〇三年）

ブロッホ・E.『希望の原理』（山下肇ほか訳、白水社、一九八二年）

Cooper, P. *Interiorscapes : Gardens within Buildings.* London : Mitchel Beazley, 2003.

Coupe, L. (ed.) *The Green Studies Reader : From Romanticism to Ecocriticism.* London, NY : Routledge, 2000.

コッペルカム・St.『人工楽園：19世紀の温室とウインターガーデン』（堀内正昭訳、鹿島出版会、一九九一年）

Dällenbach, Lucien. *Claude Simon.* Éditions du Seuil, 1988.

Le récit speculaire : essai sur la mise en abyme. Éditions du Seuil, 1977.（『鏡の物語：紋中紋手法とヌヴォー・ロマン』野村英夫・松澤和宏訳、ありな書房、一九九六年）

Deleuze, J., Guattari, F. *Rhizome : introduction*. Les Éditions de minuit, 1976.（『千のプラとー』宇野邦一ほか訳、河出書房新社、一九九四年）

Dodd, St. *Writing Home : Representations of the Native Place in Modern Japanese Literature.* Harvard University Press, 2004.

Eagleton, T. *Literary Theory : An Introduction.* Oxford : Basil Blackwell, 1983.（『文学とは何か：現代批評理論への招待』大橋洋一訳、岩波書房、一九八五年、一九九四年）

フロム・E.『希望の革命』（作田啓一・佐野哲郎訳、紀伊国屋書店、一九六九年）

フロム・H.『緑の文学批評』（伊藤詔子訳、松柏社、一九九八年）

Garrard, Greg. *Ecocriticism.* London, New York : Routledge, 2004.

Goldwater, R. *Symbolism.* New York : Icon Editions, Harper&Pow, Publishers, 1979.

Guattari, F. *Les Trois Écologies.* Paris : Galileé, 1989.（『三つのエコロジー』杉村冒昭訳、大村書店、一九九七年）

Harvey, D. *Spaces of Hope.* Edinburgh U. P., 2000.

Kerényi, C. *Prometheus : Archetypal Image of Human Existence.* Trans. Manheim, R. Bollingen Series LXV. I., New York: Pantheon Books, 1963.

Kohlenbach, Margarete. *Walter Benjamin : Self-Reference and Religiosity.* Basinstoke : Palgrave, 2002.

Latour, Br. *Pandora's Hope : Essays on the Reality of Science Studies.* Harvard U. P., 1999.
Le Corbusier (et Pierre Jeanneret) *Œvre Complete.* Zurich : Les Editions d'Architecture (Artemis), 1964.
マトゥラーナ・H.、ヴァレラ・F.『オートポイエーシス：生命システムとはなにか』（川本英夫訳、国文社、一九九一年）
Panofsky, Dora and Edwin. *Pandora's Box : The Changing Aspects of a Mythical Symbol,* Bollingen Series LII, NY : Pantheon Books, 1962.
Prest, John. *The Garden of Eden : the Botanic Garden and the Re-creation of Paradise.* Yale University Press, 1981.（『エデンの園：楽園の再現と植物園』加藤暁子訳、八坂書房、一九九九年）
Richard, J.-P. *Essais de critique buissonière.* Gallimard, 1999.
Schlesinger, A. M. *The Politics of Hope.* Cambridge MA : Houghton Mifflin Company Boston, 1963.（『希望の政治：現実政策の理論的解明』嘉治真三訳、時事通信社、一九六六年）
Sebald, W.G. *On the Natural History of Destruction : with essays on Alfred Andersch, Jean Amery and Peter Weiss.* Trans. Anthea Bell. London : Penguin, 2004.
Sedgwick, E. K. *Touching Feeling : Affect, Pedagogy, Performativity.* Durham : Duke University Press, 2003.
Tobias, Michael (ed.) *Deep Ecology.* San Diego : Avant Books, 1983.
Tuan, Yi-Fu. *Topophilia : a Study of Environmental Perception, Attitudes and Values.* Englewood Cliffs, N. J. : Prentice Hall, 1974.（『トポフィリア——人間と環境』小野有五・阿部一訳、せりか書房、一九九二年）
Cosmos & Hearth : a Cosmopolit's Viewpoint. Minneapolis : University of Minnesota Press, 1996.（『コスモポリタンの空間——コスモスと炉端』阿部一訳、せりか書房、一九九七年）
Лихачёв, Дм. *Заметки о русском.* Москва : Советская Россия 1984.（D・リハチョーフ『文化のエコロジー：ロシア文化論ノート』長縄光男訳、群像社、一九八八年）
Лотман, Ю.М. *Культура и взрыв.* Москва : Гносис 1992.（Yu.ロトマン『文化と爆発』）

『日本国語大辞典』第二版（小学館、二〇〇〇〜〇二年）
小田切進編『日本近代文学大事典』（講談社、一九八四年）
『日本写真史概説』「日本の写真家」別巻（岩波書店、一九九九年）

あとがき

本書『雑草の夢――近代日本における「故郷」と「希望」』は博士論文「文明と希望――近代日本における『雑草研究』」に基づいている。かつて哲学者和辻哲郎は、世界の文化の諸相を風土から捉えようとした際に、「ヨーロッパに雑草はない」という「おどろくべき発見」(坂部恵)から出発している。和辻においてこの発見は、欠落として、そして同時に一種の過剰性の関係で「日本」の特徴を逆照射させたとも言うことができる。しかし、この雑草は自然界の特徴を超え、日本文化、近代日本を考える上で、一つの思想的な特徴でもあることを、本書によって提示しようとした。「雑草」的手法に付きまとう世界像を描くことの不可能性という情緒的な要素によって、理論的な展望が常に揺らぎ、蝕まれ、取り乱されるような状況が本書の隅々にまで浸透している。

このような異色の博士論文を丁寧に査読してくださった東京大学の先生方、指導教官の菅原克也先生、審査員の井上健先生、岡部雄三先生、小森陽一先生、西成彦先生(立命館大学)、そして魯迅について相談に乗ってくださった代田智明先生及び藤井省三先生、論文の書き方に大きな刺激を与えてくださったメアリー・ナイトン先生に深い感謝の意を表したい。とりわけ、小森陽一先生から頂いた執筆上の激励、世織書房の伊藤晶宣氏を紹介してくださった暖かい心遣いに対して、お礼の言葉に窮している。さらに、ポストドクターとして御一緒に研究活動をさせていただいた川村湊先生（法政大学）、沼野充義先生（東京大学）、そして小林康夫先生（東京大学）及び「東京大学　共生のための哲学センター」の研究員の方々、漆田和代氏のおかげで、「雑草」研究の限界を見詰められることができ、その限界自体を問題視できるようになった。お礼を申し上げます。

本書の刊行に際し、蔣經國國際學術交流基金會より出版助成金（研究計画番号 SP002-P-10）を受けている。同会に感謝したい。

二〇一二年三月一一日

デンニッツァ・ガブラコヴァ

人名索引

【あ行】

【か行】

【さ行】

【た行】

【な行】

【は行】

【ま行】

【や行】

【ら行】

【わ行】

〈著者紹介〉
デンニッツァ・ガブラコヴァ（Dennitza GABRAKOVA）
ブルガリア共和国に生まれる。2000年ソフィア大学東洋言語文化センター日本学科卒業後、2001年オレゴン大学でアジア研究修士号取得。2002年東京大学大学院総合文化研究科修士課程入学、2007年博士課程を修了。博士（学術）。
現在、香港城市大学中文、翻訳及言語学学科助理教授。

雑草の夢——近代日本における「故郷」と「希望」

2012年5月30日　第1刷発行 ©

著　者｜デンニッツァ・ガブラコヴァ
造　形｜須田悦弘
装　幀｜M. 冠着
発行者｜伊藤晶宣
発行所｜(株)世織書房
印刷所｜三協印刷(株)
製本所｜協栄製本(株)

〒220-0042　神奈川県横浜市西区戸部町7丁目240番地　文教堂ビル
電話045(317)3176　振替00250-2-18694

落丁本・乱丁本はお取替いたします　Printed in Japan
ISBN978-4-902163-63-6